ESPÈCES PROTÉGÉES

Ruth Rendell est née à Londres en 1930. Elle fréquente la Loughton High School (Essex). De 1948 à 1952, elle est reporter puis secrétaire de rédaction à l'*Express and Independent Newspapers*.
Son premier roman, *Un amour importun*, paraît en 1964. Elle y met en scène, pour la première fois, l'inspecteur Wexford et son adjoint Burden. Mais très vite, parallèlement à cette série de « procedural novels » (pour la plupart publiés au Masque) où la vie intime des policiers semble lui importer autant que celle des victimes, Ruth Rendell écrit des romans où la psychologie du criminel prend résolument le pas sur l'enquête. Ce sont, comme elle le dit elle-même, des « crimes novels », par opposition aux « detective novels » de ses illustres consœurs anglaises, Agatha Christie, Dorothy Sayers et Patricia Wentworth. En ce sens, des livres comme *L'Enveloppe mauve, Le Lac des ténèbres* ou *Le Maître de la lande* sont assez proches des œuvres de Patricia Highsmith, Margaret Millar ou Helen McCloy (toutes américaines) et d'un genre plutôt neuf en Angleterre. Elle publie également de nombreuses nouvelles, notamment dans la revue américaine *Ellery Queen's Mystery Magazine*, qui sont réunies aujourd'hui dans quatre recueils. En 1976, elle reçoit le Prix Edgar Allan Poe, décerné par les « Mystery Writers of America ». Elle est le seul auteur à avoir été deux fois consacré par le Golden Dagger Award, la plus haute récompense décernée par l'Association britannique des auteurs de romans policiers.
Ruth Rendell est traduite en plus de vingt langues. Depuis *Un enfant pour un autre* (1986), elle a publié aux Éditions Calmann-Lévy : *L'Homme à la tortue* (1987), *Véra va mourir* (1987), *L'Été de Trapellune* (1988), *La Gueule du loup* (1989), *La Maison aux escaliers* (1990), *La Demoiselle d'honneur* (1991), *L'Arbre à fièvre* (1991), *Volets clos* (1992), *Fausse Route* (1993), *Plumes de sang* (1993), *Le Goût du risque* (1994), *Le Journal d'Asta* (1994), *L'Oiseau crocodile* (1995), *Simisola* (1995), *Une mort obsédante* (1996), *En toute honnêteté* (1996) et *Noces de feu* (1997).

Paru dans Le Livre de Poche :

UN ENFANT POUR UN AUTRE
EN CHAIR ET EN OS
LES DÉSARROIS DU PR SANDERS
LES CORBEAUX ENTRE EUX
L'ÉTÉ DE TRAPELLUNE
PLUMES DE SANG
LA MAISON AUX ESCALIERS
FAUSSE ROUTE
DOUCES MORTS VIOLENTES
LE GOÛT DU RISQUE
LE JOURNAL D'ASTA
L'OISEAU CROCODILE
LA DEMOISELLE D'HONNEUR
L'ARBRE À FIÈVRE
SIMISOLA
UNE MORT OBSÉDANTE
NOCES DE FEU

RUTH RENDELL

Espèces protégées

ROMAN TRADUIT DE L'ANGLAIS PAR ALINE WEIL

CALMANN-LÉVY

Titre original :

ROAD RAGE

(Première publication : Hutchinson, Random House, Londres, 1997)

Au chef constable et aux policiers de la gendarmerie du Suffolk.

Je remercie tout particulièrement l'inspecteur principal Vince Coomber, de la police du Suffolk, qui m'a donné d'excellents conseils et qui a corrigé mes erreurs.

1

C'était la dernière fois que Wexford marchait dans le grand bois de Framhurst. Du moins était-ce ainsi qu'il se le formulait. Il s'y promenait depuis des années, l'avait arpenté toute sa vie, et il marchait aussi bien que jamais, sans faiblir, avec cette démarche élastique qu'il conserverait encore longtemps. Ce n'était pas lui, mais la forêt, qui allait changer ; ce grand bois était presque entièrement voué à la disparition. La colline de Savesbury et le marais de Stringfield allaient subir le même sort, et aussi la rivière Brede, où le Kingsbrook se jetait à Watersmeet. Tout le paysage allait devenir méconnaissable.

Les travaux n'étaient pas imminents. On aurait encore quelques mois de répit. Pendant six mois, on pourrait continuer à contempler les arbres, et la vue dégagée de l'autre côté de la colline ; rien ne viendrait encore troubler la paix des loutres de la Brede et de la rare vanesse à ailes fauves, qui voletait à Framhurst Deeps. Mais il ne supporterait pas de les revoir.

L'Angleterre aura perdu son visage séculaire,
Plus d'ombres, de chemins et de prés,
Plus d'hôtels de ville, de chœurs en bois sculpté.
Le souvenir demeurera
Dans les livres et dans les musées,

Mais à nous, il ne restera
Que ciment et béton armé.

Il marcha parmi les marronniers, les grands hêtres gris à l'écorce rugueuse et les chênes aux branches couvertes de lichen vert. Au-delà de l'étendue d'herbe tondue par les lapins, les arbres, plus clairsemés, déployaient leurs branches. Il s'aperçut que le tussilage avait fleuri, plus tôt que les fleurs sauvages. Il avait vu, dans sa jeunesse, des fritillaires bleues dans ces sous-bois, des plantes si localisées qu'on en trouvait seulement dans un rayon de quinze kilomètres autour de Kingsmarkham ; mais c'était il y a bien longtemps. Quand je prendrai ma retraite, avait-il dit à sa femme, j'irai m'installer à Londres pour ne pas assister à la destruction de la campagne.

C'est une attitude défaitiste, lui avait-elle répondu. Tu dois te battre pour la préserver. À ce que j'ai pu voir, cela ne servira pas à grand-chose, avait-il répliqué. Elle faisait partie du comité du Kabal, une association récemment créée à Kingsmarkham pour s'opposer à la construction de la déviation et au projet d'enfouissement des déchets. Ses membres avaient déjà tenu une réunion où ils avaient chanté : « Nous vaincrons. » L'adjoint du constable en avait entendu parler, et il avait conseillé à Wexford de ne pas y adhérer car il y aurait sûrement des incidents, perturbateurs et peut-être violents, et l'inspecteur principal serait sans doute amené à s'en occuper.

Une petite brise s'était levée. En sortant du grand bois de Framhurst, il se retrouva dans la campagne et leva les yeux vers le cercle d'arbres qui couronnaient la colline de Savesbury. De là, on ne voyait pas de tours, de toits, de silos ou de pylônes, seulement des oiseaux qui volaient en formation vers la forêt de Cheriton. La route allait passer par les fondations de la villa romaine, l'habitat de l'*Araschnia levana,* la vanesse à ailes fauves qui vivait uniquement dans les îles Britanniques; ensuite, elle traverserait la Brede, puis Kingsbrook. À moins qu'il n'arrive l'impossible et qu'on décide de percer un tunnel ou de la construire sur pilotis. L'*Araschnia* et les loutres n'auraient guère plus de goût pour les pilotis que pour le béton, songea-t-il.

Kingsmarkham n'était pas la seule ville anglaise dont la déviation, avalée par le tissu urbain, était devenue une simple rue. Dans ces cas-là, il fallait construire une nouvelle déviation, et peut-être une autre encore, si celle-ci venait à être engloutie à son tour. Mais il serait déjà mort avant.

C'est avec cette triste pensée qu'il regagna son véhicule, garé au hameau de Savesbury. Il se rendait toujours en voiture sur son lieu de promenade. Serait-il prêt à renoncer à conduire pour ne pas défigurer l'Angleterre? Quelle question!

Quand il rentra chez lui en passant par Framhurst et Pomfret Monachorum, il était d'une humeur maussade qui lui fit remarquer toutes les laideurs du paysage : les silos pareils à des saucisses de fer pointant vers le ciel, les hangars remplis de poulets en batterie, les câbles de sous-stations électriques surgissant du sol tels des extraterrestres à peine débarqués sur la Terre, les pavillons aux jardins fermés par des murs de briques rouges et des grilles en fer forgé, et enfin, les haies de cyprès Leyland. Nietzsche (ou quelqu'un d'autre) avait dit qu'il valait mieux avoir mauvais goût que pas de goût du tout. Ce n'était pas l'avis de Wexford. S'il avait été d'humeur joyeuse, il aurait remarqué les arbres fraîchement plantés et choisis avec art, les maisons coiffées de nouveaux toits de chaume, les troupeaux paissant dans les prés, et les canards barbotant par deux en quête d'un endroit où nicher. Mais ce jour-là, il n'avait pas lieu de se réjouir, en tout cas, pas jusqu'au moment où il arriva chez lui.

Sa femme avait coutume de sortir à sa rencontre quand elle avait une bonne nouvelle à lui annoncer, une chose qu'elle était impatiente de lui apprendre. Il se pencha pour prendre un carton dans la boîte aux lettres, leva les yeux et l'aperçut. Elle souriait.

« Tu ne devineras jamais, lui dit-elle.

— Non, sûrement, alors ne me fais pas attendre.

— Tu vas être à nouveau grand-père. »

Il suspendit son manteau à la patère. Leur fille Sylvia avait déjà deux enfants et ne s'entendait pas avec son mari. Il se risqua à gâcher le plaisir de Dora. « Encore un nouveau truc pour sauver le mariage ?

— Ce n'est pas Sylvia, Reg. C'est Sheila. »

Il s'approcha d'elle et l'étreignit.

« Je t'avais dit que tu ne devinerais pas.

— Et tu avais bien raison. Embrasse-moi. » Il la serra dans ses bras. « Enfin, une occasion de se réjouir. »

Elle ne saisit pas le sens de ses paroles. « Bien sûr, je préférerais qu'elle soit mariée. Et ne perds pas ton temps à me dire qu'un enfant sur trois naît hors mariage.

— Je n'avais pas l'intention de le faire, répondit-il. Dois-je lui téléphoner ?

— Elle m'a prévenue qu'elle serait chez elle toute la journée. Le bébé va naître en septembre. Apparemment, elle n'était pas vraiment pressée de nous l'annoncer. Donne-moi cette carte, Reg. Mary Pearson m'a dit que son fils avait trouvé un boulot d'été dans cette nouvelle société de taxis, Voitures contemporaines, où il a été engagé pour distribuer ces cartes dans chaque maison de Kingsmarkham. Chaque maison — tu te rends compte ?

— "Voitures contemporaines" ? Mais c'est imprononçable. On a vraiment besoin d'une nouvelle société de taxis ?

— On a besoin d'un service efficace. Moi, en tout cas. C'est toujours toi qui prends la voiture. Allez. Téléphone à Sheila. J'espère que ce sera une fille.

— Ça, c'est le cadet de mes soucis », répondit Wexford, avant de composer le numéro de sa fille.

2

Le trajet de la déviation devait partir de la voie à grande circulation (une voie A à statut d'autoroute) qui courait au nord de Stowerton, passer à l'est de Sewingbury et de Myfleet, couper à travers la lande de Framhurst, pénétrer dans la vallée au pied de la colline de Savesbury, diviser en deux le hameau de Savesbury, traverser le marais de Stringfield et rejoindre la grand-route au nord de Pomfret. Il affecterait très peu les zones résidentielles, éviterait la forêt de Cheriton, et se bornerait à contourner les vestiges de la villa romaine.

Ce fut sans doute Norman Simpson-Smith, de l'Association anglaise d'archéologie, qui fit paraître dans la presse la première observation sur le sujet. « La compagnie des autoroutes affirme que la déviation passera à la périphérie de la villa, déclara-t-il. C'est comme si l'on disait que la construction, à Londres, d'une nouvelle bretelle d'accès porterait un préjudice mineur à l'abbaye de Westminster. »

Jusque-là, les protestations s'étaient simplement limitées à des démarches menées par divers organismes auprès de la commission d'enquête ouverte conjointement par les ministères du Transport et de l'Environnement. Étaient bien sûr intervenus les Amis de la Terre, l'Association de sauvegarde de la faune et de la flore du Sussex, et la Société royale pour la protection des oiseaux. En revanche, on s'était un peu moins attendu à ce que l'Association anglaise d'archéologie, Greenpeace, l'Organisation mondiale de défense de la nature, Kabal et un organisme qui se faisait appeler Species viennent grossir les rangs des protestataires.

Mais après la parution du commentaire de Simpson-Smith, ceux-ci déferlèrent, comme le disait Wexford, non pas en francs-tireurs isolés, mais en bataillons. Les organismes de défense de l'environnement, qui comptaient deux millions de membres, détachèrent des représentants pour aller inspecter le site.

Marigold Lambourne, de la Société royale d'entomologie, vint défendre la vanesse à ailes fauves et l'écaille écarlate. « L'*Araschnia* est une espèce rare dont on trouve quelques spécimens épars dans le nord-est de la France, déclara-t-elle, et dont le seul habitat, dans les îles Britanniques, est la lande de Framhurst. On estime à deux cents le nombre de spécimens encore existants. Si l'on construit cette déviation, il n'y en aura bientôt plus un seul. Il ne s'agit pas là d'une mouche minuscule ou d'une bactérie invisible à l'œil nu, mais d'un papillon d'une beauté exquise de cinq centimètres d'envergure. »

Peter Tregear, de l'Association de sauvegarde de la faune et de la flore du Sussex, avança : « Cette déviation est un projet qui a été conçu dans les années soixante-dix et approuvé dans les années quatre-vingt. Mais il s'est produit, depuis lors, une véritable révolution dans la pensée mondiale. C'est un projet totalement inadapté à cette fin de siècle. »

Une femme-sandwich promenant l'inscription *Non, Non, Non au viol de Savesbury,* apparut sur la colline juste au moment de l'arrivée des ouvriers chargés d'abattre les arbres. C'était le mois de juin, il faisait chaud, et le soleil brillait. Otant alors les deux panneaux qui recouvraient son corps, elle se révéla entièrement nue aux regards. Les ouvriers, qui auraient sifflé et applaudi si elle avait été jeune ou si elle leur avait été envoyée pour faire un numéro de strip-tease, se détournèrent et s'activèrent même encore plus avec leurs tronçonneuses. Le contremaître appela la police de son téléphone mobile. De sorte que la femme, qui s'appelait Debbie Harper, eut sa photo dans tous les journaux nationaux et sur la première page du *Sun* (la décence ayant alors retrouvé ses droits en l'espèce de la veste d'un policier venue recouvrir son corps plein et bien proportionné).

C'est à ce moment-là que des protestataires vinrent occuper les arbres.

Peut-être était-ce la photographie de Debbie Harper qui les avait alertés. Un grand nombre d'entre eux n'appartenaient à aucun organisme officiel connu. C'étaient des voyageurs New Age, du moins pour certains, et s'ils vinrent en voiture et en caravane, aucun de ces véhicules n'était garé sur le site ou à ses abords. L'action de Debbie Harper avait interrompu la destruction des arbres, et seuls quatre bouleaux argentés avaient été abattus jusqu'alors. Les nouveaux arrivants garnirent les troncs d'arbres de pointes d'acier, à une hauteur calculée de façon à tordre la chaîne des tronçonneuses qui se risqueraient à y porter atteinte. Puis, ils se mirent à construire des maisons au sommet des chênes et des hêtres, des cabanes de planches recouvertes de bâches, dans lesquelles ils grimpaient avec des échelles qui pouvaient être hissées une fois l'occupant installé.

Le premier de ces campements dans les arbres fut bâti à Savesbury Deeps.

Debbie Harper, qui vivait avec son petit ami et trois adolescents sur la route de Wincanton, à Stowerton, donna des interviews à tous les journaux qui le lui demandèrent. Elle était membre de Kabal et de Species, de Greenpeace et des Amis de la Terre, mais ce ne fut pas cela qui éveilla l'intérêt des journalistes. Ce qui leur plut chez elle, c'était qu'elle était une Païenne avec un grand P, qui célébrait des fêtes celtiques et vénérait des divinités du nom de Ceridwen et Nudd, et posait pour *Today* avec trois feuilles pour tout voile, non pas des feuilles de vigne mais des feuilles de rhubarbe, qui convenaient davantage à un été anglais.

« Nous sommes contre l'idée de garnir les arbres de pointes, déclara Dora en rentrant d'une réunion de Kabal. Apparemment, les tronçonneuses risquent de se casser et de mutiler les bras des ouvriers. N'est-ce pas une affreuse perspective ?

— Et les choses ne font que commencer, ajouta son mari.

— Que veux-tu dire, Reg?

— Tu te souviens de Newbury? On avait dû faire venir six cents agents de sécurité pour protéger les entrepreneurs. Et quelqu'un avait sectionné la conduite du frein du car qui devait véhiculer les gardes jusqu'au site.

— As-tu déjà rencontré quelqu'un qui tienne réellement à cette déviation?

— À vrai dire, non, répondit Wexford.

— Et toi, tu veux qu'elle soit construite?

— Tu sais bien que non. Mais je ne suis pas prêt à renoncer à prendre le volant. Je déteste être coincé dans les embouteillages et sentir monter ma tension artérielle. Comme la plupart des gens, je veux le beurre et l'argent du beurre. » Il soupira. « Je pense que Mike, lui, tient à cette déviation.

— Oh, Mike », soupira-t-elle, sur un ton néanmoins affectueux.

Wexford avait enfreint sa résolution de ne pas retourner au grand bois de Framhurst. La première fois qu'il y revint, ce fut pour observer des spécialistes de la faune et de la flore qui creusaient de nouveaux terriers à blaireaux (avec des rampes et des portes battantes, comme pour les chatières) au cœur de la forêt. Déjà, de nouvelles cabanes parsemaient les arbres d'un autre campement, ce qui suffirait peut-être à attirer les blaireaux vers leurs nouveaux logis. La deuxième fois, ce fut après que les ouvriers eurent refusé de mettre leur vie en danger dans un duel à la tronçonneuse avec des arbres aux troncs hérissés de clous ou cerclés de fils métalliques. La compagnie des autoroutes cherchait à obtenir des ordres d'expulsion contre les occupants des arbres, mais pendant ce temps, un autre camp prit forme à Elder Ditches, puis un autre aux lisières du grand bois.

C'est bien la dernière fois, se disait Wexford, que je monte sur la colline de Savesbury. Arrivé au sommet, on distinguait nettement les quatre campements. L'un d'eux était quasiment au pied de la colline, un autre à huit cents mètres des taillis de Framhurst, un troisième sur la rive menacée du marais, et le quatrième et le plus éloigné, à huit cents mètres de l'extrême nord de Stowerton. Malgré tout, le paysage était resté à peu près inchangé, à l'exception d'un champ, au voisinage de Pomfret Monachorum, où s'entassaient des engins de terrassement, des pelleteuses et des bulldozers. Ces machines sont toujours peintes en jaune, songea-t-il, un jaune triste et terne, couleur crème oubliée au fond d'un frigo. Sans doute le jaune se détachait-il mieux sur le vert que le rouge ou le bleu.

Il redescendit la colline du côté opposé à celui d'où il était venu, mais il le regretta aussitôt, car il se retrouva plongé jusqu'aux cuisses dans un buisson d'orties. Leurs feuilles pointues et poilues ne le piquèrent pas à travers ses vêtements, mais il dut lever haut les mains et les bras pour les éviter. Les orties recouvraient un espace grand comme un petit pré, et juste au moment où Wexford se disait que si la route devait passer quelque part, il vaudrait mieux que cela soit ici, il aperçut le papillon.

C'était l'*Araschnia levana*, il la reconnut aussitôt. Parmi les multiples articles récemment publiés sur Framhurst et Savesbury, il se rappela avoir lu que l'*Araschnia* se nourrissait des orties de Savesbury Deeps. Il avança encore un peu, s'arrêtant à un mètre du papillon. Il était de couleur orange, avec des motifs brun chocolat et des taches de blanc, et le dessous de ses ailes était ourlé d'un fin liseré bleu ciel, un peu comme le bord d'une rivière. Il méritait bien son nom de vanesse à ailes fauves.

Il était seul. Il n'en existait que deux cents, peut-être un peu moins maintenant. Lorsqu'il était enfant, les gens attrapaient les papillons dans des filets, les asphyxiaient dans des flacons meurtriers, et les épinglaient sur des cartons. On trouvait aujourd'hui ce passe-temps épouvantable. À peine quelques années plus tôt, tous ceux qui s'opposaient aux déviations étaient considérés comme des fanatiques, des doux dingues et des hippies marginaux, et leurs activités assimilées à l'anarchie, au communisme et au désordre. Cela aussi avait changé. Des membres éminents de l'establishment étaient aussi résolus dans leur opposition que l'homme qu'il venait de surprendre à jeter un coup d'œil inquiet entre deux rabats de toile, derrière la fourche d'une branche. Il s'était laissé dire que sir Fleance et lady McTear avaient défilé dans une manifestation organisée par les millionnaires Wael et Anouk Khoori, qui avaient fait fortune dans les supermarchés.

Comme la plupart des Anglais, il avait ses réserves sur l'Union européenne, mais dans le cas présent, songea-t-il, il n'aurait rien contre un veto absolu de Strasbourg.

Vers la fin du mois, la Société britannique des spécialistes des lépidoptères offrit une nouvelle niche écologique à l'*Araschnia* en plantant des orties dans la partie ouest de Pomfret Monachorum. Un journaliste du *Kingsmarkham Courier* écrivit un article satirique, mais d'un humour douteux, disant que c'était le premier cas connu de l'histoire de l'horticulture où l'on plantait des orties au lieu de les arracher. Et les orties, bien sûr, se multiplièrent aussitôt.

De même, les spécialistes qui creusaient de nouveaux terriers à blaireaux inversèrent l'ordre habituel des choses. Au lieu de préserver les habitats, ils furent forcés de les détruire. Pour fermer hermétiquement les terriers, qui se trouvaient directement sur le passage de la nouvelle déviation, il leur fallut d'abord enlever de gros buissons de ronces. Les ronciers qui jaillissaient encore des souches abondamment taillées étaient des plants vigoureux, signe qu'ils avaient poussé dans l'année, et leurs branches rampantes et épineuses croulaient sous les fruits verts. Ils soulevèrent les branches coupées avec leurs mains gantées et trouvèrent au-dessous quelque chose qui les fit reculer, arracha un cri à l'un d'eux et força un deuxième à battre en retraite pour aller vomir sous le couvert des arbres.

Sous leurs yeux gisait le corps d'une jeune fille, en état de décomposition avancée.

La police de Kingsmarkham n'avait pas vraiment de doutes sur son identité, mais elle n'en fit rien savoir officiellement. Ce furent les journaux et la télévision qui l'identifièrent, sans trop de réserve, comme étant Ulrike Ranke, l'auto-stoppeuse allemande qui avait été portée disparue.

Âgée de dix-neuf ans et étudiante en droit à l'université de Bonn, elle était la fille unique d'un avocat et d'une enseignante de Wiesbaden. Ulrike était venue en Angleterre, au mois d'avril précédent, passer les fêtes de Pâques chez une jeune femme qui avait travaillé au pair chez ses parents. La famille de la jeune femme vivait à Aylesbury et Ulrike, pour des raisons inconnues, s'était mis en tête de faire le voyage à peu de frais. Bien que ses parents lui aient donné suffisamment d'argent pour acheter un billet d'avion jusqu'à Heathrow et un ticket de train, Ulrike avait fait du stop à travers la France et pris le ferry à Douvres. On n'en savait pas plus.

« Pour moi, cela n'a rien d'un mystère, avait dit Wexford sur le moment. Ce qui aurait été étrange, c'est qu'elle fasse ce que ses parents lui avaient dit de faire. Alors là, oui, j'aurais trouvé cela bizarre et étonnant.

— Vous êtes un vieux cynique, dit l'inspecteur Burden.

— Pas du tout. Je suis réaliste, je n'aime pas que l'on me traite de cynique. Les cyniques sont les gens qui connaissent le prix de tout et la valeur de rien. Je ne suis pas comme ça ; simplement, je déteste l'hypocrisie. Vous qui avez des enfants adolescents, vous savez comment sont les jeunes de cet âge. Ma fille Sheila faisait ça tout le temps. À quoi bon dépenser de l'argent quand on peut faire les choses gratuitement ? C'est leur façon de voir les choses. Leur argent, ils le gardent pour aller écouter de la musique, acheter de quoi en jouer, et se payer des jeans noirs et des substances prohibées. »

Les faits semblèrent lui donner raison, car sur le corps de la jeune fille, dans la poche de son jean noir, on trouva vingt-cinq comprimés d'amphétamines et un paquet contenant près de cinquante grammes de cannabis. Mais rien, sur elle, n'indiquait qu'elle était Ulrike Ranke, et son argent avait disparu. Son père vint l'identifier. Ou bien l'homme qui l'avait violée et étranglée deux mois auparavant n'avait pas reconnu ce qu'elle avait dans la poche, ou bien il n'en avait eu aucune utilité. Quant aux billets de banque qu'elle avait eus sur elle, une somme de cinq cents livres en tout, il n'y en avait plus trace.

Jusqu'alors, on n'avait pas fouillé les taillis de Framhurst. La campagne, autour de Kingsmarkham, n'avait pas non plus été ratissée. Il n'y avait pas de raison de supposer qu'Ulrike Ranke était passée par là. Kingsmarkham était à des kilomètres de la route qu'elle aurait dû prendre pour aller de Douvres à Londres. Mais quelqu'un avait placé son corps sur une pente boisée et l'avait dissimulée sous les vrilles foisonnantes des buissons de mûres. De l'avis du médecin légiste et des experts en médecine légale, le corps n'avait pas été déplacé : elle avait été tuée sur place.

Comme il n'y avait pas eu fouille, il n'y eut pas d'enquête non plus. Mais sitôt que l'on annonça l'identité de la jeune morte, William Dickson, le patron d'un pub dénommé *Le Brigadier* (qu'il baptisait pompeusement hôtel), téléphona à la police pour lui fournir une information. Dès qu'il avait vu les photographies d'Ulrike Ranke dans le *Kingsmarkham Courier*, il avait reconnu la jeune fille qui était venue dans son bar au début du mois d'avril.

Le Brigadier était situé sur l'ancienne déviation de Kingsmarkham. C'était une de ces boîtes de nuit construites à la fin des années trente, une épaisse maison à colombages de style pseudo-Tudor, qui semblait à première vue immense mais ne comportait en réalité qu'une seule pièce. À l'arrière, un parking était dominé par un très grand bâtiment préfabriqué conçu pour être un dancing (Dickson l'appelait la salle de danse). Le parking était revêtu de macadam, mais tout autour de la maison, et devant l'entrée du pub, le sol était recouvert de gravier. On avait vraiment du mal à y marcher, fit remarquer Vine à Burden, c'était pire qu'une plage de galets.

« C'était juste avant l'heure de la fermeture, le mercredi 3 avril, déclara Dickson au moment de l'arrivée des deux policiers.

— Pourquoi ne l'avez-vous pas dit auparavant ? » demanda Burden.

Il était assis au bar avec l'inspecteur Vine. Tous deux avaient refusé l'alcool qui leur avait été offert. Vine buvait de l'eau minérale, une consommation qu'il avait dûment payée.

« Qu'est-ce que vous voulez dire par "auparavant" ?

— Quand elle a disparu. À ce moment-là, sa photo était dans tous les journaux. On l'a même montrée à la télévision.

— Moi, je ne lis que les journaux du coin, répondit Dickson. Et la seule chose que je regarde à la télé, c'est le sport. Vous savez, on n'a pas beaucoup de loisirs quand on travaille dans un bar. Ce n'est pas la qualité de vie qui m'étouffe.

— Mais vous l'avez reconnue dès que vous l'avez vue dans le *Courier ?*

— C'était une super nana. » Dickson jeta un coup d'œil par-dessus son épaule, s'assura de quelque chose et sourit. « Vraiment une jolie môme.

— Ah, oui ? Parlez-nous du 3 avril. »

Elle était entrée dans le bar à 22 h 20 environ, une jeune fille blonde « habillée comme elles le sont toutes », en noir, avec une sorte de veste. Un anorak, une parka, ou un duffel-coat, il ne savait pas trop, mais il croyait se rappeler qu'elle était de couleur marron. Elle portait un grand sac en bandoulière, bourré à craquer, pas un sac à dos. Comment pouvait-il s'en souvenir aussi bien après presque trois mois ?

« C'est simple, j'ai sa photo.

— Qu'est-ce que vous dites ? s'exclama Vine.

— Ce soir-là, il y avait une future mariée qui était venue enterrer sa vie de jeune fille avec ses copines, dit Dickson. Elle devait passer le lendemain devant le maire de Kingsmarkham. Elle a demandé à ma femme de la prendre en photo, avec les autres filles tout autour de la table, et elle lui a passé son appareil. Et c'est juste au moment où ma bourgeoise a appuyé sur le déclencheur que cette Allemande est entrée. Alors, elle est sur la photo, derrière tout le monde.

— Et vous avez une copie de cette photographie ? Je croyais vous avoir entendu dire que ce n'était pas votre appareil ?

— La fille — je veux dire, la mariée — nous en a envoyé une. Elle pensait que nous aimerions l'avoir, vu qu'elle avait été prise au *Brigadier*. Je peux vous la montrer si vous voulez.

— Je crois que ça s'impose », répondit Burden.

Ulrike Ranke se tenait assez loin derrière le groupe des jeunes femmes hilares et un peu en dehors des lumières, mais c'était bien elle. Sa veste pouvait être marron ou grise, ou même bleu foncé, mais son jean était indéniablement noir. On arrivait à distinguer un collier de perles qui se détachait sur son pull ou son chemisier sombre. Le sac de cuir et de toile qu'elle portait sur son épaule droite paraissait lourd et beaucoup trop plein. Elle avait l'air anxieux.

« Quand j'ai vu sa photo dans le *Courier,* j'ai dit à ma femme d'aller chercher la nôtre, et lorsque je l'ai eue sous les yeux, j'ai tout de suite vu que c'était elle.

— Que venait-elle faire chez vous? Prendre un verre?

— Je lui ai dit qu'elle ne pouvait pas boire d'alcool, répondit vertueusement Dickson, et je suis allé prendre les dernières commandes. Mais ce n'était pas ça qu'elle voulait, elle voulait savoir si elle pouvait passer un coup de téléphone. Elle avait une drôle de façon de parler, une sorte d'accent. Elle n'arrivait pas à prononcer certains mots, mais ici, on voit passer toutes sortes de gens. »

Burden était toujours étonné que ses compatriotes, dont la connaissance des langues s'arrêtait généralement à la leur, n'hésitent pas à se moquer des étrangers qui ne maîtrisaient pas parfaitement l'anglais. Il demanda si Ulrike avait passé son coup de téléphone.

« J'y arrive, répondit Dickson. Elle a demandé à passer un coup de fil, elle disait qu'elle voulait prendre un taxi. C'était ça qu'elle voulait appeler, une compagnie de taxis, elle m'a demandé si j'en connaissais une. Ça, cela va sans dire, il y a beaucoup de gens qui appellent des taxis ici. Je lui ai dit qu'elle trouverait un numéro près de l'appareil, on avait mis une carte sur le panneau à côté du téléphone. Et qu'elle devait se servir du téléphone public. Je ne voulais pas qu'elle utilise celui du bureau.

— Et elle l'a fait?

— Bien sûr qu'elle l'a fait. Après, elle est revenue dans la salle. À ce moment-là, tous les clients étaient partis et on était en train de nettoyer le bar, ma femme et moi. Elle nous a dit alors qu'elle était venue de Douvres en stop dans un camion. Le chauffeur l'avait prévenue qu'il la déposerait à l'endroit où il devait s'arrêter, alors il l'a laissée ici, et il est allé se garer sur une aire de repos pour la nuit. J'ai dit à ma femme qu'à mon avis, jolie comme elle était, elle avait eu de la chance qu'il la laisse partir.

— Elle n'a pas eu de chance », répliqua Burden. Dickson leva les yeux, surpris. « Non, bien sûr, mais vous voyez ce que je veux dire.

— Elle a appelé un taxi ? Lequel ? Vous le savez ?

— Un type des Voitures contemporaines. C'était leur carte que j'avais mise à côté du téléphone. Il y avait d'autres numéros sur un bout de papier, mais c'était la seule carte.

— Et le taxi est venu ? »

Pour la première fois, Dickson parut un peu moins fier de lui, et l'image de droiture et de parfaite intégrité se lézarda légèrement. « Je ne sais pas au juste. Je veux dire, elle a dit que le taxi serait là un quart d'heure après. On lui avait dit au standard que Stan allait passer dans un quart d'heure. Et quand je suis monté me coucher, peut-être une demi-heure après, j'ai regardé par la fenêtre et elle n'était plus là. Alors, j'ai pensé qu'il l'avait emmenée.

— Êtes-vous en train de me dire, demanda Burden, qu'elle ne l'a pas attendu ici ? Que vous l'avez laissée toute seule dehors ?

— Écoutez, ici c'est un hôtel, pas une auberge de jeunesse...

— Un pub, rectifia Vine.

— Enfin, ma femme était allée se coucher, elle avait eu une dure journée, et moi j'étais encore en bas à ranger la salle. Je vous assure, ç'avait été une journée infernale. Dehors, il ne faisait pas si froid que ça. Il ne pleuvait pas.

— Elle avait dix-neuf ans, rappela Burden. C'était une jeune fille, et elle n'était pas du pays. Vous l'avez mise dehors, vous l'avez laissée attendre dans le noir à 23 heures. »

Dickson lui tourna le dos. « La prochaine fois, j'y réfléchirai à deux fois, marmonna-t-il, si je dois vous appeler parce que j'ai des renseignements à vous donner. »

Un peu plus tard, dans la journée, après des heures et des heures d'interrogatoire, Stanley Trotter, chauffeur de Voitures contemporaines et associé de Peter Samuel dans la compagnie, fut arrêté pour le meurtre d'Ulrike Ranke.

3

Sheila Wexford avait décrété qu'elle accoucherait à la maison. Les accouchements à domicile étaient à la mode et Sheila, disait son père avec une certaine rudesse mêlée d'affection, avait toujours suivi la mode avec une ferveur enthousiaste. Il aurait préféré qu'elle aille dans le meilleur service hospitalier du monde, où qu'il fût, quatre semaines au moins avant la date de la naissance. Il aurait voulu que le meilleur obstétricien du pays accoure à son chevet dès le début du travail, flanqué de deux ou trois assistants chaleureux et d'un escadron de sages-femmes haut de gamme au couronnement de leur carrière. Il faudrait lui administrer une péridurale après la première contraction, et si le travail n'avait pas fait son œuvre au bout d'une demi-heure, pratiquer aussitôt une césarienne — si possible pas plus grande qu'un trou de serrure.

Telles étaient, en tout cas, les pensées que lui attribuait Dora.

« C'est absurde, bougonna Wexford. Simplement, je n'aime pas l'idée qu'elle veuille accoucher à la maison.

— Elle fera comme elle voudra. Elle a toujours été comme ça.

— Sheila n'est pas égoïste, s'indigna-t-il.

— Je n'ai pas dit qu'elle était égoïste. J'ai dit qu'elle ferait comme elle voudrait. »

Wexford médita cette contradiction. « Tu iras l'assister à ce moment-là, n'est-ce pas ?

— Je n'y avais pas songé. Je ne suis pas sage-femme. Mais j'irai certainement après la naissance du bébé.

— C'est drôle, tu ne trouves pas ? dit Wexford. On a fait beaucoup de progrès dans le domaine de l'éducation sexuelle, de l'égalité des hommes et des femmes, et on s'est débarrassé des principes poussiéreux. Les hommes assistent tout naturellement à la naissance de leurs enfants. Les femmes discutent publiquement de toutes sortes de sujets gynécologiques qu'autrefois elles n'auraient jamais abordés sans mourir de honte. Mais tu ne peux pas imaginer une seule personne qui ne reculerait pas, pour le moins, à l'idée qu'un père puisse assister à l'accouchement de sa fille. Tu vois, je t'ai choquée. Tu rougis.

— Enfin, Reg, c'est normal que je sois choquée. Tu ne veux quand même pas être là quand Sheila... ?

— Accouchera ? Bien sûr que non. Je risquerais de tourner de l'œil. Je trouve simplement que ce n'est pas normal que tu puisses y aller et pas moi. »

Sheila vivait à Londres avec le père de son enfant, un acteur du nom de Paul Curzon, dans un loft assez chic au sortir de Welbeck Street. Le bébé devait naître là-bas. Wexford, qui ne connaissait pas très bien Londres, jeta un coup d'œil sur un plan et vit avec soulagement que ce n'était pas très loin de Harley Street. Cette rue, comme chacun sait, regorgeait de médecins et aussi, probablement, d'hôpitaux.

Les bureaux de Voitures contemporaines étaient situés dans un bâtiment préfabriqué visiblement provisoire, sur un terrain vague qui bordait la route de la gare. Ce terrain avait autrefois abrité le *Railway Arms*, un pub dont la fréquentation s'était peu à peu tarie parce que le prix de la bière, de l'avis de ses clients, était exorbitant, et qu'il rationnait l'alcool aux conducteurs de façon draconienne. Le *Railway Arms* avait fermé, puis avait été démoli. Rien n'avait été construit à la place, et il se trouvait des gens, à Kingsmarkham, pour juger parfaitement hideux ce terrain balayé par les vents, jonché d'ordures et entouré d'orties et d'arbres chétifs. À leurs yeux, l'arrivée de la grande caravane convertie en bureau n'avait guère arrangé les choses, mais sir Fleance McTear, président de Kabal et de la Société historique de Kingsmarkham, disait que comparé au projet de la déviation, c'était le cadet de leurs soucis.

Peter Samuel, qui s'était intronisé directeur de Voitures contemporaines, disait à qui voulait l'entendre qu'il allait bientôt installer la société dans des locaux permanents, mais pour l'instant, rien ne le laissait paraître. L'ancien emplacement du *Railway Arms* offrait de nombreuses places de parking aux taxis et des entrées et des sorties très commodes aux abords de la gare. Ce fut dans ces bureaux de caravane, qui avaient conservé les tables pliantes, le cabinet de douche et les lits encastrables de leur ancienne vie nomade, que Burden interrogea Stanley Trotter pour la première fois.

Au début, Trotter nia avoir jamais entendu parler d'Ulrike Ranke. Mais lorsque Vine lui cita le témoignage de William Dickson et mentionna l'accent de la jeune Allemande, sa mémoire se rafraîchit et il se rappela avoir pris l'appel d'Ulrike — avoir pris l'appel, oui, mais pas être allé la chercher au *Brigadier*. Il avait eu l'intention de le faire, déclara-t-il, mais comme il devait passer prendre un voyageur à la gare qui rentrait de Londres par le dernier train, il avait confié la course à un autre chauffeur, Robert Barrett.

Le problème, c'est que Barrett, lorsqu'on l'interrogea, ne se souvenait absolument pas de ses allées et venues de la nuit du 3 avril, sauf qu'il était sûr d'avoir travaillé toute la soirée, et que c'était une soirée plutôt chargée. Toute la semaine, il avait eu beaucoup de travail — sans doute, d'après lui, à cause des fêtes de Pâques. Mais il était certain d'une chose : il n'avait jamais, depuis les cinq mois qu'il travaillait pour Voitures contemporaines, été chercher un seul client au *Brigadier*.

Burden demanda à Stanley Trotter de se présenter au commissariat de police de Kingsmarkham. Entre-temps, il avait découvert que Trotter avait déjà purgé des peines de prison pour des délits non négligeables. La première fois, quelque sept ans auparavant, c'était pour avoir pénétré par effraction dans un magasin d'Eastbourne et y avoir commis des actes de vandalisme. Son second méfait, beaucoup plus grave, était un vol doublé d'agression. Il avait frappé une jeune femme au visage, l'avait jetée à terre et l'avait bourrée de coups de pied avant de lui voler son sac. Elle rentrait chez elle en passant par Queen Street, seule, autour de minuit. Il avait fait de la prison pour ces deux forfaits, et il aurait récolté pour le second une peine beaucoup plus longue si sa victime ne s'en était pas tirée avec un simple bleu à la mâchoire.

Mais pour Burden, c'était suffisant, ou presque. Il avait fait avouer à Trotter qu'il avait bien conduit son taxi au *Brigadier* à 22 h 45, le 3 avril. Au départ, affirma-t-il, il avait eu trop peur de l'admettre. Il avait roulé jusque là-bas et était arrivé au pub juste avant 23 heures, mais la cliente ne l'attendait pas. Si elle avait été là un peu plus tôt, à son arrivée, elle était déjà partie.

À ce moment-là, Trotter exigea d'avoir un avocat et Burden fut obligé de s'incliner. Un jeune et vif avocat de chez Morgan de Clerck arriva de York Street sur-le-champ ; et lorsque Trotter affirma ne pas pouvoir se rappeler s'il avait ou non sonné au *Brigadier* pour manifester sa présence, il déclara à Burden que son client avait fait état de cet oubli et que cela devait suffire.

En dehors de la salle d'interrogatoire, Vine suggéra : « Dickson a dit qu'elle attendait dans la rue. Trotter n'avait pas besoin de sonner.

— Non, mais il ne savait pas qu'elle était dehors, n'est-ce pas ? Il aurait dû penser — tout le monde l'aurait fait — qu'elle était dans le pub, et sonner automatiquement à la porte. Êtes-vous en train de me dire qu'il est arrivé au pub à 23 heures et que, n'ayant trouvé personne, il s'est contenté de faire demi-tour et de rentrer par la route de la gare ?

— En tout cas, c'est ce qu'*il* vous a dit », répondit Vine.

Ils poursuivirent l'interrogatoire de Trotter. L'avocat de chez Morgan de Clerck les reprit sur les moindres détails, tout en prodiguant quantité de cigarettes à son client, bien qu'il ne fût pas fumeur lui-même. Trotter, un homme mince d'une quarantaine d'années environ, au dos voûté et d'aspect maladif, en avait déjà grillé une vingtaine à la fin de l'après-midi, et la salle d'interrogatoire était complètement enfumée. L'avocat interrompait l'interrogatoire à chaque instant en ne cessant de demander combien de temps ils avaient l'intention de garder Trotter et, finalement, si on allait l'inculper.

Burden, qui avait du mal à respirer, souffla témérairement un oui. Mais il ne le mit pas en examen et opta pour une simple garde à vue au commissariat de police de Kingsmarkham. Lorsque Wexford l'apprit, il se montra dubitatif, mais Burden obtint un mandat de perquisition et fit fouiller le domicile de Trotter, à Peacock Street. Là, dans un appartement de deux pièces situé au-dessus d'une épicerie tenue par deux frères bangladais, les inspecteurs Archbold et Pemberton trouvèrent un collier de fausses perles et un fourre-tout de toile brune enveloppé dans un sac en plastique vert sombre.

D'après Wexford, il ne ressemblait pas beaucoup au sac à bandoulière qui figurait sur la photographie de Dickson, et il n'était pas non plus conforme à la description de Dieter Ranke sur le sac de sa fille. C'était un sac de bien moins bonne qualité, brun et vert et non pas marron et noir. Les Ranke étaient des gens aisés, qui occupaient tous deux des postes importants, et Ulrike n'avait manqué de rien. Le bijou qu'on lui avait vu au cou était un collier de perles de culture, parfaitement assorties, un cadeau de son père et de sa mère à l'occasion de son dix-huitième anniversaire, et d'une valeur équivalente à treize cents livres.

« Le pauvre type va être obligé d'examiner ce sac, dit Wexford, qui faisait allusion à Ranke en songeant à lui-même et à ses propres filles. Il est toujours dans le pays pour l'enquête.

— Ce ne sera pas aussi affreux que d'identifier le corps, répondit Burden.

— Non, Mike, en effet. » Wexford ne voulait pas poursuivre sur le sujet, il risquait de dire quelque chose qu'il pourrait regretter ensuite. « J'ai appris que le ministère des Transports s'était adressé à la Cour suprême pour obtenir l'expulsion des occupants des arbres. »

Burden eut l'air satisfait. L'idée de la déviation lui avait toujours plu, notamment parce que, selon lui, elle allait mettre fin aux encombrements dans le centre-ville et sur l'ancienne déviation. « Autrefois, on ne faisait pas tant d'histoires, dit-il. Si le gouvernement décrétait la construction d'une route, on l'acceptait. On partait du principe tout à fait juste qu'en élisant ses représentants au Parlement, on avait fait son devoir de citoyen et on devait se conformer aux décisions du gouvernement. On ne construisait pas de cabanes dans les arbres et on ne courait pas tout nu en public. On ne commettait pas d'actes de vandalisme et on n'estropiait pas des ouvriers bûcherons qui ne font que leur travail. Les gens comprenaient que la percée de ce genre de routes se faisait uniquement *pour leur bien.*

« "Il ne voyait pas que le monde courait à sa perte", dit Wexford. C'est ce que l'on inscrira sur votre pierre tombale. » Il coula à Burden un regard oblique. « Demain, il y aura une grande manifestation. Kabal, l'Association de sauvegarde de la faune et de la flore du Sussex, les Amis de la Terre et le Globe sacré seront là. Le tout, sous la houlette de sir Fleance McTear, Peter Tregear et Anouk Khoori.

— Nous aurons simplement un peu plus de pain sur la planche. C'est tout ce qu'ils auront gagné. On construira quand même la déviation.

— Qui sait ? » hasarda Wexford.

Il ne procéda pas lui-même à l'interrogatoire de Trotter. Burden, harcelé par Damian Harmon-Shaw, de chez Morgan de Clerck, parvint à faire proroger de douze heures la garde à vue du suspect. Il savait que passé ce délai, il devrait l'inculper ou bien le relâcher, car il était peu probable que les indices qu'il avait réunis contre lui soient assez convaincants pour que le tribunal d'instance accepte de prolonger sa détention.

Les trois Vauxhall et les trois Golf utilisées par Voitures contemporaines furent toutes passées au peigne fin. Peter Samuel n'émit aucune objection. Depuis le 3 avril, on avait nettoyé au moins dix fois l'intérieur et l'extérieur de chacun des véhicules, et tous avaient transporté des centaines de passagers. S'il y avait jamais eu des traces de la brève présence d'Ulrike Ranke dans l'un d'eux — un cheveu, une empreinte digitale, ou un fil tombé d'un vêtement —, elles avaient été enlevées ou effacées depuis longtemps.

« Vous n'avez aucune preuve, Mike, dit Wexford après avoir écouté l'enregistrement de l'interrogatoire. La seule chose que vous ayez contre lui, ce sont ses condamnations antérieures et le fait qu'il soit allé au *Brigadier* et, n'y ayant trouvé personne, ait rebroussé chemin pour regagner sa station.

— Il connaît le grand bois de Framhurst. Il a admis qu'il fréquentait l'aire de pique-nique quand ses enfants étaient petits. » Le fait que Trotter ait abandonné sa femme et ses enfants en bas âge, le divorce qui s'en était suivi, son remariage et un second divorce très rapproché, avaient prévenu Burden encore davantage contre lui. « Il sait où se trouve le chemin qui mène au bois, ainsi que tous les endroits où l'on peut se garer autour de l'aire de pique-nique. Le corps a été trouvé à deux cents mètres de là.

— La moitié de la population de Kingsmarkham connaît cette aire de pique-nique. J'y ai amené mes enfants, et vous aussi. On pourrait dire qu'il a fait acte de franchise en avouant qu'il le connaissait. Il n'y était pas obligé. »

Burden répondit froidement : « Je sais qu'il est coupable. Je sais qu'il l'a tuée. Il l'a tuée pour ce collier de perles, qui est un des bijoux les plus faciles à écouler, et pour les cinq cents livres qu'elle avait sur elle.

— D'après vous, il était à court d'argent ?

— Ce genre de types est toujours à court d'argent. »

Dieter Ranke arriva à Kingsmarkham deux heures avant la levée de la garde à vue de Trotter. Entre-temps, Burden et l'inspecteur Malahyde l'avaient à nouveau interrogé, mais sans en tirer rien de plus. Après un bref coup d'œil au sac en toile brune, le père d'Ulrike déclara qu'il n'avait pas appartenu à sa fille. Quant au collier de perles de pacotille trouvé dans l'appartement de Trotter, il le fit exploser de colère. Il s'en prit à Barry Vine, puis s'excusa avant de fondre en larmes.

« Vous allez devoir relâcher mon client », dit Damian Harmon-Shaw d'une voix mielleuse, avec un sourire condescendant.

Burden n'avait pas le choix. « Il s'en est sorti sans être inquiété, rapporta-t-il à Wexford, mais je sais que c'est lui qui l'a tuée. Je ne peux pas le supporter.

— Il le faudra bien pourtant. Je vais vous dire, si vous voulez, ce qui s'est réellement passé. Quand ce scélérat de Dickson a jeté Ulrike dans la rue, elle n'était pas du tout rassurée de se retrouver seule sur la route sans aucune autre maison en vue. Si les lumières du pub étaient éteintes, il n'y avait plus aucun éclairage et en fait, il devait faire très sombre dehors sur cette déviation. Elle a attendu le taxi, mais avant qu'il n'arrive, un autre véhicule s'est arrêté et le conducteur lui a proposé de l'emmener. Une voiture ou un camion — qui sait ?

— Et elle serait montée, en dépit du danger ?

— Les jeunes filles à qui cela arrive doivent toutes réagir assez différemment. Les gens croient pouvoir se fier à leur intuition. Ils pensent pouvoir lire la personnalité d'un inconnu dans son visage ou dans sa voix. Il fait sombre, il est tard, elle a froid, elle n'a aucune idée de l'endroit où elle va dormir cette nuit, si tant est qu'elle puisse dormir quelque part, et elle ne sait pas quand elle arrivera à Aylesbury. Un homme passe alors en voiture, une voiture chauffée et bien éclairée. C'est un homme affable, plus tout jeune et d'allure paternelle qui ne fait pas de remarques intrusives, ne lui demande pas ce qu'une jolie fille comme elle fait dehors en pleine nuit, mais lui dit simplement qu'il est en route vers Londres et offre de la déposer quelque part. Peut-être ajoute-t-il quelques détails — il doit passer prendre sa femme à Stowerton et l'amener ensuite à Londres. Nous n'en savons rien, mais on peut imaginer. Et Ulrike, qui est fatiguée et frigorifiée, et qui sait distinguer les gens bien des autres...

— Voilà un scénario magnifique, répondit Burden. Simplement, il y a un hic : c'est Trotter qui a fait le coup. »

Pourtant, dès le lendemain matin, Trotter reprenait son travail et, de même que Peter Samuel, Robert Barrett et Leslie Cousins, il n'arrêta pas de faire la navette entre la gare et le point de rassemblement pour conduire les hordes de gens venus manifester contre la déviation.

Plusieurs se rendirent au lieu de rendez-vous à pied. Ce n'était qu'à un kilomètre et demi de la gare. Les jeunes et les pauvres ne pouvaient pas faire autrement. Certains des activistes étaient presque fauchés. Néanmoins, une élite aux revenus confortables, la plupart des militants pour la protection de la faune et de la flore, quelques membres des Amis de la Terre et un bon nombre de défenseurs de l'environnement indépendants, mais convaincus, formaient une longue queue à l'extérieur de la gare, attendant les voitures envoyées par les Taxis de la Gare, Tous les Six (qui tirait son nom de son numéro de téléphone), les Taxis de Kingsmarkham, les Frères Harrison et Voitures contemporaines.

Le point de rassemblement avait été fixé au rond-point qui se trouvait sur la route de Stowerton à Kingsmarkham. Plus de cinq cents personnes étaient déjà sur place, des membres d'un groupe qui se faisait appeler le Cœur de la Forêt. Ils portaient à la main des branches d'arbres abattus la veille, de sorte que, selon l'expression de Wexford, ils ressemblaient au bois de Birnam arrivant à Dunsinane [1].

Ils défilèrent à travers la ville, en direction de Pomfret et du site d'où devait partir la nouvelle déviation. La conseillère municipale Anouk Khoori, codirectrice générale avec son mari de la chaîne de supermarchés Crescent, s'était habillée de vert des pieds à la tête, ombre à paupières et vernis à ongles compris.

Les feuilles mortes des branches vertes arborées en signe de protestation par le Cœur de la Forêt tombaient le long du chemin, formant une longue traînée au milieu de la route. Debbie Harper était là, toujours en femme-sandwich, mais cette fois, en dessous des panneaux, elle était manifestement vêtue d'un blue-jean et d'un T-shirt vert. Dora Wexford, qui s'était jointe aux manifestants sans que son mari y trouvât rien à redire — « J'aurais aimé pouvoir venir », lui avait-il confié — défilait dans les rangs disciplinés des bourgeois de Kabal. Tous ses membres avaient évité, avec une certaine ostentation, de s'habiller en vert et de porter la moindre tenue vestimentaire qui pût les associer au New Age.

Wexford, qui regardait la manifestation depuis la fenêtre de son bureau (il fit signe à sa femme qui ne

1. Allusion à *Macbeth,* de Shakespeare.

le vit pas), remarqua des nouveaux venus. Leur banderole proclamait leur appartenance à Species. Il s'amusa un moment à essayer de chercher de quoi cela pouvait être l'acronyme — Sauvegarde et protection de l'environnement et de la culture inhérente à l'écosystème, ou bien Sanctuaire pour la préservation des essences et pour la coopération et l'intégration des systèmes.

À leur tête marchait un homme à la silhouette imposante. Il était grand, au moins aussi grand que Wexford : sa taille approchait du mètre quatre-vingt-dix. Il ne portait pas de banderole, n'agitait aucun drapeau, et sa tenue était très différente de l'uniforme adopté par ses pairs, un mélange de jeans et d'habits de pèlerins du Moyen Âge. Cet homme, qui avait le crâne rasé, était vêtu d'une grande cape d'une pâle couleur sableuse qui battait et ondulait au rythme de sa marche. Wexford fut stupéfait de voir qu'il avait les pieds nus.

S'il ne s'était pas concentré sur cet homme, fixant le profil de son front immense, son nez aquilin et son long menton, il aurait peut-être pu voir un des manifestants fracasser d'un jet de pierre une vitre des bureaux de Concreation, sur la route de Pomfret.

Cette maison géorgienne aménagée en immeuble de bureaux, qui abritait la société de construction de la déviation, était séparée de la chaussée par une pelouse et un cinéma en plein air. Personne ne paraissait savoir qui avait lancé cette pierre, mais les hypothèses allaient bon train, et les manifestants les plus conservateurs suggérèrent qu'il s'agissait d'un membre de Species ou du Cœur de la forêt. Wexford posa plus tard la question à Dora, mais elle n'avait rien vu. Elle n'avait tourné les yeux vers la vitre brisée qu'en entendant le bruit de fracas.

Le reste de la manifestation se déroula sans incident. Trois jours plus tard, des mandats d'expulsion furent délivrés contre les occupants des quatre campements édifiés sur le trajet de la déviation. Mais avant que le sous-capitaine de gendarmerie du Mid-Sussex pût commencer à procéder aux expulsions, deux autres camps se formèrent, l'un à Pomfret Tye, l'autre à Stoke Stringfield, « sous les auspices », selon les termes assez solennels du communiqué adressé à la presse, de Species.

On retira le cordon qui interdisait l'accès à la zone où le corps d'Ulrike Ranke avait été trouvé, et les experts qui creusaient les nouveaux terriers à blaireaux se remirent à leur tâche. La Société britannique des spécialistes des lépidoptères annonça que des œufs d'*Araschnia levana* avaient été vus sur des orties de la nouvelle plantation, mais les larves n'étaient pas encore écloses.

On était au mois d'août, et l'abattage des arbres avait recommencé, lorsque des attaquants masqués fondirent une nuit sur Kingsmarkham et s'en prirent aux locaux de Concreation.

4

Ils envahirent le bâtiment, fracassant les fenêtres, les ordinateurs, les fax, les téléphones et les photocopieuses. Ils renversèrent les tiroirs des fichiers et déchirèrent leur contenu ou le jetèrent dans les déchiqueteuses. La police arriva très rapidement sur les lieux, mais, tandis que l'on procédait à des arrestations, un autre groupe occupa le siège du conseil municipal, et un troisième se livra au saccage des boutiques de la rue principale.

Parmi les assaillants arrêtés par la police figuraient des occupants des arbres, mais les attaquants encagoulés, qui avaient enfilé sur leur tête des bas noirs percés de trous pour les yeux et la bouche, étaient de nouveaux venus dans la ville. Ils étaient arrivés dans la journée et avaient installé un nouveau campement, le septième, sur le trajet de la déviation, bien que l'on eût requis au préalable davantage de mandats d'expulsion.

Le lendemain de ce que l'on appela le saccage de Kingsmarkham, Mark Arcturus, porte-parole de la direction des Amis de la Terre, appela les protestataires à continuer à manifester dans le respect des lois. « Toutes nos démarches ne mèneront à rien, déclara-t-il, si le public associe notre protestation à la violence et aux dégradations. Il nous retirera le soutien et les encouragements qu'il nous a prodigués jusqu'à présent. Notre action a été pacifique et civilisée. Faisons en sorte qu'elle le reste. »

Sir Fleance McTear affirma que Kabal était entièrement dévouée à la protestation pacifique. « Nous ne tolérons pas la violence, même pour une cause aussi juste. »

Le *Kingsmarkham Courier* fut le seul organe de presse à publier une déclaration d'un homme dénommé Conrad Tarling proclamant que les situations désespérées réclamaient des mesures désespérées, et que le public n'avait pas le choix quand le gouvernement ignorait la voix du peuple. Tarling se présentait comme le Roi de la Forêt et le leader de l'action de Species sur le site de la déviation. Wexford le reconnut sur la photo qui illustrait l'article. C'était l'homme qui avait manifesté dans le défilé vêtu d'une longue cape.

Sous la protection des agents de sécurité, une équipe d'ouvriers vint ôter les clous et les fils métalliques qui hérissaient les troncs d'arbres. Dans les camps, les occupants des arbres les regardèrent travailler en silence, attendant patiemment le départ des agents de sécurité, qui se relayaient sur le site vingt-quatre heures sur vingt-quatre.

Dans le *New Scientist,* Patrick Young, de Nature anglaise, annonça la découverte d'une espèce rare dans la Brede. Il s'agissait de la *Psychoglypha citreola,* dont la larve était un minuscule ver aux allures de mosaïque et qui, sous sa forme adulte, devenait un papillon à ailes jaunes d'une longueur de deux centimètres et demi environ. À la suite de quoi, les conseillers en protection du gouvernement établirent un relevé des parties de la rivière susceptibles d'être classées zone d'intérêt scientifique prioritaire.

« En vertu de la directive européenne des Espèces et des Habitats, déclara Young, le statut de super-réserve confère le plus haut niveau de protection. La *Psychoglypha* pourrait encore sauver cette aire incomparable par sa beauté et par la présence de ses espèces rares. Sa découverte met en évidence l'échec du ministère des Transports à apprécier correctement l'environnement de la Brede et du marais de Stringfield. »

Vers la fin du mois, une des cabanes construites dans les arbres du campement d'Elder Ditches prit feu par un après-midi caniculaire. Ses occupants, un homme et une femme, étaient des membres vedettes de Species. La cabane et l'arbre sur lequel elle était perchée furent tous deux détruits, mais après les premières craintes, l'enquête conclut finalement à un accident, causé par la chute d'un réchaud à alcool servant à préparer du thé.

« Ces gens-là, dit Burden à Wexford, détruisent plus l'environnement qu'ils ne le sauvent.

— Il s'agit seulement d'un arbre. Vous êtes ridicule.

— Souvent la vérité paraît ridicule au départ, dit Burden d'un ton sentencieux. Comment va Sheila ?

— Très bien. Le bébé doit naître dans trois semaines. Je me sentirais beaucoup mieux si elle accouchait à l'hôpital. » Wexford continua, surtout pour agacer l'inspecteur : « Un de ses amis fait partie des protestataires. Il s'appelle Jeffrey Godwin, il est acteur et possède le Théâtre du Barrage.

— Ce moulin aménagé à Stringfield ? Il aurait pu trouver mieux.

— Il y a fait monter une pièce sur le thème de la protestation, et les représentations commencent la semaine prochaine. Elle s'appelle *Extinction.*

— C'est à hurler de rire, dit Burden. Vous pouvez être sûr que je n'y mettrai pas les pieds. »

Le dernier lundi du mois, Concreation fit sortir ses engins de terrassement entreposés dans le champ de Pomfret Monachorum, et la première excavatrice plongea sa grande pelle hérissée de pointes dans le flanc de coteau verdoyant.

Depuis six mois, Wexford était un peu soucieux. Parfois, la nuit, il se réveillait en s'imaginant le vide glacial, le grand gouffre béant qui s'ouvrirait à ses pieds si Sheila devait mourir en couches. Il n'avait jamais vraiment connu de près ce genre de choses, car la seule fois où cela s'était produit dans sa vie, c'était quand une de ses tantes était morte lorsqu'il avait quatre ans. Mais il était inquiet malgré tout. Il pensait également à l'enfant à venir, pas spécialement à l'enfant en soi, mais à la réaction de Sheila s'il n'était pas normal, à son chagrin qui, dans l'ordre naturel des choses, serait aussi le sien.

Mais il savait, durant ces quelques mois, que l'anxiété qui le préoccupait n'était rien à côté de celle qu'il allait éprouver à l'approche de la date de la naissance, dans les quelques jours qui suivraient cette date, car les premiers bébés, dit-on, ne naissent jamais à terme, et enfin — pensée insoutenable — dès qu'il aurait été averti des premières contractions. Cette inquiétude, pourtant, était encore à venir, et ne devait pas le submerger avant le 4 septembre. Il se disait qu'il était stupide, qu'il devait bannir cette pensée de son esprit, du moins jusqu'à cette date, car il ne sert à rien de s'inquiéter deux fois, une fois pour de vrai et une fois à la perspective de l'inquiétude future. « La plupart des choses qui t'ont tracassée, rappela-t-il à Dora au soir du 1er septembre, ne sont jamais arrivées.

— Je sais, répondit-elle, c'est moi qui t'ai enseigné cet axiome. » Alors même qu'elle disait ces mots, le téléphone sonna.

Il décrocha le combiné.

« Salut, papa, dit Sheila. Le bébé vient juste de naître. »

Il fut obligé de s'asseoir. Par chance, il avait une chaise à côté de lui.

« Tu m'entends, papa ? La petite est née et elle est fantastique. Elle s'appelle Amulette. Elle a des cheveux noirs et des yeux bleus. Et tu sais, ce n'était pas aussi dur que je pensais.

— Oh, Sheila..., murmura-t-il, puis, se tournant vers Dora : Sheila vient d'avoir son bébé.

— Alors, tu ne me félicites pas ?

— Mais si. Félicitations, ma chérie.

— Elle pèse trois kilos quatre cent quarante. Je ne sais pas ce que ça fait en livres, il faudra que tu te trouves une table de conversion. J'aurais pu appeler quand les contractions ont commencé, mais je savais que cela ne servirait qu'à t'inquiéter, et après les choses se sont passées si vite...

— Je te passe ta mère, dit-il. Tu lui raconteras tout cela. »

Dora demeura un quart d'heure au téléphone. Quand elle reposa enfin le combiné, elle déclara à Wexford qu'elle allait partir à Londres deux jours plus tard. « Elle m'avait demandé de venir demain.

— Pourquoi pas ?

— J'ai trop de choses à faire ici. Je ne peux pas tout laisser tomber et partir comme ça. De plus, je pense qu'il vaut mieux que j'attende un jour ou deux, pour qu'elle s'habitue à son bébé. J'irais s'il fallait absolument l'aider. Mais elle a une nourrice à domicile.

— Amulette, répéta Wexford. J'espère que je vais m'y habituer.

— Ne t'inquiète pas. On l'appellera Amy. »

Cette nuit-là, Species et les occupants des arbres se ruèrent sur les engins de terrassement, arrachèrent les parties métalliques, tranchèrent les câbles, immobilisèrent les moteurs et mélangèrent de la limaille de fer au carburant. On arrêta plusieurs personnes, on confia les excavatrices à la surveillance d'un gardien et James Freeborn, l'adjoint du chef constable du Mid-Sussex, demanda au gouvernement une subvention de deux millions cinq cent mille livres pour assurer le maintien de l'ordre sur le chantier de la déviation.

Wexford demanda à le rencontrer pour discuter de la vague de vandalisme et de petits larcins qui avait déferlé sur les boutiques de Sewingbury et de Myfleet. Quatre cents agents de sécurité, engagés par la compagnie des autoroutes, furent logés dans les baraquements délabrés de l'ancienne base militaire de Sewingbury. Les riverains les accusèrent d'être à l'origine des désordres, disant qu'ils étaient responsables des querelles de bistrots, et que les cars qui les transportaient sur le site de la déviation causaient des embouteillages, du bruit et de la pollution.

« Quelle ironie, n'est-ce pas ? fit remarquer Wexford à Dora. Qui devra assurer la garde des gardiens ? Mais avec mon rendez-vous, je ne pourrai pas te conduire à la gare.

— Je prendrai un taxi. Si je n'avais pas tous ces trucs avec moi, ces cadeaux que tu as voulu à tout prix que j'emporte, j'aurais pu y aller à pied.

— Téléphone-moi ce soir. Je veux tout savoir sur cette petite. Je veux entendre sa voix.

— La seule voix qu'on a à cet âge, répondit Dora, c'est des cris, et j'espère qu'elle nous en régalera le moins possible. »

Il quitta la maison à 9 heures pour aller à son rendez-vous. Avant de partir, il eut envie de lui recommander de ne pas faire appel à Voitures contemporaines. Ce n'était pas si important que ça, mais il n'aimait pas trop l'idée que Stanley Trotter puisse conduire sa femme à la gare. Bien sûr, ce pouvait être un autre chauffeur, Peter Samuel ou bien Leslie Cousins, et même si c'était Trotter, il y avait de grandes chances pour qu'il ne mentionne pas Wexford, ou son arrestation, ou encore les soupçons infondés de Burden. Tout cela dépendait de l'état d'esprit de Trotter : s'il se sentait blessé, ou angoissé, ou s'il était tout simplement soulagé d'avoir été remis en liberté. De toute façon, Dora ne savait rien — même à l'époque des faits, il ne lui avait jamais parlé de Trotter — et elle pourrait à juste titre plaider l'ignorance si ce dernier la prenait à partie.

Son rendez-vous s'acheva sans aboutir à une quelconque décision, mais sa présence parut donner des idées à Freeborn. Si Wexford n'avait rien de mieux à faire cet après-midi-là, peut-être souhaiterait-il accompagner l'adjoint du chef constable dans sa tournée des zones protégées. Cette visite devait être suivie d'une estimation de l'environnement de la Brede et du marais de Stringfield, et parmi les associations qui devaient y participer figuraient Nature anglaise, les Amis de la Terre, l'Association de sauvegarde de la faune et de la flore du Sussex, Kabal et la Société britannique d'entomologie.

Wexford pensait avoir bien d'autres choses à faire. Il ne comprenait pas pourquoi la présence de Freeborn était requise, encore moins la sienne, et il se rappela assez tristement sa résolution de ne plus retourner aux abords du grand bois de Framhurst, une décision qu'il avait déjà enfreinte une première fois.

Bien entendu, il accepta. Il n'avait guère le choix. Il ne servait à rien de jouer les autruches en pareille circonstance, et il devait affronter la situation comme les autres. Peut-être même pourrait-il signaler aux entomologistes sa rencontre avec la vanesse à ailes fauves. Il était en train de songer à tout cela, et au fait que les insectes et les animaux, et même certaines plantes, n'aiment guère que l'on déplace leur habitat, ne fût-ce que de deux ou trois kilomètres, quand l'appel de Voitures contemporaines fut transmis au commissariat de police de Kingsmarkham.

L'appel ne venait pas de Trotter, mais de Peter Samuel. Il était un peu plus de midi. Il avait rejoint ses bureaux de la route de la gare pour trouver sa réceptionniste ligotée, bâillonnée et attachée à une chaise, les locaux sens dessus dessous et la caisse des dépenses courantes dévalisée.

Barry Vine se rendit sur les lieux en compagnie de l'inspecteur Lynn Fancourt. La porte de la grande caravane était ouverte et Samuel se tenait sur les marches.

À l'intérieur, les employés avaient peine à tenir à quatre. Tanya Paine, dont le travail consistait à répondre aux deux téléphones, un pour les voitures et un pour les clients, était assise sur le lit encastrable et se frottait les poignets. La corde qui l'avait ligotée avait été étroitement serrée autour de ses poings et de ses chevilles. On s'était servi d'une paire de collants pour la bâillonner et d'une autre pour lui bander les yeux. Elle n'était pas blessée mais, visiblement effrayée, elle semblait en état de choc. C'était une jeune femme d'une vingtaine d'années, pâle sous son épais maquillage, et ses longs cheveux coiffés avec recherche pendaient de son chignon à l'endroit où l'on avait attaché le bandeau et le bâillon.

« J'avais emmené un client à Gatwick, déclara Samuel. Et j'étais en train de rentrer. Je n'arrivais pas à comprendre pourquoi je ne recevais pas d'appel de Tanya. Je veux dire, ça ne s'est jamais vu, une heure entière sans recevoir un seul appel. Je me suis dit que peut-être le téléphone était en panne. Alors, je suis revenu. Il faut dire que je ne rentre jamais ici, pas avant mon heure de déjeuner, mais comme je n'avais pas eu un seul appel depuis une heure et demie...

— Très bien, monsieur, merci beaucoup, répondit Vine. À vous, mademoiselle Paine. Il n'y avait qu'un seul homme, n'est-ce pas ? Avez-vous pu le voir ?

— Non, il y en avait deux, rectifia Tanya Paine. Ils portaient des masques noirs avec des trous pour les yeux et pour la bouche. Non, pas des masques, des cagoules. C'était comme sur les photos qu'on a vues dans le journal, celles des types qui ont saccagé les bureaux des constructeurs de la déviation. Et l'un d'eux avait un pistolet.

— Vous en êtes certaine ?

— Bien sûr que j'en suis certaine. J'avais peur. À vrai dire, j'étais complètement terrifiée. Ils ont ouvert la porte, ils ont monté les marches et refermé la porte, et celui qui avait le pistolet l'a braqué sur moi et m'a dit d'entrer là-dedans. Et j'ai obéi — je n'allais quand même pas discuter, n'est-ce pas ? Ils m'ont fait asseoir sur cette chaise et l'un d'eux m'a attachée. Oh, et puis, j'ai entendu le téléphone sonner plusieurs fois. Ça, c'était un bon moment après qu'ils m'eurent ligotée, vraiment un long moment, je ne sais pas combien de temps s'est passé avant que j'entende la porte claquer. »

La pièce où ils se tenaient avait été à l'origine la chambre de la caravane. Au mobilier intégré, au lit encastré, au placard suspendu et aux deux tables pliantes, avaient été ajoutés un fauteuil et deux chaises Windsor au dossier en forme de roue. Les deux hommes qui avaient fait irruption dans la caravane avaient ligoté Tanya Paine sur l'une de ces dernières. Derrière la porte se trouvait la cuisine, équipée d'un four à micro-ondes, d'un réfrigérateur et de placards aux soubassements prolongés par des comptoirs, et à l'arrière de la cuisine s'ouvrait le salon, qui servait maintenant de bureau. Une fois les deux portes intérieures fermées, une femme attachée et bâillonnée enfermée dans la chambre ne pouvait pas entendre grand-chose de ce qui se passait dans le bureau.

Vine et Lynn Fancourt examinèrent cette dernière pièce. Le nom « contemporain » semblait assez peu adapté à la compagnie. Seuls les deux téléphones évoquaient la technologie moderne. Il n'y avait ni ordinateur ni coffre-fort.

« Nous n'avons pas besoin de coffre-fort, expliqua Samuel. Je vais deux fois par jour déposer les recettes à la banque, une fois à l'heure du déjeuner, et l'autre à 15 heures.

— Alors, qu'y avait-il dans la caisse des dépenses courantes ? » demanda Vine, en soulevant une boîte en fer-blanc qui avait dû contenir autrefois des crackers. Il la tenait entre le pouce et l'index avec un mouchoir propre, bien que les empreintes digitales qui avaient pu s'y trouver aient déjà dû être effacées par celles que Samuel et Tanya Paine y avaient imprimées depuis.

« Cinq livres environ, répondit Samuel, peut-être un peu moins. J'avais mes recettes sur moi, et Stan et Les aussi. Ils devaient les rapporter autour de midi pour que j'aille les mettre à la banque. »

Vine secoua la tête. Cela faisait longtemps qu'il n'avait pas entendu parler d'une organisation aussi insensée.

Tanya Paine entra dans la pièce, après avoir remis de l'ordre dans sa coiffure et s'être remaquillé les lèvres. « Je pensais que vous vouliez me voir telle qu'ils m'avaient laissée, expliqua-t-elle, avant que j'aie réparé les dégâts. Il y avait trois livres quarante-deux pence dans cette caisse, Pete. J'ai vérifié parce que je pensais sortir prendre un cappuccino et un Mars au retour de Stan et que je n'avais pas de liquide sur moi. Trois livres quarante-deux pence exactement. »

Ils avaient emporté l'argent. Mais avaient-ils cherché autre chose ? Ils avaient sorti un tiroir au-dessous du comptoir où se trouvaient les téléphones, et laissé tomber un cahier de recettes sur le sol. Ils avaient ouvert un carnet de TVA et l'avaient reposé à l'envers. Mais les policiers apprennent à discerner si une pièce a été mise à sac ou, inversement, si l'on veut le faire croire. Les deux hommes masqués étaient venus chercher quelque chose dans les locaux de Voitures contemporaines mais, comme le dit Vine à Lynn en rentrant au commissariat de police, ce n'étaient pas trois livres quarante-deux pence ni un document primordial glissé dans le carnet de la TVA.

« Que faisaient-ils donc pendant ce qu'elle appelle un long moment après qu'ils l'eurent laissée attachée dans l'autre pièce ?

— Je ne sais pas, répondit Vine. Mais ce moment n'a peut être pas été aussi long que cela. Elle était très effrayée, et on la comprend, alors le temps lui a paru long. Ils ont probablement dû rester deux à trois minutes.

— Ainsi ils l'ont attachée, ont refermé les deux portes qui les séparaient d'elle, emporté le fond de caisse et laissé tomber quelques objets sur le sol pour faire croire qu'ils avaient fouillé la pièce ? Et ils avaient un pistolet ?

— Cela pouvait être un jouet, ou une imitation. Personne n'a été blessé, il manque seulement une petite somme et il n'y a pas eu de dégâts — nous ne retrouverons jamais ces deux-là, vous le savez bien.

— Voilà une attitude un peu défaitiste, inspecteur Vine », répondit Lynn, qui avec ses vingt-quatre ans et sa formation toute neuve était encore pleine d'ardeur.

« Vous verrez, ma petite Lynn. Cela ne veut pas dire que nous n'allons pas examiner cet endroit et vérifier si les empreintes n'appartiennent pas à quelque bandit connu de nos fichiers. Nous allons effectuer les travaux de routine, mais il y a déjà eu pas mal d'affaires de ce genre ces derniers temps, bien que les masques et le pistolet soient des nouveautés, je l'avoue. »

Lorsque Burden apprit la nouvelle, la présence de Stanley Trotter parmi les chauffeurs de Voitures contemporaines lui parut aussitôt suspecte. Selon lui, il aurait même pu faire partie des deux intrus.

« Tanya Paine l'aurait reconnu, avança Vine. En

tout cas, à quoi cela lui aurait-il servi ? Il était dans la place, ou il aurait pu l'être. Il aurait pu chercher tout ce qu'il voulait sans attacher la fille.

— Où est-il en ce moment ?

— Là-bas, je crois. Toute l'équipe rentre à midi avec ses recettes. Ils doivent être tous au bureau. Enfin, sauf Barrett, il est parti en vacances. »

Burden descendit la route de la gare, accompagné d'une Lynn Fancourt enthousiaste. Tanya Paine avait repris son travail de standardiste et on aurait pu croire qu'il ne lui était rien arrivé. Elle les expédia dans la cuisine, où Trotter était assis face à un poste de télévision noir et blanc, un hamburger à la bouche et une assiette de frites sur les genoux.

« Peut-être voudriez-vous me dire où vous étiez entre 10 heures et midi », lui dit Burden.

Trotter mordit dans son hamburger. « À la station de taxis de la gare, répondit-il la bouche pleine, et quand je n'ai plus eu de clients après le passage du 10 h 19, j'ai reçu un appel du bureau pour aller chercher quelqu'un à Pomfret. C'était Masters Road, au numéro 15, pour être précis. J'ai emmené le client à la gare, où j'en ai pris un autre que j'ai conduit à Stowerton. Il devait être à peu près 11 h 30, alors j'ai fait la pause, comme d'habitude, pour aller boire une tasse de thé. Je suis revenu dans mon taxi à 11 h 50, et j'ai attendu à la gare, mais comme je ne recevais plus aucun appel, je me suis dit, c'est bizarre, très bizarre, ça n'est encore jamais arrivé.

— Et ensuite ?

— Je suis rentré ici, c'est tout.

— J'aimerais avoir le nom de la personne que vous êtes passé prendre à Pomfret.

— Je ne le connais pas. À quoi cela me servirait ? Tanya m'avait dit d'aller au 15, Masters Road, à Pomfret, et c'est ce que j'ai fait. »

Burden interrogea Tanya Paine sur le nom du client. Peut-être tenait-elle un registre. Elle le regarda sans comprendre.

« Si je le faisais, je devrais inscrire les noms. » On aurait dit que pour elle l'écriture était comparable à la maîtrise d'une langue difficile, le russe, par exemple. « Pete pense acheter un ordinateur, dit-elle, s'il peut en trouver un d'occasion.

— Ainsi, vous n'avez aucune idée du nombre d'appels que vous recevez ni de l'identité de vos clients ?

— Je n'ai jamais dit ça. Je sais combien j'en reçois. Je les note, d'une certaine façon. »

Elle lui montra une feuille de papier où elle avait tracé trente à quarante tirets au crayon.

« Parlez-moi du client que vous avez pris à la gare juste après, demanda Burden à Trotter.

— Je l'ai conduit à Oval Road, à Stowerton. Au numéro 5 ou peut-être 7. Il se souviendra de moi, et le type de Pomfret aussi. »

Trotter fixa Burden d'un regard dur. Toutefois, il ne paraissait pas coupable. Il avait l'air d'un homme qui n'a rien à cacher. Burden était incapable d'imaginer comment les incidents qui avaient eu lieu dans les locaux de Voitures contemporaines le matin même pouvaient avoir le moindre rapport avec le meurtre d'Ulrike Ranke, mais c'était justement son métier de découvrir des rapports là où il semble n'y en avoir aucun. Il entra dans le bureau où Tanya Paine avait battu en retraite. Se regardant du coin de l'œil dans un petit miroir de poche, elle s'ourlait les cils de mascara violet, les lèvres et les narines pincées.

« Est-il possible, demanda-t-il, que l'un des deux hommes qui vous ont attachée ait pu être un chauffeur de la compagnie ?

— Pardon ? » Elle se retourna et passa une langue humide sur ses lèvres.

« Ces deux hommes... » Il reformula sa question. « L'un d'entre eux, ou les deux, auraient-ils pu être connus de vous ? Avez-vous eu la vague impression qu'ils vous étaient familiers ? »

Elle secoua la tête, stupéfaite par le nouveau tour que prenait l'enquête.

« Vous ont-ils parlé ?
— L'un d'entre eux, oui. Il m'a dit que si je restais tranquille, tout se passerait bien. Rien de plus.
— Ainsi, vous n'avez pas entendu la voix de l'autre homme ? »
À nouveau, le même hochement de tête ébahi.
« Cet homme, il était masqué et vous n'avez pas entendu sa voix. Vous ne pouvez donc pas affirmer que c'était un parfait inconnu, n'est-ce pas ? Si vous ne pouviez pas voir son visage et que vous n'avez pas entendu sa voix, peut-être était-ce quelqu'un que vous connaissiez très bien.
— Je ne vois pas ce que vous voulez dire, répondit Tanya Paine. Tout s'embrouille maintenant dans ma tête. Ils m'ont attachée, bâillonnée, c'était absolument *horrible*. Je veux voir un psychothérapeute. Je suis une victime.
— Nous allons arranger ça, mademoiselle Paine », assura Lynn avec bienveillance.
Burden emmena Lynn Fancourt à Stowerton, où ils établirent que personne, au numéro 5, Oval Road, n'avait été ramené de la gare en taxi dans la matinée. Au numéro 7, la maison était vide. Ou bien ses occupants étaient ressortis, ou bien Trotter avait menti, ce que Burden préférait croire. Une femme, au numéro 9, leur apprit que son voisin s'appelait Wingate, mais elle ne savait pas si on l'avait ramené de la gare de Kingsmarkham ce matin-là, ni où il pouvait se trouver à présent.
Le client de Pomfret, si client il y avait, était peut-être encore à Londres, à Eastbourne, ou n'importe où sur le trajet du train, mais son départ remontait à plus de trois heures, et il pouvait aussi être rentré depuis. Lynn sonna au 15, Masters Road, un pavillon entre-deux-guerres avec vue sur le site de la déviation.
La femme qui ouvrit la porte semblait en train de faire de la décoration d'intérieur. Ses mains, son jean et son chemisier étaient tachés de peinture brillante et elle en avait aussi quelques traînées

dans les cheveux. Elle avait l'air irrité et elle était en nage. Non, elle n'était pas mariée. Si Burden voulait parler de son compagnon, il s'appelait John Clifton et, en effet, il était parti à Londres ce matin-là par le train de 10 h 51. Il était allé en taxi à la gare de Kingsmarkham, mais elle ne l'avait pas entendu en appeler un au téléphone, elle n'avait pas vu arriver la voiture et elle n'avait aucune idée de la compagnie à laquelle elle appartenait ni de la personne qui la conduisait. John l'avait hélée pour lui dire au revoir, il lui avait dit qu'il partait et...

« Que lui est-il arrivé ? dit-elle, soudain alarmée.

— Rien, mademoiselle...

— Kennedy. Martha Kennedy. Vous êtes sûr qu'il ne lui est rien arrivé ?

— C'est le chauffeur du taxi qui nous intéresse, intervint Lynn.

— Dans ce cas, vous voudrez bien m'excuser. Je veux terminer ces fichues portes avant le retour de John. »

Burden lui dit qu'il rappellerait plus tard. Elle lui ferma assez brutalement la porte au nez. En rentrant à Kingsmarkham, ils croisèrent Wexford qui se rendait à Pomfret Tye pour son rendez-vous et sa visite du site avec l'adjoint du chef constable et les défenseurs de l'environnement.

La journée, qui avait commencé sous la brume et la grisaille, était à présent magnifique. Idéale pour tous les amoureux de la campagne désireux de contempler les merveilles de la nature. Ou peut-être aurait-il fallu leur interdire de sortir par un temps pareil, car la douceur de l'air, les rayons du soleil, le ciel bleu et la végétation d'un vert éclatant conférent un aspect trop pénible et nostalgique aux beautés pastorales vouées à une disparition prochaine. Cela aurait été mieux pour tout le monde, songeait Wexford, si la journée avait été triste et froide, et si le ciel avait été de la couleur du béton qui allait bientôt se répandre à travers ces collines, ces vallons et ces marais, et enjamber sur d'austères piliers gris le clapotis des eaux de la Brede.

Aujourd'hui, les abeilles et les papillons seraient au rendez-vous et l'on verrait des vanesses, des nymphalidés, et aussi l'*Araschnia,* voleter entre l'euphraise et la bruyère. Il y avait des roitelets huppés dans les sapins du grand bois de Framhurst. Il en avait vu deux un jour où il était venu pique-niquer ici avec Dora et les filles, et Sheila et lui avaient vainement cherché le nid qui ressemble à un petit panier suspendu. Dora. Il avait eu envie de l'appeler à l'heure du déjeuner, même s'il lui avait déjà demandé de lui téléphoner dans la soirée. Mais il s'était abstenu, il avait décidé d'attendre. Elle avait déjà dû voir le nouveau bébé à présent, sa petite-fille Amulette. À la pensée de ce prénom, il éclata de rire tout seul dans sa voiture.

Il fut soulagé de voir que Freeborn n'était pas encore là. Si l'adjoint du chef constable était arrivé le premier, il aurait fait une observation sournoise à ce propos, même si Wexford avait été à l'heure, voire en avance. À sa grande consternation, Anouk Khoori, qui était aussi présidente de la Commission des autoroutes du conseil municipal, et avec qui il avait récemment croisé le fer, représentait les autorités locales. Elle était délicieusement vêtue d'un T-shirt jaune, de jodhpurs et de bottes de caoutchouc verts, et elle exerçait sa séduction sur Mark Arcturus, de Nature anglaise, en lui souriant au fond des yeux et en posant sur sa manche une main aux ongles laqués de rouge. Son sourire se figea lorsqu'elle prit conscience de la présence de Wexford, et elle lui lança un bref regard glacial.

Wexford lui répondit, avec le parfait flegme de la gent policière : « Bon après-midi, madame Khoori. Quelle belle journée, n'est-ce pas ? »

Les entomologistes se présentèrent et Wexford leur fit part de sa rencontre avec l'*Araschnia.* L'arrivée de Freeborn, accompagné de Peter Tregear, mit fin aux anecdotes sur le thème des papillons rares aperçus dans des lieux improbables.

L'adjoint du chef constable se chargea de compter les présents comme un directeur d'école primaire. « Bien. Si nous sommes tous là, nous pouvons commencer.

— Nous n'allons quand même pas y aller à pied, n'est-ce pas ? » demanda Anouk Khoori.

Wexford ne put s'empêcher de répondre : « On n'a pas encore construit la route.

— Espérons qu'on ne le fera jamais », intervint Arcturus, comme si, alors même qu'ils parlaient, les engins de terrassement n'étaient pas déjà à l'œuvre à quelques kilomètres de là, de l'autre côté de la colline de Savesbury. « Soyons positifs. Rappelons-nous que l'espoir est une vertu cardinale. »

Le parcours qu'ils suivirent n'était pas très long. Ils empruntèrent le sentier qui traversait les prés depuis Pomfret Tye et, à Watersmeet, à l'endroit où le Kingsbrook se jetait dans la Brede, Arcturus signala, sous les eaux claires et dorées de la rivière, le cylindre aux allures de mosaïque de la *Psychoglypha* jaune cramponné à un caillou miroitant et rond. Mme Khoori était déçue. Il n'était pas assez grand à son goût.

À près de huit cents mètres de là, le long de la rivière, Wexford aperçut la bâtisse du vieux moulin où Jeffrey Godwin avait aménagé le Théâtre du Barrage. Dora voulait voir cette pièce, *Extinction,* et il était certain que Sheila viendrait aussi... Il interrompit le cours de ses réflexions pour discuter avec Janet Braiswick, de la Société britannique d'entomologie, qui marchait à ses côtés. Il lui parla des roitelets huppés et des écailles écarlates qu'il avait vus dans son enfance. Elle lui raconta à son tour que lorsqu'elle était petite, dans le Norfolk, elle avait vu une fois, mais une seule, un machaon dans les marais.

Arrivés dans la plantation d'orties de Framhurst Deeps, ils se mirent à marcher en silence. Même Anouk Khoori avançait sans bruit, l'air inquiet. Le soleil était chaud, le temps propice aux papillons et ils guettèrent dans une attente presque révérencieuse, mais pas une vanesse à ailes fauves ne se montra. Aucun papillon ne s'éleva des herbes hautes et des marguerites qui parsemaient les prés comme une neige d'été.

Ils examinèrent les terriers à blaireaux bouchés car la déviation allait passer juste à cet endroit, à travers les orties de l'*Araschnia,* aux lisières du bois et dans le marais de Stringfield. Au loin, Wexford distingua le dernier campement, le groupe de cabanes bâties par les occupants des arbres. Les mandats d'expulsion requis n'avaient pas encore été délivrés. Entre-temps, les occupants des arbres avaient garni de pointes les troncs de tous les chênes, les frênes et les tilleuls dans un périmètre de huit cents mètres. Peut-être sir Fleance McTear désirait-il éviter la controverse que ces pointes pouvaient susciter, ou bien prévenir l'indignation de Mme Khoori, qui réprouvait notoirement toute manifestation non limitée au cadre de l'expression orale ou écrite, car il suggéra de rebrousser chemin et de faire un petit détour pour aller inspecter la zone choisie pour l'implantation des nouveaux terriers à blaireaux.

Ils étaient bien trop loin pour entendre, et encore moins voir, les pelleteuses qui travaillaient à l'entrée du site. Bien trop loin pour apercevoir les gardiens de la sécurité arrivés en car pour protéger les ouvriers, ou encore pour distinguer les occupants des arbres, les protestataires aux aguets, les témoins. Ce n'était là qu'une promenade dans la nature, songeait Wexford, et elle lui rappelait la lointaine époque de sa vie d'écolier, lorsque l'on conduisait dans ces prés les petits enfants de Kingsmarkham pour leur montrer les libellules et les tourniquets. Il demanda à Janet Braiswick si elle se rappelait le jour où elle avait vu pour la dernière fois des têtards dans une mare anglaise, mais elle avait oublié ; elle se souvenait seulement que cela remontait au moins à une trentaine d'années, à l'époque où elle était encore une toute petite fille.

À 17 heures, ils étaient tous rentrés à Pomfret. Sir Fleance proposa d'aller se restaurer dans un salon de thé voisin ou, du moins, d'aller boire une tasse de thé si personne ne se sentait en appétit, mais sa proposition fut accueillie sans enthousiasme. Ils étaient tous déprimés et attristés par ce qu'ils avaient vu. Même Freeborn, remarqua Wexford, était d'humeur maussade. Anouk Khoori et lui étaient des habitants de la campagne qui ne sortaient jamais dans la nature et qui, obligés de le faire aujourd'hui, avaient été assez curieusement effrayés par ce qu'ils avaient vu : l'existence de cette campagne et son caractère éphémère.

L'Angleterre aura perdu son visage séculaire,
Plus d'ombres, de chemins et de prés...

Ils auraient préféré ne pas la voir pour pouvoir faire ensuite comme si elle n'était pas là, tout comme il s'était promis à lui-même de ne pas retourner dans le bois, pour pouvoir faire comme si. Éviter cet endroit, ne pas emprunter ce sentier, détourner le regard, jusqu'à ce qu'il n'y ait plus de sentiers à emprunter ou d'endroits où aller...

Il ferait aussi bien de rentrer chez lui à présent. Il se souvint alors qu'il allait être seul, ce soir. Tant pis, il avait plein de choses à lire. Il pouvait s'attaquer à ces essais de George Steiner dont tout le monde disait qu'ils étaient excellents. Un peu plus tard, il pourrait toujours regarder la télévision, en buvant un petit whisky pur malt. Dora appellerait sans doute vers 19 heures. Elle ne s'attendrait pas à ce qu'il soit de retour à la maison avant cette heure-là, mais elle choisirait ce moment pour téléphoner parce que la cuisinière de Sheila (elle avait sûrement une cuisinière) préparerait le dîner pour 19 h 30.

Chez lui, il faisait chaud et l'atmosphère était étouffante. Aujourd'hui, on se serait davantage cru en juillet qu'au début du mois de septembre. Il ouvrit les portes-fenêtres, tira une chaise près de la table de jardin, rentra dans la maison pour aller chercher une bière dans le frigo et les essais de Steiner : *Passions impunies*. Devait-il commencer le livre au début ou pouvait-il simplement le parcourir ? Il avait plutôt envie de picorer.

Un coup de vent referma les portes-fenêtres. Il n'entendrait pas le téléphone, mais Dora n'allait pas appeler avant — disons... — 18 h 50. À 18 h 45, il songea à dîner. Qu'allait-il bien manger ? Lorsque Jenny Burden s'absentait, elle laissait à son mari dans le congélateur des dîners qu'elle avait préparés, un pour chaque jour de son absence. Wexford ne soumettrait jamais sa femme à pareil esclavage, mais il n'aimait pas faire la cuisine, et le fait était qu'il n'y connaissait rien. Il allait manger du pain, du fromage et des pickles, et peut-être une banane et une glace. De la soupe en boîte d'abord, Heinz Tomato. Burden disait que c'était la soupe préférée de tous les hommes...

À 19 h 10, Dora n'avait toujours pas téléphoné et il commença à s'étonner : non pas à s'inquiéter, à s'étonner. C'était une femme ponctuelle et méticuleuse. Peut-être avaient-ils invité des gens à boire un verre et ne pouvait-elle pas s'éclipser. Il décida de dîner plus tard, après qu'elle eut téléphoné, et il éteignit le gaz sous la casserole de soupe.

Le téléphone sonna à 19 h 15.

« Dora ? demanda-t-il.

— Ce n'est pas Dora, c'est Sheila. Où étais-tu ? Je t'ai cherché toute la journée. J'ai téléphoné à ton bureau mais tu n'y étais pas, alors j'ai appelé ici des dizaines de fois.

— Désolé, mais je n'attendais pas de coup de fil avant 19 heures. Comment vas-tu ? Et le bébé ?

— Je vais très bien, papa, et le bébé est en pleine forme, mais où est passée maman ?

— Que veux-tu dire ?

— Maman. Nous l'attendions au plus tard à 13 heures. Où est-elle ? »

5

Il avait fait toutes les choses que l'on fait en pareille circonstance : téléphoner aux hôpitaux, demander au commissariat la liste des accidents de la route de la journée — il y avait eu seulement une voiture qui avait embouti l'arrière d'un autre véhicule sur l'ancienne déviation —, appeler la maison mitoyenne et interroger sa voisine.

Mary Pearson n'avait pas vu Dora depuis l'après-midi du jour précédent, mais elle avait vu ce matin une voiture garée devant la maison des Wexford. À 10 h 45 à peu près, pensait-elle. Peut-être quelques minutes avant.

« Cela devait être pour le 11 h 03, dit Wexford.

— Elle avait l'air de prendre son temps.

— Dora le fait toujours. C'était un taxi noir ?

— Non, rouge, je ne sais pas de quelle marque. À vrai dire, Reg, je n'y connais rien en voitures. Je ne l'ai pas vue monter dedans.

— Avez-vous vu le chauffeur ? »

Non, Mary Pearson ne l'avait pas vu. Elle comprit enfin que quelque chose n'allait pas. « Vous voulez dire, Reg, que vous ne savez pas où elle est partie ? »

S'il l'avouait, la nouvelle ferait le tour du quartier en moins d'une heure. « Elle a dû me le dire, mais ça m'a échappé, répondit-il, et il ajouta : ne vous inquiétez pas », comme si elle allait s'inquiéter et lui pas.

Les Taxis de Kingsmarkham utilisaient des voitures noires. Dora n'était donc pas partie avec eux. Et elle ne pouvait pas avoir eu recours à Voitures contemporaines parce que ses chauffeurs étaient injoignables entre, grosso modo, 10 h 15 et un peu après midi. Au temps pour l'avertissement qu'il avait oublié de lui donner, mais qui s'était révélé inutile...

Il appela Tous les Six, les Taxis de la Gare, et

toutes les sociétés de taxis locales qu'il put trouver dans l'annuaire. Aucune d'elles n'était passée prendre Dora ce matin-là. Il commençait à éprouver ce sentiment d'irréalité qui vous envahit quand il vous arrive une chose totalement inattendue et qui risque d'être terrible.

Où était-elle ?

À présent, il regrettait de ne pas s'être montré plus discret, de n'avoir pas raconté un mensonge à Sheila sur l'endroit où pouvait se trouver sa mère, car il devait la rappeler et lui dire qu'il n'avait vraiment pas la moindre idée de ce qui s'était passé. Avec ses idées vieux jeu sur les femmes qui venaient d'accoucher, il pensait que les chocs étaient dangereux, qu'ils risquaient d'arrêter la montée de lait et que, sous l'effet de la peur, elle se rétablirait moins vite. Il était trop tard maintenant.

Au téléphone, Sheila hurla à son oreille : « Que veux-tu dire, papa, en disant que tu ne sais pas ce qui s'est passé ? Où est-elle ? Elle a dû avoir un terrible accident !

— Non, j'en suis sûr. Dans ce cas, elle serait à l'hôpital et elle n'y est pas. »

Il entendit Paul murmurer des paroles apaisantes. Puis le bébé se mit à crier, des cris impérieux, staccato.

Ce n'est pas possible, voulait-il articuler, cela ne peut pas arriver. Nous sommes en train de rêver le même rêve, de cauchemarder le même cauchemar, et bientôt, nous allons tous nous réveiller. Mais il devait être fort, le pater familias, le roc. « Sheila, je t'assure que je fais tout ce que je peux. Ta mère n'est pas blessée et elle n'est pas morte. Sinon, je le saurais. Je te rappelle dès que j'ai des nouvelles. »

Il passa dans la cuisine et vida la soupe dans l'évier. Il était presque 20 h 30 et le crépuscule approchait. Il allait bientôt faire nuit. Une lune ovale, couleur orange, montait derrière les toits. Il se demanda ce qui lui viendrait à l'esprit s'il s'agissait de la femme d'un autre. La réponse était évidente : elle l'avait quitté, elle était partie avec un autre homme. Les femmes font cela tout le temps, des femmes de tous les âges, quel que soit leur nombre d'années de mariage. Jouant son rôle de policier, il se serait enquis auprès du mari de l'éventualité d'une pareille chose. D'abord, il se serait excusé, il aurait dit qu'il était désolé mais qu'il était obligé de poser la question, et ensuite il l'aurait interrogé sur les amis de sa femme, sur un ami plus proche que les autres.

Le mari se serait montré offensé, indigné. Pas ma femme, ma femme ne ferait jamais... Et puis, il réfléchirait, se rappellerait un mot entendu par hasard, un coup de téléphone étrange, une froideur, une chaleur inhabituelle.

Mais il s'agissait de Dora. De *sa* femme. Ce n'était pas possible. Il réalisa qu'il réagissait exactement comme le mari de son hypothèse, de son petit fantasme. Ma femme *ne ferait jamais...* Oui, eh bien, Dora ne ferait jamais ça, un point c'est tout. C'était insensé de songer à une chose pareille et il avait honte de lui. Il n'avait aucun souvenir d'un coup de téléphone bizarre, d'un comportement dissimulé, d'une froideur révélée par mégarde, d'une chaleur feinte. Il ne se prenait pas pour le mari idéal, mais ce n'était vraiment pas le genre de sa femme.

Il se versa un doigt de whisky, puis le reversa dans la bouteille. Il pouvait avoir à prendre le volant. À nouveau, il décrocha le téléphone et composa le numéro de Burden.

Burden ne mit que sept minutes à venir le rejoindre. Wexford lui en fut reconnaissant. Il eut une pensée étrange : s'ils avaient été italiens ou espagnols ou quelque chose comme ça, Burden l'aurait pris dans ses bras et l'aurait embrassé. Bien sûr, il ne le fit pas, mais apparemment, la même idée lui était venue à l'esprit.

Wexford prépara du thé. Pas d'alcool, ce soir, au cas où. Il raconta toute l'histoire à Burden et le mit au courant de ses démarches auprès des hôpitaux, des compagnies de taxis — et du commissariat pour s'informer des accidents de la route.

« Aller à la gare ne sert à rien, déclara Burden. Il n'y a jamais personne là-bas. On n'est plus au temps où il y avait quelqu'un pour vérifier les billets et regarder les voyageurs monter dans les trains. Je suppose qu'elle a même pu acheter son billet à l'appareil distributeur?

— Elle le fait toujours. Il y en a un, maintenant, qui accepte les cartes de crédit.

— Que dit Sylvia? »

Wexford n'avait même pas songé à sa fille aînée. À dire la vérité, au cours des deux ou trois dernières heures, il avait oublié jusqu'à son existence. Un torrent de culpabilité l'envahit. Il essayait toujours désespérément de lui prêter la même attention qu'à Sheila, d'avoir autant besoin d'elle, de l'aimer avec la même force. Quelquefois, il y arrivait et lui accordait plus de considération, mais en ce moment de crise, tout cela s'était envolé comme s'il n'avait jamais pris pareille résolution et il se conduisait comme s'il avait une fille unique. Il dit avec brusquerie : « Je vais lui téléphoner. »

Personne ne répondit chez Sylvia. Le téléphone sonna longuement, puis le répondeur se déclencha et il entendit la voix de Neil débiter la formule habituelle.

Exaspéré, Wexford s'apprêtait à raccrocher sans indiquer son nom, la date et l'heure de son appel — quelle absurdité! —, mais il dit simplement : « S'il te plaît, Sylvia, rappelle-moi. C'est urgent. »

Dora devait être avec *eux*. Tout était clair à présent. Il avait dû se passer quelque chose d'épouvantable, un accident, ou bien un des enfants était tombé malade. Il ne s'était pas renseigné dans les hôpitaux au sujet des enfants de Sylvia. Dora avait appris la nouvelle avant d'avoir eu le temps d'appeler un taxi et elle était partie avec eux — oui, l'un des deux devait être venu la chercher. Sylvia avait une voiture rouge, une Golf écarlate...

« Serait-elle partie comme ça ? demanda Burden. Sans vous mettre au courant ? Et si elle ne pouvait pas vous joindre, n'aurait-elle pas laissé un message ?

— Peut-être pas, s'il s'agissait... — Wexford leva son regard vers lui — ... de quelque chose de grave.

— Vous voulez dire qu'elle aurait voulu vous épargner ? Quoi donc, Reg, à votre avis ? Le choc de savoir l'un des vôtres gravement blessé ? Ou même *mort ?* Un des fils de Sylvia ?

— Je ne sais pas... »

Le téléphone sonna. Il saisit aussitôt le combiné.

« Qu'y a-t-il de si urgent, papa ? » La voix de Sylvia était calme, agréable, elle semblait plus satisfaite qu'à l'ordinaire.

« Dis-moi d'abord si vous allez tous bien ?

— Très bien. »

Il ne savait pas si son cœur se serrait ou bondissait dans sa poitrine. « As-tu vu ta mère ?

— Pas aujourd'hui. Pourquoi ? »

À présent, il était obligé de l'avertir.

« Il doit y avoir une explication parfaitement simple. »

Il avait entendu ces mots un millier de fois, il les avait même prononcés. Il lui dit qu'il la rappellerait dès qu'il aurait des nouvelles.

« Merci de ne pas m'avoir demandé si elle pouvait m'avoir quitté, dit-il à Burden.

— Je n'y ai pas pensé une seule seconde.

— Je me demande si elle n'a pas finalement décidé d'aller à la gare à pied.

— Dans ce cas, que penser de cette voiture rouge ?

— Mary a simplement vu une auto rouge. Elle ne savait même pas si c'était un taxi. Elle n'a pas vu Dora monter. Ce pouvait être n'importe quelle voiture garée dans la rue.

— Qu'êtes-vous en train de dire ? Elle aurait commencé à marcher jusqu'à la gare, et quelque chose lui serait arrivé en chemin ? Elle aurait eu un malaise ou bien...

— Ou bien on l'aurait agressée, Mike. Agressée, dévalisée, laissée sur le carreau. Il s'est passé beaucoup de choses bizarres ici ces derniers temps : ces types masqués qui ont ravagé les boutiques, le saccage des bureaux de Concreation, cette histoire, ce matin, à Voitures contemporaines.

— Pourquoi ne pas sortir et suivre le chemin qu'elle a dû prendre ?

— Oui, vous avez raison », répondit Wexford.

Ses filles allaient le rappeler en son absence, mais il n'y pouvait rien. Burden prit le volant. Le seul trajet que Dora, en toute logique, aurait pu prendre passait par des routes entièrement bordées de maisons. Il n'y avait pas de grand champ isolé, pas de vaste terrain vague, pas de ruelle déserte et seulement un sentier qui aurait pu servir de raccourci. La matinée avait été brumeuse mais, à 10 h 30, le soleil brillait déjà d'un vif éclat. À cette heure-là, il y avait forcément des gens dehors, sur les trottoirs, ou bien dans les jardins, devant leurs maisons.

Avant d'arriver à Queen Street, Burden gara la voiture et ils explorèrent le sentier. Le chemin longeait l'arrière des jardins et les cours des magasins, et il était surplombé de chaque côté par des arbres. Appuyés à un portail, deux adolescents s'embrassaient. À part les deux tourtereaux, le sentier était vide. Burden reprit la voiture jusqu'à la rue principale, s'engagea sur la route de la gare et s'arrêta devant l'entrée des voyageurs.

« Ce n'est pas possible, n'est-ce pas ? dit Burden, en faisant demi-tour en dehors de la gare.

— Je devrais être soulagé.

— Disons qu'elle a fait le chemin à pied, et j'admets qu'elle doit l'avoir fait si aucune compagnie de taxi ne l'a emmenée : a-t-elle pu rencontrer quelqu'un sur sa route qui lui ait annoncé une nouvelle d'une gravité ou d'une importance telle qu'elle l'ait dissuadée de se rendre à Londres ?

— C'était l'idée que j'avais eue à propos de Sylvia et de sa famille.

— Croyez-vous qu'elle aurait pu le faire ? »

Wexford réfléchit. Il regarda les maisons qu'ils croisaient. Pour Dora et lui, les gens qui les habitaient étaient des relations plus ou moins proches, mais pas ce qu'on peut appeler des amis. Il y avait l'Église réformée unifiée, une série de magasins, puis quelques rues purement résidentielles. Une vague connaissance sort en courant de l'une de ces maisons, appelle Dora, l'emmène en hâte à l'intérieur, s'épanche auprès d'elle, lui demande son aide... Et l'empêche d'utiliser le téléphone ? La détourne de sa visite à un petit enfant nouveau-né, sa petite fille tant attendue ? Retient son attention pendant *onze heures* ? « Non, Mike, ce n'est pas possible », répondit-il.

Tous les articles qu'il avait lus sur des histoires similaires, tous les cas de disparition auxquels il avait eu affaire, lui revenaient à présent en mémoire. La femme qui était partie au supermarché avec son petit ami, le laissant au rayon de la poissonnerie pour aller au rayon des fromages, et que l'on n'avait jamais revue. L'homme qui était sorti acheter des cigarettes et n'était jamais revenu. La jeune fille qui était descendue un soir dans un hôtel de Brighton, mais qui n'était plus dans sa chambre le lendemain matin et que l'on n'avait jamais retrouvée. Et tant d'autres qui n'étaient pas à l'endroit où ils auraient dû être à un moment donné, qui avaient disparu sans laisser de traces.

Pourtant, il n'était encore que 23 heures. Une journée, pensa-t-il, toute une journée perdue. Quand il rentra chez lui, le téléphone sonnait. C'était Sheila. Non, il n'avait pas de nouvelles. Il lui recommanda — chose absurde —, comme à Mary Pearson, de ne pas s'inquiéter.

« Ne me dis pas qu'il doit y avoir une explication parfaitement simple.

— C'est ce que dit ta sœur. Elle a peut-être raison. »

Burden lui proposa de rester avec lui cette nuit.

« Non, rentrez chez vous. Je ne dormirai pas, de toute façon. Je ne crois pas que j'irai me coucher. Mais je vous remercie d'être venu. »

Il ne dit pas tout haut ce qu'il pensait au fond de lui. Il laissa partir Burden, le regarda démarrer, puis il rentra dans la maison obscure et alluma les lumières. Elle doit être morte, se dit-il, puis il le répéta à voix haute en s'adressant à la pièce vide :

« Elle doit être morte. »

Il rectifia un peu son jugement : elle devait être morte, ou grièvement blessée. Et personne ne l'avait trouvée. Son corps devait être étendu quelque part. Comment expliquer autrement qu'elle ne lui ait pas téléphoné, à lui ou à l'une de ses filles, ou qu'elle ne lui ait pas fait parvenir un message d'une manière ou d'une autre ? Il pensa alors au mot qu'elle aurait pu lui laisser, une petite note balayée de la cheminée par un courant d'air, ou qui aurait glissé derrière un meuble. Il se mit à quatre pattes sur le plancher, à la recherche du bout de papier qui lui donnerait l'explication, qui éclaircirait tout. Bien entendu, il n'y en avait pas. Était-ce dans les habitudes de Dora de lui laisser ce genre de mots ?

Il se servit à nouveau le whisky qu'il avait reversé un peu plus tôt dans la bouteille. Quelqu'un d'autre pourrait le véhiculer le cas échéant. Cette nuit, il en avait l'intuition, ce ne serait pas nécessaire.

Tout le monde était au courant. À cause de ses appels au commissariat la veille au soir et de Burden, qui était arrivé avant lui, tout le monde connaissait la nouvelle. On ne s'attendait pas à le voir au bureau, mais il y vint quand même, car il ne savait pas quoi faire d'autre.

Il s'était assoupi dans un fauteuil près d'une demi-heure. Puis il s'était levé, avait pris une douche et s'était préparé un grand café instantané. Comme on peut joindre les hôpitaux à n'importe quelle heure, il en appela quelques-uns, tous ceux auxquels il avait téléphoné la veille au soir. Non, on n'avait admis personne du nom de Dora Wexford. Il rappela ses deux filles et découvrit qu'elles avaient passé la moitié de la nuit à discuter ensemble. Sylvia allait partir à Londres donner un coup de main à Sheila dès qu'elle aurait trouvé quelqu'un à qui confier ses fils, puisque c'étaient toujours les vacances d'été. Papa voulait-il que Neil vienne lui tenir compagnie ?

Papa n'en avait aucune envie, mais il répondit poliment : « Non, merci, ma chérie. Tu es très gentille. »

Cela faisait une heure qu'il était au commissariat, assis à son bureau, incapable de rien faire, lorsque Barry Vine entra dans la pièce. Quelqu'un venait d'appeler pour signaler la disparition d'un garçon, un adolescent. En temps normal, Vine n'aurait pas estimé qu'un garçon de quatorze ans, d'un mètre quatre-vingt-deux, parti de la maison de sa grand-mère depuis vingt-quatre heures, puisse représenter un cas de disparition sérieux. Pourtant, il estimait que les circonstances justifiaient une attention spéciale.

« Quelles circonstances ? demanda Wexford.

— Ce garçon se rendait à Londres. Il est parti à la gare en taxi.

— Mon Dieu, murmura Wexford d'une voix étouffée.

— Dois-je faire venir la grand-mère ici, monsieur ?

— Non. Allons la voir chez elle. »

Rhombus Road se trouvait à deux rues d'Oval Street, la rue où Burden s'était rendu avec Lynn Fancourt pour s'assurer de l'existence du client qui, au dire de Trotter, était rentré de la gare de Kingsmarkham dans son taxi. Wingate avait confirmé la déclaration de Trotter : on était venu le prendre à la gare vers 11 heures, à sa descente du train de 10 h 58, et on l'avait déposé à 11 h 20 à Oval Street. Wexford et Vine passèrent devant sa porte, tournèrent à gauche, et puis encore à gauche, avant d'aller se garer devant le 72, Rhombus Road.

C'était une rue de petites maisons mitoyennes construites, comme bien des maisons de Stowerton, à la fin du XIXe siècle pour loger les ouvriers des carrières de craie et leurs familles. Aujourd'hui, tous leurs habitants étaient propriétaires, car leur prix était abordable pour les jeunes couples et les gens désireux d'accéder à la propriété. La plupart des portes étaient de couleurs vives, des bacs à fleurs ornaient les appuis des fenêtres, et les jardins avaient fait place à un carré de béton pour offrir une place de stationnement à une voiture.

Il n'y avait pas de véhicule devant le 72. La maison n'avait rien de miteux, mais elle avait conservé sa porte à panneaux de verre et ses fenêtres à guillotine d'origine, et le jardin, agrémenté de parterres remplis d'asters et de chrysanthèmes, était partagé par une allée de gravier. La personne qui ouvrit la porte était une femme d'allure beaucoup trop jeune pour être la grand-mère d'un adolescent de quatorze ans. Ses cheveux noirs crépus, tirés en arrière par deux barrettes, encadraient un pâle visage parsemé de taches de rousseur qui semblait n'avoir jamais connu le maquillage. Une salopette en jean bâillait autour de sa taille et sur son chemisier à carreaux. Ses yeux écarquillés trahissaient sa frayeur.

« Entrez, je vous en prie. Je suis Audrey Barker, la mère de Ryan. »

Ils pénétrèrent dans un petit salon extrêmement soigné qui sentait la cire à la lavande. La femme qui s'était levée de son fauteuil devait avoir un peu plus de soixante-dix ans. Un peu ronde, le visage encadré par des cheveux blancs, elle portait une jupe de tweed vert et rose, et un chandail et une veste en tricot d'un mauve assorti au parfum de la cire.

Wexford demanda : « Madame Peabody ? »

La vieille dame acquiesça d'un hochement de tête. « Ma fille est arrivée ce matin. Elle est venue dès que je lui ai appris la nouvelle. Audrey est assez fatiguée, elle vient juste de sortir de l'hôpital, c'est pour cela que Ryan était chez moi, parce qu'elle était hospitalisée, mais dès que nous n'avons pas su — je veux dire, dès que nous avons su...

— Vous feriez mieux de vous asseoir, madame Peabody. Voilà. Racontez-nous tout depuis le début. »

Ce fut Audrey Barker qui lui répondit. « À vrai dire, ma mère pensait que Ryan devait rentrer à la maison hier et moi, je ne l'attendais pas avant aujourd'hui. Nous aurions dû nous téléphoner pour confirmer, mais cela ne nous est pas venu à l'idée. Ryan lui-même croyait qu'il devait me rejoindre hier.

— Où habitez-vous, madame Barker ?

— Au sud de Londres, à Croydon. Quand on vient de la gare de Kingsmarkham, on doit changer de train à Crawley ou à Reigate, sans avoir à passer par Victoria. Ryan l'a déjà fait un certain nombre de fois. Il a presque quinze ans et il est grand pour son âge, plus grand que beaucoup d'hommes adultes. » Manifestement, bien qu'aucune expression ne se lût sur leurs visages, elle pensait qu'ils la blâmaient de laisser son fils voyager seul. « Il aurait pu aller à la gare de Kingsmarkham à pied, suggéra-t-elle.

— La gare est à près de cinq kilomètres, Audrey. Il avait son sac à porter. »

Vine ramena la conversation à la matinée précédente. « Donc, Ryan devait rentrer chez lui, madame Peabody, et vous pensiez qu'il valait mieux qu'il prenne un taxi pour aller à la gare. C'est bien ça ? »

Elle hocha la tête. Lentement, elle serra les poings et les maintint sur ses genoux. Elle se contrôlait, essayait de contenir sa panique. « L'omnibus passe ici à 11 h 19, expliqua-t-elle. L'autobus l'aurait déposé une heure avant le départ du train et avec le suivant, il serait arrivé trop tard. Alors je lui ai dit : "Pourquoi ne pas prendre un taxi ?" Je lui ai donné l'argent, c'est moi qui ai payé.

Avant cela, il n'avait pris un taxi qu'une fois, et c'était avec sa maman. » Sa voix se brisa. Elle s'éclaircit la gorge. « Il ne savait pas quoi dire, alors j'ai téléphoné pour lui. C'était un peu avant 10 h 30, peut-être 10 h 25. J'ai eu un homme au téléphone et je lui ai demandé un taxi pour 10 h 45. C'était pour que Ryan ait le temps d'acheter son billet. Largement le temps, je n'aime pas qu'on soit bousculé. Oh, je regrette de ne pas être allée avec lui — pourquoi ne l'ai-je pas fait, Audrey? J'étais beaucoup trop pingre pour payer le trajet de retour.

— Ce n'était pas de la pingrerie, maman. Tout simplement du bon sens.

— À qui avez-vous téléphoné, madame Peabody? »

Elle réfléchit. Elle leva la main et la posa brièvement sur sa bouche. « J'avais dit à Ryan de le faire. De téléphoner, je veux dire. Mais il ne voulait pas, il disait qu'il ne savait pas quoi dire, alors je n'ai pas insisté. Je lui ai demandé : "Va me chercher le numéro dans l'annuaire, dans les pages jaunes de l'annuaire du coin, et c'est moi qui appellerai." Il m'a donné le numéro et j'ai téléphoné.

— Vous voulez dire qu'il a inscrit le numéro? Ou bien qu'il vous a apporté l'annuaire pour vous le montrer, ou...?

— Non, il me l'a lu. J'ai posé l'appareil sur mes genoux, il m'a donné le numéro et je l'ai composé.

— Vous rappelez-vous ce numéro? » demanda Wexford, mais il sut aussitôt qu'il n'en était rien, car elle secoua la tête avec stupéfaction. « Ce n'était pas deux fois six, deux fois six, deux fois six, n'est-ce pas?

— Non, répondit-elle. Je m'en serais souvenue.

— Avez-vous vu la voiture? Le chauffeur?

— Bien entendu. Nous l'attendions dans l'entrée, Ryan et moi. »

Ils étaient là à attendre, songea Wexford, ces deux usagers de taxi inexpérimentés, la vieille dame et l'adolescent. Il s'imaginait parfaitement la scène.

Il ne faut pas faire attendre le chauffeur, Ryan. Tu as bien pris l'argent, et une pièce de cinquante pence pour le pourboire ? Tiens, le voilà justement qui arrive. Rappelle-toi : tout ce que tu as à lui dire, c'est que tu veux aller à la gare, et n'oublie pas d'embrasser Nan pour moi...

« Il est arrivé à l'heure pile, dit Mme Peabody. Ryan a pris son bagage et ce sac qu'ils portent tous, aujourd'hui, sur leurs épaules, et je lui ai dit : "Embrasse très fort ta maman pour moi, et donne-moi un baiser avant de partir." Et il l'a fait. Il a dû se pencher pour m'embrasser, il m'a serrée très fort dans ses bras et il est parti. »

Elle se mit à pleurer. Sa fille la serra contre elle en lui passant un bras autour des épaules. « Tu n'es pas responsable, maman. Personne ne te reproche rien. C'est une histoire de fous, il n'y a pas d'autre explication.

— Il doit y avoir une explication, madame Barker, déclara Vine. Vous disiez que vous n'attendiez pas Ryan avant aujourd'hui ?

— L'école doit rouvrir demain. J'étais convaincue qu'il devait rentrer la veille de la reprise des cours, mais ma mère et lui croyaient que c'était l'avant-veille. On aurait dû se passer un coup de fil, je ne sais pas pourquoi on ne s'est pas téléphoné. J'ai appelé ici quand je suis rentrée de l'hôpital, samedi dernier, et j'étais sûre que Ryan m'avait parlé de revenir à la maison mercredi. Mais maintenant, je pense qu'il a dû me dire : "Je serai à la maison toute la journée du mercredi", ou quelque chose comme ça.

— Donc, vous ne vous êtes pas alarmée en ne le voyant pas arriver ? demanda Wexford.

— Je ne me suis pas inquiétée avant ce matin. J'ai téléphoné à maman pour m'assurer de l'heure de son train. Ça m'a fait un choc, je vous assure.

— Ça nous a fait un choc à toutes les deux, renchérit Mme Peabody.

— J'ai sauté dans le premier train. Je ne sais pas

pourquoi, c'était purement instinctif, par besoin d'être ici avec maman. Où est-il donc ? Que lui est-il arrivé ? Il n'est pas ce qu'on pourrait appeler costaud, mais il est très grand, il n'est pas bête, il sait ce qu'il fait et il ne partirait pas avec un homme qui lui offrirait je ne sais quoi. Je veux dire, de l'argent, des bonbons... pour l'amour du ciel, il a quand même *quatorze* ans ! »

Dora est une adulte, pensa Wexford, c'est une femme d'âge mûr qui sait ce qu'elle fait, qui ne partirait pas avec un homme qui lui offrirait je ne sais quoi...

« Avez-vous une photographie de Ryan ? »

À l'orée du grand bois de Framhurst, des hommes travaillaient du matin au soir sous le contrôle d'un expert forestier, pour extraire, à hauteur du point d'impact des tronçonneuses, les pointes de métal qui hérissaient les troncs des chênes. L'un d'eux se blessa si grièvement la main gauche qu'il dut être transporté d'urgence à l'hôpital royal de Stowerton, où l'on craignit d'abord qu'il ne perdît deux doigts. Les occupants du bois, retranchés dans les hautes branches des arbres, demeurèrent paisibles et silencieux, mais ceux du premier campement érigé à Savesbury bombardèrent les ouvriers de bouteilles, de bâtons et de canettes vides de Coca-Cola. Du haut d'un majestueux sycomore, quelqu'un déversa un seau d'urine sur la tête de l'expert forestier.

Des nuages s'étaient peu à peu massés depuis l'heure du déjeuner et la pluie se mit à tomber à 15 heures. Elle commença par un petit crachin, qui crépita sur des milliers de feuilles brûlées par le soleil d'été, puis s'enfla et se transforma en déluge. Les lutins, comme s'étaient baptisés certains, battirent en retraite dans leurs cabanes perchées en haut des arbres et se protégèrent sous leurs bâches, pendant que d'autres descendaient dans le tunnel qu'ils avaient creusé pour relier Framhurst Bottom à Savesbury Dell. Dans les hautes branches, un éclair illumina tous les nids des lutins et une grande rafale de vent ébranla les arbres, si forte que leurs troncs oscillèrent comme des tiges de fleurs.

Au-dessus du vaste paysage de forêts, de collines et de vallées verdoyantes (tel qu'on pouvait le voir du haut du ciel), le vent, alourdi par la pluie diluvienne, s'engouffra dans de grandes trouées gris argent qui scintillaient à chaque éclair. Le tonnerre gronda, puis résonna dans un fracas d'arbres fauchés et d'objets pesants qui dégringolaient en s'entrechoquant du haut des cimes.

L'orage chassa les ouvriers et l'expert forestier. À Kingsmarkham, Wexford rentra aussi chez lui : il y passa brièvement, dans le fol espoir de trouver sur son répondeur un appel important, peut-être même capital.

Ses deux filles l'attendaient à la maison.

Amulette, qui avait maintenant deux jours, reposait sur les genoux de Sylvia. Sheila bondit et se jeta dans ses bras.

« Oh, papa, nous avons pensé que nous devions être là, près de toi. Nous y avons pensé toutes les deux en même temps, n'est-ce pas, Syl ? Nous n'avons pas hésité, pas *réfléchi* une seule seconde. Paul nous a conduites en voiture. Je n'ai même pas emmené la nourrice — et d'ailleurs, comment aurais-je pu ? Où l'aurions-nous mise ? À vrai dire, je n'y connais rien en bébés, mais Syl en a déjà eu deux, donc tout va bien. Et toi, mon pauvre papa, tu dois être fou d'inquiétude depuis que maman n'est plus là ! »

Il se pencha au-dessus de l'enfant. C'était une jolie petite fille avec un visage rond comme un pétale de rose, de tout petits traits harmonieux et des cheveux noirs pareils à ceux de Sylvia et à ceux que Dora avait eus autrefois. « Elle a de ravissants yeux bleus, dit-il.

— Ils ont tous des yeux bleus à cet âge », rappela Sylvia.

Il l'embrassa et dit : « Merci d'être venue, ma chérie, puis, se tournant vers Sheila : À toi aussi, merci, Sheila », mais il était contrarié de les voir. Elles compliquaient encore les choses et il avait senti son cœur se serrer quand il les avait vues. Il était un monstre d'ingratitude. Bien des gens auraient donné tout ce qu'ils avaient pour l'attachement non seulement d'une fille, mais de deux. « Je dois retourner travailler encore deux ou trois heures, dit-il. J'étais seulement revenu pour voir s'il y avait un message.

— Il n'y a rien, répondit Sheila. J'ai vérifié. C'est la première chose que j'ai faite. »

Quand on a des enfants, on peut dire adieu à sa vie privée. Ils trouvent normal que ce qui est à vous soit à eux, vos biens, vos affaires personnelles ou les secrets de votre cœur. Il aurait dû y être habitué, depuis le temps. Mais elles étaient si généreuses, ses filles, si gentilles avec lui.

« Ne me dis pas que tu es indispensable en un moment pareil ? »

Ça, c'était typiquement Sylvia. Il ne releva pas la remarque et regarda sa fille avec tendresse. La plupart du temps, il ne le voyait pas, mais à cet instant, indéniablement, il retrouvait sa mère chez Sylvia, les mêmes traits, les mêmes yeux noirs en amande, plus durs cependant chez sa fille, tout comme Sylvia était plus grande et, somme toute, un peu plus forte. Mais cette ressemblance... Il en eut le souffle coupé, et cacha son émotion sous un accès de toux.

Sheila lui prit le bras, le regarda au fond des yeux. « Qu'est-ce qu'on peut faire pour toi, papa chéri ? Tu as déjeuné ? »

Il mentit, répondit par l'affirmative. Elle était parfaite dans son rôle de jeune actrice à succès qui venait d'avoir un bébé, et le jouait avec beaucoup de charme en tunique de mousseline et pantalon blanc, avec son collier de perles, ses cheveux blonds dénoués et son teint rehaussé par un maquillage doux aux couleurs fruitées. Pourtant, Sylvia, avec son jean, son T-shirt large et son regard très tendre pour le bébé couché sur ses genoux, donnait plus l'impression d'être la mère de l'enfant.

« Allons, à plus tard », dit Wexford, et il courut vers sa voiture sous la pluie torrentielle.

On avait lancé des recherches pour retrouver sa femme et Ryan Barker, toutes principalement concentrées sur la gare de Kingsmarkham et ses environs, et on avait enquêté auprès de chaque compagnie de taxis. Les chauffeurs ne se souvenaient pas plus de Ryan que de Dora et le personnel de la gare — à savoir trois guichetiers et trois contrôleurs — ne se rappelait rien non plus.

À 17 heures, Vine et Karen Malahyde, Pemberton, Lynn Fancourt et Archbold n'avaient acquis qu'une seule certitude : ni Dora Wexford ni Ryan Barker n'avaient atteint la gare de Kingsmarkham le matin précédent. Quelque part entre leurs points de départ et l'entrée de la gare, ils s'étaient volatilisés.

Ce fut Burden qui, via le standard du commissariat, reçut à 17 heures l'appel au sujet de Roxane Masood.

« Je téléphone pour signaler la disparition de ma fille. »

Quelque chose de froid se forma sur sa nuque et descendit en tremblant le long de son dos. Il faillit répondre : « J'imagine qu'elle a pris hier matin un taxi pour la gare », mais son interlocutrice le prit de vitesse.

« Pomfret, avez-vous dit ? On arrive. »

Ils s'arrêtèrent devant une maisonnette, au bout de la courte rue principale, à l'endroit où il n'y avait plus de magasins. Une petite maison ancienne aux murs de lattes recouvertes de plâtre, avec des pignons arqués et des fenêtres garnies d'un minuscule treillis. La pluie ruisselait des avant-toits de chaume. Des flaques d'eau s'étaient formées dans l'allée et inondaient la minuscule pelouse. Wexford et Burden durent s'arrêter un instant sur le paillasson pour se débarrasser de leurs imperméables dégoulinants, tant ils avaient été trempés par l'averse entre la voiture et le seuil de la maison.

La femme devait avoir une quarantaine d'années. Elle était mince, avec de grands yeux noirs et un regard intense. Une crinière de cheveux châtains tombait en broussaille sur ses épaules. Elle portait un vêtement que l'on aurait qualifié de chemise de nuit à une autre période de l'histoire, une tunique blanche, diaphane, qui descendait jusqu'à terre, avec des dentelles et des volants. Le collier de perles exotiques qui ornait son cou venait dissiper cette illusion.

« Madame Masood ?

— Entrez. C'est ma fille qui s'appelle Masood, Roxane Masood. Elle porte le nom de son père. Moi, je m'appelle Clare Cox. »

L'intérieur de la maison, qui avait été meublé et décoré au début des années soixante-dix, semblait être resté figé depuis cette époque. Des objets indiens et africains jonchaient les pièces, les murs étaient tapissés de tentures indiennes et parsemés de clochettes de cuivre suspendues à des cordelettes, et une lourde odeur de santal imprégnait la maison. La seule photo en évidence trônait dans un cadre en bois sombre et poli, incrusté de nacre.

C'était le portrait d'une jeune fille, la plus grande photographie que Wexford avait jamais vue, et elle était presque trop belle pour être vraie. Quand on la regardait, on comprenait ces contes de fées dans lesquels un prince ou un porcher tombe amoureux d'une jeune inconnue à la seule vue de son image. « Ce portrait est d'une beauté magique, telle que jamais personne n'en a vu de pareille », chantait Tamino. Elle avait un visage d'un ovale parfait, un front haut, un nez petit et droit, des yeux immenses et noirs avec des sourcils arqués, et ses longs cheveux raides, partagés par une raie au milieu, formaient un voile brillant fin comme de la soie.

Wexford réfléchit à cela un peu plus tard. Sur le moment, il se détourna rapidement du portrait et, après s'être assuré qu'il s'agissait bien de Roxane, demanda à Clare Cox de lui raconter ce qui s'était passé la veille.

« Elle allait à Londres, elle avait rendez-vous avec une agence de mannequins. Elle est diplômée des Beaux-Arts, mais cela ne l'intéresse pas, elle veut devenir mannequin. Elle a tout essayé, elle s'est adressée à toutes les agences. La plupart n'ont rien voulu savoir. On lui a répondu qu'elle était trop belle, qu'elle n'était pas assez mince, mais elle est *extrêmement* mince, croyez-moi...

— Nous parlions d'hier matin, madame Cox, rappela Vine.

— Oui, hier matin. Elle partait à Londres pour son rendez-vous avec cette agence, et aussi pour voir son père. Il a une entreprise à Ealing, il a bien réussi et il la sort dans des endroits prestigieux, je vous le garantis. » Elle surprit le regard de Vine et se reprit aussitôt. « Elle n'était pas au rendez-vous. À sa place, n'importe qui m'aurait appelée pour savoir pourquoi, mais lui, non, bien sûr. Il a cru qu'elle avait changé d'avis, rien que ça !

— Alors, comment avez-vous su ?

— Il m'a téléphoné. Il y a une heure. Un de ses copains pensait pouvoir trouver un boulot de mannequin à Roxane. Je lui ai dit que j'espérais que c'était sérieux — on entend tellement d'histoires horribles, de réseaux pornos et je ne sais quoi encore — et j'ai suggéré : “Pourquoi ne lui demandes-tu pas toi-même ?” Il m'a dit de la lui passer, et c'est à ce moment-là qu'on s'en est rendu compte. Il ne l'avait pas vue.

— Avez-vous vérifié auprès de l'agence de mannequins ? »

Elle leva les mains et haussa les épaules avant de s'écrier d'une voix sourde : « Je ne connais même pas l'adresse de cette fichue boîte !

— Donc, hier matin, reprit Wexford, elle est allée en taxi à la gare de Kingsmarkham ? Quel taxi ? » Il était certain qu'elle n'en avait aucun souvenir. « L'avez-vous entendue téléphoner ?

— Non, mais je sais quand elle l'a fait et à qui. Elle prenait toujours des taxis, son père lui verse une pension et il est généreux, vous savez. Elle s'est toujours servie de la même compagnie depuis son ouverture. Elle a appelé juste avant 11 heures. Elle connaissait la fille qui y travaillait, je veux dire, celle qui répondait au téléphone. Tanya Paine. Elles étaient à l'école ensemble.

— Il n'est pas possible que Roxane se soit adressée à Voitures contemporaines dans la journée d'hier, madame Cox », dit Burden. Il se demanda comment formuler ça. « Leurs téléphones étaient en panne. Leurs lignes étaient coupées. Elle a dû faire appel à une autre compagnie.

— Certainement pas, répondit Clare Cox. J'étais en haut, en train de peindre dans mon atelier. C'est mon métier : je suis artiste peintre. Elle est venue me dire que le taxi arriverait un quart d'heure après et qu'elle attraperait le train de 11 h 36. Je lui ai demandé, je ne sais pas pourquoi, mais je m'en souviens bien : "D'accord, comment va Tanya ?" Et elle m'a répondu : "Je n'en sais rien, je ne lui ai pas parlé, j'ai eu un homme au bout du fil."

— Vous voulez dire qu'elle a téléphoné à Voitures contemporaines à... quelle heure, exactement ? 10 h 30 ? Et qu'on lui a répondu ?

— Bien sûr. Et le taxi est venu la chercher à 10 h 50. Je l'ai vue monter dans la voiture et depuis, je n'ai plus de nouvelles. »

6

Finalement, à 10 heures du soir, Wexford rentra chez lui pour retrouver ses filles et sa petite-fille. Mais il était soulagé d'avoir pu s'oublier un peu dans cette intense journée de travail. Sylvia l'irrita en lui répétant sans cesse qu'il devait être épuisé, mais il ne montra aucun signe de contrariété. Son insistance sur l'injustice de ce surcroît de travail, sur ce métier où il devait tout faire lui-même pour combattre la négligence, l'incita à se réfugier dans la salle à manger en quête d'un petit whisky. À l'étage, Amulette emplissait la maison de ses cris.

« Ma postérité me pousse à boire », se dit-il.

Puis il songea à quel point ce serait merveilleux d'avoir Dora à ses côtés pour le lui dire. Cela faisait des années qu'il n'avait pas réellement pensé, de manière consciente, que la présence de sa femme était une chose merveilleuse. Avec quelle vitesse le désastre, pensa-t-il, ou l'éventualité du désastre, bouleverse ce qui nous paraît normal, transforme l'aspect des choses et nous fait voir la vérité. On pouvait aisément comprendre ceux qui disaient : « Jamais plus je ne serai dur ni désinvolte envers elle, jamais plus je ne la considérerai comme faisant partie du décor, si seulement... »

Un peu plus tôt, après avoir quitté Clare Cox, il était allé rendre une nouvelle visite à Voitures contemporaines avec Burden, Vine et Fancourt. Ils avaient réexaminé les lieux, puis amené Peter Samuel, Stanley Trotter, Leslie Cousins et Tanya Paine au commissariat de police.

Burden dévisageait Trotter un peu comme un traqueur de nazis aurait pu regarder Mengele s'il l'avait trouvé caché dans un faubourg d'Asunción : avec une satisfaction vengeresse, une sorte de jubilation.

Qui avait conduit Roxane Masood à la gare ? Qui avait emmené Ryan Barker ?

« Je vous l'ai déjà dit plusieurs fois, répondit Peter Samuel. Nous n'avons reçu aucun appel entre 10 h 30 et midi. Ce n'était pas possible, puisque Tanya, au bureau, était complètement hors circuit. »

Tanya Paine devenait agressive. « Je n'ai rien inventé, vous savez ! Je ne me suis pas attachée moi-même. Je suis une victime et vous me traitez comme une criminelle.

— J'ai besoin du nom, en tout cas de l'adresse, de la personne que vous avez emmenée à Gatwick, déclara Burden à Samuel. Je ne comprends pas que vous ayez tous accepté si facilement de ne pas recevoir d'appels pendant une heure et demie. Il ne vous est pas venu à l'esprit de rentrer au bureau pour voir ce qui n'allait pas ?

— On était occupés, répondit Trotter. Vous savez bien où j'étais, entre Pomfret et la gare, et ensuite, direction Stowerton. Tout cela, vous le savez déjà. Et je peux vous dire que je me suis senti *soulagé* quand je n'ai plus reçu d'appels.

— De toute façon, ce n'était pas si anormal que ça, intervint Leslie Cousins. Des moments creux, j'en ai connu des douzaines. »

Burden s'en prit à lui. « Je vous prie de me fournir les adresses de tous les clients que vous avez véhiculés. » Puis, s'adressant à tous : « Réfléchissez. Avez-vous la moindre idée — voire un soupçon — de l'identité des hommes qui sont venus au bureau et qui ont attaché Tanya ? Quelqu'un à qui vous auriez parlé ? Quelqu'un qui savait que personne ne rentrait là-bas avant midi ? »

Peter Samuel demanda si cela les dérangeait qu'il fume. C'était un homme lourd et corpulent avec un triple menton et des joues couperosées, qui n'avait sans doute guère plus de quarante ans mais paraissait plus âgé. Il sortit son paquet de cigarettes avant même qu'on lui ait répondu.

Burden répliqua, assez désagréablement : « Non, si cela peut vous aider à vous concentrer. »

Trotter, lui, se passa d'autorisation. Dès qu'ils eurent allumé leurs cigarettes, Tanya Paine se mit à tousser ostensiblement. Cousins, le plus jeune des chauffeurs, qui devait avoir à peu près l'âge de Tanya, eut un large sourire et leva les yeux au ciel. Il déclara que n'importe quel client pouvait savoir qu'ils ne rentraient jamais avant le milieu de la journée.

« Un client régulier a très bien pu le remarquer. C'est-à-dire, l'un de nous a pu en parler. Pourquoi pas ? Il n'y a pas de mal à cela, n'est-ce pas ? Il suffit que l'un de nous raconte que l'on a tous beaucoup de travail et que l'on ne rentre jamais au bureau avant midi. »

Enfin, Samuel reconnut qu'il avait eu parfois l'occasion de dire à un client qu'il n'avait pas de liaison radio avec le bureau et qu'il travaillait avec un téléphone de voiture. On le lui avait déjà demandé. Il arrivait, par exemple, qu'un client qui se rende à la gare veuille commander un taxi pour son retour. Pouvait-il alors téléphoner directement du train sur son portable ? « Dans ce cas-là, je le dis. Je lui explique qu'il doit appeler le bureau pour que Tanya transmette son appel à l'un de nous, celui qui a le plus de chances d'être libre.

— Donc, vous affirmez que tous les passagers que vous avez pris peuvent être au courant ?

— Non, pas *tous,* répondit Samuel. Seulement ceux qui ont posé la question. »

On les autorisa alors à rentrer chez eux et Vine, accompagné de Lynn Fancourt et de Pemberton, se lança dans une enquête au porte-à-porte aux alentours de la gare de Kingsmarkham. Mais il n'y avait pas beaucoup de maisons dans le secteur. Les locaux de Voitures contemporaines occupaient un terrain vague de deux mille cinq cents mètres carrés sur lequel ne donnait pas grand-chose. Il était borné d'un côté par le mur de brique aveugle de l'arrêt d'autobus, et de l'autre par un haut immeuble étroit qui abritait un cordonnier au rez-de-chaussée et une aromathérapeute, un service de photocopie et un coiffeur aux étages supérieurs. À l'extérieur, et aussi à un ou deux mètres à l'intérieur, le fin grillage qui marquait les limites du terrain en étranglant les arbres s'élevait dans un enchevêtrement d'orties de deux mètres de haut.

De l'autre côté de la rue, au bout d'une rangée de petites maisons, se trouvaient un pub baptisé *Le*

Mécanicien, puis une boutique de quincaillerie de gros, et enfin, le parking de la gare.

Deux heures plus tard, ils n'avaient guère avancé. Les ménagères, les clients des magasins, les automobilistes obnubilés par leur train et les habitués des pubs ne remarquent pas deux hommes qui garent leur voiture et montent les marches d'une caravane, à moins d'avoir une bonne raison de le faire. Peut-être avaient-ils attendu d'être entrés dans le bureau de Voitures contemporaines pour enfiler leurs masques, car Tanya ne pouvait pas les voir avant qu'ils n'aient ouvert la seconde porte.

Wexford songea alors que les femmes attirent beaucoup plus l'attention que les hommes. Si les intrus avaient été des femmes, quelqu'un aurait pu les remarquer. Cela changerait-il un jour, à mesure que se réduirait l'inégalité des sexes ? Des femmes habillées en hommes, en jean et en veste noire, aux cheveux courts et non maquillées, passeraient-elles aisément inaperçues ?

Il alla se coucher, puis se releva quand il n'entendit plus aucun bruit. Le sommeil était impossible, impensable. La porte de la chambre de Sheila était entrebâillée et il resta un moment sur le seuil à la regarder dormir, et à observer le bébé qui reposait au creux de son bras. Avant, ce spectacle lui aurait donné un plaisir intense. Pour la première fois de sa vie, il éprouva le besoin de hurler à pleins poumons sa souffrance et sa terreur. La pensée de la réaction de ses enfants s'il se mettait réellement à crier — leur panique et leur crainte — le fit presque sourire. Il alla s'asseoir en bas, sur un fauteuil dans le noir.

Il était tout aussi incapable de lire que de dormir. Il réfléchit à l'histoire de Voitures contemporaines. À présent, il voyait très clairement ce qui s'était passé. Les deux hommes, aidés de plusieurs complices, avaient organisé la prise d'otages. Ils avaient immobilisé Tanya Paine pour avoir libre accès aux téléphones pendant une heure et demie

— ou du moins, le temps nécessaire pour mener à bien leur opération. Vraisemblablement, ils n'avaient pas choisi leurs otages. Ils avaient simplement prévu d'enlever trois personnes entre 10 h 30 et 11 h 30. Les trois qu'ils détenaient suffisaient.

La grand-mère de Ryan Barker avait téléphoné de Stowerton à 10 h 25 pour le train de 11 h 19, Dora avait appelé à 10 h 30 de Kingsmarkham pour le 11 h 03, et Roxane Masood à 10 h 55 pour le 11 h 36. Pourquoi s'était-il écoulé vingt-cinq minutes avant qu'ils ne répondent à un autre appel ? Parce que le téléphone n'avait pas sonné ? Parce qu'il n'y avait pas eu d'appels d'une personne seule et qu'ils ne se sentaient pas à même de maîtriser deux passagers (le mot « maîtriser » le fit tressaillir). Parce qu'ils avaient seulement deux chauffeurs avec eux ? Il était possible, également, que l'un des deux ait servi de chauffeur, laissant le deuxième répondre au téléphone...

Oui, mais après ? Ryan Barker ne connaissait peut-être pas très bien le chemin de la gare. Son chauffeur avait donc pu l'emmener n'importe où, disons, dans un rayon de huit kilomètres, avant qu'il ne se rende compte de quelque chose. Mais Roxane Masood, elle, avait dû comprendre en cinq minutes, et Dora bien plus vite encore. Wexford ne pensait pas que sa femme avait accepté passivement la situation, qu'elle s'était contentée de pleurer ou de supplier. Elle avait dû essayer de faire quelque chose. Mais pas au point de sauter de la voiture. Non. Pas cela.

Il serra les poings, ferma les yeux en crispant ses paupières. Elle avait protesté, il en était sûr. Elle avait menacé de quitter la voiture. Ils avaient certainement pris des mesures pour parer à cette éventualité. Ils avaient dû poster un complice, disons, au premier arrêt, au premier feu rouge, au premier stop, au premier carrefour. La porte arrière s'ouvre, le complice entre dans la voiture, brandit à nouveau un de ces fusils pour enfants, ou une imitation...

Oui, c'était bien comme ça qu'ils avaient procédé dans chaque cas. Mais pourquoi ?

Il examina cette possibilité. Enlever trois personnes dans la rue en plein jour ? Cela devait se passer dans la journée, car les rues étaient toujours désertes après la nuit tombée. À cette époque-ci en tout cas. Les gens restaient dans leur maison à regarder la télévision ou bien s'ils sortaient, ils prenaient leur voiture. Ils buvaient même chez eux à présent et les pubs fermaient les uns après les autres, comme le *Railway Arms*. La bière coûtait cher et on ne pouvait pas aller au pub en auto, pas avec ces nouvelles lois sur la conduite en état d'ivresse. En agissant de la sorte, les ravisseurs évitaient tout soupçon, toute résistance et toute lutte, jusqu'au moment où le trajet devenait inhabituel et alors le complice entrait en scène, et il était trop tard.

S'ils avaient laissé passer vingt-cinq minutes sans intervenir, c'était peut-être aussi parce qu'ils voulaient seulement des femmes, moins fortes, physiquement, que les hommes. Et même dans le cas de Ryan Barker, la personne qui avait appelé le taxi était une femme. Si elle leur avait dit que le client était un garçon de quatorze ans, cela n'aurait probablement pas suffi à les faire reculer. Ainsi, ils détenaient trois otages : une jeune fille, un adolescent et une femme d'âge mûr. Et la dernière se trouvait être sa femme.

Ils étaient *forcément* des otages, n'est-ce pas ? Comment expliquer les choses autrement ?

Une autre question subsistait. Aucun des trois n'était riche, en tout cas pas vraiment. Dora et lui étaient assez à l'aise, le père de Roxane Masood avait réussi, mais Wexford doutait qu'il fût millionnaire, et la famille de Ryan Barker avait l'air d'être dans la gêne, si ce n'est franchement pauvre. À quelle rançon pouvaient-ils donc prétendre ?

Tard dans la nuit, il se prépara une tasse de thé et s'endormit une heure dans le fauteuil. À son réveil, il prit un bol de café, sortit sur le devant de la maison et regarda l'aube poindre. Le ciel commença à pâlir à l'horizon, frangé par une luminosité naissante qui n'était pas encore tout à fait de la lumière. À l'étage, Amulette poussa un cri, puis Sheila la fit taire et la rassura en lui donnant le sein. Les nuages sombres se dissipèrent et une franche lumière, vert pâle, étincelante, perça nettement dans la fraîcheur de l'aurore.

Dès que les premières lueurs de l'aube caressèrent le site de la déviation, le sous-capitaine de gendarmerie du Mid-Sussex, Timothy Jordan, se rendit dans le camp de Savesbury Deeps avec ses huissiers. C'était le plus grand de tous les campements et ses occupants avaient reçu des mandats d'expulsion peu de temps auparavant.

Quelques-uns des protestataires dormaient dans les sept cabanes érigées sur les arbres et les autres, dans des hamacs tendus entre les chênes, les frênes et les tilleuls qui abondaient dans cette partie du bois. Avant même le lever du soleil, un cordon de policiers vêtus de jaune les encercla sous l'ordre de Jordan. Le sous-capitaine de gendarmerie les réveilla en criant dans un mégaphone qu'une décision judiciaire l'autorisait à occuper les lieux, et qu'ils devaient les vider sans tarder. Sans mégaphone, il n'aurait pas pu se faire entendre, car il devait rivaliser avec le chœur bruyant des oiseaux, qui attaquaient leur chant avec vigueur aux petites heures de l'aube : cui-cui, hou-hou, cou-couroucou.

Pendant ce temps, à Sewingbury, des cars passaient prendre les agents de sécurité dans l'ancien camp de l'armée pour les conduire au nord de Stowerton, à l'endroit où le terrassement devait commencer une demi-heure plus tard. Au cœur du grand bois de Framhurst, à l'intérieur du tunnel secret qu'ils croyaient inconnu de tous sauf des membres de Species, six personnes sortirent peu à peu des brumes du sommeil. La deuxième entrée débouchait non loin du pied de la colline de Savesbury.

Les derniers à quitter le tunnel furent un jeune homme du nom de Gary, qui se disait protestataire professionnel, et la compagne avec qui il vivait depuis qu'ils avaient tous les deux quinze ans et qu'il présentait comme sa femme. Personne ne connaissait son nom mais tout le monde l'appelait Quilla. Gary n'avait jamais taillé sa barbe blonde, qui lui descendait presque jusqu'à la taille. Ses vêtements auraient été plus seyants et auraient suscité moins de commentaires si l'on avait été au XIVe siècle. Il portait un haut-de-chausses, des jarretières croisées et une tunique en toile brune, et Quilla était vêtue d'une longue robe de coton. Tandis qu'ils rebroussaient chemin en quête de couvertures pour se protéger de la fraîcheur du matin, ils se trouvèrent nez à nez avec un berger allemand. À Savesbury, les gendarmes et les huissiers avaient pénétré dans l'entrée du tunnel.

Lorsque Gary et Quilla ressortirent, Timothy Jordan envoya dans le boyau un expert en creusement de tunnels, surnommé l'Homme-Taupe, pour vérifier qu'il était vide, et posta un gardien à chaque entrée. Un autre huissier, surnommé l'Homme-Araignée, grimpa sur l'arbre le plus majestueux pour gagner la cabane construite dans ses hautes branches. Une avalanche de bois coupé, de bouteilles et de boîtes en fer-blanc s'abattit sur lui, empêchant momentanément sa progression. Sur le sol, les hommes de Jordan commencèrent à sortir les gens de leurs tentes de fortune et à en vider le contenu, avant de les détruire.

Les groupes de protestataires plus paisibles et plus organisés, qui avaient eu vent de la chose d'une manière ou d'une autre, se massaient, de plus en plus nombreux, derrière le cordon de sécurité : il y avait là des membres de Kabal, de Species et du Cœur de la Forêt. Quand ils virent les gros chiens bardés de protections de cuir sortir de la bouche du tunnel, ils entonnèrent à voix basse un chant de colère. Au sommet de l'arbre, l'Homme-Araignée avait trouvé une femme au seuil de sa cabane, et tandis qu'ils se battaient à quinze mètres du sol, la foule scandait : « Quelle honte ! Quelle honte ! Quelle honte ! »

Patiemment et en silence, Gary et Quilla rassemblèrent leurs affaires que l'on avait jetées hors du tunnel. Ils avaient l'air de deux pèlerins en route pour Canterbury avec une femme de Bath et un pasteur vendant des indulgences. Aucun d'eux n'aurait touché, encore moins possédé, le moindre objet en plastique, et ils fourraient donc leurs vêtements, leurs couvertures et leurs casseroles dans des sacs démodés en toile de jute. Quilla se mit à chanter le madrigal *Avril éclaire le visage de ma mie* et les autres protestataires expulsés se joignirent à elle, certains fredonnant la mélodie quand ils ne connaissaient pas les paroles.

En haut de l'arbre, la femme sur laquelle l'Homme-Araignée avait porté la main avait perdu connaissance ou, plus probablement, avait feint l'évanouissement et gisait sur les bras des deux hommes qui la soutenaient. Ils entreprirent de la descendre le long de l'échelle, ce qui représentait un exercice périlleux, car sa résistance passive ne les aidait en rien.

« Quelle honte ! Quelle honte ! Quelle honte ! » répétait la foule.

Gary et Quilla chantaient :

Avril éclaire le visage de ma mie,
Et juillet dans ses yeux luit.
Dans son sein germe septembre,
Mais dans son cœur pleure décembre.

Entre-temps, le soleil s'était levé, formant une boule rougeoyante entre les bandes de nuages noirs. Les cris des oiseaux s'étaient atténués : cui-cui, cou-couroucou... Une brusque rafale de vent s'engouffra entre les cimes des arbres.

En atteignant le sol, la femme qui avait semblé perdre connaissance s'arracha des bras des hommes qui l'avaient descendue. Elle était vêtue de haillons, dont certains pendaient autour de son corps et d'autres l'enveloppaient comme les bandelettes d'une momie, et lorsqu'elle se tourna vers la foule, les bras levés dans un geste de triomphe, ses guenilles flottèrent et voltigèrent dans le vent. Elle courut vers Quilla et l'étreignit en pleurant.

« Allons au campement d'Elder Ditches, dit Gary. J'en ai assez des tunnels. Freya, tu pourras nous apprendre à bâtir une cabane dans les arbres. Nous en construirons une grande pour nous trois.

— Je suis un arbre ! s'écria Freya, et elle ouvrit à nouveau grands les bras.

— Ici, nous sommes tous des arbres », reprit Gary.

Tandis que les filles de Wexford lui préparaient le genre de petit déjeuner qu'il ne prenait jamais, étaient aux petits soins avec lui et l'exhortaient à se reposer, Burden partit travailler une demi-heure plus tôt que nécessaire. Il ne cessait de penser à Stanley Trotter. Aucun argument ne pourrait le persuader que le chauffeur de taxi n'était pas impliqué jusqu'au cou dans cette affaire. L'homme avait assassiné Ulrike Ranke et maintenant, il trempait dans un complot d'enlèvement. La jeune Allemande avait été violée avant d'être étranglée et, pour Burden, les récents enlèvements s'apparentaient à une sorte de crime sexuel élaboré.

Il était à son bureau depuis dix minutes quand le standard lui transmit un appel téléphonique : « Le rédacteur en chef du *Kingsmarkham Courier* veut parler à un responsable. Le patron n'est pas encore arrivé.

— Je dois pouvoir faire l'affaire, répondit Burden.

— Il m'a demandé votre poste, puisque le patron n'est pas là. »

Le rédacteur en chef, qui dirigeait le journal

depuis quelques années, s'appelait Brian St George. Burden l'avait déjà rencontré une ou deux fois, ce qui, apparemment, suffisait à St George pour s'estimer en droit de l'appeler par son prénom.

« J'ai reçu une drôle de lettre, Michael. La poste vient juste de la déposer. Mon assistante l'a ouverte en premier. »

Si St George avait une assistante, songea Burden, lui était un nouveau Sherlock Holmes. « Que voulez-vous dire par une drôle de lettre ?

— Peut-être est-ce un canular, mais en fait, je ne le crois pas. »

Burden, qui s'efforçait de ne pas adopter un ton sarcastique, suggéra à St George de lui faire part du contenu de la lettre.

« Ne pensez-vous pas que vous feriez mieux de venir ici, Michael ?

— Dites-moi d'abord ce qu'il y a dedans. » Soudain, Burden eut une sorte d'intuition, ce que Wexford appelait un *Finger-spitzen*-quelque chose. « Ne la manipulez pas trop. Essayez de la lire sans la toucher.

— D'accord, Michael. J'y vais. Ça paraît bizarre, n'est-ce pas ? Une lettre à notre époque. Je veux dire, un coup de fil, un fax, un courrier électronique, n'importe quoi, mais une lettre ! Je m'étonne qu'elle n'ait pas été apportée par un type à cheval.

— Pouvez-vous me la lire ?

— Bon. Voilà : "Nous sommes le Globe sacré, nous sauvons la Terre de la destruction par tous les moyens qui sont en notre pouvoir. Nous détenons cinq personnes : Ryan Barker, Roxane Masood, Kitty Struther, Owen Struther et Dora Wexford..." Là, ils ont dû se tromper, n'est-ce pas ? Je veux dire, c'est bien la femme de votre patron ? Depuis quand aurait-elle disparu ?

— Continuez.

— O.K. "... Owen Struther et Dora Wexford. Nous les avons placés en lieu sûr. Vous ne les retrouverez pas. Nous vous contacterons aujourd'hui pour vous indiquer la rançon que nous en demandons. Informez tous les journaux nationaux et la police de Kingsmarkham pour donner le maximum de publicité à notre action. Nous sommes le Globe sacré et nous sauvons le monde." »

Burden prononça calmement, au moment où Wexford pénétra dans la pièce : « Nous allons venir prendre possession de ce document immédiatement. En attendant, n'en parlez à personne, vous avez compris ? À personne. »

7

La feuille de papier était de format A4, jugea Wexford. C'était du quatre-vingts grammes, le genre de modèle que l'on peut acheter par rames dans n'importe quelle papeterie. Autrefois, la lettre aurait été écrite à la main et il y a encore vingt ans, tapée à la machine — et la dactylographie était presque aussi révélatrice que l'écriture manuelle. Aujourd'hui, avec les ordinateurs, la détection était presque impossible. L'expert pourrait sans doute identifier le logiciel utilisé par l'auteur de la lettre, mais c'était tout. Plus de fautes d'orthographe, plus de minuscules tapées par erreur en lettres capitales, plus de lettres sautées, plus de caractères à l'impression irrégulière.

Il devait y avoir des empreintes digitales, mais il n'y comptait guère. L'auteur avait plié la lettre une fois puis, dans la même direction, une fois encore. L'enveloppe qui l'avait contenue était posée à côté d'elle. Un programme informatique permet d'imprimer les étiquettes, et on y avait eu recours. La lettre, se dit-il, était horriblement anonyme.

Ils étaient assis devant le bureau de Brian St George, et la lettre était placée entre eux au milieu du sous-main en cuir. St George était extrêmement content de lui, empli d'une suffisance qu'il ne cherchait plus à dissimuler. Il ne cessait de sourire avec étonnement, ébahi par le scoop qui venait de lui tomber du ciel.

Le rédacteur en chef avait un teint gris cadavéreux, un visage en lame de couteau et un gros ventre qui pendait de ses os comme un sac à moitié plein. Son costume gris pâle à rayures crayeuses avait grand besoin d'une visite au pressing. Une femme peut porter un pull ras-du-cou ou bien une chemise ouverte sous sa veste, mais un homme vêtu de la sorte donne l'impression d'être à moitié habillé, et cela faisait longtemps que le sweat-shirt de St George avait perdu sa blancheur originelle. La lettre exerçait sur lui l'effet d'un aimant. Il approchait les mains de la feuille, puis les retirait comme un garçonnet qui tourmente un insecte. « Je suppose que je peux la photocopier ? demanda-t-il.

— Vous pouvez appeler votre assistante pour qu'elle la recopie à la main, répondit Burden, mais la lettre ne doit pas être touchée.

— Elle n'a pas l'habitude de copier à la main.

— Alors, faites-le vous-même. » Wexford ne se rappelait pas avoir jamais rencontré le rédacteur en chef du *Kingsmarkham Courier* auparavant, et sa première impression n'était pas très bonne. « À quels journaux nationaux pensiez-vous la communiquer ?

— À tous, répliqua St George, soudain nerveux, craignant le pire.

— D'accord, mais à la condition formelle que l'on ne publie rien avant que nous ne donnions le feu vert. Ce qui s'applique aussi au *Courier,* naturellement.

— Minute, la publicité est ce qui peut marcher le mieux dans ce genre de cas. Vous en avez besoin. Vous aurez bien plus de chances de retrouver ces gens-là si le public est au courant.

— Rien ne doit paraître avant que nous ayons donné notre autorisation. J'espère que vous avez compris. C'est une affaire très grave, la plus grave à laquelle il vous sera probablement jamais donné de participer. Entre-temps, M. Vine restera ici pour veiller à ce que mes instructions soient respectées.

— Il s'agit bien de votre femme, n'est-ce pas ? »

Wexford ne répondit pas. Il avait lu la lettre sur le bureau : « [...] Ryan Barker, Roxane Masood, Kitty Struther, Owen Struther [...] » et lorsqu'il était arrivé au nom de sa femme, les quatre syllabes lui avaient sauté au visage et l'avaient frappé comme un coup de poignard; des lettres noires, dures, qui jaillissaient de la feuille de papier. Sans le vouloir, il avait fermé les yeux. Il espérait n'avoir pas reculé sur le moment, mais il avait bien peur du contraire. Il avait senti le sang quitter son visage, comme une marée refluant vers le centre de son corps, et il avait brusquement dû s'asseoir.

Sa voix l'avait abandonné, mais à présent, elle était revenue, puissante et grave. « Qui, en dehors de vous, a vu cette lettre, monsieur St George ?

— Appelez-moi Brian, tout le monde le fait. Personne, excepté mon assistante, Veronica.

— Cela suffit amplement. M. Vine expliquera la situation à Veronica. Pour l'instant, le silence s'impose absolument. Vous parlerez à ces journaux nationaux et nous rencontrerons leurs rédacteurs en chef un peu plus tard dans la journée.

— O.K, si c'est ce que vous voulez. À mon avis, c'est une honte, mais je m'incline devant la force.

— Nous allons demander à British Telecom de mettre votre téléphone sur écoute, déclara Burden, qui prit la lettre entre ses doigts gantés et la fit glisser dans une pochette en plastique. Combien avez-vous de lignes ?

— Seulement deux, répondit St George, du ton d'un homme qui aurait aimé répondre : "Vingt-cinq".

— Ces gens du Globe sacré ont exprimé leur

intention de se manifester à nouveau aujourd'hui. Tout ce qui arrive par téléphone dans ces bureaux doit être enregistré. Je vous enverrai un policier pour prendre la relève de M. Vine en temps utile.

— Bon Dieu, vous prenez vraiment les choses très au sérieux », s'exclama St George, qui souriait toujours.

Wexford se leva. « J'espère que vous savez que c'est un délit de tenter d'entraver l'action de la justice.

— Ne me regardez pas comme ça. Je suis du genre à respecter les lois et je l'ai toujours fait, mais si je suis en droit de formuler une opinion, je pense que vous commettez une grave erreur.

— Ce sera à moi d'en juger. »

Wexford aurait pu lui servir une douzaine de reparties plus cinglantes, mais il n'en avait pas le courage. Lorsqu'ils descendirent l'escalier, ils croisèrent une jeune femme qui montait. Elle avait des cheveux noirs bouclés qui lui arrivaient jusqu'à la taille et une jupe écarlate qui ne devait pas faire plus de vingt-cinq centimètres entre la ceinture et l'ourlet. L'assistante, probablement.

« Je ne vais pas traîner, déclara Wexford. Je vais aller voir directement le chef constable. Pendant ce temps, il faut mettre tous nos téléphones sur écoute.

— Oui. Je me demande combien British Telecom peut mettre de postes sur écoute en même temps. Sûrement pas un nombre illimité. Qui sont ces Struther, Reg ? Kitty et Owen ? Pourquoi n'a-t-on pas signalé leur disparition ? »

Donaldson ouvrit la portière de la voiture et ils s'installèrent à l'arrière. Wexford composa l'un des numéros du siège de la gendarmerie du Mid-Sussex, à Myringham, puis demanda le poste du chef constable. Il le voyait rarement. La plupart du temps, il avait affaire à son adjoint, Freeborn. Montague Ryder était un personnage hautain et distant qui parut soudain accessible quand, devant l'insistance de Wexford sur l'urgence de la situation, il prit la communication et accepta sur-le-champ de le rencontrer dès que possible.

« Je vais y aller tout de suite, juste après vous avoir déposé. Je ne trouve pas vraiment bizarre que l'on n'ait pas mentionné la disparition des Struther. Il s'agit probablement d'un couple qui vit seul. Sans doute étaient-ils sur le point de partir en vacances. Je m'étais demandé pourquoi il ne s'était rien passé entre le coup de fil de Dora à Voitures contemporaines à 10 h 30 et celui de Roxane à 10 h 55, mais voilà qui répond à ma question. Il n'y a pas eu de temps mort, ces Struther ont dû appeler une voiture vers 10 h 45. Il est probable qu'ils ont téléphoné à la compagnie de taxis pour prendre un de ces trains qui passent entre le 11 h 19 et le 12 h 03...

— À moins qu'ils n'aient voulu aller à Gatwick. S'ils partaient en vacances, ils avaient peut-être l'intention de prendre l'avion.

— Vous avez raison. Quoi qu'il en soit, s'ils ont laissé derrière eux une maison vide, qui pouvait bien savoir qu'ils avaient disparu ? Et si un membre de leur famille était resté chez eux, il ne s'attendait pas à avoir de nouvelles. Il aurait été bien plus étrange que l'on ait *signalé* leur disparition. Ce qui est bizarre, c'est qu'ils étaient deux, et que l'homme était peut-être dans la fleur de l'âge.

— Vous voulez dire qu'il est plus difficile d'enlever ce genre de gens que... » Burden essaya de faire preuve de tact, échoua lamentablement : « ... euh, un homme ou une... une femme seule.

— Oui.

— Il s'agit peut-être d'un homme âgé, ils pourraient tous les deux avoir plus de soixante-dix ans. Je vais essayer de trouver leurs coordonnées. L'annuaire suffira peut-être, Struther n'est pas un nom courant par ici. On en touche un mot à la mère de la jeune fille et à la mère et à la grand-mère du garçon ?

— Pas encore.

— Qu'est-ce qu'ils veulent, Reg? Quelle sorte de rançon?

— Je crois que je le sais. »

Wexford détourna la tête et Burden se tut. Il sortit de la voiture et entra au commissariat de police. Au bureau, bien qu'il eût pu confier cette tâche à quelqu'un d'autre, il chercha lui-même l'adresse des Struther dans l'annuaire. Il y avait deux Struth, quinze Strutt, mais seulement un Struther : O. L. Struther, Savesbury House, Markinch Lane, à Framhurst.

Il composa le numéro. Quatre doubles sonneries retentirent, suivies, bien entendu, du déclenchement caractéristique d'un de ces fichus répondeurs. Burden les avait en horreur. Au moins le message d'annonce n'était pas facétieux, comme ceux qui disent : « Rappelez-moi s'il y a de l'argent à la clef », ou encore : « Je décroche si c'est pour une invitation à dîner ». C'était une voix d'homme, un homme d'âge mûr ou un peu plus âgé, mais certainement pas jeune. Il parlait un anglais correct, voire pédant. Avec courtoisie, il nommait sa femme avant lui.

« Ni Kitty ni Owen Struther ne sont en mesure de répondre à votre appel pour le moment. Si vous désirez laisser un message, parlez, s'il vous plaît, après le signal sonore, en indiquant votre nom, la date et l'heure de votre appel. Merci. »

Burden pensa que cela valait la peine d'essayer. Il laissa un message, demandant aux éventuels occupants de la maison — les chances étaient minces, mais c'était néanmoins possible — de prendre contact de toute urgence avec le commissariat de police de Kingsmarkham. Après quoi, il téléphona à British Telecom.

La section criminelle du Regional Crime Squad [1],

1. Équivalent de notre Service régional de la police judiciaire. *(N.d.T.)*

qui comprenait un inspecteur principal, un inspecteur, six inspecteurs-chefs et six enquêteurs, tous dotés d'une formation spéciale, était située dans un bâtiment sans prétention de Myringham qui avait jadis abrité plusieurs salles des ventes. C'était une bâtisse de brique brune, avec une porte sur le côté et des fenêtres vaguement gothiques, derrière lesquelles on apercevait généralement des écrans d'ordinateur et les gens qui les consultaient.

Wexford l'avait dépassée en se rendant au siège de la gendarmerie, un édifice bien plus impressionnant construit dans les années quatre-vingt, à l'époque où l'architecture commençait à s'améliorer après la décennie lamentable qui l'avait précédée. Le siège de la gendarmerie, qui se trouvait sur la route de Sewingbury, était coiffé d'un toit ambitieux, mansardé en terrasses, avec une grande tour carrée au milieu, des ailes arrondies et un portique soutenu par des colonnes. Sur la pelouse, devant le bâtiment, s'élevait une statue de sir Robert Peel qui, outre sa qualité de fondateur de la police, avait aussi, à ce qu'on disait, occupé une maison à Myfleet pendant dix mois entre l'automne 1833 et l'été 1834.

Le chef constable disposait d'une suite dans la tour. L'antichambre était remplie de l'habituel bataillon de secrétaires. L'une d'elles quitta son ordinateur pour l'introduire auprès de Montague Ryder, après avoir frappé à une porte d'acajou incrustée de cuivre. Wexford sentit son cœur se soulever dans sa poitrine, bien qu'il ne redoutât pas le moins du monde son entrevue avec Montague Ryder. Mais depuis quelques heures, chaque événement lui semblait lourd de pressentiments, chaque moment chargé de terreur.

La pièce était immense, pareille au salon d'un bon hôtel de campagne, avec un mobilier composé de fauteuils, de canapés et de tables basses, et d'un petit buffet ancien orné d'un grand vase d'asters et de dahlias. Les fenêtres, moins conçues pour laisser entrer la lumière que pour permettre de contempler le panorama, offraient à la vue des coteaux verdoyants, des vallées profondes et de lointaines collines vallonnées.

Montague Ryder se leva de son bureau et, la main tendue, vint à la rencontre de Wexford. « J'ai parlé avec Mike Burden au téléphone, dit-il. Je pense qu'il m'a à peu près tout dit. Vous avez eu raison d'hésiter, mais nous devons avertir les parents sans attendre. On ne peut agir autrement. »

Ryder était un petit homme mince mais solide, bien moins grand que Wexford. Ses cheveux épais, d'un gris pâle uniforme, coiffaient sa tête comme un casque bien net et ses yeux clairs offraient la même nuance gris perle. « C'est bien triste pour votre femme. »

Wexford hocha la tête et répondit : « Oui, monsieur.

— Voulez-vous vous asseoir ? »

Ils s'installèrent l'un en face de l'autre sur un grand canapé de cuir. Dans un cadre sur le bureau, à un ou deux mètres du sofa, trônait la photographie d'une jolie jeune femme blonde et de deux enfants d'environ huit et dix ans. Wexford détourna les yeux. « Ces gens-là, ce Globe sacré, se manifesteront à nouveau aujourd'hui. Mais où et comment, nous ne savons pas.

— Burden m'a prévenu. Vous avez eu raison d'interdire à la presse d'ébruiter l'affaire pour l'instant. J'organiserai moi-même aujourd'hui une réunion avec les porte-parole des journaux. Votre présence ne sera pas nécessaire. »

Wexford hésita, puis il se lança. « Je suppose que vous n'aurez pas du tout besoin de mon aide, n'est-ce pas ? Je veux dire, une fois que je vous aurai rapporté les faits. Vous n'allez pas me charger de l'enquête. »

Ryder se leva. Visiblement, il était de ces gens qui ne savent pas rester en place. C'était un homme nerveux, remuant, trop énergique pour s'adapter aux usages de la vie quotidienne et qui devait probablement succomber à l'épuisement tous les soirs. Il demanda : « Voulez-vous du café ? Je vais nous en faire porter.

— Non merci, monsieur, pas pour moi.

— Très bien. J'en bois déjà trop moi-même, de toute façon. » Il se percha sur le bras d'un fauteuil. « Vous voulez dire, bien sûr, que je dois vous décharger de l'affaire parce que votre femme y est mêlée. Je l'aurais fait en d'autres circonstances, mais en l'occurrence, je ne peux pas. » Peut-être pour la première fois, il essaya d'appeler Wexford par son prénom. « Je ne peux pas, Reg, répéta-t-il. Nous allons faire appel au RCS, mais même avec son concours, je n'aurai pas assez d'officiers de police supérieurs pour pouvoir me passer de vous. J'ai besoin que vous meniez cette enquête. Je vous confie l'affaire. »

À 10 h 30, la police reçut le premier appel d'un journal national. Ils ne perdent pas de temps, se dit Burden, en pensant à son interlocuteur et aux deux autres qui avaient téléphoné presque aussitôt après à Myringham, au bureau du chef constable. À son avis, plus tôt ils en auraient fini avec cette conférence de presse destinée à réfréner les médias, mieux ça vaudrait.

Qui allait donc recevoir le coup de fil du Globe sacré ? Il supposait que l'organisation se manifesterait par téléphone. Après tout, l'heure du courrier était déjà passée, et il n'y avait qu'une seule distribution dans la journée. Un message par fax ou par courrier électronique serait trop dangereux, car il indiquerait forcément l'origine de son émetteur. Par conséquent, les membres du Globe sacré allaient téléphoner. Oui, mais à qui ? Au commissariat de police ? Au *Courier* ? Il ne le croyait guère, sans trop savoir pourquoi. À l'un de ces journaux nationaux si pressants, aux autorités locales, au bureau du maire, ou même au siège de la police ? Non, pas à la police. Ils choisiraient un intermédiaire auquel la police n'aurait jamais pensé, mais qui transmettrait certainement le message...

L'une des filles de Wexford ?

Il allait faire mettre le téléphone personnel de Wexford sur écoute. Ensuite, il se ferait accompagner de Karen Malahyde et il irait à Savesbury House, la maison des Struther. Le message qu'il avait laissé sur leur répondeur était resté sans réponse. Il n'y avait probablement personne chez eux. Il n'arrivait pas à localiser la maison, ni à l'imaginer, mais de grandes maisons de campagne, on en trouvait partout dans la région et il la reconnaîtrait sans doute en la voyant. Si les Struther avaient des voisins, il y avait des chances que l'un d'eux ait remarqué quelque chose.

En apparence, Karen avait tout de la fonctionnaire de police consciencieuse. L'année précédente, elle avait été promue inspecteur. Elle avait une expression sérieuse, des yeux noirs pleins de fermeté, mais elle avait un visage trop net, une coupe de cheveux trop courte et trop austère pour être véritablement jolie. Ça, c'était au-dessus du cou. Au-dessous, elle possédait tous les attributs du mannequin de mode, une silhouette parfaite et des jambes, comme avait dit un jour le fils de Burden, John, à se damner. Quant à Burden, il ne pensait pas aux femmes en ces termes et Wexford, qui louait son esprit politiquement correct avec peut-être un brin d'ironie, l'en avait félicité. Karen elle-même était trop politiquement correcte pour Kingsmarkham, notamment dans ses relations avec les hommes. Qu'elle l'apprécie ou pas lui était égal, mais, pourtant, il croyait lui être sympathique.

Karen était une excellente conductrice et ce fut elle qui prit le volant. À Savesbury Lane, ils furent arrêtés par le cordon de police car les huissiers continuaient toujours à démolir les cabanes perchées dans les arbres et à évacuer leurs occupants. Si le brigadier en veste jaune avait reconnu les passagers de la voiture, il aurait certainement fait une exception et les aurait laissés passer, mais Karen fit demi-tour avec bonhomie et changea d'itinéraire pour s'engager dans la petite route de Framhurst.

Le village de Framhurst allait être la conurbation la plus gravement touchée des environs de Kingsmarkham. « Conurbation » était un terme utilisé par la Compagnie des autoroutes et il avait arraché à Wexford un petit rire amer, car Framhurst était une agglomération qui comprenait en tout et pour tout une rue, un carrefour, trois boutiques et une église. L'école, bâtie en 1834, avait depuis longtemps été transformée en maison d'habitation et ses occupants l'appelaient malicieusement *Lescuela.*

Parmi les magasins, il y avait une boucherie familiale à l'ancienne où venaient s'approvisionner tous les habitants des environs, une épicerie qui vendait aussi des journaux et des cassettes vidéo, et un salon de thé qui offrait quelques tables en terrasse, protégées par un store à rayures. La commune avait placé des feux de signalisation au croisement de la route de Kingsmarkham et de la route de Pomfret à Myfleet. Personne ne savait exactement à quel point la nouvelle déviation serait visible des maisons qui bordaient la rue du village, mais il ne faisait pas de doute qu'elle détruirait la vue de la colline où menait cette rue. De là, on pouvait contempler la vallée tout entière, les forêts, le marais, le relief arrondi de la colline boisée de Savesbury et la Brede qui, pareille à un long fil de soie blanche sinueux, serpentait à travers toutes les nuances de vert.

Burden baissa les yeux sur la vallée. D'ici, bien entendu, on ne pouvait pas voir tous ces gens. On ne pouvait pas distinguer les pèlerins transformés en réfugiés, en route vers de nouveaux pâturages avec leurs balluchons sur le dos. Un jour, dans un avenir proche, une large autoroute à trois voies allait changer tout l'aspect de ce panorama, comme un bandage blanc sur une longue blessure condamnée à ne jamais se refermer.

Ils eurent des difficultés à trouver la maison. Cachée par des arbustes et des arbres de haute taille, elle était invisible depuis la route. La maison la plus proche était une villa à l'orée du village de Framhurst. Ils dépassèrent la maison, comprirent qu'ils étaient allés trop loin et firent demi-tour. Un panneau, sur le poteau d'angle, était envahi par les vrilles et les clématites sauvages. Karen dut descendre de voiture et écarter les feuilles pour découvrir une inscription presque effacée, Markinch Hall, au-dessus de laquelle se détachaient nettement les deux mots : Savesbury House.

« Intéressant, dit Burden. Je me demande si ce machin, le Globe sacré, a eu du mal à trouver cet endroit.

— M. et Mme Struther leur ont sans doute indiqué la route par téléphone. »

Le portail était ouvert. Ils engagèrent leur véhicule dans le jardin et roulèrent sur une allée de gravier bordée de cyprès. En toile de fond, derrière cette haie, s'élevaient de grands aulnes et des sycomores.

Des murets de brique et des murs à colombages apparurent peu à peu entre les arbres, découvrant un jardin bien soigné où le rouge, le jaune et le pourpre l'emportaient sur le vert. La maison était formée de deux corps de bâtiments réunis. L'un était ancien et pittoresque, à pignons et à fenêtres à croisillons, et l'autre était une haute maison géorgienne ornée d'un portique. L'ensemble est probablement très vaste, se dit Burden, assez grand pour loger plusieurs familles, et il doit se prolonger, à l'arrière, par des dépendances ou même par des ailes.

Il y a jardins et jardins, disait sa femme. La plupart sont remplis de fleurs que l'on trouve à la pépinière du coin, mais dans les autres, les plus rares, poussent des plantes que l'on ne voit presque jamais, des espèces que le père de sa femme appelait des plantes « de choix », celles qui ne portent que des noms latins. Les jardins de Savesbury House entraient dans cette dernière catégorie. Burden aurait été bien en peine de nommer une seule des fleurs qui s'offraient à sa vue, les espèces annuelles et les plantes grimpantes, mais il était frappé par leur beauté. Sous la caresse du soleil qui avait succédé à la pluie de la veille, toutes les fleurs qui tapissaient la façade géorgienne exhalaient un parfum subtil.

Sur la partie la plus ancienne du bâtiment, une porte d'entrée gothique, noire et abîmée, cloutée et en forme d'arche, semblait être restée fermée depuis le jubilé de la reine Victoria. Burden commençait à s'approcher d'elle, l'œil attiré par un cordon de sonnette en fer forgé, lorsqu'un homme apparut en contournant l'angle de la maison. Il jeta un regard à Burden, adressa à Karen une moue de dédain et demanda : « Que voulez-vous ? Qui êtes-vous ? »

Il avait ce genre d'accent qui fait rire la plupart des Anglais et que les Américains ne comprennent pas, un accent qui se reconnaît à un ton traînant, affecté, qui ne s'acquiert pas uniquement dans les collèges privés mais demande un soutien parental et une éducation préalable dès l'âge de sept ans.

Burden n'avait aucune envie d'être aimable. Il répondit : « Police » et produisit sa carte.

L'homme, qui était jeune et ne devait pas avoir plus de vingt-cinq ans, regarda alternativement la photographie de Burden et l'original, comme s'il s'attendait sérieusement à un canular. Il dit à Karen : « En avez-vous une, vous aussi, ou êtes-vous simplement venue l'accompagner dans la balade ? »

Karen manifesta des signes d'irritation bien connus de Burden, mais probablement pas de son interlocuteur. Elle ferma les yeux brusquement, les rouvrit, puis fixa le jeune homme sans ciller. « Inspecteur de police Malahyde », répliqua-t-elle en lui collant sa carte sous le nez.

Il recula d'un pas. Il était grand, bien bâti, vêtu d'une culotte de cheval et d'une veste d'équitation ouverte sur un T-shirt blanc. Ses traits auraient pu servir de modèle à un artiste ou à un photographe désireux de reproduire l'archétype de l'aristocratie anglaise : il avait un nez droit, des pommettes fines, un front haut, un menton ferme et le genre de bouche que l'on aurait jadis qualifiée de « bien découpée ». Ses cheveux, bien entendu, étaient blonds comme les blés, et ses yeux d'un bleu d'acier. « Très bien, dit-il, qu'ai-je fait ? Quel crime ai-je commis ? Aurais-je conduit sans phares ou fait subir à une jeune dame un ignoble harcèlement sexuel ?

— Pouvons-nous entrer ? demanda Burden.

— Oh, est-ce vraiment nécessaire ?

— Oui, je crois que c'est nécessaire, monsieur Struther. Car vous êtes bien M. Struther ? Le fils d'Owen et de Kitty Struther ? »

Il parut un instant dérouté et soutint en silence le regard de Burden. Puis il remonta l'allée jusqu'à la porte d'entrée et la poussa. Elle s'ouvrit dans un long gémissement. Il lança par-dessus son épaule, sur un ton faussement détaché : « Est-il arrivé quelque chose à mes parents ? »

Burden et Karen le suivirent dans la maison. Le vestibule était une salle à plafond bas et à colombages, une immense pièce dallée de pierres et garnie de meubles noirs en bois sculpté qui semblaient avoir appartenu à Elizabeth Ire en personne. Tous durent baisser la tête sous le linteau qui surplombait la porte donnant sur le salon. Les fenêtres étaient encadrées de rideaux de chintz à motifs floraux, le sol recouvert de tapis indiens et les tables étaient de facture artisanale, le tout délicieusement propre et parfumé.

« Habitez-vous ici, monsieur Struther ? » Il ne les avait pas priés de s'asseoir, mais Burden se mit à l'aise.

« J'ai l'air du type qui vit chez sa maman, c'est ça ?

— Puis-je savoir où vous demeurez ?

— À Londres. Où voulez-vous que j'habite ? À Fitzhardinge Mews, dans le West One. »

Un type pareil avait *forcément* une adresse dans le West One, se dit Burden. « Je suppose que vous êtes ici pour surveiller la maison en l'absence de vos parents ? »

Il parut surpris. Il regarda les jambes de Karen et pinça les lèvres. « Quelque chose comme ça, répondit-il. Je ne peux pas dire que je souffre de passer mes vacances ici. Ma mère a peur des cambrioleurs, mon père tremble qu'une canalisation ne s'engorge au point que c'en est devenu une phobie, alors... ! Mais pouvons-nous en venir au fait ?

— Vous étiez là hier matin, dit Karen, quand un chauffeur de Voitures contemporaines est venu prendre vos parents pour les conduire à la gare de Kingsmarkham ?

— À l'aéroport de Gatwick, en réalité. Oui, pourquoi ?

— Où se rendaient-ils ?

— Vous voulez dire, où sont-ils maintenant ? À Florence. Une ville que vous connaissez sans doute mieux sous le nom de Firenze.

— Si vous téléphonez à leur hôtel, monsieur Struther, vous vous rendrez compte qu'ils n'y sont pas. Ils ne sont pas arrivés à destination. » Burden avait failli dire que Kitty et Owen Struther avaient été enlevés, mais il attendit. L'hostilité de l'homme était presque palpable. « Si vous appelez là-bas, vous découvrirez que vos parents ont disparu.

— Ce n'est pas possible ! Je ne peux pas le croire.

— C'est pourtant vrai, monsieur Struther. Puis-je connaître votre prénom, s'il vous plaît ?

— Ne m'appelez pas par mon prénom, je vous en supplie. Je suis assez vieux jeu pour les choses de ce genre. Andrew est mon nom de *baptême*. Je m'appelle Andrew Owen Kinglake Struther.

— Vous devez donc savoir où vos parents passent leurs vacances, monsieur Struther ?

— Bien sûr. Et je trouve votre question impertinente. Vous avez dit ce que vous aviez à dire, j'ai entendu votre histoire insensée, et maintenant, je vous prie de sortir. »

Burden décida d'abandonner. Il n'était pas obligé de convaincre cet homme que ses parents avaient été enlevés. Il avait fait de son mieux. Un peu plus tard, sans doute, Andrew Struther allait téléphoner au commissariat de police de Kingsmarkham après avoir obtenu confirmation de ses dires à Gatwick et à Florence, mais au lieu de présenter des excuses et de chercher à en savoir plus, il exigerait de savoir pourquoi on ne l'avait pas informé plus tôt.

Mais alors qu'ils regagnaient le vestibule et son sol dallé de pierres, ils entendirent à l'étage un bruit de pas précipités et une jeune fille dévala l'escalier, suivie d'un berger allemand. Elle était à peu près du même âge qu'Andrew Struther, elle avait le teint pâle et les lèvres rouges et le visage encadré par une masse de cheveux acajou ébouriffés. Elle portait un jean et ce qui ressemblait à un haut de pyjama à manches courtes et bouffantes. Le chien était jeune, noir et fauve, avec un pelage fourni et luisant. La jeune fille s'arrêta au bas des marches et s'agrippa au poteau sculpté de la rampe d'escalier.

« Des flics, dit Andrew Struther.

— Sans blague ! »

Le chien se coucha au bas des marches et fixa les deux policiers. Burden et Karen sortirent sur le perron, mais la porte d'entrée claqua derrière eux avant qu'ils aient pu la fermer. Burden ne fit aucun commentaire à Karen et ils reprirent la route en silence. Le soleil s'était caché et quelques gouttes de pluie vinrent s'écraser sur le pare-brise, mais pas assez pour qu'on ait besoin des essuie-glaces. Il songea aux divers endroits auxquels le Globe sacré pourrait téléphoner, des endroits qu'il aurait repérés, un cabinet de chirurgie, un hôpital, une boutique de la rue principale. À partir de ce moment-là, l'affaire deviendrait publique et rien ne pourrait l'empêcher de s'ébruiter, pas même les mesures de prudence imposées à la presse. Il était à peu près sûr que l'appel serait passé à un abonné auquel il n'avait pas pensé et qu'il ne pourrait pas le faire enregistrer. British Telecom se prêtait avec obligeance aux besoins de la police, mais la compagnie ne pouvait pas mettre tous les téléphones sur écoute, et elle était seule autorisée à le faire.

Karen trouva une place de parking presque en face de la maison de Clare Cox, juste au bout de la double ligne jaune, et gara la voiture derrière une Jaguar noire immatriculée l'année précédente. Son propriétaire — Burden le devina avant qu'on le lui dise — leur ouvrit la porte. C'était un petit homme élégant, bizarrement vêtu d'un costume en jean. Il avait un teint crème cireux, des cheveux et une moustache d'un noir d'encre, et Burden se dit qu'il avait devant lui un portrait vivant d'Hercule Poirot, rendu par le pinceau d'un artiste assez récent.

« Je suis le père de Roxane. Hassy Masood. Entrez, je vous en prie. Sa mère ne se sent pas très bien. »

Bien qu'il fût à l'évidence asiatique, ou d'origine orientale, Masood s'exprimait avec l'accent de l'ouest de Londres. Le décor d'objets indiens, de tapis et de tentures rappelant vaguement l'Asie centrale créé par Clare Cox allait bien avec son physique, mais pas avec sa voix, ses manières ou apparemment ses goûts. En effet, lorsqu'ils furent au salon, il secoua la tête d'un air méprisant, leva les yeux au ciel et s'exclama, désignant le cadre qui l'entourait : « Ce bric-à-brac ! Vous ne trouvez pas ça incroyable ?

— Nous aimerions voir Mlle Cox, si possible, dit Karen.

— Je vais la chercher. Vous n'avez pas de nouvelles de ma fille, je suppose ? Je suis arrivé ici hier soir. Sa mère était dans tous ses états. » Il eut un sourire crispé et plissa les yeux : « Moi aussi, en réalité. Les familles doivent se tenir les coudes dans ce genre de moments, vous ne croyez pas ? »

Burden ne répondit rien.

« Je ne dors pas ici, bien sûr. On finit par s'habituer à l'espace, aux grandes pièces aérées. J'aurais l'impression d'étouffer dans cette maison. Je suis descendu au *Posthouse,* à Kingsmarkham. Ma femme, nos deux enfants et ma belle-fille doivent venir me rejoindre plus tard dans la journée.

— Monsieur Masood, je vous en prie, nous voulons voir Mlle Cox.

— Bien sûr. Mais asseyez-vous. Faites comme chez vous. »

Ils se retrouvèrent devant le portrait de la jeune fille. Roxane était le fruit de deux personnes au physique assez quelconque et dont les gènes s'étaient habilement combinés pour produire une rare beauté qui leur ressemblait assez peu. Pourtant, c'étaient les yeux noirs, liquides, de son père qui vous regardaient du haut du mur et sa peau épaisse, lisse comme de la crème fouettée, qui couvrait ces pommettes fines, ce menton arrondi, ces bras parfaits.

« Cette photo..., dit Clare Cox, qui entrait dans la pièce et les vit en contemplation. Ce n'est pas vraiment elle, pas tout à fait. J'ai essayé de la peindre, mais je n'ai pas réussi à rendre sa beauté.

— Personne ne le pourrait, dit Masood. Pas même... » Il chercha un artiste réputé pour ses portraits, s'arrêta sur un nom extrêmement mal choisi : « ... Picasso. »

Clare Cox faisait peine à voir. Son visage était bouffi de larmes et sa voix enrouée par les sanglots. Ses joues, rouges et gonflées, portaient encore des traces de pleurs. Elle s'effondra sur un fauteuil recouvert d'un châle rouge et mauve et se renversa en arrière dans une attitude d'absolu désespoir. Burden, qui avait un peu hésité après sa rencontre avec Andrew Struther, se disait à présent qu'il valait mieux avertir les parents. L'espoir, même vain, était préférable à pareille détresse.

Karen leur raconta ce qui s'était passé. Elle présenta les faits en se bornant à l'essentiel et affirma que pour l'instant, en tout cas, Roxane était saine et sauve. Elle n'était ni morte ni blessée et n'avait pas été victime d'un viol. Pendant un moment, Masood et la mère de la jeune fille ne purent que la regarder, bouche bée.

Puis Masood demanda : « Vous dites qu'elle a été enlevée ?

— Apparemment, oui, répondit Burden. Elle et quatre autres personnes. Dès que nous saurons quelque chose, nous vous informerons. Je vous le promets.

— Mais actuellement, intervint Karen, nous n'en savons pas davantage. Pouvons-nous faire mettre votre téléphone sur écoute ?

— Vous voulez dire que... quelqu'un va venir et... un technicien ?

— Non. BT peut s'en occuper sans avoir à vous déranger.

— Mais eux — ces *ravisseurs* —, ils pourraient téléphoner ici ?

— Nous ne savons pas où et quand l'appel arrivera, mais oui, nous pensons qu'ils prendront contact par téléphone. »

Tranquillement, Burden leur expliqua pourquoi il était capital qu'ils gardent le silence. Ils ne devaient parler de l'enlèvement à personne. « Pas même à votre femme et à vos enfants, monsieur Masood. À personne. En ce qui les concerne, Roxane a simplement disparu. »

À Rhombus Road, à Stowerton, il donna la même consigne à Audrey Barker et à sa mère. À elles aussi, ils demandèrent la permission de faire surveiller la ligne téléphonique de Mme Peabody. La réaction d'Audrey Barker, à la nouvelle de l'enlèvement de son fils, fut totalement différente de celle de Clare Cox. Son visage ne montra aucune trace de larmes mais il devint plus blanc que jamais, ses yeux parurent plus grands et son corps mince, filiforme, sembla avoir perdu davantage de poids. Burden se rappela qu'elle avait été malade et venait de quitter l'hôpital. Elle avait l'air d'avoir besoin d'y retourner.

Mme Peabody paraissait simplement bouleversée. C'était plus qu'elle n'en pouvait supporter. Serrant la main de sa fille dans les siennes, elle ne cessait de répéter : « Mais c'est un grand garçon, il est grand pour son âge. Il ne monterait pas dans la voiture d'un étranger.

— Je ne pense pas que c'était un étranger, maman.

— Il ne l'aurait pas fait, il est trop grand pour ça, il n'est pas stupide, il est grand pour son âge, Aud, tu le sais bien.

— Je peux voir l'autre maman ? demanda Audrey Barker. Je peux la rencontrer ? Vous avez dit qu'ils ont aussi enlevé une jeune fille. Nous pourrions créer un groupe d'entraide, cette autre mère et moi, et peut-être aussi les autres femmes — elles ont de la famille ?

— Ce ne serait pas très indiqué, pour l'instant, madame Barker.

— Je ne voudrais pas commettre d'impair, mais seulement, j'ai pensé... enfin, cela aide d'en parler, de partager ses épreuves. »

Vous n'avez pas encore eu de vraies épreuves, pensa amèrement Burden, et Dieu fasse que vous n'en ayez pas. À voix haute, il répéta ce qu'il venait de dire, qu'il valait mieux s'abstenir pour l'instant.

« Ils ne veulent pas que tu t'en mêles, Aud, murmura Mme Peabody.

— Ces gens qui ont pris mon fils, qu'est-ce qu'ils veulent ?

— Nous espérons le savoir aujourd'hui, répondit Karen.

— Et s'ils ne l'obtiennent pas, qu'est-ce qu'ils vont lui faire ? »

Au commissariat de police, on guettait l'appel du Globe sacré. Au *Kingsmarkham Courier,* on était aussi dans l'attente. Les inspecteurs Lambert et Pemberton avaient pris la relève de Barry Vine. Il n'était encore que midi.

Les otages forment un groupe mal assorti, se disait Wexford. Il articulait des pensées de ce genre pour éviter de songer à des choses plus terribles, de se représenter Dora et de s'imaginer ce qu'elle devait ressentir. Un futur mannequin de vingt-deux ans qui ressemblait à une princesse des mille et une nuits, un collégien de quatorze ans trop grand pour son âge, un couple marié qui, si Burden n'en rajoutait pas, appartenait à cette aristocratie terrienne qui formait une élite anachronique, mais encore étonnamment puissante — et sa femme.

Elle devait mieux s'entendre avec le garçon et la fille, se dit-il, qu'avec les deux autres dont l'horizon était peut-être borné par la chasse, les bonnes œuvres paternalistes et les invitations pour l'apéritif avant le déjeuner dominical. Puis il se souvint qu'après tout les Struther devaient se rendre à *Florence.* Des gens qui choisissaient d'aller passer leurs vacances en Italie au lieu d'aller taquiner la grouse dans une chasse gardée en Écosse ne devaient pas être tout à fait mauvais.

Dora tiendrait le coup. « Votre mère s'en sortira », avait-il dit à ses filles avec une fausse assurance. Et elles l'avaient cru, comme elles le faisaient toujours quand il parlait, pour ainsi dire, *ex cathedra.* Tous ses doutes, il les gardait pour lui. Il côtoyait beaucoup plus qu'elles la cruauté du monde. Mais il connaissait aussi Dora. Elle se montrerait raisonnable et ferait preuve de sens pratique. Elle avait un grand sens de l'humour et se ferait un devoir de rassurer les deux jeunes. À condition qu'ils soient ensemble, tous les cinq. Il espérait qu'ils n'aient pas été séparés, que chacun ne soit pas isolé dans sa prison.

Avaient-ils découvert son identité ? Elle n'était

pas du genre à dire : « Vous savez qui je suis ? » Ou même : « Vous savez qui est mon mari ? » Avaient-ils reconnu son nom ? Non, il en était certain, pas si elle ne leur avait rien dit. Il n'était pas une figure publique. Mais si elle leur avait révélé son identité, il se pouvait bien qu'ils décident de téléphoner à son domicile. Ils devaient penser qu'il était chez lui, pas ici, au commissariat. Ils poseraient la question à Dora et elle leur répondrait qu'il serait à la maison, à attendre de ses nouvelles.

À 13 heures, Burden et lui envoyèrent chercher des sandwichs. Il essaya de manger, mais n'y parvint pas. L'enlèvement d'une épouse était un excellent moyen de perdre du poids, mais il aurait préféré l'obésité. Après avoir renvoyé les sandwichs à peine entamés, il descendit dans le bureau des enquêteurs voir si les investigations progressaient.

Quelques années plus tôt, une annexe du commissariat de police avait été transformée en gymnase. Au plus fort de la grande mode de la forme, on avait jugé indiqué, du moins pour les plus jeunes membres de la police, de s'exercer le plus souvent possible sur des bicyclettes d'intérieur, des tapis de jogging, des simulateurs de ski et des steps. Wexford avait lu quelque part que la majorité des gens qui se mettent à la culture physique s'arrêtent au bout de six semaines, et les policiers n'avaient pas échappé à la règle. Récemment, le gymnase avait été converti en court de badminton mais, comme le disait Burden en faisant de l'humour sans le savoir, les volants, eux aussi, allaient bientôt disparaître de la circulation.

Il erra parmi les écrans d'ordinateur, les modems, les téléphones. Il alla de l'un à l'autre, regardant les objets sans les voir, conscient qu'on le dévisageait de façon bizarre.

Il était devenu une victime.

Depuis que son fils était à l'école, Jenny Burden avait recommencé à enseigner l'histoire au collège de Kingsmarkham. À ses yeux, c'était bien dommage que le système continental ne soit pas en vigueur en Angleterre et que les écoles commencent à 8 heures et s'arrêtent à 14 heures. Peut-être cela se ferait-il avec l'Union européenne, une institution à laquelle son mari n'avait pas le temps de penser mais que Jenny tendait à considérer comme une bonne chose. En attendant, elle avait dû trouver quelqu'un pour s'occuper de Mark entre le moment où il quittait l'école, à 15 h 30, et celui où elle achevait ses cours, à 16 heures.

Mais il en allait autrement le jeudi, non pas simplement ce jeudi-là, premier jour du trimestre, mais tous les jeudis de l'année où son dernier cours finissait à 12 h 30, ce qui lui permettait de rentrer tôt à la maison. Ce qu'il y avait de plus agréable dans cette journée, c'était d'être là quand son amie enseignante ramenait Mark à 15 h 40, de le voir courir à sa rencontre et sauter dans ses bras. En attendant, après avoir pris son seul déjeuner de la semaine qui ne comportait ni frites ni pizza, elle était blottie dans un fauteuil en train de lire le *Gladstone* de Roy Jenkin.

La sonnerie du téléphone la contraria un peu. Les gens ne devraient pas téléphoner pendant ses deux heures et demie de tranquillité, son délicieux moment de solitude. Mais elle répondit, elle n'avait jamais réussi à laisser un téléphone sonner. « Allô ? »

C'était une voix d'homme. Tout à fait normale, rapporta-t-elle après coup, aussi dénuée d'accent qu'une voix pouvait l'être, sourde, un peu monotone, mais il était impossible de dire si elle était jeune ou mûre. L'interlocuteur n'était pas vieux, ça, elle en était certaine. Sa voix était terne, peut-être dénuée à dessein de toute note régionale ou de particularité de prononciation.

« C'est le Globe sacré à l'appareil. Écoutez-moi avec attention. Nous détenons cinq otages : Ryan Barker, Roxane Masood, Kitty Struther, Owen Struther et Dora Wexford. Je vais vous dire dans un moment la rançon que nous en demandons. Bien entendu, si ce prix n'est pas payé, ils mourront l'un après l'autre. Mais cela, vous le savez.

« La rançon que nous exigeons est l'arrêt de la construction de la déviation de Kingsmarkham. Tous les travaux entrepris sur ce chantier doivent être définitivement interrompus. Voilà le prix que nous réclamons en échange de ces cinq personnes.

« Nous prendrons contact à nouveau. Un autre message sera adressé avant la tombée de la nuit. Nous sommes le Globe sacré et nous sauvons le monde. »

8

« Vous aviez deviné juste ? demanda Burden.

— J'en ai peur. »

Wexford lisait la transcription que Jenny avait faite, aussi fidèlement que possible, de l'appel téléphonique du Globe sacré. Il n'y trouva rien de surprenant, c'était en réalité un message banal, mais la menace de tuer les otages si la « rançon » n'était pas payée lui fit lâcher brusquement la feuille de papier.

Sa nouvelle équipe était entrée dans la pièce et bientôt, il allait devoir lui parler. En plus de Burden de Kingsmarkham, il y avait là les deux inspecteurs-chefs Barry Vine et Karen Malahyde, ainsi que les quatre inspecteurs principaux Lynn Fancourt, James Pemberton, Kenneth Archbold et Stephen Lambert. Le RCS lui avait détaché cinq des quatorze policiers de son effectif : l'inspecteur principal Nicola Weaver, l'inspecteur-chef Damon Slesar, secondé par l'inspecteur Edward Hennessy, et l'inspecteur-chef Martin Cook, assisté par l'inspecteur Burton Lowry.

Wexford avait rencontré Nicola Weaver pour la première fois à peine dix minutes plus tôt. Il fallait qu'une femme fût extrêmement brillante pour arriver au poste qu'elle occupait à son âge. Elle ne devait pas avoir plus de trente ans. Robuste, assez petite, elle avait des traits vigoureux, des cheveux noirs sévèrement coupés avec une frange à angles droits sur les côtés et elle portait une alliance. Ses yeux étaient bleu turquoise et son rare sourire découvrait une denture parfaite. Elle l'avait salué d'une poignée de main ferme, et dit comme si elle le pensait vraiment : « Je suis très heureuse d'être là. »

Slesar avait la peau brune, c'était un bel homme nerveux et anguleux, le genre de grands maigres qui peuvent manger tout ce qu'ils veulent sans prendre un gramme. Il avait des cheveux très courts, gris ardoise, et le teint olivâtre des Gallois ou des habitants de Cornouailles. Wexford avait l'impression de l'avoir déjà rencontré quelque part, mais, pour le moment, ce souvenir lui faisait défaut. L'inspecteur Hennessy était en tout point son contraire. C'était un rouquin trapu, de taille moyenne, avec un visage grassouillet et des yeux gris roussâtres, comme ceux d'un chat roux. L'autre inspecteur-chef était lourd et massif, avec des yeux vifs et perçants. L'inspecteur Lowry était noir, maigre et élégant, tel un flic de série télévisée.

Karen Malahyde salua l'inspecteur-chef Slesar comme un vieil ami — ou un peu plus ? En tout cas, elle ne le gratifia pas du bref regard froid et du sévère hochement de tête qu'elle adressait à la plupart des nouveaux venus masculins, mais sourit, lui murmura quelque chose et s'assit à côté de lui. Avait-il pu croiser Slesar en sa compagnie ? Était-ce la raison de sa vague réminiscence ? Il ne le pensait pas, sans trop savoir pourquoi. Le fait que Karen semblait ne jamais avoir de petit ami était pour ses collègues un petit sujet de plaisanterie.

Il commença par leur apprendre ce que certains d'entre eux savaient déjà, à savoir que sa femme faisait partie des otages. Nicola Weaver, qui manifestement n'était pas au courant, glissa quelques mots à l'oreille de son voisin, Barry Vine, et fronça les sourcils en entendant sa réponse.

Puis Wexford leur parla des deux messages, à commencer par la lettre adressée au *Courier*, qui avait conduit le chef constable à donner une conférence de presse et à demander expressément aux journaux nationaux de ne rien publier avant d'avoir reçu son feu vert. Le second message, poursuivit-il, avait été transmis à la femme de l'inspecteur Burden à son domicile et il fit projeter sur l'écran une copie de la transcription de Jenny.

« Je pense et j'espère que l'auteur est un de ces petits malins dont l'intelligence finit souvent par leur jouer des tours. Nous pouvions nous attendre à ce que le message arrive chez moi, car ma femme aurait pu mentionner à ses ravisseurs son identité et la mienne. Le choix de la maison de l'inspecteur Burden nous a pris par surprise, et c'était le but recherché. Désormais, nous devrons tenter d'éviter ce genre de surprises.

« Mais si l'émetteur du message est malin, il peut aussi avoir commis une imprudence. Comment connaissait-il Mike Burden ? Comment a-t-il appris son existence ? Peut-être Mike a-t-il eu des rapports avec lui et ces rapports n'étaient probablement pas — comment dirais-je ? — de nature mondaine. » Une cascade de rires le força à s'interrompre. « Il faudra étudier la question, poursuivit-il. Le Globe sacré a certainement trouvé son numéro dans l'annuaire, mais nous devons découvrir comment il a su qui choisir.

« Les otages ont été pris au hasard. Nous le savons déjà. Par conséquent, il ne sert pas à grand-chose d'enquêter sur leurs antécédents. Cela ne nous aidera pas à trouver où ils sont ni qui les détient prisonniers. Nous devons commencer par le deuxième aspect du problème, par le Globe sacré lui-même. C'est notre point de départ et notre objectif numéro un. Autrement dit, nous devons entrer en contact avec tous les groupes de pression qui protestent actuellement contre la construction de la déviation.

« La majorité d'entre eux — il y a deux ou trois jours, j'aurais eu tendance à dire tous — sont des associations légales d'individus de bonne foi qui protestent pacifiquement contre ce qu'ils considèrent comme un scandale. Mais dans ce genre de cas il y a toujours les autres, ceux qui se mêlent aux manifestations pour le plaisir de semer la pagaille, comme les casseurs qui ont saccagé Kingsmarkham un samedi soir le mois dernier et dont la plupart, peut-être comme nos preneurs d'otages, étaient masqués et apparemment impossibles à identifier.

« Un membre de ces groupes, de Species ou encore de Kabal, va pouvoir nous aider. Même une personne affiliée à l'Association de sauvegarde de la faune et de la flore du Sussex ou aux Amis de la Terre, qui sont des organismes sérieux, a pu, à l'occasion d'autres protestations, entrer en contact avec des éléments très différents. Il faudra discuter avec ces gens et exploiter rapidement les indices qu'ils seront susceptibles de nous fournir. Il faudra aussi interroger les occupants des arbres et des campements, qui peuvent être nos sources d'informations les plus précieuses.

« Je vous ai dit que les antécédents des otages ne sont pas apparemment très importants, mais d'un autre côté, j'aimerais attirer votre attention sur le lien qui existe entre Tanya Paine, la réceptionniste de Voitures contemporaines, et l'otage Roxane Masood. Toutes deux se connaissaient, et c'est la raison principale pour laquelle Mlle Masood a fait appel à cette compagnie. Peut-être cela ne veut-il rien dire et ne doit-on y voir qu'une simple coïncidence mais, si mince soit-elle, il ne faut pas négliger cette piste.

« Le chef constable s'entretient actuellement avec

la compagnie des autoroutes. Je ne sais pas ce qui sortira de cette discussion. Mais ce dont je suis sûr, pour autant que je puisse avoir quelque certitude dans cette affaire, c'est que le gouvernement ne va pas dire : "Très bien, on laisse tomber la déviation, vous libérez les otages et on construira la route ailleurs." Il ne se passera rien de la sorte. Cela ne veut pas dire qu'on n'aboutira pas à une sorte de compromis. Nous verrons ce que le chef constable aura à nous dire à son retour de cette entrevue.

« Pendant ce temps, étant donné l'urgence de la situation, mettons-nous au travail dans les directions que je viens de donner. Avant tout, nous devons découvrir qui est le Globe sacré et qui sont ses membres et ses dirigeants. Attendons également le message qui est censé nous parvenir avant la tombée de la nuit.

« Quelqu'un a-t-il des questions à poser ? »

Nicola Weaver se leva. « Devons-nous considérer cette affaire comme un incident terroriste ?

— J'en doute, répondit Wexford. Pas à ce stade en tout cas. À notre connaissance, le Globe sacré ne cherche pas à renverser le gouvernement par la force.

— Il n'y a pas déjà eu un groupe ou un individu qui a placé des bombes dans des cités nouvelles ? » À nouveau, la question venait de l'inspecteur Weaver. « Je veux dire, qui les a posées là pour décourager les constructions ? On pourrait envisager cette possibilité.

— Et vous vous rappelez le type qui avait fabriqué des hérissons en béton et les avait dispersés sur les autoroutes ? » Cette fois-ci, l'intervention venait de l'inspecteur Hennessy. Il ajouta : « L'idée était à la fois de venger les hérissons écrasés et de détruire les voitures.

— Tous les gars de ce genre peuvent constituer une piste », répondit Wexford.

Avec un léger froncement de sourcils, Damon Slesar se détourna de Karen Malahyde qui venait apparemment de lui murmurer des informations. Il déclara : « Si je comprends bien, la femme de l'inspecteur Burden est professeur dans une école de la région. Un de ces types du Globe sacré aurait-il pu fréquenter sa classe, ou bien être le parent d'un ses élèves ?

— C'est une remarque judicieuse, dit Wexford. Bien raisonné. Ainsi, il aurait pu savoir qui était son mari. » À peine eut-il prononcé ces mots que sa femme lui revint brusquement à l'esprit, comme si elle était là, devant lui. Il cligna des yeux, puis reprit : « Voilà une autre piste qu'il faudra examiner dès que vous aurez quitté cette pièce. Demandez à l'inspecteur Burden où sa femme enseignait il y a cinq ans et où elle a recommencé à exercer ces derniers temps. Bien. C'est tout pour le moment. J'espère que cela ne vous dérange pas de travailler tard ce soir. »

Il n'était encore que 16 heures. Avant la tombée de la nuit, se répétait Wexford, ils allaient recevoir le troisième message. En cette période de l'année, au début du mois de septembre, la nuit ne tombait pas avant 20 heures, s'il fallait entendre par nuit le moment qui suit le crépuscule, où l'obscurité s'épaissit. Durant les quatre prochaines heures, le message pouvait parvenir à quasiment n'importe qui.

Jenny, avec une louable présence d'esprit, avait composé le numéro 1471 qui permet à un abonné d'obtenir, à l'aide d'un serveur vocal, le numéro de son dernier correspondant. Mais avant de passer son appel, celui-ci avait composé le numéro qui annule la procédure, de sorte qu'elle n'avait abouti à aucun résultat. Aujourd'hui, on pouvait localiser n'importe quel appel si l'on connaissait le numéro de son émetteur, mais les membres du Globe sacré avaient certainement utilisé une cabine téléphonique et, cette fois-ci, ils en choisiraient une autre. Étaient-ils dans les environs, s'interrogea-t-il, ou à cent cinquante kilomètres de là ? Les otages étaient-ils détenus ensemble ou bien isolément ?

Il se demandait, bien qu'il sût qu'il ne fallait pas, qu'il ne devait pas évoquer cela, qui ils allaient tuer en premier. S'ils n'obtenaient pas satisfaction — comment le pourraient-ils ? —, qui allait être leur première victime ?

Le seul appel relatif aux otages qu'ils reçurent dans l'heure suivante provenait d'Andrew Struther, le fils d'Owen et de Kitty Struther, qui téléphona de Savesbury House, à Framhurst.

Burden fut assez surpris d'entendre la voix d'un homme raisonnable qui s'exprimait en termes sensés, et alla même jusqu'à s'excuser. « Je suis désolé, j'ai bien peur d'avoir été un peu discourtois. Le fait est que la nouvelle de l'enlèvement de mes parents m'a paru totalement incroyable. Cependant... j'ai téléphoné à l'*Excelsior* à Florence et ils n'y sont pas. On ne les a pas vus arriver. Je ne suis pas précisément inquiet...

— Peut-être devriez-vous l'être, monsieur Struther.

— Je vous demande pardon, je ne vous suis pas très bien... Ne s'agit-il pas simplement d'une erreur ?

— Je ne le pense pas. Le mieux serait que vous passiez ici pour que nous vous exposions notre version des faits. Je vous l'ai déjà présentée ce matin, mais vous n'étiez — Burden s'efforça d'être poli — pas particulièrement réceptif. »

Struther répondit qu'il allait venir. Il ne savait pas où se trouvait le commissariat de police de Kingsmarkham, et à la demande de Burden, un policier lui indiqua la direction à prendre. Il fallait traverser Framhurst, dépasser le carrefour, continuer tout droit, suivre les panneaux indicateurs jusqu'à Kingsmarkham...

Les inspecteurs Hennessy et Fancourt s'étaient rendus sur le site de la déviation pour interroger les occupants des arbres dans les camps d'Elder Ditches et de Savesbury, où Burden devait venir les rejoindre. L'inspectrice principale Weaver était allée trouver les dirigeants de Kabal et Karen Malahyde, avec l'aide d'Archbold, avait entrepris des recherches sur Species pour savoir où était son siège, combien de membres le groupe comptait à l'échelle nationale, quelles étaient ses activités et s'il avait jamais enfreint la loi.

Wexford reçut un coup de fil de Sheila, qui lui annonça que Sylvia allait rentrer chez elle. Neil avait appris que leur fils cadet, Robin, avait la varicelle. Elle s'apprêtait à les rejoindre pour la nuit, mais elle reviendrait le lendemain, dès qu'elle aurait la certitude de ne pas risquer de transmettre le virus, ou la bactérie de la varicelle, à Amulette. Wexford avait renoncé à discuter, à protester, à demander à ses deux filles de s'en aller. Il se contenta de dire : « Oui, ma chérie, très bien, fais comme tu veux », et il ajouta qu'il ne savait pas quand il serait de retour. De toute façon, le Globe sacré n'appellerait certainement pas chez lui, sachant qu'il ne devait pas y être très souvent en ce moment.

Au moment où il venait d'arracher à Peter Tregear, de l'Association de sauvegarde de la faune et de la flore du Sussex, la promesse de venir le voir au commissariat à 17 h 30, Andrew Struther arriva, flanqué de sa petite amie qu'il présenta sous le nom de Bibi. Tous deux portaient des lunettes de soleil, bien que la journée fût assez grise. La jeune fille portait des lunettes-miroirs, qui vous renvoyaient votre image. Elle portait un débardeur à rayures rouges et blanches, si court qu'à chacun de ses gestes il découvrait deux centimètres de peau bronzée. Elle paraissait très consciente de son charme et de sa beauté et remuait sans cesse pour adopter des poses provocantes. Wexford les abandonna à Burden. Il trouvait que l'inspecteur avait droit à des excuses, mais il doutait qu'ils les lui fassent.

Peut-être parce que Burden lui avait dit qu'il devait s'inquiéter davantage, Struther avait apporté une photo de ses parents disparus. Ils posaient debout dans la neige sur une piste de ski illuminée par un soleil radieux. Tous deux souriaient et plissaient les yeux. On aurait eu du mal à les identifier d'après cette prise de vue, mais Burden ne pensait pas qu'il aurait à le faire. La photo montrait un homme assez grand en costume de ski bleu foncé et une femme plus petite en rouge. Pour peu qu'il pût distinguer quelque chose sous leurs bonnets de laine, ils avaient l'un et l'autre des yeux clairs et des cheveux blonds grisonnants et ils étaient minces, robustes et se tenaient bien droit. Owen Struther devait être âgé de cinquante-cinq ans, et sa femme sans doute un peu plus jeune.

« Je dois vous demander le silence, dit Burden. Nous prenons cette affaire très au sérieux. Je ne crois pas dépasser la mesure en disant que, si quelqu'un avertit la presse malgré notre interdiction, il sera poursuivi pour entrave à la police dans l'exercice de ses fonctions.

— Qu'est-ce que c'est que ça ? » dit Struther.

Burden le lui expliqua. Il ne lui donna pas le nom des autres otages. Il avait été saisi d'une réticence à l'idée de nommer la femme de Wexford.

« C'est incroyable ! » s'exclama Struther.

La fille poussa un cri. Elle se redressa avec maladresse, oublia d'être provocante et ôta ses lunettes. Elle avait des yeux noisette tirant sur le doré et un regard animal, dénué d'émotion mais avide et résolu.

« Pourquoi eux ? demanda Struther.

— Par accident. Ils ont été choisis au hasard. Nous avons reçu un avertissement. On menace de les tuer si certaines conditions ne sont pas remplies.

— Des conditions ? »

Burden ne voyait pas pourquoi il ne l'informerait pas. Toutes les familles des otages devaient être prévenues. Il aurait préféré s'abstenir, mais déclara : « L'arrêt définitif de la construction de la déviation. »

Struther demanda : « Quelle déviation ? »

Il vivait à Londres. Peut-être ne lisait-il pas les journaux, ne regardait-il pas la télévision. Il y avait des gens comme ça. « Je pense que vos parents la verront des fenêtres de leur maison.

— Oh, la nouvelle route ? Celle qui cause toutes ces manifestations ?

— Exactement. » Wexford regarda Struther digérer cette information, puis haussa les sourcils. « Merci, monsieur Struther, dit-il. Nous vous tiendrons au courant. Rappelez-vous ce que j'ai dit au sujet de la nécessité de garder le silence. Vous le ferez, n'est-ce pas ? C'est de la plus haute importance. »

Ahuri, comme dans un rêve, Struther répondit : « Nous ne dirons rien à personne. » Puis il murmura : « Mon Dieu, je commence juste à réaliser. Oh, mon Dieu. »

Peter Tregear, qui arrivait à ce moment-là, dut le croiser à la sortie du commissariat. Le secrétaire de l'Association de sauvegarde de la faune et de la flore du Sussex ne devait pas être averti des enlèvements, mais seulement interrogé sur un groupe subversif du nom de Globe sacré. Que savait-il sur lui ? En avait-il jamais entendu parler ?

« Je ne pense pas, répondit Tregear. Il y a tellement de groupes de ce genre, sans parler des groupes dissidents. Ce n'est jamais simple. Avez-vous jamais lu un livre sur la Révolution française ? »

Wexford le regarda avec étonnement.

« Ou encore sur la guerre civile espagnole. Si je mentionne ces événements qui ont ébranlé le monde, c'est parce que dans les deux cas, et aussi dans celui de la Révolution russe, tout était loin d'être simple. Je veux dire, il n'y avait pas simplement deux partis, mais des douzaines de factions et de groupes dissidents, à tel point qu'il est presque impossible de s'y retrouver. C'est le propre de la nature humaine, n'est-ce pas ? Les hommes ne peuvent pas s'en tenir à la simplicité, il faut toujours qu'ils se lancent dans des tas de querelles fratricides. Survient un petit point de désaccord et ils forment aussitôt un nouveau collectif. Moi, je préfère les animaux.

— Ainsi, vous pensez que les membres du Globe sacré ont d'abord fait partie de l'un des autres groupes, mais qu'ils se sont trouvés en désaccord avec ses règles, ses objectifs ou je ne sais quoi encore — peut-être voulaient-ils plus d'action, moins de discours, ou même davantage de violence — et qu'ils ont donc rompu avec ce groupe afin de créer le leur.

— Il n'y a pas eu forcément rupture, suggéra Tregear. Il se peut très bien qu'ils soient restés *tout en* formant leur propre groupe. »

« Avant la naissance de Mark, expliquait Jenny, j'ai d'abord enseigné dans ce qui était alors le lycée de Sewingbury, puis au collège de Kingsmarkham. Et j'ai aussi, à un moment donné, occupé un poste à temps partiel à l'école privée St Olwen, quand Mark avait trois ans et allait le matin à la crèche. »

Wexford l'avait trouvée dans le bureau de son mari. Elle n'en avait pas bougé depuis qu'elle était venue transmettre l'appel. Elle avait donné son petit garçon à garder aux parents d'un copain de classe.

« J'ai dit à une demi-douzaine de personnes tout ce que je peux me rappeler au sujet de ce coup de fil, dit-elle au moment où Wexford entra dans la pièce. Et bientôt, je vais leur raconter tout ce dont je *n'arrive pas* à me souvenir.

— Ne faites pas ça, lui répondit-il. Nous vous avons déjà assez sollicitée à ce sujet. Maintenant, nous voudrions savoir comment il en est venu à vous téléphoner. » Il écouta en silence le récit des étapes de son parcours professionnel. « Vos élèves — pardon, aujourd'hui, on les appelle des étudiants, n'est-ce pas ? — savaient-ils qui était Mike, ce qu'il faisait dans la vie ?

— Je crois que oui. Certains, en tout cas. Les enfants ne sont plus comme ils étaient quand nous étions jeunes, Reg. » Là, elle le flattait, pensa-t-il, car elle avait vingt ans de moins que lui. Elle lui sourit. « Nous ne posions jamais de questions personnelles à nos professeurs. On nous aurait drôlement envoyés promener. Maintenant, c'est différent. D'abord, ils veulent vraiment savoir. Ils s'intéressent bien plus aux gens que nous à leur âge. Du moins, bien plus que moi. Au collège, ils m'appellent par mon prénom.

— Et vous ont-ils posé des questions sur votre mari ? Sur son métier ?

— Oh, constamment. Tous ceux que j'ai eus en classe il y a cinq ans, dix ans, et aujourd'hui aussi. À ceci près que maintenant, ils savent *tous* qu'il est policier.

— Et avant ? Disons, il y a sept ans ? Je pense à quelqu'un qui aurait eu dix-sept ou dix-huit ans à l'époque. Y a-t-il quelqu'un qui vous vienne à l'esprit ou qui vous a précisément interrogée là-dessus ?

— Je crois bien que chacun le savait déjà à ce moment-là, Reg. Ils étaient tous très curieux de mon mariage — vous vous rappelez le grand mariage tape-à-l'œil que nous avons fait, tout cela à cause de ma mère —, le jour de la cérémonie, le métier de Mike a été mentionné dans le journal du coin. » Elle le regarda d'un air de doute. « Où est Mike en ce moment ?

— Quelque part sur le chantier de la déviation. Pourquoi me demandez-vous ça ?

— J'espérais qu'il allait rentrer à la maison. Mais il ne le fera pas, n'est-ce pas ? Pas avant plusieurs heures ? Je peux y aller, Reg ? Je dois aller chercher Mark. »

Pas avant plusieurs heures... Normalement, la journée de travail aurait dû être finie, mais Burden savait que pour lui elle était seulement à moitié écoulée. Les yeux qui vous scrutaient des profondeurs de la forêt et du haut des arbres étaient une image qui revenait souvent dans les contes pour enfants. Il lisait toujours ce genre de descriptions à son fils, mais, dans la littérature enfantine, ces yeux étaient des yeux d'animaux, et ceux qu'il sentait peser sur lui appartenaient à des hommes. Des hommes qui l'observaient du haut des branches et du fond des fourrés couverts de broussailles. À l'entrée de l'une des cabanes perchées dans les arbres, quelqu'un écarta un rideau en toile de jute et un homme apparut sans rien dire, baissant les yeux sur lui avec un regard impassible.

Ils avaient laissé la voiture sur une aire de repos de la petite route, puis emprunté le sentier qui serpentait à travers des bosquets de jeunes bouleaux. Lynn Fancourt connaissait mieux le chemin que lui, beaucoup mieux que Ted Hennessy qui les suivait à pas prudents, un peu comme si on l'avait emmené en excursion dans une forêt tropicale inexplorée. Des oiseaux se rassemblaient en pépiant, avant d'aller se percher en haut des arbres. Quelque part devant eux, Burden crut entendre le son d'une guitare, mais bientôt la musique s'arrêta, ainsi que la voix douloureuse qui l'accompagnait, et l'on n'entendit plus que le murmure criard des oiseaux.

Mais lorsque les bosquets s'espacèrent pour laisser place aux arbres de haute taille, il aperçut les yeux. On les avait entendus approcher, on avait perçu le craquement de leurs pas sur les brindilles, sur l'humus et les herbes sèches, et c'était pour cela que la guitare s'était tue. Tout le monde, dans les arbres, guettait leur apparition. Burden avait cru jusqu'alors que seuls les yeux des animaux luisaient dans les lieux obscurs, mais ceux-là brillaient exactement de la même façon. Il venait juste de se rendre compte que leur arrivée avait interrompu le travail de trois personnes occupées, semblait-il, à construire une nouvelle cabane dans les branches, lorsque l'homme juché sur une plate-forme prit la parole.

« Vous désirez ? »

Il s'était exprimé comme un vendeur dans une boutique, sur le même ton de politesse aimable, mais il n'avait rien d'un employé de magasin. Drapé dans une longue cape, il ressemblait plutôt à un meneur d'hommes, avec sa stature et son air imposants. On aurait dit un général inspectant le champ de bataille avant le début du combat.

Archbold répondit très correctement : « Direction criminelle de Kingsmarkham. Nous voudrions vous parler.

— De quoi nous soupçonne-t-on ?

— Nous procédons à une enquête, répondit Burden. Rien de plus. Nous voulons simplement discuter avec vous. » Il leva la main, l'agita à moitié. « Cela n'a rien à voir avec ce camp. L'entretien ne durera pas longtemps.

— Attendez. »

L'homme à la cape disparut dans sa cabane. Je ne pourrai pas faire grand-chose, pensa Burden, s'il n'en ressort pas. Les yeux qui les observaient étaient moins nombreux à présent. Il leva la tête pour regarder la cabane en construction. Une structure de bois avait été érigée sur une fondation plus solide, composée de deux immenses branches maîtresses et du tronc coupé d'un hêtre étêté depuis longtemps. Une femme vêtue d'une longue robe malcommode descendit du tronc en s'aidant de ses mains pour aller chercher des outils dans un sac de toile posé sur le sol. Elle passa un marteau à l'homme à la longue barbe blonde qui était descendu à mi-chemin pour le prendre. Puis leur chef — Burden avait compris qu'il s'agissait de lui — sortit de derrière le rideau après avoir enlevé sa cape, et dévala lestement l'échelle, soudain transformé en homme ordinaire avec son jean, son sweat-shirt et ses chaussures de sport.

Peut-être pas tout à fait en homme ordinaire. Tout d'abord, il était d'une taille exceptionnelle, il avait des jambes étonnamment longues et des mains amaigries prolongées par des doigts fuselés. Il avait le crâne rasé et ses traits rappelaient la physionomie des chefs indiens dont Burden avait vu le portrait : des traits durs, taillés à la serpe, avec des os saillants sous sa peau décharnée. « Je m'appelle Conrad Tarling. » Il hochait la tête en parlant, une façon de remplacer l'habituelle poignée de main. « On m'appelle le roi de la forêt. »

Burden ne trouva rien à répondre.

« Pouvez-vous, s'il vous plaît, prouver votre identité ? » continua Tarling.

Un coup d'œil aux cartes de police, suivi d'un nouveau hochement de tête.

« Nous avons eu des moments très durs, on nous a beaucoup inquiétés, dit Conrad Tarling sur le ton d'un homme qui a passé six mois dans un camp de réfugiés. Qu'est-ce que vous avez à nous demander ? »

Lynn Fancourt le mit au courant. Alors qu'elle lui fournissait des explications, un bruit de marteau se fit entendre. L'homme qui construisait la cabane s'était mis à fixer des branches sur la construction en bois. Lynn dut élever la voix au point de crier pour pouvoir couvrir le bruit et Burden s'approcha de la femme en robe longue.

« Cela ne vous ferait rien de vous interrompre un moment ?

— Pourquoi ? » demanda l'homme perché au sommet de l'arbre.

Burden n'avait jamais vu une barbe aussi longue, sauf dans les illustrations des contes pour enfants où elle était l'attribut du magicien, ou du bûcheron. « Police, répondit-il. Nous avons quelques investigations à faire. Arrêtez-vous juste dix minutes, voulez-vous ? »

Pour toute réponse, le marteau tomba violemment du haut de l'arbre. Mais pas, cependant, dans la direction de Burden ni à côté de lui. La femme à la robe longue le ramassa et regarda Burden d'un air renfrogné. Il entendait Lynn Fancourt demander à Tarling d'un ton égal s'il avait jamais entendu parler du Globe sacré ou si quelqu'un, dans le camp, connaissait son existence, lorsqu'une fille enveloppée de rideaux et de papier d'emballage qui la faisaient ressembler à une momie surgit soudain de nulle part, peut-être du haut d'un arbre ou du fond d'un bosquet et fit irruption parmi eux en hurlant, les bras écartés.

« Vous nous dégoûtez de notre terre, vous nous traînez hors de nos maisons et maintenant, vous venez ici nous demander de nous trahir les uns les autres. Cela ne vous suffit pas de dévaster ce pays et de détruire ce monde, il vous faut en plus démolir les gens. Et pas seulement leurs corps, pas seulement comme lorsque vous m'avez traînée, évanouie, du haut d'une échelle ce matin, à l'aube, au risque de me faire tomber et de me laisser handicapée à vie. Non, pas seulement comme ça, mais aussi en brisant nos âmes. Vous voulez nous pousser à trahir nos amis et en faisant cela, vous détruisez l'esprit ! »

Il y eut un silence. Burden le rompit en disant : « Vos amis ?

— Elle est bouleversée, intervint Tarling. Rien d'étonnant à cela. Vous n'étiez pas là, ce matin, n'est-ce pas ? C'étaient les huissiers. Mais comme vous êtes tous à mettre dans le même sac, comment savoir *qui* accuser ?

— Pour ce qui est du même sac, monsieur Tarling, vos camarades et vous-même... alors, comment savoir qui accuser ? »

Tarling se lança dans un long discours sur les problèmes de l'environnement, la destruction de l'équilibre écologique et le danger de ce qu'il appelait des « émissions ». Burden hocha la tête une ou deux fois, puis le quitta et rentra chez lui, d'où il téléphona à l'ancien gymnase pour annoncer qu'il repasserait dans la soirée. Ils étaient convenus de se tenir mutuellement au courant de leurs allées et venues.

« On ne peut pas dire qu'ils aient été coopératifs, dit-il à Jenny en mangeant un morceau en vitesse, à table avec son fils. Je crois que j'ai dû démarrer du mauvais pied. Cette Quilla — comment une femme peut-elle s'appeler Quilla ? C'est un diminutif ou quoi ? — m'a indiqué un nom. Et l'autre, celle que l'on nomme Freya, s'est un peu radoucie et m'a parlé d'un lieu. Je soupçonne fort qu'ils n'existent ni l'un ni l'autre.

— Je suppose que tu vas ressortir ? » Jenny lui posa la question d'une voix neutre, sans la moindre note d'exaspération.

« Hum, à ton avis ? Tu crois que nous allons passer une charmante soirée à regarder une série policière à la télé ?

— Mike, murmura Jenny, je me suis rappelé quelque chose — enfin, plutôt quelqu'un. C'était au collège, avant la naissance de Mark. »

Il cessa de manger.

« D'une certaine façon, je ne veux pas m'en souvenir parce que c'est tellement — enfin, tu ne trouves pas affreux que dans notre société, les individus qui possèdent une morale, du courage et de grands idéaux passent pour des terroristes et des éléments subversifs ? Alors que les gens qui n'ont jamais rien fait de leur vie pour la paix, l'environnement, ou bien contre la barbarie, sont ceux que l'on considère comme respectables ?

— Personne n'a parlé de terroristes, dit Burden.

— Tu sais ce que je veux dire. J'espère bien que tu le sais. Depuis notre mariage, tu vois les choses assez différemment, n'est-ce pas ?

— Oui, ma chérie. Excuse-moi. Je suis un peu fatigué.

— Je sais. Mike, il y avait un garçon à l'école — cela doit faire à peu près six ans, il avait dix-sept ans à ce moment-là et il doit en avoir vingt-trois maintenant — qui se battait pour la défense des animaux. À l'époque, défendre les animaux consistait surtout à lutter contre le commerce des fourrures et à sauver les espèces menacées. C'était un idéaliste et je ne crois pas qu'il ait fait de mal à personne, mais à la réflexion, il n'a jamais eu l'air de se soucier beaucoup des droits des *hommes*. Il a quitté l'école et il est parti quelque part dans le Nord. Et un peu plus tard, c'était après la naissance de Mark, quelqu'un, une enseignante que je connaissais, m'a appris qu'il avait été condamné pour avoir volé des animaux, ou peut-être des oiseaux, dans une animalerie et pour les avoir ensuite relâchés ailleurs. Le fait est qu'il avait déjà commis une dizaine d'autres infractions de ce genre. Alors j'ai pensé...

— Pourquoi ne m'en as-tu jamais parlé ?

— Cela ne t'aurait pas intéressé. »

Burden répondit calmement : « Non, tu croyais que je dirais : "Ça lui apprendra", ou bien : "Ces gens sont un danger social", et tu avais peut-être raison. Comment s'appelait-il ?

— Royall, Brendan Royall. »

Son petit garçon s'était mis à lire. Jusqu'alors, Burden n'avait encore jamais vu d'enfant qui, au lieu de demander qu'on lui lise une histoire, tenait à en lire une à sa mère qui, pendant quatre ans, lui en avait raconté une tous les soirs. À vrai dire, il n'avait pas non plus connu de mère ou d'enfants de ce genre auparavant. Il embrassa sa femme et, pendant un moment, posa affectueusement la main sur son épaule.

« Jamais je ne mangerai de pâté de souris, lisait Mark. Maman, tu n'écoutes pas. »

Du pâté de souris, se répéta intérieurement Burden, du pâté de souris. Les écrivains inventaient de ces choses... Il y avait de quoi peiner un actif défenseur des droits des animaux, et même bouleverser un type comme ce Brendan Royall... Il prit sa voiture pour aller chez Clare Cox. La Jaguar était toujours garée devant la maison. Visiblement, Hassy Masood était revenu avec sa deuxième famille, car ce fut une jeune fille en sari qui lui ouvrit.

Le minuscule salon était rempli de monde.

Masood, qui avait troqué sa tenue en jean contre un costume de drap fin gris foncé, fit les présentations. « Mon épouse, Mme Naseem Masood, mes fils, John et Henry Masood. Ma belle-fille, Ayesha Kareem, qui est née du premier mariage de Mme Masood avec M. Hussein Kareem, hélas, aujourd'hui décédé. Et bien sûr, vous connaissez déjà la mère de Roxane, Mlle Clare Cox. »

Burden salua tout le monde. Quelque chose, chez Hassy Massod, lui donna une impression de fatigue avant même d'avoir commencé. À la différence de sa fille, Naseem Masood portait une tenue occidentale, un tailleur rouge très ajusté avec une jupe courte, une quantité de bijoux fantaisie de luxe, de l'or serti de pierres rouges, et des chaussures blanches à hauts talons. Ses cheveux noirs, bouclés au fer à friser, étaient presque aussi longs que la barbe de Gary, l'homme qui vivait dans les arbres. Sa fille, grande et élancée, avait une peau cuivrée et des yeux marron étrangement clairs, un long nez et des lèvres arrondies, et paraissait sortir d'un poème d'Omar Khayyam. Elle rappela à Burden le seul fragment de poésie qu'il connaissait : des vers sur « le pain et le vin et toi à mes côtés dans le désert » lui revinrent alors en mémoire. Les petits garçons, très soignés, au teint pâle et aux cheveux très noirs, le dévisagèrent d'un air effronté qui aurait valu à son fils une réprimande s'il l'avait surpris à regarder les gens comme ça.

Clare Cox était allongée sur le divan, les yeux fermés et les pieds relevés. Elle lui fit un vague geste de la main, peut-être en signe d'accueil ou, plus probablement, de désespoir. Elle portait la robe aux allures de chemise de nuit qu'il lui avait déjà vue et qui lui rappela Quilla car elle était maintenant salie, tachée sur le devant, sans doute par des traces de larmes.

« Je suis désolé de vous déranger, mademoiselle Cox, commença-t-il, mais vous devez comprendre que dans ces circonstances...

— Puis-je vous offrir un rafraîchissement, monsieur Burden ? Une boisson ? Un sandwich ? Je doute que vous ayez eu vraiment le temps de vous nourrir aujourd'hui. Moi-même, bien entendu, je ne bois pas d'alcool, mais j'ai jugé bon d'apporter à Mlle Cox un peu de vin et de cognac et je vous servirais volontiers...

— Non, merci, répondit Burden. Je n'en aurai pas pour longtemps, mademoiselle Cox. »

Elle ouvrit les yeux. « Voulez-vous me parler en particulier ?

— Cela ne sera pas nécessaire. »

Dès qu'il eut prononcé ces mots, il se rendit compte qu'il aurait pu la débarrasser de la présence de la famille Masood, mais il n'avait pas réfléchi assez vite. Il se dit simplement que si Hassy Masood s'était conformé aux instructions de la police, sa femme ne devait pas être au courant des agissements du Globe sacré, mais les questions qu'il avait en tête pouvaient être posées aux parents de n'importe quel disparu.

Elle soupira. La jeune fille nommée Ayesha alluma la télévision, baissa le son jusqu'à ce qu'il ne fût plus qu'un murmure et s'assit par terre à quinze centimètres de l'écran. Mme Masood prit ses fils par la main, passa ses bras autour de leurs épaules et les serra contre elle. Masood, qui avait quitté la pièce, revint avec un plateau rempli de verres qui semblaient contenir du sirop d'orange.

S'en tenant au refus qu'il avait opposé plus tôt, Burden demanda à Clare Cox : « Que pouvez-vous me dire sur l'amitié de votre fille avec Tanya Paine ?

— Rien. Elle la connaissait, c'est tout. »

Clare Cox détourna la tête et l'enfouit dans un coussin. Par terre, la fille buvait son sirop d'orange à grand bruit.

Burden poursuivit : « Étaient-elles ensemble à l'école ? »

Il crut un moment qu'elle ne répondrait pas. Mais elle se retourna et se redressa à moitié. « Elles allaient toutes les deux au collège de Kingsmarkham, mais elles n'étaient pas très proches. Roxane était bien plus intelligente qu'elle. Elle était parmi les meilleures en dessin et en anglais.

— Je ne crois pas que ce soit ça qui l'intéresse », dit Naseem Masood sans s'adresser à personne en particulier.

Clare Cox se mit alors à parler rapidement, afin d'en finir au plus vite, de se débarrasser de lui. « Roxane avait trouvé un emploi — enfin, cela avait commencé comme un boulot d'été — dans la boutique de photos à développement instantané de York Street. Un jour, elle est tombée sur Tanya qui travaillait juste à côté et elles ont pris l'habitude d'aller boire un café ensemble. Puis Tanya a été engagée par Voitures contemporaines et Roxane a quitté son travail pour devenir mannequin, mais chaque fois qu'elle avait besoin d'un taxi elle s'adressait toujours à elle. »

Pendant qu'elle disait cela, tout le monde dans la pièce, sauf la fille assise par terre, avait tourné les yeux vers le portrait accroché au mur. Le beau visage leur rendit leur regard.

Mme Masood fut la première à tourner la tête. Elle avait tiré le maximum de cette discussion et apparemment, elle trouvait qu'elle en avait assez. Elle se leva, tira sur sa jupe et la défroissa. « Nous devrions rentrer, maintenant, Hassy, déclara-t-elle. Les garçons ont envie de dîner et Ayesha est en pleine croissance. » Elle s'adressa à Burden : « Le *Posthouse* est un très bon hôtel pour un endroit comme celui-ci. »

Il demanda à Clare Cox si elle possédait l'adresse de Tanya Paine et elle lui indiqua le nom d'un immeuble, dans Glebe Road. Tanya, d'après Clare Cox, partageait un appartement avec trois autres personnes. Il attendit le départ de la famille Masood. Furieuse d'être arrachée à l'écran muet, Ayesha, malgré sa taille et ses vêtements d'adulte, pleurnichait et tapait du pied.

« Vous n'avez personne qui puisse rester avec vous cette nuit ?

— Mon Dieu, répondit-elle, permettez-moi de rester seule. » Elle s'essuya les yeux du bout des doigts, bien qu'elle ne pleurât pas. « Monsieur Burden ? C'est bien... euh, Burden, votre nom, n'est-ce pas ?

— C'est cela.

— Je voulais vous dire quelque chose au sujet de Roxane. Oh, cela ne vous sera pas très utile, en fait ce n'est rien du tout, mais cela m'inquiète tellement...

— Qu'est-ce que c'est ?

— Eh bien... pensez-vous qu'ils aient pu la mettre dans une — oh, mon Dieu — une petite pièce, ou même, peut-être un placard. Elle est claustrophobe, vous savez. Je veux dire, elle est réellement claustrophobe, pas comme ces gens qui croient l'être parce qu'ils n'aiment pas monter dans les ascenseurs. Elle ne peut pas rester dans un endroit fermé, elle ne le supporte pas...

— Je vois.

— La maison est assez petite, mais quand les portes sont ouvertes cela ne la gêne pas. Elle laisse toujours la porte de sa chambre entrebâillée. Un jour, je l'ai fermée par négligence, et elle s'est mise dans un état... »

Que pouvait-il lui répondre ? Il lui prodigua quelques paroles apaisantes, qui ne la soulagèrent pas beaucoup. La question de Clare Cox continuait toujours à le préoccuper lorsqu'il monta dans sa voiture et reprit la route de Kingsmarkham. Les gens du Globe sacré ne détenaient sûrement pas la jeune fille dans un appartement spacieux avec des portes-fenêtres ouvertes sur des pelouses et sur des terrasses. Ils avaient probablement choisi un endroit confiné et exigu, et il songea aux affaires qu'il avait connues de près ou dont il avait entendu parler, à ces otages enfermés dans des remises, des citernes, des coffres ou des malles de voitures. Dora Wexford souffrait-elle également de claustrophobie ? Et les autres avaient-ils eux aussi des phobies ou encore, si on allait par là, des allergies ou des régimes alimentaires spéciaux ? Il était probablement inutile de chercher à le savoir...

Il trouva Tanya Paine seule chez elle. Tous ses colocataires étaient sortis. Manifestement, elle consacrait ses soirées de solitude à des soins de beauté, car sa tête était enveloppée dans une serviette de toilette, ses ongles garnis d'une fraîche couche de vernis, et la pièce empestait fortement une sorte de produit dépilatoire.

Au début, elle l'accueillit comme s'il était un assistant social inquiet de son bien-être venu vérifier qu'elle avait bien reçu l'aide psychologique qu'elle avait demandée. De l'avis de Burden, elle était l'image même de l'égocentrisme : en dehors d'elle-même et de ses préoccupations immédiates, elle ne s'intéressait à rien ni à personne. D'une certaine façon, c'était un avantage, car il n'était pas question de lui parler des enlèvements.

À sa place, tout le monde, ou presque, l'aurait interrogé à ce sujet. Toutefois, elle accueillit ses questions sans surprise, confirma les dires de Clare Cox, mais ne fournit aucun renseignement spontanément. Pour elle, apparemment, Roxane Masood était juste une relation superficielle, qu'elle n'affectionnait pas particulièrement ; une copine avec qui (selon ses propres termes) elle pouvait rigoler, aller boire un café ou manger un gâteau. Aussitôt que possible, elle orienta la conversation sur sa conseillère socio-psychologique, une femme qu'elle avait vue pendant un certain temps, mais qui ne l'avait pas vraiment satisfaite. « Elle ne m'a jamais posé de questions sur mon enfance. Vous ne trouvez pas ça bizarre ? J'étais toute prête à lui raconter des choses sur ma mère et mon père, mais elle ne m'a jamais rien demandé. »

Burden, qui était bien en peine de trouver une réponse, fut sauvé par la sonnerie du téléphone.

Après coup, il ne comprenait toujours pas comment il avait su, comment, dans un éclair d'inspiration, il avait soudain deviné qui était au bout du fil presque au moment où elle décrocha le combiné.

Peut-être était-ce le ton sur lequel elle s'exclama : « Quoi ? », ou bien l'expression de son visage, bouche bée, les yeux écarquillés. Il se leva, traversa aussitôt la pièce, croisa son regard et lui prit le combiné. Elle parut soulagée d'en être débarrassée et le laissa tomber dans les mains de Burden comme si c'était un serpent ou un charbon ardent.

Le correspondant avait déjà prononcé quelques phrases. Jamais Burden n'avait écouté avec une telle concentration.

« ... Globe sacré. Vous savez qui sont nos otages. Vous connaissez la rançon. »

La voix était telle que l'avait décrite Jenny, sourde, monotone, dénuée d'accent.

« Il nous faut, demain matin au plus tard, l'assurance publique de l'interruption du travail sur la déviation de Kingsmarkham. Nous ne sommes pas exigeants, nous ne sommes pas draconiens. Un moratoire suffira. Contentez-vous de faire cesser le travail le temps que dureront les négociations.

« Mais nous avons absolument besoin d'une promesse publique, via les médias, avant 9 heures. Faute de quoi, le premier des otages sera abattu et son corps vous sera rendu avant la tombée de la nuit.

« Transmettez ce message aux médias et à la police. »

Burden ne dit pas un mot. Il savait que c'était inutile et de toute façon, il ne voulait pas que le porte-parole du Globe sacré sache que ce n'était pas Tanya Paine qu'il avait au bout du fil.

« Je répète, transmettez ce message aux médias et à la police. Rappelez-vous : nous ne sommes pour rien dans le silence imposé à la presse. Nous tenons à ce que notre action soit publique.

« Nous sommes le Globe sacré et nous sauvons le monde. Merci. »

L'interlocuteur raccrocha, le téléphone sonna occupé et Burden, en se retournant, vit Tanya Paine le dévisager fixement, la bouche ouverte et les poings serrés.

9

La seconde réunion eut lieu à 21 heures ce soir-là, dans la salle qui avait abrité l'ancien gymnase. Le chef constable et son adjoint étaient tous les deux présents, mais ce fut Wexford qui présida. Son équipe lui avait apporté une masse de renseignements, mais les plus utiles, semblait-il, lui avaient été fournis par Burden, qui avait mis le doigt sur la piste de Brendan Royall et qui, par la plus pure des coïncidences, s'était trouvé là au moment où Tanya Paine avait reçu l'appel du Globe sacré.

« Pourquoi elle ? demanda Nicola Weaver.

— J'en suis encore à me le demander, dit Burden. Et ces mots qu'il a utilisés : "draconien", "exigeant" et "moratoire". Moi-même, je ne sais pas très bien ce que signifie "draconien". Tanya n'est pas précisément futée. »

Un agrandissement du message, restitué aussi fidèlement que possible par Burden et enregistré sur traitement de texte, figurait devant eux sur l'écran.

« Mais cela n'a pas d'importance, n'est-ce pas ? intervint Damon Slesar. C'est le sens, l'essentiel du message qui importent, la menace que s'il n'y a pas d'annonce publique à 9 heures demain matin, l'un des otages... » Il faillit dire « sera supprimé », mais il se souvint apparemment de la femme de Wexford, se reprit aussitôt et rectifia : « La vie d'un des otages sera en danger. Tanya est quand même assez maligne pour transmettre ça.

— Quand même, c'est une chance que vous ayez été là, Mike, déclara le chef constable. Ou peut-être savaient-ils que vous étiez chez elle ?

— Je ne le crois pas, monsieur. Je n'avais averti personne.

— Que pensez-vous de la voix, Mike ? demanda Wexford.

— C'est probablement la même que celle qui a communiqué le premier message à ma femme. D'un autre côté, la voix qu'elle a entendue lui a paru non déguisée et dénuée d'accent, alors que celle du gars qui a téléphoné à Tanya m'a fait exactement l'effet contraire. Le type avait une pointe d'accent cockney. Vous savez bien, lorsqu'il vous arrive d'entendre un acteur parler cockney à la télé et que ça a l'air vrai — ils s'entraînent au magnétophone et ils s'en sortent bien —, mais en même temps, ce n'est pas vraiment ça, c'est du cockney de télévision et nous avons fini par nous y faire. Eh bien, c'est à cela que la voix ressemblait, à celle de quelqu'un qui aurait appris le cockney au magnétophone, aurait baissé le ton et gommé toutes les inflexions. Dans l'ensemble, cela avait l'air trop parfait, si vous comprenez ce que je veux dire. »

De leur côté, Lynn Fancourt et Archbold avaient quelque chose à dire au sujet du nom qu'on leur avait indiqué au camp d'Elder Ditches. Freya, la protestataire qui avait été expulsée de sa cabane, leur avait révélé qu'une femme du nom de Frances, mais que l'on appelait Frenchie Collins, avait été arrêtée à Brixton pour avoir participé à une bagarre. Toutefois, Freya en parlait de manière si vindicative que Lynn la soupçonnait de vouloir se venger ou de chercher à régler des comptes. Mais cela demandait confirmation.

Karen Malahyde, qui avait enquêté au camp de Framhurst Copses, avait trouvé deux pistes menant à une maison de Flagford qui avait été longtemps une communauté d'activistes de toutes sortes. Slesar et Hennessy exploitaient la piste de Brendan

Royall et Barry Vine était chargé de réinterroger Stanley Trotter.

Le chef constable leur apprit ce qu'il avait pu obtenir dans la journée. Bien malgré elles — mais elles n'avaient pas le choix —, les autorités avaient accepté la condition du Globe sacré et allaient l'annoncer publiquement.

« La décision a été prise à contrecœur, dit Montague Ryder. Vous le savez tous, vous le sentez bien. Mais s'ils ont parlé de "moratoire", on va les prendre au mot, parce que c'est tout ce qu'ils auront gagné. La déviation finira par être construite. »

L'ambiance qui pesait dans le gymnase était bien différente du climat qui y aurait régné si Dora Wexford ne s'était pas trouvée parmi les otages. Si le reste de l'équipe en avait vaguement l'intuition, son mari, lui, le savait. En d'autres circonstances et même s'ils avaient été chargés d'une affaire aussi grave, l'atmosphère aurait été plus enjouée. On aurait entendu fuser des traits d'humour noir, une ou deux plaisanteries sacrilèges. Mais en l'occurrence, les policiers étaient circonspects, voire gênés, et chacun, à sa manière, avait peur.

Lorsqu'ils se séparèrent, ils n'échangèrent pas un sourire, pas même une boutade ou un bon mot. Le chef constable et son adjoint quittèrent le commissariat ensemble. Damon Slesar s'en alla avec Karen, mais, auparavant, il ne manqua pas d'aller saluer Wexford et lui dit avec beaucoup de respect :

« Bon, eh bien, bonne nuit, monsieur. »

Tous se dirigèrent en silence vers leurs voitures. Comme Wexford pouvait s'y attendre, Burden lui proposa de le raccompagner chez lui et, s'il le souhaitait, d'y passer également la nuit, mais Wexford refusa une nouvelle fois, tout en le remerciant sincèrement.

Nicola Weaver le rattrapa à l'entrée du parking. Il fut frappé par la lassitude de son visage. Quelqu'un lui avait appris qu'elle avait deux enfants de moins de sept ans et un mari assez peu coopératif. Ses yeux sombres étaient d'une couleur étrange, bleu-vert, comme la malachite de la bague qu'elle portait à son doigt. « Il y a une chose que j'aimerais vous dire, commença-t-elle. Vous le savez probablement déjà, mais au cas où... dans ce pays, une vaste proportion des victimes d'enlèvement, beaucoup plus que la majorité, finissent par s'en sortir indemnes. Pour les enfants, c'est différent, mais pour les adultes, cela frise les 100 p. 100.

— Je le savais en effet, mais je vous remercie, Nicola. » Il n'allait pas lui avouer qu'elle était la cinquième personne, aujourd'hui, à lui rappeler ces données.

« Appelez-moi Nicky, répondit-elle. De toute façon, à quoi cela leur servirait-il de tuer quelqu'un ? C'est une menace en l'air.

— Je suis sûr que vous avez raison, répondit-il. Bonne nuit. »

Elle monta dans sa voiture et il gagna la sienne. La nuit était sombre et sans lune. Il apercevait quelques étoiles minuscules, de lointaines pointes d'épingle brillant sur du velours noir. Des vers lui revinrent en mémoire et il les répéta durant le trajet.

Setebos, Setebos et Setebos,
Songeait-il du haut de la pâle froideur de la lune.
Il songeait qu'il l'avait créée, pour aller avec le soleil,
Mais pas les étoiles,
Les étoiles étaient nées autrement.

Une voiture de sport blanche était garée dans son allée. Paul Curzon, le père d'Amulette, avait dû arriver dans la soirée. Et lorsqu'il monta l'escalier, il vit que la porte de la chambre de Sheila était fermée. Ils étaient là tous les deux avec leur bébé. Au lieu de le faire souffrir, leur présence lui fit plaisir et il éprouva un petit sentiment de paix, sinon de réconfort.

S'il devait réussir à dormir, il valait mieux ne pas le faire tout de suite, mais attendre que la nuit soit plus avancée. Un premier sommeil ne durerait pas, et l'insomnie reviendrait le tarauder une heure plus tard, avec son cortège d'angoisses qui dureraient jusqu'à l'aube. Pourtant, il s'assoupit, sombra dans le sommeil après une brève résistance et se mit à rêver de Dora, de Dora et de lui à l'époque de leur jeunesse.

Pourquoi sommes-nous toujours plus jeunes dans nos rêves, et pas seulement nous, mais aussi les gens qui nous sont proches ? Aucun livre, aucun spécialiste ne lui avaient jamais apporté la réponse, or les rêves ne sont pas une expression de nos désirs, car si c'était le cas, ils seraient tous joyeux et optimistes. Dans les siens, ses filles étaient encore des enfants, son épouse une jeune femme, et lui, le rêveur, bien que ne se voyant pas lui-même, se *sentait* jeune. Cette fois-ci, il se dirigeait vers une haute tour qui s'élevait, pareille à un château, dans une vaste plaine désolée, et en haut de la tour, Dora se penchait à la fenêtre et tendait les bras vers lui.

Elle avait les cheveux très longs, comme dans les premières années de leur mariage. Ils pendaient sur le rebord de la fenêtre et descendaient sur la maçonnerie de la tour telle la chevelure de Raiponce dans le conte de fées, sauf que les cheveux de Dora étaient noirs, d'un noir de jais. Il s'approcha de la tour et saisit la chevelure de ses deux mains. Bien entendu, il n'avait pas l'intention de gravir le mur — même dans le rêve, il savait que dans la vie réelle les gens ne font pas cela et en tout cas, il était bien trop lourd pour s'y essayer. Elle continuait à lui sourire, mais soudain, il se produisit une chose terrible. Peut-être ses cheveux étaient-ils trop lourds, ou peut-être avait-il tiré trop fort, toujours est-il qu'elle poussa un cri, bascula en avant et tomba de la fenêtre. Il se réveilla en sursaut et le cri de Dora continua à s'échapper de sa gorge, comme s'ils protestaient d'une même voix.

Personne n'accourut. Sa chambre était assez éloignée de celle de Sheila pour qu'elle n'ait rien entendu. D'ailleurs, comme la plupart des cris proférés dans les rêves, le sien avait été étranglé et assourdi. Il resta un moment allongé dans le noir, puis il se leva et se mit à arpenter la pièce. La nuit, nous sommes tous fous, avait dit quelqu'un, peut-être Mark Twain. C'était vrai — quoique... l'était-ce vraiment dans son cas ? N'avait-il pas une bonne raison de perdre la tête ?

L'annonce serait faite publiquement le lendemain matin. Probablement à la radio et à la télévision, et un peu plus tard dans les journaux. Mais si elle n'était pas diffusée ? Et si la promesse faite à Montague Ryder avait été réduite à néant par une décision prise en haut lieu, les autorités ayant jugé — le ministère de l'Intérieur ? ou de l'Environnement ? — que l'on cédait par trop aux exigences des terroristes ?

Nicky Weaver lui avait dit ce qu'il savait déjà, qu'il était hautement improbable qu'il arrive quelque chose aux otages. D'un autre côté, ses hypothèses étaient fondées sur des statistiques d'enlèvements pratiqués uniquement pour de l'argent. Or, les gens du Globe sacré étaient des fanatiques et pour eux l'argent n'entrait pas en ligne de compte. S'ils exécutaient leur menace, qui tueraient-ils en premier ?

Arrête, se dit-il, arrête. Ils ne tueront personne. Pas Dora, en tout cas, s'ils doivent choisir le plus jeune ou le plus âgé. Il regarda sa montre, mais le regretta aussitôt. Il était à peine 2 heures. S'il devait absolument penser, mieux valait réfléchir aux liens éventuels entre tel et tel suspect, entre un suspect et un lieu — mais il n'y avait pas de suspects. Quant au lieu, peut-être était-ce un aspect des choses que l'on avait négligé jusqu'alors et qu'il fallait considérer sans tarder.

Il était perplexe. Par où fallait-il commencer ? Par les gens, toujours par les gens. La découverte d'un suspect avait de bonnes chances de mener à un endroit révélateur. Et si les médias ne disaient rien... Le chef constable avait assuré que l'annonce serait diffusée. Il alluma sa lampe de chevet et essaya de lire une histoire de la guerre civile américaine, que lui avait prêtée Jenny Burden. Elle était bien écrite, fondée sur des recherches exhaustives et contenait de nombreuses descriptions du carnage perpétré dans ce terrible conflit, des descriptions de blessures, de morts lentes.

L'image de la frayeur de Dora ne le quittait pas. Elle était forte, mais elle aurait peur. Tout le monde aurait peur en pareil cas. Il songea alors à cette fille, Roxane Masood, dont la mère avait dit qu'elle était claustrophobe. Être confinée dans une pièce minuscule ne dérangerait pas plus Dora que d'être enfermée dans une salle de banquet, mais pour une claustrophobe...

Vers 4 heures, il sombra dans un sommeil agité. Il se réveilla juste avant 6 heures et, tandis qu'il réfléchissait aux événements de la soirée de la veille, il se rappela où il avait déjà rencontré Damon Slesar. C'était son « Bon, eh bien, bonne nuit, monsieur » qui l'avait mené sur la voie. Un « Bon, eh bien » qui sonnait faux et ressemblait à une excuse.

Il l'avait remarqué lors d'une conférence où il ne s'était rendu que par curiosité, car elle traitait des différences entre les méthodes policières anglaises et celles de l'Europe continentale. Certains intervenants étaient venus de France, d'Allemagne et de Suède. Il n'y avait rien d'étrange à ce que Slesar ait été présent ce soir-là, sauf que la plupart des participants avaient un grade supérieur au sien. À bien des égards, il était très louable de la part d'un homme de son âge et de son grade de chercher à se tenir ainsi au courant. Le samedi suivant, Wexford le rencontra à nouveau, cette fois-ci dans un pub de quartier où il dînait avec un commissaire rencontré lors d'une enquête qui l'avait mené dans le sud de la

France. Slesar était assis à la table voisine avec des copains, autour de quelques verres de whisky.

Un peu plus tard, Wexford, qui s'en était prudemment tenu à l'eau gazeuse, allait monter dans sa voiture avec le commissaire Laroche quand il aperçut Slesar qui se dirigeait vers la sienne. Il ne lui était pas venu à l'esprit qu'avec ce qu'il avait bu, Slesar avait l'intention de conduire. Mais, accompagné par deux de ses copains, il était en train d'ouvrir la portière du conducteur.

Wexford avait parlé presque involontairement : « Il ne vaut mieux pas. »

Slesar s'était tourné vers lui, les yeux vitreux. Il avait un regard vague, sans coordination, et il ne contrôlait pas ses muscles. Il répondit : « Ça ira. »

Déjà, une demi-douzaine de personnes faisaient cercle autour d'eux. Wexford conserva une voix enjouée, presque joviale. « Venez donc avec moi. Je vous raccompagne. Quelqu'un pourra venir chercher votre voiture demain matin. »

Slesar parut se rendre compte du nombre de témoins qui assistaient à la scène. Il rougit. On le voyait nettement à la lumière du réverbère. « Vous avez raison, monsieur, répondit-il avant d'ajouter : Jim va me ramener. » Il posa une main chancelante sur l'épaule de l'homme qui était derrière lui, et il se cramponna à la voiture pour ne pas tomber. Puis, il regarda Wexford et lui dit : « Bon, eh bien, bonne nuit, monsieur. »

C'était un garçon sensé. Un homme capable d'encaisser une réprimande avec le sourire. Wexford était heureux de s'en être souvenu, pour autant qu'il pût être heureux de quelque chose, et il était content d'avoir Slesar dans son équipe. Il se leva et descendit l'escalier en peignoir, un truc de couleur rouge foncé qui tenait davantage du velours que du tissu éponge et que Sheila lui avait offert pour son anniversaire. Dans la cuisine, Paul préparait une tasse de thé avec, au creux de son bras gauche, le bébé éveillé mais qui ne pleurait pas.

Wexford se demanda s'il était bon pour un acteur d'être aussi beau, de nos jours. Paul Curzon était peut-être né un demi-siècle trop tard. Amulette avait hérité de lui ses cheveux noirs, ou bien elle les tenait de Dora... Wexford tendit les bras pour prendre l'enfant, car il n'aimait pas trop voir quelqu'un porter en même temps une bouilloire et un bébé.

« Où en sont les choses ? »

Que savait Paul exactement ? Seulement que Dora avait disparu ? « Au même point », répondit Wexford.

Le premier bulletin des nouvelles locales, les actualités du sud-est, était diffusé juste avant 7 heures. Mais avant, il devait y avoir quelque chose à la radio. Il ne souhaitait pas l'écouter — ou ne pas l'écouter — en compagnie de quelqu'un d'autre, il voulait être seul.

« Cela ne vous dérange pas que j'aie passé la nuit ici, n'est-ce pas ? Elles me manquent — enfin, surtout Sheila, et je voudrais apprendre à connaître ce bébé pour qu'il puisse me manquer aussi. »

Wexford réussit à sourire. « Je suis content que vous soyez venu. » Il lui vint une idée. « J'aimerais que vous la rameniez chez vous, Paul, que vous les rameniez *toutes les deux* à la maison.

— Mais il faut qu'elle reste avec vous. Sheila pense que vous avez besoin d'elle. Elle dit qu'elle ne sait pas ce qu'il vous arriverait si elle n'était pas là. »

Wexford secoua la tête. Les malentendus le déprimaient toujours. C'était encore pire quand ils étaient créés par des proches, naïvement convaincus de bien comprendre l'autre. Il allait devoir être dur. « Franchement, sa présence est pour moi un poids supplémentaire. Ne me regardez pas comme ça. Je tiens beaucoup à elle, je l'aime avec tendresse, mais depuis qu'elle est là, toute seule, avec le bébé, je ne cesse de penser à elle, de me demander si elle va bien, ce qu'elle fait... sincèrement,

Paul, je pourrais m'en passer. Je ne la vois jamais, vous savez. Je ne suis là que le soir. Ramenez-la chez vous, je vous en prie. »

Paul lui tendit une tasse de thé. « Du sucre ?

— Non merci. Portez-lui aussi une tasse et dites-lui que vous l'emmenez à la maison.

— D'accord, avec plaisir. À vrai dire, j'en meurs d'envie. Si vous êtes vraiment sûr...

— Certain. »

Il avait oublié à quel point tenir un bébé dans ses bras pouvait être rassurant. Il eut soudain le sentiment idiot que s'il pouvait seulement arpenter la maison pendant des heures en serrant le corps chaud de cet adorable bébé contre sa poitrine, il se sentirait mieux, il se tourmenterait moins, il aurait moins tendance à imaginer des choses horribles. Les grands yeux bleus le regardaient avec sérénité. Les nourrissons avaient-ils des cils aussi longs et aussi épais, d'habitude ? Elle avait une peau veloutée, avec des reflets de nacre.

Il la porta dans le salon et regarda le soleil se lever, puis il passa dans la salle à manger et contempla, à travers les portes-fenêtres, le jardin encore envahi par les ombres. Elle pinça les lèvres et cligna des yeux lorsqu'il lui dit qu'il attendait les actualités du sud-est, qu'une heure ne lui avait jamais paru aussi longue.

Paul redescendit l'escalier et lui prit le bébé. « Maintenant, petit déjeuner, dit-il, puis, s'adressant à Wexford : Elle s'est réveillée une seule fois cette nuit.

— Qu'a dit Sheila ?

— Elle va venir à la maison avec moi, mais elle n'a pas promis de rester. »

Radio 4 ne disait rien de spécial. Il laissa le poste allumé parce que les voix, la musique et le bulletin météo étaient quand même préférables au silence. Il lui vint à l'idée que se doucher, se raser et s'habiller étaient un bon moyen de passer le temps, et il s'exécuta. Au moment où il eut fini — et il avait essayé de traîner —, il n'était encore que 6 h 45.

Il alluma la télévision en même temps que la radio. À cette heure-ci, on n'y parlait que d'argent et d'affaires et aussi, fatalement, de sport. Il entendit les journaux du matin tomber dans la boîte aux lettres. Il n'y avait rien sur les premières pages, rien à l'intérieur non plus. Il se rappela que pour la grande majorité de la population des îles Britanniques, ce n'était pas vraiment un événement. On ne devait se sentir concerné que si on habitait la région — ou si on était un fanatique. L'affaire ne ferait sensation que si les gens étaient au courant. Si on leur avait parlé des otages, des circonstances des enlèvements et des conditions exigées par les ravisseurs, alors là, oui, la nouvelle figurerait en première page et serait diffusée aux heures de grande écoute, évinçant le Liban et l'Union monétaire européenne.

Enfin apparut le générique des actualités du Sud-Est : la jolie jeune femme brune commença par une prochaine visite de la princesse Diana à l'hôpital de Myringham, et soudain...

« La compagnie des autoroutes a annoncé hier soir que tous les travaux entamés sur le site de la déviation de Kingsmarkham allaient être interrompus. En effet, la commission de la communauté européenne déléguée à la Protection des espèces et des habitats doit procéder à une expertise écologique de la rivière de la Brede et du marais de Stringfield avant d'autoriser la reprise des travaux.

« Bien qu'il y ait tout lieu de penser qu'il ne s'agisse que d'une suspension momentanée, elle sera peut-être amenée à durer plusieurs semaines. Nous avons eu un entretien avec Mark Arcturus, de Nature anglaise. Peut-on dire, monsieur Arcturus, qu'il s'agit d'une bonne nouvelle pour les opposants au projet, ou s'agit-il seulement... »

Wexford éteignit la télévision. Il était envahi par un sentiment qui allait au-delà du simple soulagement, quelque chose comme un déferlement de bonheur. Brusquement, il porta sa main à sa bouche, à la manière des enfants qui ne se contentent pas de dire une bêtise, mais l'ont réellement pensée. Voilà qu'il était *soulagé* de la victoire de ces gens ! Et pire encore, rempli de joie !

Tout cela était absurde. À quoi pensait-il donc ? Dora était toujours entre leurs mains. Les autres otages aussi et il n'était guère plus avancé que la veille sur l'identité et le lieu du repaire des membres du Globe sacré.

La nouvelle se répandit aussitôt. Au moment où Burden, en compagnie de Lynn Fancourt, commença son enquête au campement de Pomfret Tye, les occupants des arbres étaient déjà en train de fêter ça. Quelqu'un — d'après certains, peut-être sir Fleance McTear — leur avait fourni de bonnes bouteilles de mousseux. Ils avaient allumé un feu en bordure de la lande et chantaient « Nous vaincrons », assis autour des flammes, en buvant du vin pétillant.

« Allumer des feux de joie est strictement interdit par la municipalité, fit remarquer Burden à Lynn avec aigreur, et voilà des gens qui se prétendent amoureux de la nature, écologistes ou je ne sais quoi. Ce sont toujours les pires. »

Il reconnut le couple dont la cabane avait brûlé dans un incendie à la fin de l'été, lui fit quelques réprimandes bien senties, puis se mit à l'interroger. Les deux jeunes lui demandèrent si, à son avis, ce n'était pas une super nouvelle, mec, et ne pensait-il pas que le mot « suspension » n'avait pas de sens ? Ce que le gouvernement voulait vraiment dire, mec, c'était qu'il renonçait complètement à la déviation, et que parler de « suspension » — allez, tu dois bien le reconnaître — était juste un moyen de sauver la face.

Ni Lynn ni Burden n'avaient beaucoup avancé dans leur enquête sur le Globe sacré, et ils quittèrent le campement pour le grand bois de Framhurst. Là, stupéfait et profondément consterné, Burden découvrit Andrew Struther et sa rousse amie, Bibi, assis sur un rondin, en grande conversation avec une demi-douzaine d'occupants des arbres.

Struther se leva d'un bond, l'air coupable. « Je... Je sais ce que vous devez penser, je suis réellement désolé, mais ce n'est pas ça du tout. Je n'ai rien révélé à personne.

— Venez par ici un instant, monsieur Struther, voulez-vous ? »

Apparemment, Bibi prit prétexte de son départ pour lier davantage connaissance avec les occupants des arbres. Elle se leva du rondin et suivit un jeune homme, vêtu d'un simple short et coiffé d'un grand chapeau de paille, qui se dirigeait vers une échelle appuyée au tronc d'un énorme châtaignier. Il fit signe à Bibi de passer devant lui et monta juste derrière elle, tandis qu'elle posait les pieds sur les premiers barreaux, en proie à un fou rire nerveux.

Burden attaqua : « Puis-je vous demander ce que vous faites ici, monsieur Struther? Avez-vous des amis parmi ces gens-là ? Hier, vous nous avez laissé entendre que vous ne connaissiez pas l'existence de cette déviation.

— Hier, c'était hier. » Struther avait passablement rougi. « On peut apprendre pas mal de chose en vingt-quatre heures, inspecteur, si on le veut vraiment. J'ai pensé qu'il valait mieux me renseigner, vu ce qui était arrivé à mes parents.

— J'espère que vous n'en avez rien dit à ces gens-là. »

Struther lui adressa un regard mécontent. « Non, bien sûr. J'ai été extrêmement prudent. Je m'en suis fait un point d'honneur. Vous m'aviez dit de me taire et j'ai obéi.

— Alors, qu'est-ce que vous faites ici? Vous n'allez quand même pas me dire que *vous* êtes là pour effectuer une expertise écologique?

— J'ai pensé que, si je leur parlais, l'un d'eux pourrait me mettre sur la piste d'un homme qui serait capable de commettre une chose pareille, sans doute... enfin, une sorte de terroriste. »

Précisément, en fait, ce que Burden faisait avec le reste de son équipe. Mais dans la bouche de Struther, cela semblait bizarrement peu convaincant.

« Si j'étais vous, monsieur, je laisserais cela à la police, conseilla Burden. C'est notre métier, vous savez. Arrêtez votre petite enquête et retournez chez vous. Quelqu'un passera vous voir prochainement.

— Ah bon ? Et pourquoi ?

— Comme je l'ai déjà dit, je préférerais vous en parler plus tard, monsieur Struther. »

La fille avait disparu en haut dans une cabane. Struther la chercha des yeux d'un air égaré et se mit à crier : « Bibi, Bibi, où es-tu ? On rentre à la maison, chérie. »

Les occupants des arbres le regardèrent, impassibles.

Karen Malahyde avait trouvé la trace de la femme dénommée Frenchie Collins à Guildford, dans la maison de sa mère. Nicky Weaver, Damon Slesar et Edward Hennessy travaillaient sur les piètres renseignements que leur avaient fournis les responsables de Species, et Archbold et Pemberton quadrillaient tout le pays, par téléphone et par ordinateur, pour repérer les actifs défenseurs de l'environnement. Wexford avait une réunion prévue pour 14 h 30. Il avait déjà parlé au chef constable et à son adjoint et s'était entretenu par téléphone avec Brian St George.

Le rédacteur en chef du *Kingsmarkham Courier* affichait une certaine indifférence et Wexford croyait savoir pourquoi. Si on lui avait permis d'exploiter la nouvelle dès qu'il avait reçu la première lettre du Globe sacré, la veille, dans la matinée, il aurait tout juste eu le temps de publier l'information dans l'édition hebdomadaire de son journal. Aujourd'hui, on était vendredi et il était trop tard. En ce qui le concernait, il aurait été parfaitement comblé si l'on n'avait plus entendu parler du Globe sacré, des otages ou de la police jusqu'au mercredi soir suivant. « Je continue à penser que vous avez tort, dit-il. Lorsqu'il arrive un événement pareil, le public a le droit de savoir.

— Et pourquoi ? répliqua brutalement Wexford. Quel droit ? En vertu de quoi ?

— C'est le premier principe du journalisme, répondit St George d'un ton sentencieux. Le droit de tenir le public informé. Museler la presse n'a jamais fait de bien à personne. Ce n'est pas que ce soit mon problème et à vrai dire je m'en fiche, mais je n'hésiterai pas à écrire qu'à mon sens vous commettez une grossière erreur. »

Mais le chef constable avait dit : « Nous allons tenir l'affaire secrète, Reg, aussi longtemps que possible. Franchement, je m'étonne que nous puissions le faire. Mais puisque nous en avons les moyens, continuons.

— On est aujourd'hui vendredi, monsieur. J'ai dans l'idée que la presse ne s'y intéressera pas tant que ça. Les journaux trouveront que c'est du gâchis de publier un tel scoop en fin de semaine.

— Vraiment ? Je n'avais pas vu les choses sous cet angle.

— Ce que les médias voudraient, dit Wexford, c'est que l'interdiction soit levée dimanche soir. Pour pouvoir bombarder la nouvelle à la une, lundi, dans les éditions du matin. » Il réprima un soupir. « Si vous êtes d'accord, monsieur, j'aimerais informer les familles des otages de... enfin, de la nature de la rançon et de la menace des ravisseurs. Je pense que nous devons les avertir. Je m'en chargerai moi-même. »

D'abord, Audrey Barker et Mme Peabody. Il partirait seul, dès la fin de la réunion, pour aller à Stowerton. Puis il irait chez Clare Cox à Pomfret et, enfin, chez Andrew Struther. Le chef constable parut approuver son idée. On pouvait cacher l'affaire à la presse, mais, par souci de justice et d'humanité, il fallait prévenir les familles.

Sa propre famille était aussi concernée que celle de Masood, de Barker et de Struther, et lorsqu'il avait dit au revoir à Sheila ce matin, il avait promis de lui téléphoner, même s'il n'avait rien de nouveau à lui apprendre. Il l'appellerait quotidiennement, deux fois par jour. Avant de partir, il passa un coup de fil à Sylvia, lui dit que sa sœur était rentrée à Londres et qu'il allait bien, très bien, mais qu'il n'avait aucune nouvelle.

Toute l'équipe se retrouva dix minutes avant l'heure dans l'ancien gymnase. Toute l'équipe, à l'exception de deux inspecteurs : Karen Malahyde, qui était toujours à la recherche de Frenchie Collins, et Barry Vine, qui commençait à partager l'opinion de Burden sur Stanley Trotter. Chacun se tut au moment où Wexford entra dans la pièce. Pas seulement par respect et par politesse, il en était conscient. Ils avaient parlé de lui entre eux, et aussi de Dora. Pour la première fois, il se surprit à espérer qu'il s'était passé ce qu'il avait cru dans un premier temps, que le chef constable avait confié l'affaire à quelqu'un d'autre.

Nicky Weaver, l'air beaucoup moins fatiguée que la veille au soir et le regard vif et énergique, avait un grand nombre de pistes à exposer au sujet de Species et de Kabal. Il y avait de cela assez longtemps, un responsable de Species, apparemment repenti depuis lors, avait purgé une peine de prison pour avoir tenté de saboter une centrale nucléaire. Cet homme lui avait communiqué une liste détaillée de noms de personnes qu'il tenait pour des anarchistes.

« Pourquoi vous en a-t-il parlé ? demanda Wexford.

— Je ne sais pas. Sans doute parce que actuellement il ne préconise plus que la résistance pacifique. Quelqu'un l'a emmené visiter la centrale électrique de Sizewell et ça lui a fait une telle impression qu'il a complètement changé de ton.

— Il semble que dans les campements nous

ayons fait tout ce que nous pouvions, dit Wexford. L'ordinateur peut traiter tous les noms que nous lui avons fournis et permettre de faire des recoupements, le cas échéant. Avec cette suspension du travail sur la déviation, nous avons gagné un temps précieux. Nous devrions, à un moment donné de la journée, recevoir un autre message du Globe sacré.

« Ils ne l'ont pas promis. Ils ne se sont pas engagés, dans leur message d'hier soir, à se manifester à nouveau aujourd'hui, mais quelque chose va arriver. À Kingsmarkham, à Pomfret et à Stowerton, nous avons fait poser autant d'écoutes que British Telecom peut nous en fournir. Nous pouvons être fiers de notre compagnie téléphonique et de ce côté-là, nous n'avons pas de sujet de plainte. Mais ces gens du Globe sacré sont vaniteux et arrogants. Ce genre de types le sont toujours. Ils voudront nous féliciter d'avoir eu le bon sens de nous conformer à leurs exigences. Ils nous téléphoneront, ou bien entreront en contact avec nous d'une manière ou d'une autre. Le caractère temporaire de la suspension ne leur a certainement pas échappé. C'est une interruption, un ajournement si vous voulez, pas un arrêt complet.

« Ils vont, si je ne me trompe, demander une garantie totale de l'annulation du projet de la déviation de Kingsmarkham. Cela, bien entendu, nous ne pouvons pas le leur donner. Nous ne le pourrons jamais, quoi qu'il arrive. »

Nicky Weaver leva la main.

« Nicky ?

— Cette garantie — j'ai été frappée par l'idée que personne, aucune autorité, ne peut et ne pourra jamais la donner. Admettons par exemple qu'on le fasse, les otages seraient libérés et, immédiatement, le gouvernement reviendrait sur son engagement. Ou même à supposer qu'il soit sincère dans sa promesse de ne pas construire la déviation, dès qu'il y aurait un changement de gouvernement, voire un nouveau ministre des Transports, on pourrait reprendre les travaux. Comment le Globe sacré s'y prendra-t-il pour contourner ce problème ?

— J'ai l'impression qu'ils vivent dans l'instant, répondit Wexford. S'ils obtiennent une garantie, même de cinq ans, ils estimeront avoir réussi. Et si un projet de déviation réapparaît plus tard — eh bien, il se peut qu'ils recommencent. Il n'y a rien de certain en ce bas monde, n'est-ce pas ? »

Il crut la voir frissonner, mais peut-être n'était-ce qu'un effet de son imagination.

10

Entre Stowerton Dale et Pomfret Monachorum, le silence régnait sur le trajet de la déviation. Le temps était assez froid pour un début septembre, rafraîchi par une brise qui paraissait venir de Sibérie, et par moments, une brusque averse de pluie se déversait en crépitant sur la campagne. Les oiseaux qui avaient poussé à l'aube leurs cui-cui, hou-hou, et cou-couroucou se taisaient à présent, et ils ne chanteraient plus avant d'aller se percher pour la nuit. Dans les campements, l'euphorie du matin était retombée, c'était l'heure de la déception et les occupants des arbres discutaient, réfléchissaient, se concertaient et, surtout, s'interrogeaient.

Les lourds engins de terrassement avaient rejoint la prairie où ils avaient été garés avant le début des travaux. Les cars qui transportaient les agents de sécurité sur le chantier n'avaient pas roulé ce jour-là et ces derniers, dans leurs baraquements délabrés de la base aérienne, supputaient leurs chances d'être relevés de leurs fonctions.

Les enfants de Stowerton, tenus jusqu'ici à l'écart par les agents de sécurité, escaladaient les monticules de terre pour jouer aux héros de guérilla retranchés dans une région montagneuse. À l'issue d'une réunion extraordinaire, Kabal avait pris une décision importante. Lady McTear et Mme Khoori allaient adresser une pétition au ministère des Transports, signée par tous les membres de l'association (et tous les sympathisants que l'on pourrait trouver). Ils réclameraient l'abandon définitif du projet de la déviation pour deux raisons : la nécessité de procéder à une étude de l'environnement sous la directive de l'Union européenne et la présence de phénomènes écologiques exceptionnels sur le site.

Du temps de la jeunesse de Mme Peabody, on ne recevait pas de médecin chez soi sans avoir préalablement rangé la chambre à coucher du malade et changé la chemise de nuit de l'enfant alité. Si l'on attendait la visite d'un représentant de l'autorité, on nettoyait la maison de fond en comble. Et quand on allait faire des courses « en ville », on arborait sa tenue la plus élégante. Ces habitudes ont la vie dure et il était clair que malgré l'enlèvement de son petit-fils, Mme Peabody ne s'en était pas départie. Elle était du genre à mettre des draps neufs sur son propre lit de mort.

Wexford eut profondément pitié d'elle lorsqu'il la trouva sur son trente et un avec son chandail et sa veste roses, son collier de perles, sa jupe plissée et ses chaussures bien cirées. Elle avait même mis du rouge à lèvres. Elle avait fait bouffer tous les coussins du salon et sur la petite table des magazines étaient disposés en éventail. Si elle avait réussi à se poudrer le visage, elle n'arriva pas à lui arracher un sourire et n'obtint de lui qu'un « bonjour » murmuré d'un ton maussade.

Sa fille, qui était d'une génération à la mentalité très différente, la génération de Clare Cox, avait l'air de ne s'être pas lavée ni peignée depuis qu'elle avait appris la nouvelle. Il savait ce que c'était que de faire les cent pas — ces derniers temps, il avait lui-même beaucoup marché de long en large à toute heure du jour et de la nuit — et il eut l'impression qu'elle devait arpenter cette maison pendant des heures. Elle était visiblement incapable de rester immobile, même si elle avait l'air mal en point et semblait avoir besoin d'une longue convalescence.

« J'ai besoin d'être ici, sur place, lui dit-elle. Je sais que je devrais rentrer à la maison, je suis partie en laissant tout en plan, mais chez moi ce serait encore pire. » Elle se leva d'un bond, traversa la pièce et resta un instant devant la fenêtre, à serrer et à desserrer les poings. « Vous avez dit au téléphone que vous aviez quelque chose à nous apprendre.

— Pas de mauvaises nouvelles, au moins ? » Mme Peabody était une merveille de maîtrise de soi, se dit-il et il se demanda à quoi pouvaient ressembler ses nuits, quand elle se retrouvait seule derrière la porte de sa chambre. « Vous nous avez affirmé qu'il n'y avait rien de grave. »

Il leur parla des exigences des ravisseurs, de l'interruption du travail sur le chantier de la déviation. Audrey Barker traversa la pièce dans l'autre sens en hochant plusieurs fois la tête en silence, comme si elle avait pensé à cette éventualité ou ne s'en étonnait pas. Mais Mme Peabody n'aurait pas été plus abasourdie s'il lui avait dit que la libération des otages n'aurait lieu que lorsque toute la population de Kingsmarkham aurait accepté d'apprendre le swahili ou de piloter des hélicoptères.

« Qu'est-ce que notre Ryan a à voir dans cette histoire ? C'est le gouvernement que ça regarde.

— Je suis tout à fait d'accord avec vous, madame Peabody, dit Wexford, mais c'est ce qu'ils demandent.

— Ils *viennent juste* de cesser le travail, intervint Audrey Barker, qui s'approchait de lui, les mains toujours en proie à une grande agitation. On l'a entendu à la télé. C'est pour cela qu'ils ont arrêté ?

— Oui, le travail a été suspendu. »

Mme Peabody avait l'air impressionnée. Il la voyait assimiler ce qu'il venait de dire, l'interpréter sous une forme compréhensible pour elle. « Tout cela à cause de notre Ryan ? demanda-t-elle. Enfin, et des autres aussi. De Ryan et des gens qui sont avec lui. »

Elle secoua la tête, stupéfaite. Son petit-fils allait accéder à la célébrité, sortir de l'ombre, il serait dans tous les journaux, on parlerait de lui à la télévision. « Notre Ryan », répéta-t-elle.

Sa fille lui jeta un regard furieux. Elle interrogea Wexford :

« Pourquoi n'est-il pas revenu, puisqu'ils ont arrêté le travail ? »

Pourquoi n'avait-il pas été libéré ? Et pourquoi tous les autres n'avaient-ils pas été rendus à leurs familles ? Il était 16 heures, l'annonce de la suspension du chantier avait été diffusée neuf heures plus tôt. Depuis, le Globe sacré ne s'était pas manifesté. Le message que Burden avait reçu par hasard était le dernier et il avait été communiqué vingt heures auparavant.

« Je ne sais pas. Je ne peux pas vous le dire parce que je n'en sais rien. »

Elle avait oublié que sa femme se trouvait parmi les otages. « Mais qu'est-ce que vous faites pour les retrouver ? Pourquoi n'êtes-vous pas en train de les chercher maintenant ? Il doit bien y avoir des moyens. » Elle lui tira les mains avec force, comme si elle voulait les arracher de leurs poignets. Elles étaient déjà meurtries par les bleus qu'il s'était lui-même infligés dans son angoisse. « J'irais bien enquêter moi-même, seulement je ne sais pas m'y prendre. Mais vous, c'est votre métier. Qu'est-ce que vous faites pour les sauver ? Ils pourraient tuer Ryan, le torturer — oh, mon Dieu, mon Dieu, mais agissez, bon sang ! »

Horrifiée, Mme Peabody posa une petite main ridée sur le bras de sa fille. « Il ne faut pas parler comme ça, Aud. La grossièreté ne mène à rien.

— Il n'est pas question de torture, madame Barker. » Au moins une chose dont il était certain, pour peu que son imagination ne batte pas trop la campagne. « Et à mon avis, ils ne tueront aucun des otages. Si le Globe sacré commet une chose pareille, il n'aura plus aucun atout pour négocier. » Chaque mot qu'il prononçait le blessait comme un coup de poignard. La souffrance faillit lui couper le souffle. « Je suis certain que vous le comprenez. »

Elle se détourna, puis s'en prit à nouveau à lui. « Dans ce cas, pourquoi ne vous les a-t-on pas rendus maintenant que les travaux ont cessé ? »

Toujours la même question. Clare Cox la lui avait aussi posée une demi-heure plus tôt, quand il était allé la voir à Pomfret. Il l'avait trouvée seule, la famille Masood étant — chose incroyable — « partie pour la journée » en excursion au château de Leeds, et elle avait essayé de peindre pour se changer les idées. En tout cas, il y avait des taches de peinture sur la blouse qu'elle portait sur une de ses robes flottantes.

« Pourquoi n'ont-ils pas fait ce qu'ils avaient dit ? » lui avait-elle demandé.

À ce moment-là, il n'avait pas songé au message adressé à Tanya Paine et que Burden avait pu restituer de mémoire, mais il se le répétait à présent : *Contentez-vous de faire cesser le travail le temps que dureront les négociations. Mais nous avons absolument besoin d'une promesse publique, via les médias, avant 9 heures. Faute de quoi, le premier des otages sera abattu et son corps vous sera rendu avant la tombée de la nuit...*

Le temps que dureront les négociations... Mais ils n'avaient reçu aucune offre de négociation, aucune proposition de discussion. Et le message ne disait rien sur la restitution des otages, il parlait uniquement de les tuer si le chantier de la déviation n'était pas suspendu. Il n'indiquait absolument pas ce qu'il fallait faire avant leur retour.

« Nous vous préviendrons dès qu'il y aura du nouveau », assura-t-il à Audrey Barker.

Le téléphone sonna juste à ce moment-là. Elle décrocha le combiné et la voix, à l'autre bout du fil, parut aussitôt la calmer. Son visage retrouva un peu ses couleurs. Elle s'exprimait par monosyllabes, mais sa voix était douce, presque mélodieuse. Lorsqu'il quitta la maison et prit la route de Framhurst, il lui vint à l'idée qu'il en savait moins sur elle et son fils que sur le reste des otages. Sa mère et elle affichaient une certaine réserve, accentuée par leur détresse, qui décourageait les questions.

Qui et où, par exemple, était le père de Ryan ? Y avait-il une autre personne chez Audrey Barker à Croydon ? Mme Peabody était probablement veuve, mais elle n'en avait rien dit. Sa fille avait été hospitalisée pour une opération, mais il ne savait pas si elle était grave ni si la jeune femme était complètement rétablie. À qui avait-elle parlé, devant lui, au téléphone ? Peut-être ces éléments n'avaient-ils pas d'importance. Ils devaient simplement relever de leur vie privée et compte tenu des circonstances, il valait mieux la respecter.

N'avait-il pas lui-même déclaré à son équipe que les antécédents des otages n'étaient sans doute pas d'un grand intérêt pour son enquête ?

La pluie se fit plus drue lorsqu'il pénétra dans cette partie de la campagne maintenant inévitablement associée à la déviation. Ici, un Martien fraîchement débarqué sur la Terre n'aurait rien soupçonné, n'aurait perçu aucune trace de destruction, de pollution, ou de dégradation de l'environnement. Des chemins profonds serpentaient entre de hautes haies et des talus envahis par la végétation, le vent gémissait entre les cimes des hêtres, les forêts sommeillaient tranquillement sous le doux crépitement de la pluie et quelques feuilles encore vertes tombaient en voltigeant.

À Framhurst, une douzaine d'occupants des arbres, assis sur le trottoir, buvaient du Coca-Cola sous le store à rayures du salon de thé. L'un d'eux avait commandé une tasse de thé. Les joyeux compagnons de Robin des bois devaient probablement ressembler à ces gens, se dit Wexford, même s'ils n'étaient pas vêtus de hauts-de-chausses orange et de tuniques vertes à franges comme dans les dessins animés, mais d'une version médiévale du jean et de sortes de tenues brunes comparables à des anoraks. Ils avaient beau être sales et barbus, ils n'en étaient pas moins, curieusement, les représentants de cette partie de la population qui se souciait de nos jours de la préservation de l'Angleterre. Mais pourquoi avaient-ils toujours cette dégaine et n'étaient-ils pas plutôt en costume gris ? Il ralentit à leur hauteur, puis accéléra en direction de Markinch Lane.

Savesbury House, la maison des Struther, était impressionnante. Burden lui avait dit qu'elle tenait à moitié de la caserne et à moitié du fatras architectural, mais Wexford trouva le mélange des styles charmant, typiquement anglais. L'allée s'enfonçait profondément entre des bouquets d'arbres immenses, dont les branches paraissaient toucher le ciel. Puis les pelouses s'élargissaient et les plates-bandes s'exposaient à la vue avec leurs plantes rares aux noms imprononçables. Si l'on se plaçait en bordure de ces pelouses et si l'on écartait le feuillage de ses mains, on pouvait sûrement contempler tout le vaste panorama de Savesbury et de Stringfield et la rivière qui serpentait au-dessous du jardin.

Lorsqu'il descendit de voiture, un chien arriva en contournant la maison à pas feutrés. L'animal s'approcha de lui comme une menace furtive, silencieuse. C'était un berger allemand noir, à poils longs, avec cet air intimidant qu'ont quelquefois les chiens de ce genre, et il retroussait ses babines pour découvrir une double rangée de crocs acérés, d'un blanc étincelant.

Le père de Wexford avait fait partie de ces gens dont on dit qu'ils peuvent « faire tout ce qu'ils veulent avec les chiens ». Lui-même n'avait pas vraiment acquis cet art, mais il possédait un peu du talent de son père, par mimétisme ou par hérédité — ou peut-être, simplement, parce qu'il n'avait pas peur des chiens — et il tendit la main vers l'animal en lui disant bonjour d'un ton décontracté. Il n'avait pas de goût pour les chiens, il n'avait jamais aimé les divers spécimens que Sheila lui avait refilés, à lui et à Dora, pour qu'ils « s'en occupent » durant ses voyages, mais les chiens, eux, l'aimaient et lui faisaient fête. Le berger allemand ne fit pas exception à la règle et il fourra son museau dans la poche de son pardessus au moment où il se pencha vers lui.

La fille au teint pâle du nom de Bibi ouvrit la porte de la maison, une cigarette au bec. Il l'avait déjà vue plus tôt, mais seulement de loin, comme Andrew Struther, lorsqu'ils étaient venus ensemble trouver Burden au commissariat de police. Son visage, que Burden et Karen Malahyde avaient simplement trouvé joli, lui fit penser à un personnage de bande dessinée dont les traits expriment à la fois la beauté et la malveillance, comme la Reine des neiges ou Cruella De Vil. Ses cheveux roux étaient d'une couleur singulière, plus proche du cramoisi que de l'acajou, et il ne les croyait pas teints.

Elle empoigna le chien par son collier et lui gazouilla à l'oreille : « Là, Manfred, là... Viens voir ta maman, mon cœur », comme si Wexford lui avait planté des épingles dans la peau.

Burden lui avait décrit Savesbury House comme une maison magnifiquement meublée et d'une propreté « impeccable ». Mais deux jours aux bons soins de Struther et de Bibi avaient changé tout cela. Un plat de Pal, ou d'une autre pâtée pour chien, trônait au milieu du vestibule à côté d'un bol rempli d'eau. Manfred avait rongé des os entre les repas, et Wexford faillit trébucher sur un fémur à l'entrée du salon. À l'intérieur de la pièce, des tasses et des verres jonchaient les tables et les étagères et une assiette, contenant un sandwich à moitié mangé, traînait sur le siège d'un fauteuil. Plusieurs gros cendriers étaient remplis à ras bord. L'atmosphère était étouffante et la pièce empestait la cigarette et les vieux os à moelle.

Andrew Struther, qui entrait à ce moment-là, manqua aussi de tomber sur le fémur. Avant même d'adresser la parole à Wexford, il dit à la fille avec humeur : « Tu ne peux pas mettre ce fichu Manfred au chenil ? Tu avais promis de le faire. Tu m'avais donné ta parole quand j'ai accepté de l'avoir ici *pour deux jours seulement*. Tu te souviens ? »

Il tourna vers Wexford un visage morne et renfrogné, mais qui n'en était pas moins beau, un superbe visage taillé dans le marbre et légèrement hâlé, d'une teinte à peine plus foncée que ses cheveux paille. Aujourd'hui, son amie et lui étaient vêtus de vert et de marron comme les occupants des arbres, mais avec une grande élégance — des lutins qui vont s'habiller chez Ralph Lauren. Ses parents, se dit Wexford, étaient de loin les plus riches des otages. Dora, à côté d'eux, devait avoir l'air pauvre, et les autres carrément indigents.

« Inspecteur principal Wexford, vous avez dit ?

— C'est exact. Je pense que vous connaissez déjà la condition imposée par les ravisseurs. » Il se rappela l'explication qui lui était venue à l'esprit chez Mme Peabody. « Ces gens du Globe sacré — du moins, c'est le nom qu'ils se donnent — ne se sont pas engagés à libérer les otages après la suspension des travaux sur le chantier de la déviation. Ils ont simplement dit qu'ils négocieraient, mais jusqu'à présent, toutefois, ils n'en ont rien fait.

— Pourquoi dites-vous ça ? demanda la fille d'un ton irrité. “Du moins, c'est le nom qu'ils se donnent” — pourquoi ce mépris ? »

Wexford répliqua d'un ton ferme : « Les gens qui commettent de tels actes ne méritent pas le respect, ne pensez-vous pas ? »

Bibi ne répondit pas, mais Struther lui cracha au

visage : « J'espère que tu ne vas pas te mettre à faire du *sentiment* pour cette bande de salauds qui ont enlevé ma mère et mon père. »

Le teint blanc de la fille vira au rouge vif. Quant à Struther, Wexford avait rarement vu quelqu'un passer aussi rapidement du calme à la fureur. Il fit un pas vers sa petite amie et pendant un moment, l'inspecteur crut qu'il allait devoir intervenir, mais Bibi ne recula pas, posa ses mains sur ses hanches et le regarda droit dans les yeux avec insolence.

« Oh, et puis à quoi bon ? hurla Struther. Mais je veux que ton chien soit parti demain matin au plus tard, compris ? Et que la maison soit rangée. Ma mère va bientôt rentrer — tu saisis ? Elle ne va pas tarder à revenir. N'est-ce pas vrai, monsieur l'inspecteur ?

— Je l'espère de tout mon cœur. » Wexford se rappela la consigne qu'il s'était donnée de ne pas s'intéresser à la vie privée des familles des otages, mais il l'enfreignit à nouveau. « Quelle est la profession de votre père, monsieur Struther ?

— Boursier, répondit sèchement Andrew Struther. Pareil pour moi », ajouta-t-il.

Manfred, dans le vestibule, mordillait un pied de chaise. Wexford ne savait pas s'il l'avait confondu avec un os ou s'il nourrissait un goût particulier pour les copies de Chippendale, mais il n'allait sûrement pas enquêter sur la question. Il monta dans sa voiture et descendit lentement l'allée entre les arbres. La pluie avait cessé durant sa visite à Savesbury House et un pâle soleil voilé pointait dans le carré de ciel bleu qui s'ouvrait parmi les nuages. Son thermomètre de voiture lui apprit que la température extérieure était de treize degrés Celsius, soit cinquante-six degrés Fahrenheit, ce qui n'était pas brillant pour cette époque de l'année.

Cinq minutes plus tard, il était arrivé dans la rue du village de Framhurst. La plupart des occupants des arbres avaient quitté le salon de thé, mais un couple s'attardait encore en terrasse. Le propriétaire du lieu avait remonté le store et rajouté avec optimisme des tables et des chaises sur le trottoir. Assis côte à côte, devant une unique tasse de thé posée entre eux sur la table, se trouvaient un homme à la barbe la plus longue que Wexford avait jamais vue, blonde et pareille à un écheveau de soie à broder, et une fille dépenaillée vêtue d'une tenue comparable à celles de Clare Cox, une robe de coton sale et un foulard à pois noué autour de la taille.

S'il les vit si nettement et s'il put les observer à loisir, c'était parce que le salon de thé se trouvait à l'angle des routes de Sewingbury et de Myfleet et qu'il se vantait de jouir des seuls feux de signalisation de Framhurst. Le feu venait de passer au rouge. Assis dans sa voiture, il avait déjà identifié l'homme (d'après la description de Burden) comme étant Gary et la femme Quilla, quand soudain, celle-ci se leva d'un bond, se précipita sur la chaussée et vint se planter en face de lui au beau milieu de la route. Wexford haussa les épaules et baissa la vitre de sa portière.

« Que voulez-vous ? »

Elle parut déconcertée qu'il n'ait pas réagi par la colère et elle hésita, les deux mains levées à hauteur de son visage. Il n'y avait pas de circulation et aucune voiture ne venait en sens inverse. Elle s'approcha de la vitre de sa portière.

« Vous êtes policier, n'est-ce pas ? »

Il hocha la tête.

« Pas un de ceux qui sont venus nous parler au campement ?

— Inspecteur principal Wexford », précisa-t-il.

Elle sembla choquée ou déroutée, en tout cas visiblement secouée. Peut-être n'était-ce qu'à cause de son grade, plus élevé qu'elle ne l'aurait cru.

« Je peux vous dire un mot ? »

Il fit oui de la tête. « Je vais garer ma voiture. »

Il y avait une place à l'angle de la route de Myfleet. Il gagna la table à laquelle elle était revenue s'asseoir en compagnie de l'homme barbu. « Vous vous appelez Quilla, dit-il, et vous êtes Gary. Que diriez-vous d'une tasse de thé ? »

Le fait qu'il connaisse leur identité parut les stupéfier et une sorte de crainte superstitieuse se peignit sur leurs visages, comme si leurs noms faisaient l'objet d'un tabou et qu'il l'avait violé. Il leur expliqua, c'était simple. Gary sourit avec embarras. On pouvait attendre jusqu'à la saint-glinglin, ironisa Wexford, si l'on voulait que quelqu'un vienne vous servir ici. Il entra dans le salon de thé et, peu après, une fille d'une quinzaine d'années vint prendre leur commande.

« Je boirais bien un truc pour me réchauffer, dit Quilla. On a toujours froid quand on vit en plein air. On finit par s'y habituer, mais c'est toujours agréable d'avaler une boisson chaude.

— Vous voulez manger quelque chose ?

— Non, merci. On a grignoté des frites tout à l'heure, avec les autres. C'est à ce moment-là qu'on vous a vu passer et que le roi a dit que vous étiez policier.

— Le roi ?

— Conrad Tarling. Il connaît tout le monde — enfin... surtout de vue. Les autres sont rentrés au campement, mais je leur ai dit que j'allais attendre pour voir si vous reveniez et Gary est resté avec moi.

— Vous avez quelque chose à me dire ? »

On apporta une théière, trois tasses et des soucoupes, des sachets d'édulcorant de synthèse et des petits récipients en plastique, remplis d'un liquide qui ressemblait à du lait, mais n'était jamais sorti des pis d'une vache. Wexford trouvait que c'était une honte de servir pareille chose en pleine campagne et il en fit la remarque.

« C'est à prendre ou à laisser, répondit la serveuse. C'est tout ce qu'il y a.

— Nous luttons aussi contre ces machins-là, intervint Gary. Nous sommes contre tout ce qui n'est pas naturel, tout ce qui est synthétique, polluant ou frelaté. Nous avons consacré nos vies à ce combat. »

Au lieu de leur dire qu'il était extrêmement difficile dans la vie moderne de distinguer le naturel de l'artificiel, si tant est que le naturel existât encore, Wexford leur demanda depuis combien de temps ils étaient des protestataires professionnels.

« Douze ans, répondit Gary. À l'époque, Quilla avait quinze ans et moi seize. En principe, je suis ouvrier dans le bâtiment, mais nous n'avons jamais eu d'emploi — enfin, de boulots payés. Alors, on fait des travaux assez durs pour s'en sortir.

— Mais comment faites-vous ?

— On ne touche pas d'allocations. Ce ne serait pas juste de nous faire entretenir par le gouvernement et les contribuables alors que nous sommes opposés à tout leur système de pensée et à leur mode de vie.

— Je n'en suis pas certain, dit Wexford, mais c'est un point de vue original.

— Nous avons des besoins modestes. Nous n'utilisons pas souvent les transports et nous faisons nous-mêmes notre toit, au-dessus de nos têtes. Nous vivons en nomades et nous donnons un coup de main, de temps en temps, dans les fermes. Quelquefois, je fais des travaux de construction ou bien je coupe de l'herbe, et Quilla vend des poupées de paille et des bijoux qu'elle fabrique de ses mains.

— C'est une vie difficile.

— La seule possible pour nous, répondit Quilla. J'ai entendu raconter... enfin, je ne sais pas comment dire...

— Quoi donc ? Que nous recherchions des suspects ?

— Je l'ai appris par Freya. La femme que les huissiers ont failli laisser tomber d'un arbre, hier matin. Elle m'a dit que vous cherchiez un terroriste. »

Wexford achevait son thé. L'arrière-goût de lait

au soja le rendait totalement infect. « C'est une façon de parler.

— Et ce type, qu'aurait-il fait ?

— Je ne peux pas vous le dire.

— O.K. Mais si c'est quelqu'un qui se fiche pas mal de la vie humaine et qui ferait n'importe quoi, des choses abominables, pour sauver un scarabée ou une souris, je connais un garçon de ce genre. Brendan Royall, il s'appelle. Brendan Royall. »

11

C'était le seul nom qui leur avait été communiqué à deux reprises, par deux sources totalement différentes. Brendan Royall était l'ancien élève de Jenny Burden, le garçon qui n'avait « jamais eu l'air de se soucier beaucoup des droits des hommes », mais avait commis onze infractions en volant des animaux pour les libérer.

Pour Quilla — son nom de famille était Rice, Wexford le découvrit alors —, Brendan Royall était l'ennemi, l'activiste qui non seulement desservait la cause qu'ils défendaient, mais commettait des actes qui allaient à l'encontre de tout ce qu'elle représentait. Ce devait être l'indignation qu'elle avait éprouvée lors de l'affaire mentionnée par Jenny, pensa-t-il, qui l'avait poussée à lui parler.

« Ils sont morts, tous ces animaux qu'il a *libérés*. Les oiseaux ne savaient pas voler et il ignorait comment les nourrir. Il transportait les bêtes sur l'autoroute, à l'arrière d'un camping-car, et à un moment donné, il s'arrangeait pour ouvrir les portes arrière en plein trajet. C'était un vrai carnage, c'était abominable. Je crois que ça lui était égal. Il disait qu'il le faisait pour le principe.

— Je suis étonné qu'il ne soit pas là, dit Gary.

J'étais persuadé qu'il allait se pointer dès notre arrivée, à la construction du premier campement. C'est tout à fait son truc, vous savez, ce genre de choses. »

Quilla hocha vigoureusement la tête. « Ce qui le gêne, ce n'est pas trop que la campagne soit défigurée, mais la disparition des insectes et tout ça : la vanesse à ailes fauves et la *Psychoglypha citreola.* Il tuerait des centaines de gens pour sauver un seul insecte. Une fois, je l'ai entendu dire que les hommes ne servaient à rien, qu'ils n'étaient que des parasites. »

Wexford leur offrit de les raccompagner en voiture. D'abord ils refusèrent, arguant qu'ils pouvaient marcher, qu'ils ne voulaient pas lui devoir quoi que ce soit. Mais la pluie se remit à tomber et Wexford insista, disant que ce serait dommage de refuser, puisqu'ils allaient dans la même direction. Quilla avoua qu'elle ne savait pas où était maintenant Brendan Royall. Il aurait dû être là, occupé à organiser une sorte de manif le long de la Brede, et elle ne comprenait pas pourquoi il n'était pas venu. La dernière fois que Gary avait entendu parler de lui, il était à Nottingham, mais Quilla déclara qu'elle l'avait aperçu un peu plus tard, dans le Suffolk, en train de militer pour la percée d'un tunnel pour la protection des belettes, sous la A134. Le problème, c'était qu'il n'habitait, comme eux, jamais au même endroit.

« Ses parents vivent quelque part dans la région, dit Quilla. Je crois qu'il a dû aller à l'école ici.

— C'est vrai, renchérit Gary. Je ne sais pas si ses parents habitent dans le secteur, mais il m'a dit que son grand-père avait une grande maison, près de Forby, et qu'il aurait dû en hériter, mais que son père l'en avait dépouillé.

— Enfin, c'est ce qu'*il* disait.

— Il voulait transformer la propriété en réserve pour les animaux importés illégalement en Angleterre. C'est un très grand domaine, avec beaucoup de terrain. Mais c'est son père qui l'a eu et il l'a vendu. Il a donné une partie de l'argent à Brendan, mais ça ne lui a pas suffi. Il voulait avoir la maison, ou la totalité de l'argent pour le consacrer à sa cause. »

Il était près de 18 heures lorsque Wexford rentra au commissariat. Personne n'avait eu d'autres nouvelles du Globe sacré. On l'aurait appelé sur son portable si ç'avait été le cas, mais il espérait quand même...

« Ce Brendan Royall est le suspect le plus tangible que nous ayons jusqu'alors, déclara-t-il à Burden. Il correspond exactement au genre de type que nous recherchons, obsédé par ce qu'ils appellent tous la Nature avec un grand N, et méprisant totalement la vie humaine. » Son visage se crispa à ces derniers mots, mais Burden fit semblant de ne pas s'en apercevoir. « Gary Wilson dit qu'il ne comprend pas pourquoi il n'est pas venu manifester ici, avec eux, mais à moi, cela me paraît clair. Du moins, je l'espère.

— Vous voulez dire qu'il fait partie du Globe sacré ? Qu'il n'est pas dans un des camps parce qu'il est ailleurs, à garder les otages ?

— Pourquoi pas ? Il faut que toute l'équipe laisse tomber les autres pistes pour retrouver la trace de Brendan Royall. Quelqu'un — vous, si vous voulez — ira demander à Jenny si elle se rappelle l'adresse des parents de Royall. Elle l'a eu pour élève il y a seulement six ans, il doit avoir tout au plus vingt-trois ans. Et puis il faut rechercher la maison qui appartenait à son grand-père. Il doit bien y avoir des gens, à Forby, qui savent où elle se trouve. Ça ne devrait pas être difficile. Faites venir toute l'équipe ici, Mike, et transmettez-lui ces instructions. »

La troisième réunion de la journée eut lieu à 18 h 30. Tout le monde était rentré au commissariat, après des investigations qui s'étaient révélées largement infructueuses. Karen Malahyde s'était rendue dans une HLM de Guildford, où elle était tombée sur une vieille femme fatiguée qui lui avait donné l'adresse de sa fille en disant qu'elle ne voulait plus jamais la revoir. Finalement, elle avait trouvé Frenchie Collins malade et alitée dans une chambre crasseuse de Brighton. Elle était partie en Afrique, y avait contracté une infection quelconque et était encore loin d'être rétablie. Karen ne voyait aucune raison de mettre ses paroles en doute, y compris quand elle affirmait avoir perdu vingt-cinq kilos.

De son côté, Barry Vine s'était entretenu avec des membres de Kabal, et l'inspecteur-chef Cook et son adjoint étaient allés trouver le collectif du Cœur de la Forêt. Le chef du groupe, une jeune femme qui n'avait pas froid aux yeux, avait demandé à Burton Lowry s'il faisait quelque chose ce soir-là. Lowry lui avait rétorqué froidement qu'il cherchait des preneurs d'otages, ce à quoi elle avait répondu, avec un long regard éloquent : « Disons, peut-être à une autre fois. » Personne ne jugea utile de raconter cela à Wexford. Celui-ci leur parla de Brendan Royall, de ses onze infractions, des parents du jeune homme et de la maison de son grand-père.

« Dressez votre plan de bataille comme vous l'entendez. Pendant ce temps, j'irai discuter à nouveau avec Mme Burden. Inutile de vous dire que nous n'avons pas reçu d'autres nouvelles du Globe sacré.

« Une dernière chose. Commencez votre enquête dès ce soir. Mais n'y passez pas trop de temps. L'important est de préparer le terrain pour la journée de demain. Nous sommes tous sous pression et nous avons besoin de sommeil. Je n'ai pas besoin d'ajouter que tous les congés sont suspendus et que nous nous retrouverons ici demain matin, à la première heure. Donc, essayez de dormir un peu. C'est tout pour aujourd'hui. »

Il croisa un instant le regard bleu-vert de Nicky Weaver. Il lui sembla, peut-être à tort, rempli de compassion. Elle lui plaisait. Pourtant, elle n'était pas son genre, elle n'avait rien à voir avec les filles douces, jeunes et jolies qui l'attiraient d'habitude, et cela le mettait encore plus mal à l'aise. Pourquoi fallait-il qu'il éprouve ce sentiment maintenant, qui l'obligeait à se sentir coupable et bourrelé de remords, alors qu'en réalité, il ne souhaitait qu'une chose au monde : le retour de Dora. Pourtant, il n'arrivait pas à se soustraire à l'impression effroyable qu'il serait merveilleux de ramener Nicky à la maison avec lui. Ils boiraient un verre ensemble, elle l'écouterait parler, il lui prendrait la main — et après ?

Quelqu'un lui avait dit qu'elle adorait son mari, un homme qui l'avait harcelée pour qu'elle cesse de travailler quand les enfants étaient petits et, depuis, s'était vengé de son refus en s'obstinant à ne pas lever le petit doigt. Quand elle rentrait tard le soir, elle était obligée de les faire garder, car Weaver, qui ne répugnait généralement pas à passer ses soirées chez lui, s'y refusait catégoriquement s'il devait s'occuper de ses propres enfants. Mais Nicky ne tolérait pas que l'on dise quoi que ce soit contre ce type...

« Réveillez-vous, dit Burden. Vous vous rappelez ? Vous devez venir dîner chez moi pour faire à nouveau appel aux lumières de Jenny.

— Je sais. J'arrive.

— Brendan Royall ou pas, je suis convaincu que Trotter est mêlé d'une manière ou d'une autre à cette affaire. Je lui ai encore parlé ce matin avec Vine, dans cette porcherie où il habite. Je sais qu'il a assassiné cette fille, Ulrike Ranke, et d'après moi, il est devenu tueur à gages. Vous voyez ? Il tue une première fois, puis il s'habitue à l'idée, alors il recommence, mais cette fois-ci pour de l'argent.

— Trotter n'a pas tué cette fille, Mike.

— J'aimerais en être aussi sûr que vous.

— Oh, que non. Vous n'en avez aucune envie. Ce que vous voudriez, c'est que je prenne au sérieux toutes ces inepties au sujet de Trotter et de la fille, mais vous savez fichtrement bien que je ne le ferai pas. Et puis, qu'est-ce qu'un tueur à gages viendrait faire dans tout ça ? Personne n'a encore été tué. »

Wexford se rendait compte que Burden l'observait avec attention, presque avec tendresse. « Ne me regardez pas comme ça ! Je le répète, personne n'a encore été tué, et si quelqu'un meurt, ce ne sera pas Trotter le coupable. Ce type est exactement comme les autres employés de Voitures contemporaines, un idiot qui en sait autant sur la gestion d'une entreprise que moi sur la *Psychoglypha citreola,* et aussi peu sur l'environnement que ma petite-fille Amulette. Alors, oubliez-le, je vous en prie. Arrêtez de perdre votre temps avec lui. Nous avons autre chose à faire. »

Quand ils arrivèrent, Jenny l'étreignit et l'embrassa avec douceur. Il faut que votre épouse se fasse enlever pour que les femmes soient vraiment gentilles avec vous, se dit-il avec une ironie désabusée. Il s'assit dans le salon des Burden et laissa Mark lui lire un conte. Jamais jusqu'à ce jour un petit garçon de cinq ans ne lui avait raconté une histoire. La vie était pleine de nouvelles expériences.

Le conte, qui s'appelait *Le Vent dans les saules,* était une sorte de fable à l'ancienne, mais n'en était pas pire pour autant. Lorsqu'il eut terminé, Mark dit très poliment : « J'espère que ça ne vous fait rien, monsieur Wexford, mais Blaireau me fait penser à vous. »

Cela ne lui faisait rien. Mike lui apporta un whisky bien tassé et il l'accepta, parce qu'il avait été précédé d'une offre de le raccompagner chez lui.

Ils mangèrent de la mousse de saumon, un poulet en cocotte et un crumble aux mûres et aux pommes. Le menu avait sans doute été conçu spécialement pour lui, il doutait que Burden mangeât aussi bien tous les soirs. Jenny lui livra tous les souvenirs qu'elle avait pu garder de Brendan Royall, chaque parole qu'il lui avait adressée, tous les principes et les théories sur la vie qu'il avait exprimés devant elle. De plus, elle se rappelait l'avoir entendu parler de la maison de son grand-père en proférant, sur l'héritage dont on l'aurait escroqué, un discours paranoïaque assorti de vagues menaces de vengeance — elle-même, en tant que professeur, avait tenté de le dissuader de les mettre à exécution.

« Je me souviens que les Royall habitaient quelque part au nord de Stowerton, à la sortie de la ville. Une petite exploitation ou une... Je crois bien que c'était une sorte de réserve naturelle. Enfin, assez petite.

— Qui, bientôt, aura une jolie vue sur la bretelle d'accès à la déviation.

— Je crois qu'ils sont partis après la vente de la maison du grand-père. Brendan disait qu'il rendrait à son père la monnaie de sa pièce et il se faisait fort de pouvoir obtenir la moitié du produit de la vente. Il voulait arrêter ses études dès qu'il aurait touché l'argent.

— Quand il était à l'école, il se souciait particulièrement de la défense des animaux ?

— Pas que je sache, Reg. Mais en cours de biologie, on ne pratiquait pas la vivisection.

— Très bien. Je me renseignerai là-dessus. Je me posais la question, parce que vous aviez dit que ses parents avaient une réserve naturelle.

— Franchement, je ne me souviens pas. D'ailleurs, je crois qu'il s'agissait plutôt d'un... comment dit-on ? D'un zoo pour animaux familiers ? Il y avait des lapins, un poney et deux ou trois chèvres. »

Wexford sourit. « A-t-il reçu de l'argent de la vente de la maison de son grand-père ?

— Je ne sais pas. Mais il a bien quitté l'école à dix-sept ans. »

Wexford téléphona à Nicky pour lui communiquer ces nouvelles informations, que, pour la plupart, elle avait déjà rassemblées de son côté. Le grand-père avait vécu sur un grand pied dans une maison proche de Forby qui s'appelait Marrowgrave Hall, et la réserve naturelle, ou le zoo pour animaux familiers, avait été transformée en une sorte de parc à thème.

« Ne travaillez pas trop tard, Nicky, recommanda Wexford. Rappelez-vous ce que j'ai dit au sujet du sommeil.

— Je sais. Je vais rentrer. Mes enfants sont seuls à la maison ou, si je tarde trop, ils le seront dans dix minutes.

— Vous feriez bien de songer à dormir, vous aussi, Reg, conseilla Burden, qui avait surpris la fin de la conversation. Il est presque 22 heures. Je vais vous raccompagner dans votre voiture et Jenny nous suivra pour me ramener à la maison.

— J'ai tant bu que ça ?

— Je n'ai pas trop compté. Mais si vous tenez à le savoir, vous avez pris deux doubles whiskies et trois verres de bourgogne.

— Alors, raccompagnez-moi, Mike. Et merci. »

Il aurait dû se sentir un peu gris, mais il était, au contraire, parfaitement lucide. Il entra dans sa maison, ferma la porte derrière lui et resta un moment dans le noir, pour prendre conscience du silence, du vide. Sylvia était partie et Sheila aussi. Il était seul, maintenant. Il alla au salon, s'assit dans un fauteuil et demeura immobile dans l'obscurité.

Les membres — ou quel que soit le nom qu'ils se donnaient — du Globe sacré allaient écoper d'un grand nombre d'années de prison pour enlèvement, menaces, séquestration, privation de liberté... il ne se rappelait plus très bien l'énoncé du chef d'inculpation. Ils ne récolteraient pas beaucoup plus s'ils tuaient aussi les otages. D'un autre côté, s'ils les assassinaient, il n'y aurait plus de témoins pour décrire leurs ravisseurs.

Il songea à Roxane Masood, la claustrophobe, aux questions d'Audrey Barker et au couple qui était sur le point de partir en vacances à Florence. Mais il n'arrivait pas à penser à Dora, pas maintenant, il aurait crié de désespoir s'il s'était laissé aller à le faire.

Pourquoi dort-on toujours la nuit ? Quand vient l'heure du coucher, même s'ils ne sont pas fatigués, la plupart des gens le font. Pourquoi ne dort-on pas dans des fauteuils ou ne varie-t-on pas l'heure du coucher, au lieu de se dire : tiens, c'est l'heure de se mettre au lit pour s'abandonner aux bras de Morphée ? Parce que la vie a besoin de routine, d'un cadre auquel se raccrocher. La routine protège de la folie, elle nous donne des choses à faire à intervalles réguliers, des endroits précis où aller, des choses concrètes à réaliser. Si on l'abandonne, la raison s'en va avec elle.

Il monta à l'étage. Il enfila son pyjama, passa son peignoir de velours cramoisi et s'allongea sur les couvertures. Le livre sur la guerre civile reposait sur sa table de chevet. Il eut soudain envie de le ramasser et de le jeter à travers la vitre fermée. Il prendrait un plaisir étrange et éphémère à entendre le bruit du verre brisé. Oui, mais seulement, le livre appartenait à Jenny.

Jenny... Son récit sur Brendan Royall coïncidait avec celui de Gary Wilson. Cela ne voulait pas dire que Royall était forcément mêlé aux agissements du Globe sacré. Gary et Quilla pouvaient eux-mêmes y être impliqués et lui avoir parlé de Royall pour faire diversion. Supposons que le Globe sacré constitue un groupe isolé et ne compte pas de membres extérieurs. On avait jusqu'alors estimé que les activistes militant dans d'autres domaines secondaires connaissaient son existence ou avaient même des rapports avec lui, mais ce n'était pas obligé. Ce pouvait être un groupe de gens militant individuellement contre la dégradation de l'environnement et qui s'étaient associés sur une décision spontanée. Ils partageaient la même colère, et un mot lancé par l'un d'eux avait servi de catalyseur.

Mais non. Les gens qui respectaient la loi ne se

conduisaient pas comme ça. Et les amateurs auraient besoin d'une personne, voire de plusieurs, pour organiser cette forme de contestation violente. Mais ce groupe pouvait être aussi un mélange d'amateurs passionnés et de professionnels sans pitié, ce qui le ramena à son point de départ : un de ces types perchés dans les arbres, ou un membre de Kabal ou de Species, ou de n'importe quelle organisation représentée à Kingsmarkham pour lutter contre la déviation, devait savoir quelque chose, détenir une indication, ou bien avoir un lien, même mince, avec le Globe sacré.

Pourquoi ce dernier ne leur avait-il pas adressé un nouveau message ? Pourquoi ce silence, depuis maintenant plus de vingt-quatre heures ?

Ils avaient envoyé une lettre. Par deux fois, ils s'étaient manifestés par téléphone. Hormis les méthodes qui leur étaient à l'évidence interdites parce qu'elles permettaient de les identifier facilement, quels moyens de communication leur restait-il ?

Le contact personnel, en face à face. La dernière fois, ils avaient parlé de négociations et maintenant, pensa-t-il, ils allaient envoyer un porte-parole. La prochaine fois, le message leur serait transmis de vive voix. Mais quoi, par quelqu'un qui se baladerait dans la rue avec un T-shirt du Globe sacré ? Qui porterait un drapeau blanc en signe de trêve ? Toute personne qui leur serait envoyée risquait d'être aussitôt arrêtée et pourtant...

Il devait cesser de penser à tout cela. Il fallait qu'il dorme. Et tourner ces choses dans sa tête était le pire moyen d'y arriver. Il valait mieux tenter une de ces méthodes éprouvées qui équivalaient toutes à compter les moutons. Il ôta son peignoir, se retourna sur son lit et commença à se répéter tous les noms des maisons dans les romans de Jane Austen : Pemberley, Norland, Netherfield Hall, Donwell Abbey, Mansfield Park...

Ce fut en essayant de trouver comment s'appelait

la maison de lady Catherine de Burgh qu'il s'assoupit enfin. L'alcool, et tout bonnement l'épuisement, avaient eu raison de lui. Mais, alors même qu'il glissait dans le sommeil, il sut que celui-ci ne durerait pas longtemps.

La lune qui s'était cachée la nuit précédente s'éleva entre les fins nuages, dans une mer d'obscurité limpide. C'était une lune blanche et pleine, tirant sur le vert avec des reflets irisés, qui renvoyait une lumière froide et étincelante. Wexford attribua son réveil au clair de lune, qui s'était insinué dans la pièce par l'espace laissé entre les rideaux à demi fermés. Pareil à un bras blanc, un rayon de lune s'étalait en travers de son cou et de son visage.

Il se leva et tira les rideaux jusqu'à ce qu'ils se joignent. S'il avait pris cette précaution avant d'aller se coucher, il ne se serait probablement pas réveillé. Il venait de dormir une heure et il ne retrouverait sans doute pas le sommeil. Il jeta un regard circulaire à travers la pièce dans la lumière gris clair et nacrée. Chaque chose, autour de lui, lui rappelait Dora. Les brosses à cheveux et le flacon de parfum sur la coiffeuse, l'écharpe suspendue au dossier d'une chaise et sur la table de nuit de sa femme, une boîte de mouchoirs en papier et sa deuxième montre, celle qu'elle ne portait pas en ce moment. Tout à l'heure, en fermant la porte du placard, il avait coincé par mégarde le tissu d'une jupe. L'étoffe pâle, soyeuse, dépassait de quelques centimètres et brillait dans la semi-obscurité. Il ouvrit la porte, poussa la jupe à l'intérieur, déplaça un cintre sur la tringle, sentit le parfum de sa femme et ferma à nouveau la porte.

Il avait regagné son lit lorsqu'il entendit le bruit. Il sut tout de suite qu'il l'avait entendu plus tôt, une minute auparavant, et que c'était cela qui l'avait réveillé et non le clair de lune.

Il se redressa, écouta. Le bruit recommença : un crissement, puis d'autres encore, des pas sur le gravier de l'allée. Il sortit de son lit et attrapa les vêtements qu'il avait enlevés, juste son pantalon et ses chaussettes. Un pull à col roulé était posé sur une chaise. Il l'enfila, gagna doucement la porte de sa chambre et l'ouvrit sans un bruit. Un autre son, différent du premier, montait du rez-de-chaussée, un déclic, un bruit de vis, suivi d'un déclenchement. Quelqu'un essayait d'ouvrir la porte de derrière.

Elle était verrouillée de l'intérieur. Pour qui le prenaient-ils, pour un policier qui laisse sa porte de derrière ouverte pendant la nuit ? C'était le Globe sacré, il en était sûr. Comme il l'avait prévu, ils lui avaient envoyé un porte-parole, chez lui, au milieu de la nuit. L'horloge à affichage numérique, du côté de Dora, indiquait 00 h 52.

La lumière de la lune n'avait pas traversé les épais rideaux de la fenêtre du palier, qui était plongé dans le noir. Au bout de quelques secondes, ses yeux s'habituèrent à la pénombre. Il distinguait maintenant l'encadrement des fenêtres et le pâle rayon de lune qui éclairait l'entrée au-dessus de la rampe. Sous la fenêtre du palier, sur le côté de la maison, s'éleva encore un bruit de pas, puis un autre. Ils avaient essayé la porte de derrière et ils revenaient vers le devant. Tap, tap. Les pas étaient assez légers, mais pourtant sonores. Manifestement, les gens qui essayaient de pénétrer dans la maison se souciaient peu d'être discrets. Quelles que soient leurs intentions, ils n'avaient pas peur de lui.

Comment allaient-ils annoncer leur présence ? En sonnant à la porte, probablement. Mais pourquoi avaient-ils d'abord tenté d'entrer par la porte de derrière ? Il comprit tout à coup. *Ils avaient les clefs de Dora.*

Ils avaient la clef de la porte de derrière et celle de la porte de devant, et pour une raison inconnue ils avaient d'abord essayé la première, mais ils avaient renoncé à cause du verrou.

Maintenant, ils approchaient de la porte d'entrée.

Il ne voulait pas qu'ils le voient tout de suite. Il se glissa dans la chambre qui donnait au-dessus de l'entrée et regarda par la fenêtre, mais le porche qui surplombait le perron lui bloqua la vue. En reculant à pas feutrés, il entendit une clef tourner dans la serrure au-dessous de lui. La porte s'ouvrit et quelqu'un pénétra dans la maison. On ferma la porte avec douceur, presque à la dérobée.

Il ne s'était pas du tout attendu à ce que l'intrus allume. Il entendit le déclic d'un commutateur sans comprendre, puis la lumière jaillit à flots et ruissela jusqu'au palier. Il sortit de la chambre et se tint au sommet des marches, prêt à l'affrontement.

Dora se tenait dans l'entrée, la tête levée.

12

Il la prit dans ses bras. Il craignait de relâcher son étreinte, de peur qu'elle ne disparaisse à nouveau. Ce n'était visiblement pas un rêve, parce que Dora faisait bien son âge. Elle eut un faible rire lorsqu'il lui dit que dans ses rêves ils étaient toujours jeunes, mais son rire se brisa par à-coups et elle se mit à pleurer. Il la serra contre lui et pressa son visage humide contre sa joue.

« Que puis-je faire pour toi ? Qu'est-ce qui te ferait plaisir ? Veux-tu que je te porte en haut dans mes bras ? J'y arrivais bien autrefois. Tu veux que j'essaye ?

— Comme Rhett Butler, dit-elle à travers ses larmes. Oh, Reg, ne fais pas l'imbécile.

— Je suis idiot. Je sais. Oh, mon Dieu, que je suis heureux ! »

Elle lui dit avec ironie, mais sur un ton où vibrait l'émotion : « Je ne peux pas dire, non plus, que j'aie vraiment le cafard.

— Je vais te servir un verre, dit-il, bien tassé. As-tu mangé correctement ? Je ne te poserai aucune question sur ce qui est arrivé. Non, pas ce soir. Demain, toute la police du Mid-Sussex voudra t'interroger, mais pour l'instant tu dois te reposer. »

Elle s'écarta un peu de lui, le regarda droit dans les yeux. « Pourquoi n'étais-tu pas couché, Reg ? Qu'est-ce qui s'est passé ?

— Je croyais que tu étais un porte-parole du Globe sacré. Je n'allais pas le recevoir dans cette robe de cardinal.

— C'est le nom qu'ils se sont donné ? Je suppose que j'en suis un, en quelque sorte, dit-elle, mais pas ce qu'on appellerait un porte-parole officiel. Je ne sais pas pourquoi ils m'ont libérée. Aucun d'eux n'en a soufflé mot. Ils m'ont juste remis cette immonde cagoule sur la tête avant de me reconduire ici.

— Ne te force pas à en parler pour l'instant. Mon Dieu, personne n'a jamais été aussi heureux de voir quelqu'un depuis le commencement du monde... De quoi as-tu envie ? Dis-moi.

— Eh bien, avant tout, j'aimerais prendre un bain. Je n'ai pas vraiment eu les moyens de faire beaucoup de toilette, ces jours-ci. Et que dans la baignoire tu m'apportes un grand gin tonic. Après ça, je crois que j'aurai très envie de dormir. »

Quand il revint, le verre à la main, il trouva tous ses vêtements en tas sur le sol de la chambre. C'est bien la première fois qu'elle fait une chose pareille, se dit-il. Souriant pour lui-même, puis avec un franc rire de bonheur, il ramassa chacun de ses habits et les jeta dans un grand sac en plastique stérile.

À 6 h 30, il était encore bien trop tôt pour téléphoner au chef constable, mais Wexford l'appela quand même.

Montague Ryder semblait être debout depuis des heures et avoir déjà fait deux fois le tour du terrain communal de Myringham. « Je n'ai pas besoin de vous dire, n'est-ce pas, que nous allons soumettre votre épouse à un interrogatoire détaillé et qu'elle devra nous raconter tout ce qu'elle sait. L'entretien sera enregistré et il faudra probablement en faire un second, avec un intervalle de temps entre les deux, pour être sûr de n'avoir rien oublié.

— Je le sais, monsieur, et elle aussi.

— Très bien. Il est important d'agir vite et le plus tôt sera le mieux. Mais ne la réveillez pas, Reg. Laissez-la dormir jusqu'à 9 heures, si elle le peut. »

Elle dormait encore à poings fermés lorsqu'il s'était glissé hors de la chambre pour aller passer son coup de fil. Lui-même avait eu un sommeil bref et agité, en se réveillant constamment pour voir si c'était bien vrai, si elle était réellement rentrée et se trouvait bien là, au lit, à côté de lui. En bas, dans la cuisine, il prépara du thé, du jus d'orange pressé, et du café pour faire bonne mesure. Le temps passa en un éclair. Il se rappela la matinée précédente, lorsqu'il avait promené Amulette dans la maison en attendant les actualités. Le temps lui avait alors semblé traîner en longueur, comme s'il n'avançait pas. Le temps, suivant les gens, adopte un rythme différent. « Je te dirai avec qui, aussi, le Temps va l'amble, avec qui, aussi, il va au trot, et avec qui, aussi, il s'arrête... »

Sylvia fut la première de ses filles qu'il appela, parce qu'il avait d'abord voulu téléphoner à Sheila.

« Tu aurais dû me prévenir hier soir, se plaignit-elle.

— Sûrement pas. Il était 1 heure du matin. Ta mère dort encore, mais tu peux venir la voir ce soir. »

Sheila avait des larmes dans la voix lorsqu'elle répondit au téléphone. Il lui annonça la nouvelle.

« Oh, papa, s'écria-t-elle. C'est miraculeux, papa chéri, absolument merveilleux. Veux-tu que je vienne tout de suite avec Amulette ? »

Lorsqu'il remonta à l'étage à 7 h 30, Dora était réveillée et assise dans son lit. Elle tendit les bras et le serra contre elle. « J'ai beaucoup dormi pendant ma captivité, alors je n'étais pas fatiguée. Il n'y avait rien d'autre à faire que dormir et encourager les autres.

— Sais-tu où tu étais ?

— Je n'en ai pas la moindre idée. Bien sûr, j'avais conscience que ce serait la première chose que vous voudriez tous savoir — et ils ne l'ignoraient pas non plus. Ils ont fait très attention à cela dès le début. »

Il lui monta son petit déjeuner et elle opta pour le café. Il prit une douche, en chantant à tue-tête des bribes de chansons de Gilbert et Sullivan. Elle se moqua de lui et il adora ça.

« Mais, Reg, dis-moi, lui demanda-t-elle lorsqu'il rentra dans la chambre, enveloppé dans son peignoir. Qui est chargé de l'enquête ? Ça ne peut pas être toi, ils n'auraient pas fait cela, puisque je faisais partie des otages.

— Si, c'était moi. C'est toujours moi. »

Il lui expliqua pourquoi et elle murmura : « Mon pauvre chéri. » Puis elle poursuivit : « Hier soir, tu m'as dit que tu t'attendais à voir leur porte-parole et je t'ai répondu que j'en étais un, d'une certaine façon. Écoute, ils m'ont bien donné un message. C'était la seule fois où j'en ai entendu un ouvrir la bouche. Ils m'ont passé des menottes, m'ont sortie à l'extérieur et m'ont mis la cagoule. » Elle eut un léger frisson. « Alors, l'un d'eux a parlé. Ça m'a donné un sacré choc. Jusqu'à ce moment-là, ils agissaient tous comme s'ils étaient muets ou sourds-muets. Il a appelé ça "le message suivant". Est-ce que cela a un sens ? »

Il acquiesça d'un hochement de tête.

« Enfin, il a dit qu'ils avaient constaté la suspension, mais qu'elle ne suffisait pas. Ils veulent une annulation. Il a précisé que les négociations commenceraient dimanche.

— Mais comment ? demanda Wexford.

— Je ne sais pas.

— Ils n'ont rien dit de plus ?
— C'était tout. »

Étaient présents : Wexford, Burden et Karen Malahyde. L'entretien n'avait pas lieu dans une salle d'interrogatoire. Tout le monde, sauf Dora, s'y était opposé. Elle avait dit que cela ne la dérangeait pas, elle aimait assez être le centre de l'attention et elle n'avait jamais vu de salle d'interrogatoire, sauf à la télévision. Mais ils avaient fait venir le matériel d'enregistrement dans l'ancien gymnase, et aussi quatre fauteuils, pour que cela ressemble moins à un interrogatoire qu'à une soirée entre amis. Le chef constable se déplaça exprès, serra la main de Dora et lui dit qu'elle était une femme courageuse.

« Par où voulez-vous que je commence ? demanda-t-elle, confortablement assise avec, à côté d'elle, sa troisième tasse de café de la journée. Par le début, je suppose ?

— Je ne crois pas, répondit son mari. Comme tu l'as dit toi-même, le plus important, pour l'instant, c'est votre prison. Dis-nous tout ce que tu peux sur l'endroit où vous étiez enfermés.

— Mais tu sais bien que j'ignore où j'étais.

— Il faut espérer que ton témoignage nous aidera à le trouver.

— Cela revient presque à commencer par le début, parce que j'y suis arrivée après être montée dans cette voiture. Mais je ne sais pas quelle route le chauffeur a prise ou combien de temps le voyage a duré. On ne s'en rend pas compte quand on a une cagoule sur la tête. Mais je crois que nous sommes restés une heure dans la voiture, pas plus, et pendant un certain temps, nous avons roulé sur une route importante, peut-être une autoroute.

— Croyez-vous que cet endroit puisse être à Londres ? demanda Karen. À Londres ou juste en dehors de Londres ?

— Plutôt dans les banlieues sud : Sydenham, Orpington, quelque part comme ça. Mais je n'en sais rien, en réalité, je n'en ai aucune idée. Je n'ai pas été assez longtemps dans la voiture pour aller jusqu'au nord de Londres. Cela pourrait être à peu près partout dans le Kent ou dans le Hampshire, peut-être même sur la côte. »

Dora était très pâle, se dit son mari. Et même si elle avait très bien dormi, elle s'était reposée à peine six heures et elle avait l'air fatigué. Il avait voulu la conduire tout droit au cabinet médical chez le docteur Akande, mais elle avait refusé, elle s'était presque moquée de lui. Ils ne devaient pas différer sa déposition, avait-elle déclaré. Elle se sentait bien. Mais au moment où elle s'habillait, il l'avait vue chanceler et se raccrocher à une chaise.

La réprobation n'était pas, chez Burden, un sentiment exceptionnel, et il désapprouvait tout cela. Dora aurait dû voir le médecin, il aurait fallu lui faire subir un examen approfondi et lui donner un tranquillisant, sinon un sédatif. Lui-même n'avait guère de temps à consacrer à l'assistance psychologique — bien qu'il fût, à l'entendre, en faveur de cette théorie parce que c'était la politique de la police —, mais il croyait fermement au principe selon lequel le choc frappe les victimes à retardement. Le choc n'épargnerait pas Dora et elle aurait une dépression nerveuse.

Elle était vêtue d'une jupe grise et d'un chemisier à carreaux gris et jaunes, une tenue assez vieille, familière et confortable. Lorsqu'elle était partie rejoindre Sheila, elle avait arboré un tailleur neuf, en lin, couleur caramel. Elle l'avait porté pendant quatre jours, il s'était froissé et chiffonné comme tous les vêtements de lin et elle ne voulait plus jamais le porter. Les autres habits qu'elle avait placés dans sa valise, elle ne les avait pas revus depuis qu'on lui avait mis pour la première fois cette cagoule sur la tête, car ils lui avaient enlevé ses bagages et à sa connaissance, ils les avaient toujours en leur possession. Ils l'avaient laissée ramener son sac à main avec elle, mais pas sa valise, ni les cadeaux qu'elle avait emportés pour Sheila.

Elle s'était interrompue pour boire son café. Ce

fut seulement au moment où elle reprit son récit qu'elle sembla se rendre compte de la présence du magnétophone. Sa voix se fit plus empruntée et elle ralentit son débit.

« Les cagoules que nous portions — nous en avions tous par moments — ressemblaient à de petits sacs. À mon avis, la toile avait été colorée avec une bombe de peinture noire, ou bien trempée dans la peinture. Ma cagoule était lourde et assez épaisse. Ils ne me l'ont pas enlevée avant que je sois à l'intérieur.

— Parle normalement, lui conseilla Wexford. Oublie l'appareil.

— Excuse-moi. Je vais essayer.

— Non, ne t'inquiète pas. Tu t'en sors très bien.

— Bon. Vous voulez sûrement savoir à l'intérieur de quoi et cela, je ne peux pas vous le dire. » Elle jeta un coup d'œil au magnétophone et s'éclaircit la gorge. « Mais c'était au rez-de-chaussée et à mon avis, en partie au-dessous. J'ai descendu deux marches pour y accéder. Cela ressemblait à un sous-sol, mais pas à une cave. Je me fais bien comprendre ?

— Pour moi, c'est parfaitement clair, répondit Burden.

— Je veux que vous sachiez que je me suis donné beaucoup de mal pour faire attention à tout, dès le début, pour me rappeler les dimensions et la forme de chaque chose et pour dénicher des indices qui puissent situer l'endroit où je me trouvais. Je pensais que cela pouvait être capital et je crois que j'ai eu raison.

— Bravo, madame Wexford, s'exclama Karen. Vous êtes merveilleuse. »

Dora sourit. « Attendez, je n'ai pas fini. En réalité, je n'ai pas abouti à grand-chose. Le garçon était déjà là quand je suis arrivée. Il s'appelle Ryan Barker, mais je suppose que vous l'avez appris. Il était dans la pièce, assis sur un des lits, et il regardait simplement autour de lui. La pièce était assez grande, elle faisait environ le tiers de ce gymnase et elle était rectangulaire, mais elle n'avait qu'une seule fenêtre, assez haute, sur l'un des murs les plus étroits. Pas si haute que cela, pourtant, parce que le plafond était plutôt bas. Je dirais qu'il était à un peu moins de sept pieds [1] au-dessus du sol. Reg ne s'y serait pas cogné la tête, mais il aurait eu peur de le faire. Je ne peux pas vous donner les dimensions de la pièce en mètres, mais je crois qu'elle devait mesurer à peu près trente pieds [2] de long et dix-huit [3] à vingt pieds [4] de large.

« Il y avait la porte par laquelle je suis entrée et une autre, qui menait à une toute petite salle de bains avec des toilettes et un lavabo. Il y avait quatre lits dans la pièce, des lits pliants, étroits, pour une seule personne. Plus tard, ils en ont apporté un autre et je crois que c'était parce qu'ils avaient l'intention de prendre seulement quatre otages, mais qu'ils avaient fini par en enlever cinq...

— Qu'est-ce qui vous fait penser cela ? demanda Karen.

— Vous croyez que mon opinion a une importance ? Enfin, si vous le pensez... J'ai eu le sentiment que, dans leur esprit, il ne devait y avoir qu'un Struther, alors qu'en réalité ils étaient deux. Un peu plus tard, Owen Struther a dit que c'était sa femme qui avait appelé le taxi, ils ont donc dû s'imaginer qu'ils allaient trouver une femme seule. En tout cas, ils ont apporté un cinquième lit. Il n'y avait pas d'autres meubles, à part deux chaises de cuisine.

— À quoi ressemblait la pièce ? intervint Wexford.

— Tu veux dire, si elle était vieille ou neuve, comment elle était décorée, si c'était plutôt une cuisine ou un salon ? Eh bien, ce n'était sûrement pas

1. À peu près 2,10 m. *(N.d.T.)*
2. 9 m. *(N.d.T.)*
3. 5,50 m. *(N.d.T.)*
4. 6 m. *(N.d.T.)*

une salle de séjour. Elle avait des murs irréguliers couverts de lait de chaux écaillé, et l'électricité était assez primitive, tous les câbles étaient apparents. Au-dessous de la fenêtre, il y avait un vieil évier, un grand évier de service, mais pas de robinet. Des étagères de bois brut couraient sur l'un des murs les plus longs, mais elles étaient vides et j'ai pensé, un moment, que la pièce avait pu servir d'atelier. J'ai beaucoup réfléchi à cette question et je suis arrivée à la conclusion qu'elle avait pu, il y a longtemps, être une petite fabrique.

— Avez-vous regardé par la fenêtre ? » La question venait de Karen.

« Dès que j'en ai eu l'occasion. On avait construit une sorte de boîte autour de l'encadrement, à l'extérieur. Je dirai simplement que c'était une sorte de clapier dans lequel un lapin n'aurait pas eu beaucoup de lumière. On pouvait ouvrir la fenêtre — du moins, cela aurait été possible si elle n'avait pas été cadenassée — et dehors, fixé sur le châssis, il y avait ce machin en bois et en grillage qui faisait penser à une barrière fermée par une chaîne. Le premier jour, je suis montée sur l'évier pour essayer de regarder au-dehors et j'ai vu de la verdure. Du gazon, une maçonnerie de brique et un morceau de béton qui ressemblait à une marche cassée. Cela pouvait être à la campagne ou dans un jardin de banlieue. Tout ce que je peux dire, c'est que ça n'avait pas l'air d'être en ville, dans un quartier populaire.

— Pourriez-vous me dire de quel côté regardait la fenêtre ? Son orientation ?

— Le soleil entrait dans l'après-midi. Elle était orientée à l'ouest. Je dirais même, plein ouest. J'ai déjà raconté qu'il y avait une petite pièce pour se laver, avec des toilettes. Eh bien, c'était assez intéressant parce qu'elle était neuve. Je veux dire, elle n'avait encore jamais servi. Les murs étaient peints en blanc et le lavabo et la cuvette des toilettes étaient entièrement neufs, mais les W.-C. n'avaient ni abattant ni couvercle, et il n'y avait pas non plus de fenêtre. On aurait dit que c'était un placard qu'on venait de transformer à bas prix, comme si on l'avait fait pour nous, dans l'idée de loger des otages.

« Nous sommes restés dans la grande pièce pendant trois nuits et quatre jours. Moi, en tout cas. Et Ryan aussi. Les autres ont été déplacés après un certain temps. Dois-je revenir au début maintenant ?

— Nous allons faire une pause, dit Wexford.

— Tu crois que c'est nécessaire ?

— Absolument. Je vais faire écouter ce que tu nous as dit au reste de l'équipe pour voir si ça leur donne quelques idées. Nous reprendrons dans une heure. »

Trois enfants de Stowerton arrivèrent au commissariat à 11 heures avec un sac rempli d'ossements. Ils les avaient découverts, déclarèrent-ils au policier de service, dans un des monticules de terre provisoirement abandonnés de la vallée de Stowerton. L'un d'eux émit l'opinion qu'il s'agissait d'ossements romains, les autres qu'ils étaient d'origine plus récente, vestiges d'un massacre commis par un tueur en série.

« On dirait que Manfred n'a pas arrêté », dit Wexford lorsque la nouvelle parvint à ses oreilles. Et il parla du berger allemand de Bibi.

« Il faudra quand même les faire analyser, hasarda Burden d'un ton découragé.

— Je suppose. Mais n'importe qui peut voir qu'il s'agit de côtes pour la plupart, et aussi de restes de ragoût de queue de bœuf.

— Que voulaient-ils dire en indiquant que les négociations commenceraient dimanche ?

— J'aurais préféré que vous ne me posiez pas cette question. »

Karen Malahyde s'était assise avec Dora pendant qu'elle sirotait son café. Elle se disait que Mme Wexford ne devrait pas en reprendre, elle en avait déjà bu trois tasses, et elle le lui conseilla très poliment et avec beaucoup de gentillesse. Dora le reconnut et lui demanda de l'appeler par son prénom, elle n'arrivait pas à s'habituer à ce qu'elle l'appelle Mme Wexford. Karen pensait-elle qu'on pourrait lui donner un peu de jus d'orange ? Si elle ne s'attendait pas à ce qu'on lui serve une orange pressée, répondit Karen, on pourrait sûrement se débrouiller pour lui trouver du jus de fruits.

Dora s'assoupit dans le fauteuil confortable, mais elle se réveilla quand Karen revint dans la pièce. Pourquoi, demanda-t-elle à la jeune femme, ne lui avaient-ils pas rendu sa valise ? Et tous ces cadeaux qu'elle avait emportés pour Sheila : des vêtements pour bébé, un kimono et plusieurs livres ? À quoi pourraient-ils bien leur servir ?

« Je crois qu'il serait préférable d'attendre le retour de M. Wexford et de M. Burden pour en parler, madame... euh, Dora.

— Bien sûr, vous avez raison. La seule chose qui permette de reconnaître le vrai jus d'orange, c'est la pulpe qu'il y a dedans, vous ne trouvez pas ? »

Wexford et Burden revinrent ensemble et Burden enclencha le magnétophone.

« Je m'interrogeais au sujet de ma valise, dit Dora. Ce n'est pas si important que cela. En un sens, pour l'instant, la seule chose qui importe est que je sois revenue et pas les autres otages, mais pourquoi auraient-ils voulu la garder ? C'est juste un bagage en toile ordinaire, brun-noir et de taille moyenne, avec mes initiales dessus. Et il y avait les autres paquets, les cadeaux pour Sheila et le bébé.

— Il est possible, dit Burden, que dans leur hâte de se débarrasser de vous, ils aient simplement oublié.

— Pouvons-nous revenir au début, maintenant ? » Wexford déplaça son fauteuil, gêné par un rai de lumière qui traversait une des longues fenêtres du gymnase. « Et commencer enfin par le mardi matin ?

— D'accord. » Dora se cala dans son fauteuil, replia ses jambes sous elle. « J'ai dû téléphoner pour avoir un taxi. Il y a une compagnie de taxis qui s'appelle Tous les Six et je l'ai appelée parce que son numéro est facile à retenir. Il était presque 10 h 30. Je voulais attraper le 11 h 03 et j'avais encore pas mal de temps devant moi. Mais quand j'ai composé le numéro, je n'ai eu qu'un de ces enregistrements exaspérants. Vous savez : « Nous vous prions de patienter quelques instants », avec la voix qui monte sur le « pri » de « prions » et le « pa » de « patienter », puis *La Petite Musique de nuit* a éclaté. Alors, je me suis rabattue sur le prospectus qu'on avait déposé dans notre boîte aux lettres et qui faisait de la publicité pour Voitures contemporaines.

— La voix qui vous a répondu, dit Karen, à quoi ressemblait-elle ?

— C'était une voix d'homme. Banale, plutôt sourde et monotone, assez jeune et sans accent. À propos, il était juste 10 h 30. J'ai jeté un coup d'œil à l'horloge à affichage numérique pendant que j'étais au téléphone. Il est venu très vite — sept minutes plus tard environ.

— Pouvez-vous le décrire ?

— Pas très précisément. J'y ai beaucoup pensé depuis. Je peux simplement vous dire qu'il n'était pas très grand — il faisait peut-être un mètre soixante-dix —, il était costaud et il avait une barbe. Il marchait avec une certaine raideur, il avait les jambes arquées. Oh, et puis il sentait. Il avait une odeur très particulière.

— Vous voulez dire une odeur corporelle ? De la sueur ? Une odeur douceâtre d'oignons frits ?

— Non, non... C'était plus comme du dissolvant. On appelle ça de l'acétone, n'est-ce pas ? » Elle les regarda l'un après l'autre, soudain plus vive, la fatigue dissipée par l'excitation du récit. « Une odeur de dissolvant ou de vernis à ongles, pas vraiment déplaisante, mais bizarre.

« J'ai entendu la sonnette de la porte d'entrée et j'ai pris ma valise et les cadeaux — enfin, les sacs en plastique, dans le salon, avant d'aller ouvrir. Je croyais qu'il allait me les porter dans la voiture. Mais quand j'ai ouvert la porte, il était debout devant le portail et me tournait le dos. Je suppose que j'aurais dû l'appeler pour lui dire de venir prendre ma valise, mais je lui ai juste dit bonjour, ou quelque chose comme ça, et il a hoché la tête. J'ai posé la valise et les paquets sur le paillasson du perron, j'ai tiré la porte derrière moi et j'ai fermé le verrou.

« Il s'était rassis dans la voiture, sur le siège du conducteur. Cela ne m'a pas semblé étrange, je l'ai simplement trouvé impoli. Il ne m'avait même pas ouvert la portière. Je lui ai jeté un coup d'œil de côté avant de monter dans la voiture, mais sa barbe noire et bouclée cachait presque tout son visage. La voiture était remplie de son odeur. Il avait des cheveux épais, assez longs, frisés et bruns, et un pull-over ou un sweat-shirt gris-bleu.

— Vous souvenez-vous de la voiture ? demanda Burden.

— Elle était petite, rouge. Une Golf, je crois. En tout cas, c'était la même que celle de ma fille Sylvia. » Dora ajouta d'un ton sec : « Si j'étais un détective avec de bonnes raisons d'avoir des soupçons, j'aurais relevé son numéro minéralogique, mais je ne le suis pas et je ne l'ai pas fait. »

Burden se mit à rire. « Vous aviez mis votre ceinture de sécurité ?

— Bien entendu, quelle question ! Rappelez-vous à qui je suis mariée. » Dora secoua la tête, exaspérée. « J'avais placé la valise sur le siège, à côté de moi, et les paquets sur le sol. Il a pris le trajet habituel pour aller à la gare, mais il a fait un petit détour dans Queen Street. Il y avait un embouteillage, comme toujours, et je n'y ai rien vu de surprenant. Aujourd'hui, les chauffeurs de taxi prennent toutes sortes de chemins pour éviter les encombrements.

« Nous nous sommes arrêtés à un feu rouge, au croisement de York Street et d'Old London Road, là où il y a un passage clouté et où les feux sont commandés par un bouton. Maintenant, bien sûr, je sais qu'il a fait exprès de conduire la voiture à cet endroit, parce que les feux y sont actionnés par les piétons. Un homme attendait au carrefour. Il a appuyé sur le bouton à l'approche de la voiture, le feu est passé au rouge et nous nous sommes arrêtés. J'ai entendu la portière arrière gauche s'ouvrir et cet homme est monté dans la voiture.

« Tout cela s'est passé très vite. Je n'aurais pas pu me débattre ou crier pour qu'on m'entende. D'abord, j'étais bloquée par la ceinture de sécurité et vous savez, c'est un peu plus long de s'extraire d'une ceinture de sécurité qu'on ne connaît pas, on n'a pas les mêmes réflexes qu'avec la sienne. Je n'ai pas vu non plus le complice du chauffeur, j'ai eu juste une vision fugitive d'un homme jeune et grand avec un bas sur le visage.

— Il se tenait près des feux avec un bas sur le visage ?

— Il n'y avait personne d'autre au carrefour, répondit Dora. Mais je pense, enfin j'ai l'impression qu'il a enfilé le bas d'une main pendant qu'il ouvrait la portière de l'autre. Il m'était impossible de voir son visage, j'ai simplement constaté qu'il avait l'air caoutchouteux. Mais avec un bas sur le visage, n'importe qui aurait cet aspect-là, non ?

« Ensuite, il s'est mis une cagoule sur la tête et il m'en a passée une, à moi aussi. Pendant un moment, je n'ai rien pu voir, je me débattais et j'essayais de crier, et j'avais conscience qu'on m'attachait les mains. Ça n'avait rien d'agréable. Non, c'était pire que ça, c'était... c'était terrifiant.

— Veux-tu faire une nouvelle pause, Dora ? demanda Wexford.

— Non, tout va bien. Vous comprenez, j'avais une peur bleue. Je crois que je n'ai jamais été aussi effrayée de ma vie. Il faut dire, après tout, que je n'ai jamais connu de grands dangers : je suppose que j'ai été protégée. Et j'étais impuissante. Au moment où j'ai pu voir à nouveau, ça a commencé à aller mieux. Il avait ajusté la cagoule en la tirant jusqu'en bas.

« J'ai pu regarder au-dehors pendant un petit moment et je me suis rendu compte que nous nous trouvions sur l'ancienne déviation. Ensuite, il a désigné le sol pour m'indiquer que je devais me baisser, pour qu'on ne puisse pas me remarquer de l'extérieur, je suppose, ou que je ne risque pas de repérer la route, et il a tourné ma cagoule à l'envers. J'ai obéi, bien sûr, et je me suis assise par terre.

« Je pense que j'ai dû rester dans la voiture pendant environ une heure. Peut-être un peu plus longtemps, mais à mon avis, pas moins. Je n'ai plus cherché à me débattre parce que cela ne servait à rien. J'avais terriblement peur. Mais il n'y a plus lieu d'insister là-dessus maintenant. Plus que tout, je craignais de perdre mon sang-froid. J'ai essayé de rester calme, de respirer profondément, mais ce n'était pas facile en étant assise sur le sol avec une cagoule sur la tête.

« La voiture a tourné pour entrer quelque part. Elle a franchi une barrière ou s'est engagée dans une rue étroite, ou bien elle a contourné une fabrique ou un entrepôt par-derrière. En tout cas, elle s'est mise à avancer beaucoup plus lentement et elle a continué à prendre des virages à droite et à gauche. Ensuite, nous nous sommes arrêtés. Ma cagoule était toujours à l'envers. À ce moment-là, je ne percevais qu'une obscurité étouffante et j'avais des menottes aux poignets.

« Là, ils m'ont sortie de la voiture et m'ont prise chacun par un bras. Je crois que j'avais le chauffeur à ma droite, parce qu'il ne semblait pas beaucoup plus grand que moi et qu'il avait le bras épais et grassouillet. Et puis, je sentais son odeur... L'autre homme, du côté gauche, me tenait le bras très fort, avec ce qu'on pourrait appeler une poigne de fer, et il ne sentait rien de particulier. Je ne peux pas dire si j'ai respiré l'air de la ville ou bien de la campagne, et il faisait la même température que chez moi.

« Je les ai entendus déverrouiller une lourde porte. Le battant s'est ouvert et ils m'ont conduite à l'intérieur d'un bâtiment. Ils ne m'ont pas poussée, ils m'ont juste menée au bas des marches pour me faire pénétrer dans la grande pièce, puis ils m'ont dirigée vers l'un des lits et m'ont aidée à m'y asseoir. Ils m'ont d'abord enlevé la cagoule et ensuite les menottes, mais ils ont gardé leurs cagoules. Le premier avait les mains brunes, boudinées, et le second des doigts effilés. C'est à ce moment-là que j'ai vu Ryan. Ils sont sortis, ont refermé la porte et l'ont verrouillée derrière eux.

— Arrêtons-nous pour déjeuner, dit Wexford. Et après, je tiens à ce que tu prennes un peu de repos. »

Le mieux aurait été d'emmener sa femme déjeuner dehors. Wexford tournait et retournait dans sa tête tous les endroits où ils pouvaient aller, même si cela l'obligeait à inviter Burden et Karen Malahyde. Mais il savait, en réalité, que c'était impossible. Pas aujourd'hui, pas en de telles circonstances, pas le nouveau restaurant d'Olive et Dove, *La Méditerranée,* avec une bonne bouteille de vin, une salade de crevettes, une sole meunière et une crème brûlée. Ce serait pour une autre fois. La semaine prochaine, peut-être, mais pas aujourd'hui. Il envoya chercher un assortiment de sandwichs, du saumon fumé, du cheddar et des pickles, du jambon et de la langue de bœuf.

Elle avait un peu meilleure mine. Parler devait lui faire du bien. Cela allait de soi, en dépit du choc et de la fatigue. Voilà en quoi consistait la psychothérapie, à parler à des gens qui non seulement vous écoutaient, mais dont c'était le plus grand désir. Cela valait bien mieux que de tout garder en soi, de rester au lit bourré de calmants sur la prescription du docteur Akande.

Il la laissa prendre encore une tasse de café. On répandait des tas de sottises à propos du café, sur les effets de la caféine et son incidence sur la tachycardie, mais on n'avait jamais entendu dire qu'il ait réellement fait de mal à personne. Elle le but avec du sucre et de la crème, ce qu'elle n'aurait jamais fait à la maison. Tous les autres conseils de prudence qu'il avait timidement hasardés, elle les avait refusés.

Burden mit le magnétophone en marche. Ce fut lui qui posa la première question. « Vous étiez seule dans la pièce avec Ryan Barker, n'est-ce pas ?

— Pendant un moment, oui. Il avait très peur, il n'a que quatorze ans. Alors, je lui ai parlé. Je lui ai dit de ne pas trop s'inquiéter, que s'ils avaient voulu nous faire du mal, ils l'auraient déjà fait. Je crois que je m'étais déjà rendu compte que nous étions des otages, même si je ne savais pas quel genre de rançon ils allaient demander. Ryan disait qu'il devait faire preuve de courage — à son avis, je crois, parce qu'il était un garçon — et plus tard, il a déclaré que son père avait été soldat et était mort au combat dans les Falklands. Mais je lui ai dit que cela ne servait à rien, qu'il pouvait hurler tout son soûl s'il en avait envie. Cela ferait revenir nos ravisseurs et nous pourrions leur demander pourquoi ils nous avaient enlevés. Moi-même, je tremblais de peur, mais sa présence me faisait du bien, parce que je ne pouvais pas le montrer devant lui.

« En tout cas, nous ne sommes pas restés seuls longtemps. Ils n'ont pas tardé à amener Roxane Masood. Vous savez, je crois, qu'elle fait partie des otages ?

— Oui. Et les autres sont Kitty et Owen Struther, répondit Karen.

— Exactement. Roxane a été beaucoup moins passive que moi, je vous le garantis. Lorsqu'ils l'ont descendue dans la pièce, elle n'arrêtait pas de se débattre et quand ils lui ont ôté sa cagoule et ses menottes, elle a cherché à se jeter sur eux.

— Qui l'a amenée ?

— Le chauffeur, avec un autre homme. Encore un grand, plus grand que celui qui conduisait, mais un peu moins que celui qui était dans la voiture à côté de moi. D'après ce que j'ai pu voir, il devait avoir à peu près la trentaine. C'est lui qui a détaché les menottes de Roxane, et le chauffeur lui a enlevé sa cagoule.

« Roxane s'est ruée sur eux et malgré leurs cagoules, elle a tenté de leur labourer les yeux avec ses ongles. Celui qui était mince lui a flanqué un grand coup sur la tête et elle est tombée par terre. Je suis allée vers elle, je l'ai prise dans mes bras, alors elle a repris connaissance et s'est mise à pleurer. Mais c'était seulement parce qu'elle avait mal. Cela n'avait rien à voir avec les pleurs de Kitty Struther.

« Ils ont fait entrer les Struther environ une demi-heure après. Lui jouait les héros impassibles. Il me faisait penser à Alec Guinness dans *Le Pont de la rivière Kwaï*. Vous savez, le genre très raide et guindé, typiquement *anglais*, qui ne veut rien avoir à faire avec ses ravisseurs. Ensuite, l'autre homme qui m'avait amenée là, celui au visage caoutchouteux, a amené Kitty dans la pièce. Dès qu'elle a été libérée de sa cagoule, elle lui a craché au visage. Il n'a pas réagi, il s'est contenté de s'essuyer.

« Je me souviens d'un personnage de roman qui avouait son étonnement en entendant une dame raffinée user d'un langage ordurier dans une situation comme... enfin, exactement comme la nôtre. Il n'aurait jamais cru qu'elle connaissait de telles expressions. Eh bien, c'est ce que j'ai ressenti devant Kitty Struther. Tout d'abord, les crachats et ensuite, les mots qu'elle a employés. Je suppose qu'elle a dû avoir une crise de nerfs, car elle a commencé à hurler, à brailler, à bourrer son matelas de coups de poing. Au bout d'un moment, Owen a essayé de la calmer, alors elle l'a frappé. Je ne crois pas qu'elle savait ce qu'elle faisait, mais elle a crié très longtemps. Nous étions tous assis à la regarder, horrifiés. Après, elle s'est mise à pleurer, en silence. C'était épouvantable. Elle s'est pelotonnée en position fœtale, elle a enfoui son visage dans ses bras et elle a fini par s'endormir. »

Dora s'arrêta, poussa un soupir et haussa légèrement les épaules. « Je suppose que vous voulez que je vous dise tout ce que je peux sur les autres gens qui nous gardaient prisonniers.

— Pourriez-vous jeter un coup d'œil à cela, s'il vous plaît, Dora. » Burden venait de produire une photographie qu'il lui tendit. « Le type aux cheveux bruns, le chauffeur, ressemblait-il à cet homme ? Oubliez la barbe. Les barbes peuvent se coller et se décoller facilement. Pourrait-il être votre chauffeur ? »

Dora secoua la tête. « Non, j'en suis sûre. Celui-là est mince et plus vieux, alors que l'homme qui conduisait la voiture était jeune. Et plus costaud. »

Au moment où Karen l'emmena au-dehors pour lui offrir une tasse de thé, Wexford demanda : « Qui est-ce ? »

Burden écarta la photographie. « Stanley Trotter, répondit-il. Il a une drôle d'odeur, lui aussi. Nous venons de recevoir de nouvelles informations. Je n'ai pas voulu vous ennuyer avec ça, vous aviez déjà beaucoup à faire. Cela vient de la police de Bonn, en Allemagne. »

Wexford réfléchit. « Là où Ulrike Ranke allait à l'université.

— C'est cela. Vous vous rappelez les perles ? Le collier de perles de culture assorties que ses parents lui avaient offert pour son anniversaire et qu'ils avaient payé treize cents livres ?

— Bien sûr que je m'en souviens.

— Eh bien, elle l'a vendu. Il semble qu'elle ait eu plus besoin d'argent que de bijoux. La police de Bonn l'a découvert, ainsi que le bijoutier qui lui en a donné dix-sept cents marks.

— Il n'a pas été très généreux, estima Wexford, après avoir fait mentalement la conversion.

— En effet. Mettons qu'elle se soit acheté un autre collier à vingt livres, un truc à montrer à ses parents au cas où. Il y a tout lieu de le croire, puisqu'elle portait un collier de perles sur la photographie du barman. Et ce collier, ce ne serait pas... ?

— Ce n'est pas Trotter, Mike, dit Wexford. Il n'a pas tué Ulrike et il n'a pas non plus enlevé Dora. »

13

Sur le panneau d'affichage planté au bord du gazon, on pouvait lire : Euro-Fun, le Seul Parc à Thème International du Sussex. Les lettres se détachaient en blanc sur fond bleu et au-dessous, un artiste sans grand talent avait peint un chamois ou un petit chevreuil, un moulin à vent et ce qui pouvait être la tour de Pise. Le portail était ouvert, ou plutôt, l'un des battants du portail, car l'autre était hors de ses gonds et posé contre la clôture. Damon Slesar franchit le seuil à vive allure et remonta une piste qui, l'hiver, devait se changer en deux ornières de boue.

Le parc à thème était aménagé en une série d'enclos, à travers lesquels la piste serpentait au petit bonheur. L'aspect qu'il offrait de loin était un peu amélioré par un grand nombre d'arbres qui masquaient certains des pires excès d'Euro-Fun, même si la plupart d'entre eux se révélaient sans fard quand ils venaient occuper la perspective au premier plan. Chaque section portait le nom du pays qu'elle représentait, tracé sur un panonceau tournant suspendu à de hauts piliers, comme une enseigne de coiffeur. L'ensemble était devenu miteux au fil des ans et il y avait peu de visiteurs. Cinq personnes, trois adultes et deux enfants, allaient et venaient avec perplexité dans la zone baptisée Danemark, regardant d'un air de doute une maison de poupées en bois coiffée d'un toit vert et une reproduction en plastique de la Petite Sirène, assise au bord d'une mare d'eau stagnante ornée sur son pourtour de polyéthylène bleu.

Ce que les visiteurs du parc étaient censés faire n'était pas très clair. Peut-être tout simplement se promener, regarder et s'étonner. C'était précisément l'occupation de l'homme et de la femme — surtout pour ce qui était de l'étonnement — qui se tenaient parmi des tulipes de cire abîmées par la pluie, dans l'ombre d'un moulin à vent monstrueux en plastique rouge et blanc, tandis que deux ou trois adolescents, assis sur les marches d'un chalet, fixaient une pendule à coucou. C'est ce moment-là que le mécanisme choisit pour tomber en panne, et le coucou, qui venait juste de sortir, s'arrêta net, le bec grand ouvert, définitivement muet.

« Il vous est déjà arrivé d'amener vos enfants ici ? demanda Damon Slesar.

— S'il vous plaît, répondit Nicky Weaver, soyez gentil. Oh, regardez-moi le Parthénon ! C'est à peine croyable ! »

Il avait l'air d'être en amiante, mais c'était probablement du Placoplâtre et les colonnes étaient blanchies à la chaux. Un mannequin, qui avait été conçu pour une vitrine de magasin, mais était maintenant affublé d'une jupe blanche plissée et d'une veste noire, se tenait devant l'Acropole et raclait un instrument à cordes. La section voisine était consacrée à l'Espagne, incarnée par un taureau et un matador en papier mâché, puis on retrouvait le guichet et le parking, attenants à un pavillon informe qui avait grand besoin d'un coup de peinture.

L'homme qui en sortit avait la cinquantaine, il portait un pull-over à torsades et un pantalon gris en velours côtelé. Il faisait partie de ces hommes qui n'ont pratiquement pas de cheveux sur la tête, mais possèdent une pilosité abondante sur la lèvre supérieure et les joues. Des poils gris et hirsutes formaient une épaisse moustache tombante avec des favoris légèrement bouclés sur les côtés.

« Je vous donne deux tickets, madame ? Le parking est juste devant vous.

— Police, répondit Nicky, en sortant sa carte au lieu de la monnaie que le caissier escomptait. Je cherche M. ou Mme Royall. »

Il avait l'habitude des enquêtes policières, Nicky le lisait dans ses yeux. La police savait discerner ce genre de choses. Il se frappa la poitrine et déclara : « James Royall à votre service, m'dame. Que puis-je pour vous ? »

Nicky se rendait compte que ce « m'dame » n'avait rien à voir avec la politesse ou la déférence, mais se voulait plutôt une plaisanterie, une parodie du style adopté par les policiers face à une collègue haut gradée. James Royall faisait de l'humour.

« J'aimerais vous parler de votre fils, Brendan — c'est bien ça ?

— Je ne peux pas quitter mon poste pour l'instant. Vous comprenez, m'dame ? »

Damon Slesar tourna la tête, tendit le cou pour regarder de tous côtés. « Ce n'est pas vraiment la ruée, non ? On ne peut pas dire qu'on se bouscule au guichet.

— Nous voudrions vous parler maintenant, monsieur Royall, insista Nicky. Même si vous devez quitter votre poste ou trouver quelqu'un d'autre pour le tenir. »

Le guichet aux allures de bicoque abritait une petite pièce. Nicky ouvrit la porte, entra et fit signe à James Royall de la suivre. Le mobilier se réduisait à deux chaises de cuisine et à une table, qui servait de bureau. Les murs étaient tapissés de rayonnages sur lesquels étaient posés des douzaines, voire des centaines d'objets du parc à thème : des figurines, des animaux en plastique, des troncs d'arbres sectionnés, une maison de poupée, un bateau, tous plus ou moins endommagés et, semblait-il, en attente de réparation.

Royall décrocha le téléphone et dit dans le combiné : « Mag, tu peux descendre ici un moment ? Il vient d'arriver quelque chose. » Il tourna les yeux vers Damon. « Alors, c'est au sujet de Son Altesse ?

— Nous tenons beaucoup à entrer en contact avec votre fils, monsieur Royall. Savez-vous où il se trouve ?

— Est-ce que je sais ? » Royall haussa les épaules. « Vous vous êtes trompés d'adresse, vous savez. Lui et nous, on est ce qu'on pourrait appeler *brouillés*. En d'autres termes, on ne se parle plus.

— Pour quelles raisons, monsieur Royall ? »

Il tourna son regard vers Nicky. Apparemment, le ton et l'aspect de la jeune femme, et peut-être aussi son grade et sa profession, étaient à ses yeux amusants. Sous sa moustache tombante, un petit sourire releva les commissures de ses lèvres. « Eh bien, m'dame, je ne sais pas si ça vous regarde, mais comme je suis du genre accommodant, je vais vous le dire. D'abord, mon fils Brendan s'est mis dans le crâne, pour une raison mystérieuse et pour moi insondable, qu'au moment où j'ai hérité de la propriété du vieux, je devais la lui donner en bloc. Les vingt mille livres que je lui ai versées sur la vente ne lui ont pas suffi et il n'a pas arrêté d'en redemander davantage. En plus, il était contre le thème de notre parc : le taureau et le matador le révoltaient... »

On entendit une voix de femme, qui venait de la porte : « Les taupes, aussi...

— Oh, les taupes. Tu as raison, Mag. Comme on ne voulait pas que le parc ressemble aux Alpes, vu qu'on avait déjà une zone consacrée à la Suisse, on a eu le culot de les faire tuer par le service de désinfection sans consulter Son Altesse. Je crois bien que c'est ça qui nous a coulés. »

Appelée à la réception de la clientèle, Mme Royall n'avait peut-être plus envie de s'en aller. Elle hésitait sur le seuil de la porte, jetant continuellement des coups d'œil par-dessus son épaule, de peur qu'une voiture ou un client ne s'introduise dans le parc sans qu'elle s'en aperçoive. Elle glissa à Nicky sur un ton désarmé : « Je suis la mère de Brendan.

— Pouvez-vous nous dire où se trouve votre fils, madame Royall ?

— J'aimerais beaucoup le savoir. Ç'a été une grande tristesse pour moi d'être coupée de mon fils unique, et aussi toute cette passion qu'il a pour les animaux. Nous aimons les animaux, nous aussi, je lui disais. Mais il faut avoir l'esprit pratique dans ce monde. »

Royall émit le son que l'on transcrit généralement par « peuh ! ».

« Il n'est pas question d'animaux, mais d'argent. Et tu sais foutrement bien où il est. Il est en train de surveiller son futur domaine, de lécher les bottes de ceux qui ont pris la place de son grand-père.

— Et où se trouve ce domaine, monsieur ?

— C'est Marrowgrave Hall, m'dame. Tel que je l'ai vendu à ma cousine, Mme Panick, il y a à peu près sept ans, en donnant sa juste part de la vente à ce gosse cupide qui en pince pour les guenons...

— Oh, Jim ! » gémit Mme Royall.

Ils partirent au moment de l'arrivée d'une nouvelle voiture, cette fois-ci immatriculée en Autriche. Nicky se demanda ce que ses occupants allaient penser de la partie consacrée à leur pays, avec son cheval en plastique caparaçonné de dorures, son buste de Mozart et sa boîte à musique qui jouait des valses de Vienne lorsqu'on y insérait une pièce de dix pence.

« Ce ne sont pas les mêmes hommes qui ont amené Roxane et le couple Struther, déclara Dora. Ou plutôt, je ne suis pas sûre du grand, il était peut-être avec eux, mais le chauffeur n'était pas là cette fois-ci. L'autre était grand, lui aussi, mais pas autant que son complice, il était plus mince et à mon avis, plus jeune.

« Le grand est le seul dont j'aie vu le visage et encore, à travers un bas teinté. Un bas assez épais, d'environ vingt deniers, si vous voyez ce que je veux dire. Il était pâle, de race blanche, comme on dit, mais je ne saurais dire s'il avait des traits anguleux, parce que le visage, aplati par le bas, ressemblait à du caoutchouc. Je serais incapable de l'identifier. Si vous me montriez des photographies, je pourrais dire qu'il avait l'air un peu comme ci ou comme ça, mais pas le reconnaître formellement. Je n'ai pas la moindre idée de la couleur de ses yeux. Et pourtant, c'est le seul qui m'ait laissée les voir. »

« Pour ce qui est du chauffeur, je vous en ai déjà parlé et je ne crois pas pouvoir ajouter quoi que ce soit. Je n'ai jamais vu ses yeux. Et je n'ai jamais entendu parler aucun d'eux, ils ne nous adressaient pas la parole. Le troisième, celui qui a amené Roxane dans la pièce avec les deux premiers — il y en avait un quatrième, mais il n'est pas apparu avant le jour suivant —, le troisième avait un tatouage sur le bras.

— Un *tatouage* ? »

Wexford et Burden avaient la même idée. C'était l'indice typique du roman policier, la piste éculée du polar démodé, l'empreinte ineffaçable, révélatrice à souhait. Mais quel rôle jouait-il aujourd'hui, dans ce cas précis, dans la vie réelle ?

« Il avait un tatouage sur le bras ? répéta Wexford. Tu en es sûre ?

— Certaine. Mais je ne l'ai pas vu avant le lendemain, c'est-à-dire le mercredi. Un tatouage en forme de papillon, rouge et noir, mais je crois que tous les tatouages ont les mêmes couleurs. Je t'en dirai plus là-dessus quand j'en arriverai à ce moment-là, d'accord ?

— D'accord.

— J'ai dit qu'il y avait un quatrième homme,

poursuivit-elle. Il faisait partie de ceux qui nous ont apporté le petit déjeuner le matin suivant. C'était un autre grand type, de la même taille que le premier et je ne sais vraiment pas quoi dire sur lui. Il portait même des gants, si bien que je ne sais pas à quoi ressemblaient ses mains. Je dirais simplement qu'il était grand, masqué, mince et droit avec une démarche athlétique, véritablement effrayant, mais à ce moment-là, j'avais cessé d'avoir peur. J'étais exaspérée, vous voyez, et la colère tue la peur. Je ne serais pas à même d'identifier l'un d'entre eux et à mon avis, les autres otages en seraient tout aussi incapables.

— Mais vous n'avez pas vu le quatrième, l'homme ganté, avant le lendemain, mercredi ?

— Exactement. Je n'aurais pas dû vous en parler maintenant, ni en arriver déjà au tatouage. Vous ne seriez pas en train de me gronder gentiment, par hasard ?

— Jamais de la vie ! » répondit Karen en éclatant de rire. Elle hésita, puis demanda : « Pourquoi vous ont-ils laissée partir ?

— Je n'en sais rien.

— Vous disiez que l'un deux vous avait parlé ?

— Ça s'est passé hier soir. Vers 10 heures. J'étais seule avec Ryan, nous n'étions plus que deux dans la pièce. Les autres avaient été emmenés. Le grand qui portait des gants est entré avec le Tatoué. Moi, j'étais assise sur mon lit, comme la plupart du temps. Ils m'ont fait signe de me lever et de tendre les mains et j'ai obéi. Puis, ils m'ont mis des menottes. »

Wexford laissa échapper un cri, toussa pour dissimuler son émotion. Il serra et desserra les poings. Elle le regarda, fit une moue de tristesse.

« Ils m'ont poussée à l'extérieur. Je n'ai pas essayé de protester ni de me débattre. J'avais vu comment ils traitaient ceux qui se rebellaient — ou du moins, celle qui l'avait fait. Je n'ai même pas dit au revoir à Ryan. À vrai dire, je croyais que j'allais revenir. Ensuite, ils m'ont passé une cagoule, et c'est à ce moment-là que le type au tatouage m'a adressé la parole. Il a dû me parler juste une minute après m'avoir emmenée au-dehors, mais... enfin, ç'a été une minute horrible. Je croyais qu'ils allaient me tuer. Bon, passons. Cela m'a fait un choc d'entendre sa voix.

— À quoi ressemblait-elle ?

— Sa voix ? Elle avait un accent cockney, mais qui n'était pas naturel. Je veux dire, un accent cockney étudié. »

Burden croisa le regard de Wexford et hocha la tête. L'homme qui avait téléphoné à Tanya Paine avait un accent cockney qui, d'après lui, ressemblait à un accent travaillé au magnétophone. Il demanda à Dora : « Que vous a-t-il dit exactement ?

— Je vais essayer de m'en souvenir mot pour mot. Voilà : "Dites-leur que nous avons constaté la suspension. Mais une interruption ne suffit pas. Le chantier doit fermer définitivement. Dites-leur que les négociations commenceront dimanche." Puis, il m'a dit de répéter et je l'ai fait. J'avais perdu la voix dans ma frayeur, mais elle m'est revenue parce que, s'ils me donnaient un message, cela voulait dire qu'ils me renvoyaient à la maison.

— Ils vous ont mise dans une voiture ? Vous l'avez vue ?

— Pas à ce moment-là. Ils ont tourné ma cagoule de façon à ce que je ne puisse rien voir et tout comme le jour de mon arrivée, je n'ai rien pu distinguer de l'endroit où nous étions. Ils m'ont fait monter sur le siège arrière et ont attaché ma ceinture. Nous avons roulé environ une heure et demie. J'aurais voulu tourner la cagoule pour pouvoir regarder au-dehors, mais avec les menottes et la ceinture de sécurité, c'était impossible. Au moment où la voiture s'est arrêtée, le chauffeur a ouvert la porte, il s'est approché de moi et m'a enlevé ma cagoule. Il faisait sombre, mais je l'ai reconnu. C'était l'homme qui m'avait enlevée, le petit brun barbu. Celui qui sentait. Il avait gardé son odeur. Il avait mis des lunettes noires. Des lunettes-miroirs, c'est bien ça ?

« Il m'a ôté mes menottes, a détaché ma ceinture de sécurité et m'a aidée à descendre. Puis il m'a donné mon sac à main — je ne l'avais pas revu depuis mercredi. Il n'a pas dit un mot, je n'ai pas entendu sa voix. La voiture s'était garée devant le terrain de cricket, à quatre cents mètres environ de notre maison. Je pense qu'il s'était arrêté là parce qu'il y a un grand terrain d'un côté et l'église méthodiste et le cimetière de l'autre. Donc, personne qui puisse nous voir.

« Il était minuit passé et tous les lampadaires étaient éteints. Il est remonté dans la voiture et m'a laissée sur place. J'ai essayé de lire le numéro minéralogique, mais il faisait trop noir. Pour ce qui est de la couleur, elle était plutôt claire, elle pouvait avoir n'importe quelle teinte entre le gris crème, le gris ou le bleu clair. Il a attendu d'être à une bonne cinquantaine de mètres avant d'allumer ses phares. Le numéro commençait par L-5-7.

« Après ça, j'ai marché jusqu'à la maison. Les clefs étaient dans mon sac. J'ai essayé d'entrer par la porte de derrière mais elle était verrouillée de l'intérieur, alors j'ai contourné le mur pour gagner la porte de devant. Mais vous m'avez demandé pourquoi ils m'avaient laissée partir. Excusez-moi, je n'ai pas vraiment répondu à cette question. Juste pour transmettre le message ? À mon avis, pas seulement. Mais je ne sais vraiment pas pourquoi.

— Très bien, dit Wexford, ça suffit pour aujourd'hui. Tu pourras m'en dire plus à la maison, si tu en as envie, mais pour le truc officiel, on s'en tiendra là pour l'instant. Tu nous as donné beaucoup d'indices. »

C'était une maison très laide, comme on avait seulement pu en construire à la fin de l'époque victorienne. Ce qu'il y avait de remarquable, comme le fit observer Hennessy à Nicky Weaver, c'était qu'elle avait été manifestement conçue pour être une maison d'habitation et pas une institution. Les murs étaient en brique couleur kaki tirant sur le jaune, une teinte blafarde sur laquelle tranchaient parfois des rangées de carreaux rouges. Huit fenêtres à guillotine se serraient sous un toit bas en ardoise et huit autres, un peu plus larges, avaient été percées au-dessous ; mais, au rez-de-chaussée, les six fenêtres qui encadraient la porte d'entrée placée en plein milieu de la maison étaient encastrées dans des arcs gothiques en ogive. La porte elle-même était étriquée et misérable, sans boiseries, ni porche, ni même un renfoncement. Pourtant, Marrowgrave Hall était une énorme bâtisse, comme Damon Slesar put le constater en la contournant, car tout l'édifice de la façade se répétait à l'arrière à l'identique et le toit présentait simplement une sorte de déclivité en son milieu.

Le domaine avait pour toute dépendance un garage préfabriqué séparé de la maison. Hennessy y jeta un coup d'œil, par-derrière, à travers l'unique fenêtre, mais il n'y avait qu'une pile de sacs vides à l'intérieur. Nicky appuya sur la sonnette. Une femme énorme lui ouvrit, une de ces femmes à l'embonpoint si démesuré que c'est un miracle qu'elles puissent déplacer chaque jour le poids de leur masse de chair. Elle devait être encore dans la quarantaine et avait un pâle visage joufflu, une large bouche et des cheveux plutôt fins, tirant vers le roux. Elle était enveloppée d'une robe à imprimé floral, qui laissait voir ses genoux, enserrés dans d'épais bandages.

« Madame Panick ? demanda Nicky.

— Vous êtes de la police, mon petit. Nous vous attendions. On nous a prévenus par téléphone.

— Pouvons-nous entrer ? »

Des senteurs de cuisine montaient dans la maison. C'étaient des effluves agréables, surtout si l'on avait faim, un mélange de vanille, de fruit et de sucre caramélisé. Et lorsqu'ils avancèrent dans un couloir austère, des odeurs de fromage et de bacon frit vinrent s'y mêler tour à tour; puis, quand ils pénétrèrent dans une vaste cuisine, toutes les odeurs se fondirent en un parfum grisant, riche et chaud, presque succulent. Ils progressaient avec une certaine lenteur, car Patsy Panick, devant eux, marchait pesamment et avec difficulté. Une fois arrivée dans la cuisine, elle resta un instant debout en s'agrippant à une chaise pour reprendre son souffle.

Assis à une longue table en pin, un homme assez âgé était en train de manger, sans doute son déjeuner, bien qu'il fût à peine 11 h 30. Il était presque, mais pas tout à fait, aussi gros que sa femme. La graisse est différemment répartie chez les hommes et les femmes et, tandis que l'excès de poids de son épouse s'était distribué à peu près partout, la graisse de Robert Panick s'était accumulée, avait enflé au point d'en devenir énorme, uniquement sur son ventre. Slesar avait lu quelque part, comme il le fit observer peu après alors qu'ils regagnaient le commissariat en traversant Forby, que Thomas d'Aquin avait fait découper une grande ellipse dans sa table de travail pour qu'elle puisse contenir l'énorme ventre du saint docteur de l'Église. Robert Panick aurait eu lui aussi besoin de faire de même, mais personne n'y avait songé et il était obligé de s'asseoir à soixante centimètres de la table et de se pencher en avant pour manger.

Il venait apparemment d'achever une grosse assiettée de viande, de foie et de bacon agrémentés de frites, de petits pois et de pain grillé, car sur la cuisinière, un assortiment analogue grésillait dans deux poêles. Une assiette contenant le repas à moitié consommé de son épouse reposait également sur la table et avant de s'asseoir, Mme Panick en porta distraitement une fourchette à sa bouche.

« Donne-leur quelque chose à manger, Patsy, dit Panick, qui n'avait pas semblé tenir autrement compte de leur présence. Quelques-uns de ces biscuits au chocolat fourrés à la confiture, ou bien des Mars glacés qu'on a au congélateur.

— Non, merci, dit Slesar, répondant en leur nom à tous. C'est très gentil à vous, mais non merci, quand même. Nous voulions vous poser des questions sur la maison. Je crois que vous l'avez achetée à un certain M. James Royall il y a environ sept ans ?

— C'est juste, mon garçon. Sauf que c'était il y a six ans. Jimmy est mon cousin. Et son père, qui vivait ici, était mon oncle. Nous avons toujours adoré cette maison, n'est-ce pas, Bob ? C'est une vieille demeure ravissante, un vrai manoir ancien bourré de charme, et le jour où nous avons eu l'occasion de l'acheter — à vrai dire, Bob avait toujours très bien réussi et il venait juste de vendre son affaire — nous nous sommes dit : pourquoi ne pas mettre un peu de cet argent dans la maison de nos rêves ? »

Son mari acquiesça de la tête. Il venait d'avaler son dernier morceau de pain grillé et il lui tendit son assiette pour qu'elle la remplisse à nouveau. La quasi-totalité du contenu des deux poêles y passa. Mme Panick s'attabla devant son repas et la chaise émit un long craquement plaintif.

« Cela ne vous dérange pas que je continue à manger, n'est-ce pas ? Mais j'aurais bien voulu vous offrir quelque chose. Un morceau de génoise Victoria ? Je l'ai faite moi-même ce matin. Bon, bon, je n'insiste pas. Nous avons des besoins modestes, mon petit, comme vous pouvez le voir. Nous n'avons pas de voiture, il y a une très bonne épicerie fine à Pomfret qui livre deux fois par semaine. Alors, on a pensé qu'on pouvait se permettre d'acheter la maison et de l'entretenir et on s'en sort pas mal, n'est-ce pas, Bob ? Remarquez, je pense que mon cousin Jimmy nous a fait un prix, parce que nous étions de la famille.

— Son fils, Brendan, dit Nicky. Je suppose que vous le connaissez aussi ?

— Si on le connaît ? C'est presque notre fils. Je veux dire, si on ne parle pas de mon cousin, on le considère comme notre fils. Il ne veut rien avoir à faire avec Jimmy et Moira, mon petit. Il dit que son papa est cruel avec les animaux et qu'il l'a privé de son héritage. Et c'est vrai que mon oncle John disait souvent que Brendan pourrait avoir le domaine quand il partirait. Son père lui a donné une partie de l'argent que nous lui avons versé pour la maison, mais il a dépensé pratiquement tout le reste dans son parc sur l'Europe. Alors, j'ai dit à Brendan : ne t'inquiète pas, ma puce. Un jour, ça sera à toi.

— Ce qui veut dire ?

— Que nous lui avons laissé la maison dans nos testaments.

— Ainsi, il vous arrive de le voir ?

— De le voir ? Il passe toujours ici quand il est dans le coin. J'ai dit à Bob que Brendan nous avait adoptés parce que ses parents étaient loin d'être satisfaisants. Nous lui servons — comment dit-on, déjà ? — de parents de substitution. Et à mon avis, il sait bien qu'il y aura toujours un couvert pour lui dans cette maison. Voilà que tu as fini tout le reste du plat, Bob, il va falloir que je me trouve autre chose à manger.

— Mais il y a un dessert, non ? » dit Panick, du ton d'un homme qui demande à un directeur de banque s'il est vraiment certain que son compte est à découvert.

« Bien sûr qu'il y a un dessert. T'ai-je jamais servi un repas sans dessert depuis le jour de notre mariage ? Mais moi, j'ai encore un creux et je crois que je vais devoir attaquer le camembert comme les Français, avant le dessert, d'accord ?

— Savez-vous où est Brendan en ce moment, madame Panick ?

— Eh bien... certainement pas avec ses parents, mon petit. À Nottingham, peut-être ? Il est venu ici il y a deux ou trois semaines. Non, je me trompe, il y a plus d'un mois. Cela avait quelque chose à voir avec les papillons ou les grenouilles. Il adore les animaux, notre Brendan. C'est son métier, vous savez, de sauver les animaux, un peu comme les gens de la SPA. Alors, il est passé nous voir. Ça tombait bien parce que j'avais justement préparé un faisan ce soir-là. Surgelé, bien sûr, la saison ne commence pas avant le mois prochain, mais il était très bon quand même et je l'ai servi avec de la sauce au pain et à l'orange, même si ce n'est pas tout à fait ce qu'il y a de mieux avec le faisan, et puis des pommes au four et une tourte à la graisse de rognon pour bien tenir au corps. Après, on a terminé par un roulé au chocolat avec de la crème fraîche.

— Il a descendu notre allée, gai comme un pinson, à 17 heures pile, et il a garé sa caravane juste au-dessous de la fenêtre de la cuisine. Pour pouvoir sentir les odeurs de cuisson, disait-il.

— Il vit dans une caravane ? demanda Hennessy, cherchant à ne pas trop montrer sa consternation.

— Oui... enfin, plus exactement dans un Winnebago, mon petit. Il est toujours en déplacement, on ne sait jamais où le trouver d'un moment à l'autre.

— Il n'a pas de domicile fixe ?

— Pas ce qu'on pourrait appeler une adresse régulière. Enfin, si on ne tient pas compte de la nôtre.

— Nous vous serions reconnaissants de nous prévenir s'il repasse un jour par ici.

— Ça, vous pouvez en être sûr, dit Patsy Panick, contrairement à ce qu'avait prévu Nicky.

— Où as-tu caché ce dessert, Patsy ? » dit alors son mari.

Sur le chemin du retour, à l'entrée de Forby qui avait jadis été classé (ou condamné) cinquième plus joli village d'Angleterre, Nicky Weaver demanda : « Vous ne pensez pas qu'ils sont trop beaux pour être vrais ?

— Personne n'est trop beau pour être vrai, répliqua Hennessy, à la manière de Wexford, qu'il admirait. Qu'est-ce que vous suggérez, m'dame? Qu'ils jouaient la comédie?

— Je ne crois pas. Mais à voir la façon dont ils mangent, Brendan Royall n'aura pas trop longtemps à attendre pour toucher son héritage.

— Quand je pense qu'il habite un Winnebago, dit Damon. C'est vraiment notre chance.

— Tiens, tiens! Vous voulez dire que vous êtes jaloux parce que vous aimeriez aussi avoir un Winnebago, ou que ça vous rend malade de savoir qu'il se déplace constamment?

— Les deux », avoua Damon.

Il y avait quatre hommes. L'un d'eux était tatoué, un autre sentait l'acétone et un autre encore portait des gants. Plus une Golf de couleur rouge, un sous-sol, une pièce transformée en salle de bains depuis peu, des masques en toile peints à la bombe, des menottes, une voiture de couleur claire avec une plaque minéralogique qui avait pour numéro: L-5-7-machin-truc. Un homme à la voix marquée par un accent cockney étudié. Voilà les éléments que Wexford présenta aux membres de son équipe qui n'étaient pas à Nottingham ou à Guildford lors de la réunion qui se tint dans l'ancien gymnase à 16 heures. Ils lui parlèrent d'un garçon paranoïaque qui s'était chamaillé avec ses parents et d'un Winnebago dont Nicky Weaver avait commencé à suivre la trace.

« J'aimerais beaucoup savoir si Brendan Royall a un tatouage, déclara-t-il. Ses parents pourraient sans doute nous le dire.

— Mme Panick devrait aussi le savoir », intervint Nicky Weaver.

Assez timidement, Lynn Fancourt murmura qu'elle ne voulait pas paraître ignorante mais qu'elle ne savait pas ce qu'était un Winnebago. Burden lui expliqua que c'était un mobile home de luxe, pas très éloigné du pavillon sur roues. Royall pouvait sillonner tout le pays et se garer la nuit sur des aires de repos, s'il en avait envie.

Puis Wexford leur fit écouter les enregistrements du témoignage de Dora. Le chef constable arriva inopinément alors que le premier passait depuis cinq minutes. Il s'assit sur une chaise et écouta. À la fin de la cassette, il accompagna Wexford en haut, dans son bureau.

« Votre femme doit avoir encore bien des choses à nous dire, Reg.

— Je sais, monsieur, mais j'ai un peu peur...

— Oui, je vois ce que vous voulez dire. Et moi aussi. Croyez-vous que cela l'aiderait de consulter un psychothérapeute ?

— Franchement, monsieur, me parler lui sert de psychothérapie. Le simple fait de raconter et de savoir que je l'écoute. Nous aurons une autre conversation ce soir. »

Le chef constable regarda sa montre, à la manière des gens qui vont parler de l'importance du temps. Puis il commença : « Vous vous rappelez m'avoir dit que les journaux ne seraient pas si intéressés que cela si l'interdiction de diffuser la nouvelle était levée un vendredi ou un samedi ? Qu'ils préféreraient de beaucoup avoir le feu vert dimanche ? »

Wexford fit oui de la tête.

« Alors, nous la lèverons demain.

— D'accord. Si c'est ce que vous voulez.

— Exactement. Les gens vont assiéger le commissariat en masse, nous passer une avalanche de coups de fil pour nous dire qu'ils ont vu les Struther à Majorque et à Singapour, ou qu'ils sont persuadés que la pièce du sous-sol est juste chez leur voisin, mais quand même, ils peuvent aussi nous aider. Et nous avons besoin de renforts, Reg.

— Je sais bien, monsieur.

— Parfois, je pense que nous ferions mieux d'adhérer plus au système du continent, aux méthodes françaises, par exemple. On devrait tenir les investigations secrètes, cultiver la discrétion et chercher à ne pas se faire remarquer, au lieu de tout livrer au public. Il faudrait garder la presse, le public et les familles des victimes à distance durant la poursuite de l'enquête. Dès qu'on fait appel à la population, on subit une pression bien plus forte. »

Des bribes de cette conférence sur les méthodes continentales revenaient à la mémoire de Wexford. « Le public veut toujours des résultats immédiats.

— Exact. Et c'est à partir de ce moment-là qu'on commet des erreurs. »

Après cet entretien, Wexford rentra chez lui. Tandis qu'il descendait la rue principale, il croisa des occupants des arbres chargés de paquets qui allaient par groupes se poster sur la route pour se faire prendre en stop et véhiculer quelque part, nulle part. Ils quittaient les lieux, du moins pour certains. L'expertise écologique n'était pas encore finie qu'ils partaient manifester ailleurs.

À la vue de la Golf rouge garée devant sa maison, son cœur bondit dans sa poitrine. Mais bien sûr, c'était celle de Sylvia. Il était tellement absorbé par cette affaire qu'il ne reconnaissait même pas la voiture de sa fille. En entrant, il trouva dans la maison non seulement Sylvia, mais Sheila. Dora tenait Amulette dans ses bras. Il dut faire un effort pour se rappeler qu'elle voyait le bébé pour la première fois.

« Je vais passer la nuit chez Syl, papa, dit Sheila. Juste au cas où tu serais horrifié de me voir.

— Quelle idée ! C'est toujours un plaisir de te voir », mentit son père et il ajouta, avec un sourire pour Sylvia : « De vous voir. »

« Ne te fatigue pas. » Sylvia se leva de son siège. « On était sur le point de partir. Mais il fallait qu'on voie maman. Tu ne trouves pas qu'on a été chic de ne parler de tout cela à personne ? Je veux dire, Sheila connaît des masses de journalistes, elle aurait pu facilement laisser transpirer quelque chose, mais on n'a pas pipé mot.

— Vous avez été magnifiques, dit Wexford. Mais à partir de lundi, vous pourrez dire tout ce que vous voudrez. » Il adressa à Sheila un regard sévère. « Je n'ai jamais vu de femme qui se balade aussi allégrement dans la campagne avec un bébé d'une semaine. Maintenant, embrassez-moi, vous deux, et débarrassez le plancher. »

Après leur départ, il serra Dora dans ses bras et sentit son cœur battre la chamade. Il se rendit compte que la main de sa femme tremblait sur son épaule.

« Tu veux que je te serve à boire? Quelque chose à manger? Je t'emmène dîner dehors, si ça te fait plaisir. Il est tard, mais pas trop pour aller à *La Méditerranée.* »

Elle secoua la tête. « Je me suis mise à trembler quand je suis rentrée à la maison. Karen m'a raccompagnée en voiture et elle m'a préparé une tasse de thé, et c'est quand elle est partie que les tremblements ont commencé. Ensuite, les filles sont arrivées. Sheila avait loué une voiture pour faire tout le trajet depuis Londres. Je ne veux pas recommencer à trembler, Reg. C'est terriblement déroutant.

— Ça te ferait du bien de continuer à parler? Je veux dire, de cet endroit et de ces gens?

— Oui, peut-être.

— Je serai obligé de t'enregistrer.

— Ça ne me dérange pas, plaisanta-t-elle, avec un rire un peu forcé. De toute façon, je suis gâtée maintenant. Je ne vais plus vouloir tenir la moindre conversation, même banale, si je ne la sais pas enregistrée. »

14

« Puisqu'ils ne parlaient pas, lui demanda-t-il, comment ont-ils fait pour savoir qui vous étiez ? »

Elle avait des cernes sous les yeux et des rides, aux commissures des lèvres, qu'il ne pensait pas avoir vues auparavant. Mais les tremblements avaient cessé. Ses mains fines reposaient tranquillement sur ses genoux. Et sa voix était ferme.

« Après l'arrivée des Struther, le Tatoué est revenu et nous a donné à chacun un morceau de papier. C'étaient des feuilles arrachées à un bloc de papier quadrillé. Il n'a pas ouvert la bouche mais, comme je l'ai dit, aucun d'eux ne parlait jamais. Kitty Struther était prostrée sur son lit en train de pleurer et de gémir qu'elle voulait partir en vacances. C'était bizarre. Nous étions tous là, dans cette situation affreuse, et elle continuait à pleurnicher sur ses vacances gâchées. Le Tatoué s'est contenté de poser le bout de papier à côté d'elle, mais son mari l'a ramassé et l'a rempli pour elle.

« Il y était juste marqué : "nom", et nous avons compris qu'ils voulaient connaître nos noms. Owen Struther a déclaré qu'ils étaient des criminels et des terroristes et qu'il ne ferait rien pour satisfaire des gens pareils, mais quand Roxane lui a raconté la façon dont ils l'avaient frappée — elle avait un gros bleu sur la joue —, il a fini par s'exécuter. Il a dit que c'était pour sa femme qu'il acceptait de transiger. Nous avons tous inscrit nos noms sur les feuilles de papier et au bout d'un moment, le Tatoué est revenu les chercher.

— Tu ne lui as pas dit qui tu étais ? »

Elle le regarda d'un air interrogateur. « J'ai juste écrit Dora Wexford, si c'est ce que tu veux dire. Oh, je vois. Je n'ai pas dit que j'étais ta femme. J'ai sans doute cru qu'ils le savaient — mais peut-être pas, après tout. »

Combien de gens pouvaient connaître son nom ?

Pas tant que ça. Il est vrai que jusqu'à ce jour il était passé plusieurs fois à la télévision au cours de diverses enquêtes pour faire des appels à témoin et demander l'aide du public, mais personne ne se rappelle les noms des policiers qui font ce genre d'allocutions, ou bien de ceux qui ont leur photo dans les journaux.

« Souviens-toi qu'ils ne nous ont jamais adressé la parole, Reg, lui dit-elle. Et dans l'ensemble, nous ne leur avons pas beaucoup parlé. Enfin, sauf Roxane. La première fois qu'ils nous ont apporté à manger, Kitty leur a dit merci et ça a fait rire Roxane, ce qui n'a pas plu au Tatoué, qui l'a prise par les épaules et l'a secouée pour qu'elle s'arrête. Mais Ryan, Owen Struther et moi, nous ne leur avons quasi pas dit un mot. Je ne pense pas qu'ils aient jamais su que l'inspecteur chargé de l'enquête était mon mari. »

Ils le savaient dans l'après-midi du vendredi, se dit-il, ils l'ont appris et c'est pour cela qu'ils l'ont laissée partir. Pour eux, c'était trop risqué d'avoir sa femme parmi les otages, ils pouvaient se passer de cette complication. La nouvelle avait dû leur faire un choc. De plus, libérer Dora était un moyen sûr de lui faire parvenir leur message. Mais comment l'avaient-ils découvert ?

« Tu as dit que le Tatoué avait frappé Roxane Masood quand elle avait tenté de se jeter sur lui et sur Face de Caoutchouc, n'est-ce pas ? Pourquoi n'a-t-il ou n'ont-ils pas touché Kitty Struther ? »

Dora réfléchit un instant. « Kitty ne s'en est pas prise à lui ; elle criait et elle hurlait, c'est tout.

— Elle lui a craché au visage. La plupart des gens trouveraient ça plutôt agressif. Et plus tard, Le Tatoué a empoigné Roxane et l'a secouée, tout ça uniquement parce qu'elle avait ri quand Kitty avait remercié les ravisseurs d'avoir apporté à manger.

— Eh bien, je ne sais pas, Reg, je ne peux pas te donner de réponse. À vrai dire, ils n'aimaient pas Roxane. Elle leur donnait du fil à retordre depuis le début. Owen Struther pérorait beaucoup sur le fait qu'il ne fallait pas se montrer conciliants — "on ne doit pas faire de quartier à l'ennemi", c'était son expression et pourtant, il n'était pas assez vieux pour avoir fait la Seconde Guerre mondiale, même s'il parlait comme si nous étions des prisonniers de guerre —, mais c'était Roxane qui était la plus combative d'entre nous. Pas la première fois, mais le deuxième soir où on nous a apporté de la nourriture — c'était le Chauffeur et Face de Caoutchouc — elle a regardé le plateau en disant : "Qu'est-ce que c'est que cette merde !" et elle l'a renversé sur le sol. Il y avait du pain et des haricots blancs froids à la sauce tomate, un repas tout à fait mangeable pour des gens affamés comme nous, mais elle a tout jeté par terre. Face de Caoutchouc l'a frappée à nouveau et j'ai cru qu'elle allait se défendre. C'était horrible, mais cette fois-ci Owen Struther s'est interposé, et ils n'ont pas insisté. Il n'a pas fait grand-chose, il leur a juste dit de s'arrêter et il a posé sa main sur l'épaule de Roxane. En tout cas, il a dû prendre un air autoritaire ou une expression du même genre et cela a suffi à les calmer. Puis Kitty s'est remise à pleurer et il s'est assis à côté d'elle, lui a caressé le visage et lui a pris la main. Finalement, le Tatoué est venu nettoyer la saleté.

— Vous avez tous dormi dans la pièce du sous-sol cette nuit-là ?

— Le Tatoué et Face de Caoutchouc sont revenus vers 22 heures. Ils ont éteint la lumière et ôté l'ampoule de la douille. Ah, j'oubliais. Ils ont fait pareil dans la salle de bains. Soit dit en passant, ils venaient toujours à deux. Nous étions cinq, après tout, bien que je ne croie pas que Kitty et moi étions vraiment de force. Il faisait très sombre là-dedans, mais au bout d'un moment, une petite lumière s'est mise à filtrer par la fenêtre à travers le clapier.

— Tu veux dire, une lumière artificielle ?

— Elle pouvait venir d'un lampadaire ou d'un

spot éclairant une maison, ou encore d'un globe placé au-dessus d'un porche. Mais ce n'était pas la lune, même s'il y a eu un clair de lune jeudi soir. Nous avions une couverture sur chacun de nos lits mais pas d'oreiller. Il ne faisait pas froid. Aucun d'entre nous ne s'est déshabillé, comment veux-tu ? Enfin, moi, j'ai enlevé ma jupe et ma veste. Il y a une chose qui va te faire rire...

— Vraiment ? demanda-t-il. J'en doute.

— Je t'assure, Reg. J'avais une brosse à dents dans mon sac à main. Ils m'ont pris le sac le lendemain, mais je l'avais encore à ce moment-là. La veille, j'avais acheté trois tubes de dentifrice, le genre de promotion que l'on voit aujourd'hui partout : si on en achète trois, on vous offre une brosse à dents gratuite avec un petit tube de dentifrice, le tout dans une petite boîte en plastique de voyage. Eh bien, je ne sais pas pourquoi, mais je l'avais mise dans mon sac à main et nous nous en sommes tous servis. Si quelqu'un m'avait dit que je partagerais un jour ma brosse à dents avec quatre étrangers, je ne l'aurais jamais cru.

« Pendant que nous étions tous allongés dans le noir, Owen Struther a commencé à dire que l'évasion était le premier devoir du prisonnier. Impossible de sortir par la salle de bains. Il restait donc la porte, et la fenêtre qui paraissait infranchissable avec ses barreaux et sa cage à lapins. Pourtant, il disait qu'on pouvait envisager de fuir par là et qu'il l'examinerait dans la matinée.

« Ryan Barker avait à peine ouvert la bouche quand la pièce était éclairée, mais dans l'obscurité, il a eu l'air de retrouver un peu de courage. En tout cas, il a dit qu'il acceptait de tenter le coup et il a proposé son aide. Owen a répondu : “Brave garçon”, ou une stupidité du même genre, et Ryan lui a appris que son père avait été soldat. On aurait dit qu'il se parlait à lui-même dans le noir. Il a raconté que son père avait été soldat dans une guerre quelconque, il n'a pas dit laquelle, et qu'il était mort pour la patrie. C'était assez étrange de l'entendre dire ça dans le noir : "Mon père est mort pour la patrie."

« Kitty avait recommencé à pleurer. Elle voulait qu'Owen la "prenne dans ses bras", selon son expression, ce qui était un peu gênant pour le reste d'entre nous et de toute façon, il ne le pouvait pas. Les lits n'avaient que soixante centimètres de large. Elle était là, affalée, en train de geindre qu'il devait s'occuper d'elle, qu'elle se sentait très seule et qu'elle avait peur.

« Je ne pensais pas que je dormirais, mais au bout d'un moment, je me suis assoupie. J'étais en train d'essayer de comprendre comment ils s'y étaient pris, je veux dire comment ils avaient réussi à neutraliser Voitures contemporaines. Mais vu qu'ils étaient quatre, cela avait dû être assez facile. En fait, ils étaient plus de quatre et je vais y venir. Je me suis sans doute endormie pendant que je réfléchissais, mais le bruit du lit qui tremblait à côté de moi m'a réveillée. C'est drôle — ou plutôt non — mais le fait de te parler comme ça a arrêté mes propres tremblements. Je me sens assez bien, maintenant.

« Ce n'était pas moi qui tremblais, mais Roxane. C'étaient ses frissons qui ébranlaient le lit. Je lui ai tendu la main et elle l'a agrippée. Elle m'a dit qu'elle était désolée, mais qu'elle ne pouvait pas s'en empêcher. Que ce n'était pas la peur, je veux dire, pas une peur comme celle de Kitty, qui la mettait dans cet état, mais la claustrophobie.

— Ah oui, dit Wexford.

— Tu le savais ?

— Sa mère m'a appris qu'elle était claustrophobe et que c'était assez sérieux.

— Tout à fait. Elle m'a chuchoté que ça pouvait aller quand il y avait de la lumière, mais que dans l'obscurité elle ne pouvait pas le supporter. Elle n'aurait pas été angoissée si la porte avait été ouverte, mais bien sûr, elle était fermée en permanence.

« C'était vraiment une fille très sensée, à bien des égards, mais elle était trop téméraire. Nous avons rapproché nos lits. Ça avait l'air d'aller mieux quand je lui tenais la main, alors je l'ai fait un moment et après, nous nous sommes toutes les deux endormies.

« Le lendemain matin, le petit déjeuner nous a été apporté par Mains gantées et Face de Caoutchouc. C'était la première fois que nous voyions Mains gantées. Il avait une arme à feu.

— Une arme à feu ? répéta Wexford. Tu veux dire une arme de poing ?

— Oui... enfin, si c'est comme ça qu'on appelle un revolver ou un pistolet. C'était peut-être un jouet ou une imitation, je n'en sais rien, mais Owen, qui devait sûrement le savoir, a dit après que c'était un faux. Le pistolet que Face de Caoutchouc avait dans la voiture était donc probablement faux, lui aussi.

« Ils s'en sont servis un peu plus tard. Oh, ne fais pas cette tête, personne n'a été blessé. » Dora se pencha vers lui et lui prit la main. « Ils n'ont pas replacé les ampoules, ni à ce moment-là ni plus tard. Il ne faisait pas très clair dans la pièce, malgré le soleil qui brillait dehors, la lumière pénétrait mal à travers le clapier et les barreaux. Mains gantées a enlevé le cadenas de la fenêtre et il l'a ouverte. Ce n'était pas si généreux qu'il y paraît, parce qu'avec les barreaux on pouvait tout juste arriver à passer un bras dehors. En tout cas, on a eu un peu d'air dans la pièce.

« Pour le petit déjeuner, il y avait du pain de mie industriel, une orange et un gâteau, une sorte de muffin un peu sec pour chacun, des petits pots de confiture, le genre que l'on sert dans les hôtels, cinq grandes tasses de café instantané et trois récipients en plastique avec ce truc au soja pour remplacer le lait. Je pense que si nous avons eu un repas aussi copieux c'était parce qu'ils n'allaient rien nous servir d'autre avant le soir. Owen avait eu une idée totalement absurde : tailler la seule cuiller qu'ils nous avaient laissée pour en faire un tournevis — il projetait de dévisser la charnière de la porte — mais Face de Caoutchouc est revenu à ce moment-là et il a vérifié tout ce qu'il y avait sur les plateaux avant de les emporter. Veux-tu que je te parle maintenant du reste de la journée ?

— Non, ma chérie, je vais t'envoyer au lit et te monter une boisson chaude. Tu raconteras tout ça demain. »

Il resta assis là un moment en tentant de se rappeler ce qu'elle avait bien pu dire qui avait fait tilt dans son esprit. Le truc au soja non lacté, voilà ce que c'était, le succédané de lait que l'on avait apporté aux otages pour leur petit déjeuner. Il en avait bu la veille, dans le thé qu'il avait pris avec Gary et Quilla en fin d'après-midi, et il lui avait laissé un goût désagréable dans la bouche. Wexford avait l'impression que cela faisait déjà un siècle, il s'était passé tant de choses depuis.

Mais ces deux-là savaient qu'il était policier, même s'ils ne connaissaient pas son nom. Il leur avait dit alors qu'il s'appelait Wexford et en y repensant, il se rappela que Quilla avait sursauté en l'apprenant. Sur le moment, il avait cru que c'était à cause de son grade, mais... si c'était à cause de son nom ?

Vers 17 h 30, ce vendredi, à la terrasse du salon de thé de Framhurst, il avait appris à Quilla et Gary son nom et son grade. Quatre heures plus tard, le Globe sacré s'apprêtait à libérer Dora.

C'était pour lui un terrain étranger; tout était inconnu, nouveau, inexploré. Il eut un moment l'impression de se frayer un passage à travers un bois sombre dans lequel tous les arbres étaient exotiques, les obstacles non identifiables et les bêtes sauvages indiciblement menaçantes. La prise d'otages, la demande de rançon de nature politique, autant de choses dont il n'aurait jamais cru avoir à s'occuper et dont, si on lui avait demandé son avis, il aurait suggéré de confier la responsabilité à des autorités différentes, et même assez lointaines.

C'est ainsi qu'en ce dimanche matin il avait l'impression d'avoir atteint une zone du bois impénétrable, mais qu'il devait pourtant traverser. Il ignorait quelle direction prendre. Les ordinateurs avaient engrangé une foule d'informations : les détails de chaque piste suivie par la police, les antécédents — le curriculum vitae, si l'on veut — de toutes les personnes citées dans l'enquête, les recoupements établis entre leurs activités, les lieux et les « refuges » possibles, les entretiens qui avaient fait l'objet d'une transcription. Et puis il y avait les cassettes enregistrées, la lettre adressée au *Kingsmarkham Courier* et les versions des messages ultérieurs. Il ne voyait rien de concret dans tout cela, rien qui lui donnât le sentiment qu'il pourrait bientôt localiser un endroit précis et centrer les investigations sur une ou plusieurs personnes.

Il avait demandé à l'inspecteur-chef Martin Cook et à l'inspecteur Burton Lowry de mettre la main sur Quilla et Gary et de les ramener au commissariat de Kingsmarkham. À condition qu'ils soient toujours au camp d'Elder Ditches, pensait-il, qu'ils ne soient pas partis la veille, comme tant d'autres. Dora était encore endormie au moment où il s'apprêtait à quitter la maison et il s'était demandé ce qu'il devait faire quand Sheila avait téléphoné. Sheila, qui avait passé la nuit chez sa sœur, allait passer chez eux en rentrant à Londres, et elle resterait avec sa mère jusqu'à son retour.

Même s'il avançait à l'aveuglette dans le bois sombre, il avait pris néanmoins une décision. Il avait convoqué toutes les familles des otages, les avait rassemblées dans l'ancien gymnase avec les membres disponibles de son équipe, leur avait présenté l'évolution de l'enquête et leur avait dit aussi que les faits seraient révélés au public le lundi matin. Quelle que soit l'opinion du chef constable sur les pratiques du continent, il avait fait participer les familles des otages et il devait continuer. À les voir tous assis là maintenant, il se demandait s'il n'avait pas commis une erreur, mais comment savoir ce qu'il faut faire quand il n'y a pas de précédent ?

Il se rappela le souhait d'Audrey Barker d'être mise en contact avec la deuxième mère pour former un groupe de solidarité. Au début, il avait refusé, pour réduire au minimum les risques de fuites. C'était possible à présent, si elles le désiraient. Peut-être cet échange leur apporterait-il un peu de réconfort, mais il avait remarqué que, maintenant que l'occasion se présentait, chacune s'était assise à l'écart, sans mot dire, et se contentait de jeter de temps en temps un regard méfiant aux autres.

Mme Peabody n'était pas venue. Sa fille était donc le seul membre du groupe à se trouver là sans soutien. Elle avait l'air perdu avec sa tête inclinée, ses mains jointes sur ses genoux, son visage blanc comme du parchemin. Elle semblait murée dans le désespoir et la nouvelle que son fils était sain et sauf n'avait pas réussi à dissiper sa souffrance. Par contraste, Clare Cox offrait une expression pleine d'espoir. Elle semblait pragmatique et résolue et surtout, elle *avait changé d'allure.* Une veste et une jupe, une paire de chaussures noires à talons transformaient son apparence. Ses cheveux étaient noués en arrière par un ruban de soie noire. Masood, vêtu d'un élégant costume sombre à reflets pourpres, l'avait accompagnée sans sa famille. Wexford, qui dans ces circonstances n'avait pas vraiment le cœur à sourire, remarqua toutefois avec amusement qu'ils se tenaient par la main.

Andrew Struther murmurait de temps en temps quelque chose à l'oreille de Bibi. Il avait l'air fatigué et tendu. La jeune fille portait un short blanc et un débardeur rouge qui s'arrêtait au-dessus du nombril. Mais son compagnon portait une tenue habillée : chemise blanche et cravate, veste de lin et pantalon noir. Ils se tenaient eux aussi par la main, mais d'une manière bien plus démonstrative que les parents de Roxane, quasi déplacée. La main de Bibi enserra celle de Struther dans un geste caressant et la souleva pour la poser sur sa cuisse légèrement dorée. Elle ne paraissait nullement bouleversée, mais pourquoi l'aurait-elle été ? Ce n'étaient pas ses parents qui avaient été enlevés.

Wexford se leva sur l'estrade construite au pied levé et commença à leur parler. Il leur apprit qu'en fin de soirée les éléments de l'affaire qui avaient été présentés à la presse le mercredi précédent cesseraient d'être tenus secrets. Les médias seraient libres de les révéler, ainsi que les informations plus récentes que la PJ de Kingsmarkham leur avait transmises dans la journée.

Ils savaient déjà, poursuivit-il, que le Globe sacré avait libéré sa femme. C'était elle qui avait pu leur fournir tous les renseignements sur l'état actuel des otages et leur apprendre que le vendredi soir, à son départ, ils étaient tous en vie et en bonne santé. Elle leur avait aussi appris que le Globe sacré allait entamer les négociations aujourd'hui, dimanche, mais ils n'avaient encore reçu aucune indication sur ses intentions. Il n'était pas non plus à même de dire, ajouta-t-il, si ces discussions allaient être engagées avec la police ou avec les familles des otages.

Ils écoutaient. Il leur demanda s'ils avaient des questions à poser. Il savait qu'il n'avait pas été entièrement franc avec eux, ou peut-être n'avait-il pas été sincère avec lui-même. Dire que les otages étaient « sains et saufs » — jusqu'où était-ce vrai ? Il pensait maintenant que s'il s'était gardé d'interroger Dora plus avant, s'il avait différé les autres questions qu'il avait à lui poser, c'était parce qu'il y avait des choses au sujet de Roxane Masood en particulier, et des Struther dans une moindre mesure, qu'il avait préféré ignorer avant de s'adresser à ces gens. Leurs peurs étaient quelque peu apaisées. Y avait-il vraiment lieu, maintenant, de les raviver ?

Audrey Barker leva la main comme une écolière — ou plutôt, comme les écolières de l'époque où il allait en classe.

« Madame Barker ? »

À regarder ses yeux, son visage allongé et tendu, on aurait cru qu'elle venait d'assister à un événement terrifiant. De voir un fantôme, peut-être, ou un carambolage sanglant sur une autoroute. « Pouvez-vous m'en dire un peu plus au sujet de Ryan ? » demanda-t-elle. C'était la voix d'une femme au bord des larmes. « Comment était-il, je veux dire... comment prend-il cela ?

— Il allait très bien vendredi soir. Il avait bon moral. » Wexford n'ajouta pas qu'à partir de ce moment-là le garçon s'était retrouvé seul. « Il semble que les otages soient nourris correctement, il n'y a pas de raison de s'inquiéter sur ce point. Ils disposent d'une douche et d'un lavabo, de lits et de couvertures. »

Ne me demandez pas s'ils sont tous ensemble, pria-t-il en silence. Ne me demandez pas où est la jeune fille. Personne ne posa la question. Clare Cox paraissait considérer comme allant de soi que Roxane était elle aussi dans la pièce au moment du départ de Dora.

Masood, qui avait cessé de lui tenir la main, écrivait quelque chose sur un petit carnet relié de cuir. Il leva les yeux et demanda : « Pouvez-vous, s'il vous plaît, nous dire quelles sont les personnes qui les gardent ?

— Il semble qu'il y ait cinq hommes, ou bien quatre hommes et une femme.

— Et peut-être avez-vous une idée de leur identité ?

— Nous avons des indices, oui, en grand nombre. Nous suivons des pistes constamment. Nous ne savons pas pour l'instant avec certitude où sont détenus les otages, nous pouvons simplement affirmer qu'ils se trouvent dans un rayon de cent kilomètres. La publicité qui sera faite, demain, à cette affaire, pourra nous être d'une aide considérable à ce propos. »

La question devait arriver. On la posait toujours. Ce fut Andrew Struther qui la formula.

« Oui, d'accord, tout cela est très bien, mais pourquoi n'avez-vous pas fait plus de démarches pour les retrouver ? Cela fait combien de jours à présent ? Cinq ? Six ? Qu'avez-vous fait exactement ?

— Monsieur Struther, dit patiemment Wexford, chaque policier de ce secteur remue ciel et terre pour découvrir la trace de vos parents et des autres otages. Tous les congés ont été annulés. Cinq inspecteurs du RCS sont venus nous prêter main-forte.

— Les miracles se font dans la seconde, l'impossible prend un peu plus de temps, dit Masood, comme si l'aphorisme était nouveau ou spirituel.

— Il faut espérer que nous ne sommes pas dans le domaine de l'impossible, monsieur, dit Wexford. S'il n'y a plus de questions, peut-être voulez-vous discuter un moment entre vous. On a parlé de former un groupe d'entraide, ce qui pourrait être utile au stade actuel des choses. »

Mais ils n'en avaient pas tout à fait fini avec lui. L'autre question qu'il avait presque cru pouvoir éviter lui fut soudain posée, curieusement, par Bibi.

« C'est un peu drôle, n'est-ce pas, je veux dire, assez étrange, que ce soit votre femme qui ait été libérée ? Comment expliquez-vous ça ? »

Le genre de colère qu'il ne devait jamais laisser paraître commença à monter en lui, cette exaspération qui faisait de l'hypertension une sensation vraiment physique, l'impression que la tension artérielle battait violemment dans ses artères. Il reprit son souffle, puis déclara calmement, et en l'occurrence en toute sincérité : « Je suis incapable de l'expliquer. Je peux seulement espérer que ce fait, et tous les autres, seront bientôt éclaircis. » Une autre inspiration longue et profonde et il ajouta : « Vous devez bien sûr vous attendre à être assiégés par les médias. La police n'imposera aucune mesure de restriction à ce que vous pourrez choisir de dire à la presse ou à toutes les interviews que vous pourrez donner. » Il leva la tête et parcourut l'assistance d'un regard circulaire. « Gardez le moral. Soyez optimistes. » Ils le dévisagèrent comme s'il les avait insultés. Puis il acheva : « Merci de votre attention. »

Il redescendit de l'estrade avec le désir impérieux, qu'il n'avait pas le droit de satisfaire, d'échapper à tous ces gens. Ils restaient plantés là, un peu, se dit-il, comme s'ils attendaient des rafraîchissements. Puis il se produisit une chose étrange. Les deux mères marchèrent l'une vers l'autre. Il aurait juré qu'elles n'avaient rien échangé jusqu'alors, sauf un signe de reconnaissance dicté par leur détresse partagée, mais à cet instant, comme si les choses qu'il venait de dire leur avaient mutuellement révélé leur anxiété commune, elles s'approchèrent l'une de l'autre et leurs regards se croisèrent. Après quoi, comme si elles se conformaient aux indications d'un même scénario, elles tendirent les mains et tombèrent dans les bras l'une de l'autre.

Les hommes ne feraient jamais ça, songea-t-il. Ils ont tant de gêne et de maladresse qui ont été épargnées aux femmes. Il avait conscience d'être lui-même un peu embarrassé, ce qui l'étonna et lui sembla presque drôle, alors que Masood détournait les yeux et que Struther murmurait à Bibi quelques mots qui la firent pouffer de rire.

Wexford toussa avec diplomatie. Ils devaient rester en contact, leur dit-il, et se rappeler que toute l'affaire serait révélée le lendemain dans les médias.

Dora, amenée au commissariat par Karen, était assise dans son bureau, une pièce plus agréable que l'ancien gymnase. Une bonne nuit de sommeil lui redonnait meilleure mine et avait dissipé cet air pâle et fatigué. Elle avait retrouvé un peu de sa vivacité naturelle et était vêtue avec soin d'une jupe et d'un chemisier qu'il ne lui avait encore jamais vus, dans des tons bleus et beiges qui la flattaient.

Burden était aussi dans le bureau et venait d'enclencher le magnétophone. Au début un peu tendue et inhibée par l'appareil, Dora parlait maintenant aussi librement que s'il n'avait pas été là.

« L'inspecteur principal Wexford est entré dans la pièce à 10 h 43 », dit Burden.

Cela eut l'air d'amuser Dora, qui sourit. « J'en étais où ? À la première matinée ?

— Au matin du mercredi 4 septembre, lui rappela Burden.

— D'accord. Je vais continuer à les appeler le Chauffeur, Mains gantées, Face de Caoutchouc et le Tatoué, si vous êtes d'accord. » Elle poursuivit, encouragée par leurs sourires et leurs hochements de tête : « Oh, et puis le cinquième, le — comment dit-on déjà ? — pas le travesti. Ah oui, l'Hermaphrodite.

— Quoi ? s'exclama Burden. Vous ne parlez pas sérieusement ?

— Je ne sais pas si c'était un homme ou une femme. Ils n'avaient pas de visage, vous savez, et pas de voix non plus. C'était prudent de leur part de ne pas parler, vous ne trouvez pas ?

— Les bandits astucieux ne parlent pas, dit Burden. Nous en connaissons un rayon, ici, à ce sujet. Continuez, Dora.

— Les autres avaient des chaussures de sport noires, mais l'Hermaphrodite portait ces grosses chaussures pesantes avec une structure lourde et des semelles épaisses — des Doc Marten's, c'est bien ça ? — et je me suis vraiment demandé s'il s'agissait d'une femme qui cherchait à paraître plus grande. Ce ravisseur avait des gestes de femme, un peu plus gracieux que ceux des autres, plus légers, moins mesurés — oh, je n'en sais rien, après tout. Comment le savoir ?

« Dès qu'on nous a laissés seuls, ce matin-là, Owen Struther s'est emparé de Ryan — enfin, il s'est assis à côté de lui et a commencé à lui parler. Il lui inculquait sa doctrine de l'évasion et je pense qu'il avait choisi Ryan parce que, même s'il n'avait pas encore quinze ans, il était le seul homme à part lui. En plus, Ryan fait un mètre quatre-vingts. Moi, ça ne me plaisait pas, parce que après tout il a peut-être la taille d'un homme, mais pour beaucoup de choses, ce n'est encore qu'un enfant.

« Owen lui répétait sans cesse qu'il devait agir en homme. C'était à eux de nous défendre, nous les femmes, parce qu'ils étaient des hommes, c'était une partie du rôle qui leur était assigné dans la vie et le plus important, c'était que Ryan ne montre jamais sa peur, et un tas d'autres inepties du même genre. Je les ai laissés à leur discussion et je suis allée dans la salle de bains où j'ai fait de mon mieux pour me laver. J'ai passé un bon moment là-dedans à essayer de faire ma toilette. Les autres raisons mises à part, c'était aussi un moyen de passer le temps.

« Roxane s'est lavée après moi et nous avons utilisé la même brosse à dents. Ensuite, j'ai dit à Kitty que la salle de bains était libre, mais elle m'a pratiquement ignorée. Un peu plus tôt, elle avait arpenté la pièce de long en large, donné des coups de poing sur les murs et tout ça, mais à ce moment-là, elle était effondrée sur son lit — elle avait bu un peu de café mais elle n'avait pas déjeuné — et elle avait l'air d'avoir totalement succombé au désespoir.

« C'était curieux de voir son mari si actif, si déterminé et si plein d'énergie, le type même de l'officier intrépide dans un vieux film de guerre, et elle au contraire si abattue, comme si elle faisait réellement une dépression nerveuse. C'est vrai, elle avait craché au visage d'un des hommes et lâché une bordée de jurons, mais cela n'avait duré qu'un temps et c'était fini maintenant. On ne pouvait comprendre que deux époux qui étaient vraisemblablement mariés depuis des années et des années puissent avoir des attitudes si différentes face à la vie.

— Quels étaient ces projets d'évasion ? demanda Wexford.

— J'y arrive. J'ai passé la matinée à discuter avec Roxane. Elle m'a parlé de ses parents, de son père, cet entrepreneur assez fortuné. Il est né à Karachi, mais il est venu ici dans son enfance et il a réussi en partant de rien. Elle est très fière de lui, mais elle l'est moins de sa mère, qui lui inspire plutôt de la pitié. Sa mère a toujours refusé de se marier avec M. Masood. Roxane se rappelle l'avoir entendu presser sa mère de l'épouser quand elle avait dix ans. Mais Clare — elle l'appelle Clare — faisait passer son métier d'abord et disait que le mariage était dépassé, même si, apparemment, sa carrière n'a jamais valu grand-chose. Alors, M. Masood a épousé quelqu'un d'autre et il a eu d'autres enfants. Roxane en est très malheureuse, elle est jalouse, elle n'aime pas sa belle-mère. J'ai bien peur qu'elle ne prenne un malin plaisir à critiquer l'embonpoint de Mme Masood alors qu'elle, bien sûr, est mince comme un fil.

« Elle m'a raconté qu'elle voulait devenir mannequin et que son père l'y aidait, puis nous en sommes venues à parler de sa claustrophobie. Elle m'a dit qu'elle était due à sa grand-mère — c'est-à-dire la mère de Clare — qui l'enfermait dans un placard pour la punir quand elle était petite. Si c'est vrai, c'est réellement terrible — on a du mal à comprendre une chose pareille —, mais est-ce que sa grand-mère en est vraiment la cause ? Les problèmes psychologiques sont toujours plus complexes que ça, non ?

« Enfin, je ne dois pas trop m'éterniser sur Roxane. Elle était claustrophobe, mais elle arrivait quand même à le surmonter dans cette pièce, seulement je me suis demandé comment elle arriverait à s'en sortir si elle réalisait son rêve de devenir mannequin et si elle était obligée de dormir dans des chambres d'hôtel exiguës. Mais elle sera peut-être une nouvelle Naomi Campbell et elle pourra s'offrir de véritables suites.

« Ils ne nous ont rien apporté pour le déjeuner et ils ne sont pas venus nous voir pendant des heures. Owen Struther inspectait toute la pièce en emmenant Ryan partout avec lui, et il a tout particulièrement examiné la fenêtre et la porte. La fenêtre était ouverte mais on ne pouvait pas voir grand-chose, à part la verdure et ce machin gris qui était une sorte de marche en béton, et il était quasiment impossible de passer le bras au-dehors. Owen avait le bras trop gros pour le glisser entre les barreaux, mais Ryan a réussi à sortir le sien. Non pas que ça ait été vraiment utile. Il a tendu son bras aussi loin qu'il a pu et il a réussi à toucher le bois du clapier à lapins. Il a dit qu'il sentait de la pluie sur sa main, mais nous avions déjà vu qu'il pleuvait...

— Pouviez-vous entendre la pluie ? demanda Slesar.

— Vous voulez dire tambouriner sur le toit ? Non, rien de ce genre. J'avais l'impression qu'il y avait au moins un étage, sinon deux, au-dessus de la pièce du sous-sol. Ce n'était pas une grange ni un garage indépendant.

« Je reviens à Owen Struther. Selon lui, nous n'avions qu'un seul moyen de nous évader : nous devions profiter des moments où ils venaient nous donner à manger ou rechercher notre plateau car, lorsqu'ils étaient là, la porte était poussée, mais pas fermée à clef. Il passerait à l'action avec Ryan, et Roxane les aiderait. Je ne crois pas qu'il faisait grand cas de la force que je pouvais avoir et bien sûr on ne pouvait pas compter sur sa pauvre femme.

« Roxane devait distraire l'attention de l'un d'eux. Je ne sais pas ce qu'il avait l'intention de faire, peut-être se jeter sur eux, même si nous savions tous comment cela finirait. Mais je ne pense pas qu'il s'en préoccupait. Il était obsédé. Ils choisiraient un moment où l'Hermaphrodite serait avec un des Struther, parce qu'il serait plus facile à maîtriser. Soit dit en passant, ce plan aurait été parfait s'ils avaient passé leur temps à entrer et à sortir toutes les cinq minutes, mais comme je vous l'ai dit, nous ne les avions pas vus depuis des heures. Dans l'ensemble, ce projet d'évasion n'était pas très réaliste. Pendant que Roxane aurait occupé l'un d'entre eux — en se faisant tabasser, je suppose —, il s'en prendrait au second et Ryan s'enfuirait par la porte.

« Quand j'ai entendu ça, je suis intervenue et je lui ai demandé s'il se rendait compte que Ryan n'avait que quatorze ans. D'abord, il ne savait pas conduire. Qu'allait-il faire, à son avis, une fois dehors au milieu de Dieu sait quoi ? Alors il a modifié son plan et décidé que ce serait lui qui sortirait à l'extérieur pendant que Ryan et moi maîtriserions le second.

« Au bout du compte, l'évasion a échoué. Ç'a été une catastrophe. Mais j'en parlerai plus tard, d'accord ? »

Il y a environ vingt-cinq variétés de mûres sauvages dans les îles Britanniques. La plupart des gens croient qu'il n'en existe qu'une sorte, mais il suffit d'observer la formation des feuilles, sans parler de la taille, de la forme et de la couleur des baies, pour constater qu'elles sont très diverses. La jeune femme frêle, vêtue d'un survêtement passé, qui cueillait des mûres et remplissait un panier d'osier tout en en mangeant copieusement au passage, servit ce discours à Cook sans qu'il le lui ait demandé.

« Intéressant, répondit Cook. Et qu'allez-vous faire de ces mûres ?

— Je vais les mettre à cuire avec des baies de sureau et des pommes sauvages, pour faire une compote d'automne. » Elle décocha à Burton Lowry un regard appréciateur. Cook y était habitué. « Je ne pense pas que vous soyez venu ici pour vous initier à la cuisine des lutins ?

— Je cherche Gary Wilson et Quilla Rice.

— Vous ne les trouverez pas, ils sont partis. Vous

aviez plus ou moins l'intention de les harceler, non ? J'ai bien peur que vous n'ayez à vous contenter de moi. »

Cook ne releva pas l'insinuation. Il ne pourrait pas continuer longtemps à ignorer ce genre de provocations, mais il persista un moment. « Pourriez-vous m'indiquer votre nom ? »

La jeune femme haussa les épaules. « Je *pourrais* avoir des tas de noms différents. Ma mère voulait m'appeler Tracy et mon père préférait Rosamund, mais en fait, ils ont fini par m'appeler Christine. Christine Colville. Et vous, comment vous appelez-vous ? » Voyant qu'elle ne recevait pas de réponse, elle proposa à Lowry : « Vous voulez une mûre ?

— Non, merci. »

Cook se retourna et balaya le bois du regard. Les premières cabanes bâties dans les arbres à Elder Ditches étaient tout juste visibles au loin. Il apercevait, assise dans une clairière, une silhouette qui tenait apparemment un instrument de musique, mais la forêt était silencieuse. « Y a-t-il quelqu'un — il ne savait pas comment dire — enfin, qui soit responsable ici ?

— Vous voulez que je vous conduise à notre chef ?

— Si vous en avez un, oui.

— Bien sûr que nous en avons un, répliqua-t-elle. Le roi de la forêt. Vous n'avez pas entendu parler de lui ? »

Le nom revint à la mémoire de Cook. Il se rappela le communiqué au *Kingsmarkham Courier.* « Il s'appelle Conrad Tarling ? »

Elle fit oui de la tête. Puis elle ramassa son panier, se tourna vers eux et leur dit : « Suivez-moi », en ponctuant ces mots d'un geste de la main. Tout en marchant, elle cueillait des grappes de baies de sureau dans les buissons qui s'étendaient sur environ un demi-hectare avant de faire place aux grands arbres. Cook et Lowry lui emboîtaient le pas.

« Je reviendrai plus tard chercher les pommes sauvages, déclara-t-elle. Je ne crois pas que vous ayez jamais entendu parler du roi *dans* la forêt ?
— Vous venez de dire qu'il s'agissait de Tarling.
— Pas celui-là, lâcha-t-elle avec mépris. Mais un homme qui vivait en Italie, au bord du lac Nemi, dans les temps anciens. C'était lui qui s'appelait le roi dans la forêt. Il tournait sans cesse autour d'un arbre, armé d'une épée. La peur ne le quittait pas et il était toujours sur le qui-vive, car il savait que des hommes viendraient l'attaquer et tenter de le tuer. Il était dit que sa couronne reviendrait à son meurtrier.
— Ah oui ? » fit Cook.
Mais Lowry intervint : « C'était un prêtre et un meurtrier et tôt ou tard, il allait être assassiné, et l'homme qui le tuerait deviendrait prêtre à sa place. Telle était la loi du Bois sacré. »
Christine Colville sourit, mais Cook s'exclama : « Du quoi ? »
Pour lui, cela ressemblait terriblement au Globe sacré. Amusée par son air inquiet, la jeune femme éclata de rire. Cook n'avait pas la moindre idée de ce dont elle avait pu parler avec Lowry, mais il était certain qu'elle le mettait en boîte. Après qu'ils eurent atteint les arbres et marché un moment dans la forêt, Christine Colville posa son panier, leva la tête et siffla. Son sifflement ressemblait à un cri d'oiseau : cui-cui, cui-cui.
Des visages apparurent entre les branches.
« Quelqu'un a besoin de parler au roi », annonça-t-elle.
Ce fut alors que Conrad Tarling se montra, comme s'il avait été appelé par la magie du mot « roi », le « Sésame, ouvre-toi ». Il émergea à quatre pattes d'une cabane construite en haut d'un arbre. Il était torse nu et sa tête rasée aux reflets bleutés brillait au soleil.
« Police, dit Cook. J'aimerais vous parler. »
Tarling se replia derrière le pan de toile qui ser-

vait de porte à son nid de corbeau. Cook se demandait ce qu'il allait faire lorsqu'il ressortit, drapé cette fois dans sa cape couleur sable qui l'enveloppait de la tête aux pieds. Pendant un moment, Cook pensa qu'il allait descendre du haut de son arbre en sautant de branche en branche, ses pieds prenant appui sur les saillies du tronc noueux, mais, au lieu de cela, il claqua des doigts à l'attention d'une personne invisible et quelques instants plus tard, Christine et un homme vêtu d'un short et d'un anorak appuyèrent une échelle contre l'arbre.

Debout dans la clairière, il dominait Cook d'une bonne quinzaine de centimètres. Il avait une tête assez petite et un long nez. Son visage était saisissant, avec des traits durs et nets, comme creusés dans le bois.

Cook lui demanda s'il savait où se trouvaient Gary Wilson et Quilla Rice, mais le roi de la forêt exigea qu'ils prouvent leur identité avant de répondre. Après avoir examiné attentivement la carte de police de Cook, il s'enquit, très grand seigneur, de ce que la police leur voulait.

« Nous aimerions leur poser quelques questions. »

Tarling se mit à rire. Il avait un public à présent. Une demi-douzaine de lutins écoutaient, accroupis à l'entrée de leurs cabanes perchées dans les arbres, et Christine Colville et son compagnon en anorak étaient assis en tailleur, dans l'herbe, non loin de là.

« Vous dites toujours la même chose. Le discours du totalitarisme : quelques questions. Un point d'interrogation. Un brin d'inquisition. Et après, on s'amuse comme des petits fous dans une cellule de prison — c'est bien ça ?

— Où garez-vous vos véhicules ? »

Un autre éclat de rire, cette fois-ci à l'intention de la galerie. « "Véhicule" ! Quel vilain mot ! C'est ce que j'appellerais un terme de police, comme "enquête" et "poursuites". Ceux d'entre nous qui ont des *véhicules* les garent dans un champ qui nous a été gentiment prêté — très gentiment, j'insiste là-dessus — par M. Canning, un fermier qui est un ange de lumière comparé à d'autres agriculteurs et qui refuse, comme nous, cette odieuse déviation.

— Je vois. Et où se trouve le champ de cet ange de lumière ?

— Entre Framhurst et Myfleet. À la ferme de Goland. Mais Quilla et Gary ne s'en sont pas servis, parce qu'ils n'ont pas de *véhicule.* Ils ont dû partir en stop, ils le font toujours. » Tarling ramassa son panier, tourna son attention vers un sureau et poursuivit, d'un ton moins agressif : « Ils reviendront dans une semaine, à peu près. Pour votre *information,* pour utiliser votre vocabulaire, ils sont allés au grand rassemblement de Species, au pays de Galles, et ils vont bientôt rentrer. Personne ne croit que cette expertise résoudra le problème, vous savez. Les choses ne se font pas aussi facilement.

— Et vous ?

— Je vous demande pardon ?

— Avez-vous... — Cook évita le mot litigieux — une voiture ? »

Si Cook n'avait pas lu Lewis Carroll, ce n'était pas le cas de Lowry. Wexford aurait lui aussi reconnu la citation, mais pour Cook, c'était du charabia. Il se détourna, écœuré, poursuivi par la réplique de Tarling et par le rire qu'elle déclencha chez les occupants des arbres.

> *J'ai déjà répondu trois fois; cela m'assomme;*
> *N'essaie donc pas de prendre un air hautain !*
> *Mon temps est trop précieux, file à l'instant, jeune homme,*
> *Ou je vais te botter l'arrière-train* [1] *!*

En regagnant la voiture, il dit à Lowry : « Je

1. *Alice au pays des merveilles,* traduction de Jacques Papy, Gallimard, 1996. *(N.d.T.)*

commence à en avoir marre de te voir te payer ma tête avec ton savoir universitaire.

— Mais qu'est-ce que j'ai fait ? » rétorqua Lowry d'un ton indigné.

Barry Vine était dans la voiture avec Pemberton. Ils étaient allés au camp de Savesbury Deeps, mais apparemment, ils en avaient moins appris que Cook. La moitié des occupants des arbres étaient partis et « beaucoup avaient repris leur bâton de pèlerin pour aller combattre d'autres profanations et d'autres injustices ».

« C'est ta façon de dire les choses ? siffla Cook, sur un ton belliqueux.

— Non, c'est la leur, soupira Vine en haussant les épaules. Et maintenant, je vais aller boire une tasse de thé à Framhurst. »

Devant le coup d'œil surpris de Cok, Vine s'expliqua.

« J'aimerais bien savoir où l'on peut trouver cette cochonnerie qu'on appelle du lait au soja non lacté. Je veux dire, est-ce que ça s'achète en supermarché ou bien en vend-on seulement aux restaurants ? Et quand nous nous serons rafraîchis, j'irai avec Jim parler au fermier Canning. »

Nicky Weaver savait déjà beaucoup de choses sur le Winnebago de Brendan Royall. Elle connaissait son numéro d'immatriculation, avait appris qu'il était blanc, que le véhicule avait trois ans et que Royall l'utilisait généralement seul, mais pas toujours.

L'information la plus importante qu'elle avait obtenue au sujet du mobile home était qu'une voiture de police procédant à des contrôles de vitesse l'avait vu ce matin-là sur la M25. Le Winnebago roulait en direction de la M2. Voilà qui mettait sérieusement en doute sa participation au rassemblement de Species au pays de Galles, supposition que l'inspecteur-chef Cook venait de lui transmettre par téléphone depuis le camp d'Elder Ditches. Elle s'était, bien entendu, renseignée sur ce meeting, et avait découvert qu'il devait se tenir à Neath, près de la forêt de Glencastle, à partir du mardi suivant. Mon Dieu, s'il vous plaît, faites que nous ayons retrouvé les otages avant mardi...

Si Royall avait l'intention de se rendre là-bas, il s'était trompé de direction. Il était peu probable qu'il aille voir ses parents, mais elle ne pouvait pas en être absolument certaine. D'un autre côté, il était presque sûr qu'il passerait chez les Panick.

Dans l'ancien gymnase, elle alla d'un bureau à l'autre, consulta les écrans d'ordinateurs, guetta tous les éléments qui avaient pu arriver récemment. Maintenant, tout le monde était au courant du rassemblement de Species. C'était un événement majeur sur le calendrier des protestataires. La police serait-elle là, parmi les manifestants ?

À travers une des longues fenêtres, Nicky jeta un coup d'œil du côté du parking. Une voiture qu'elle ne reconnut pas s'engageait dans l'allée, une petite Mercedes blanche, qui venait probablement chercher Dora Wexford. Si elle avait été au RCS de Myringham, elle aurait aisément identifié toutes les voitures qui allaient et venaient, et se serait renseignée sur celles qu'elle ne connaissait pas. Mais ici elles lui étaient presque toutes inconnues... Il n'y avait pas de mal, toutefois, à relever son numéro d'immatriculation. Mieux vaut prévenir que guérir. Elle l'inscrivit alors que la voiture contournait l'arrière du bâtiment et disparaissait à sa vue.

« Récapitulons, dit Burden. Mains gantées, vous l'avez vu moins souvent que les autres. Il était là le mercredi au moment du petit déjeuner, mais il n'est pas reparu avant votre départ. C'est bien ça ?

— Pas tout à fait. Je l'ai vu effectivement le mercredi et ensuite, pas avant le vendredi, mais c'était à midi, pas le soir.

— D'accord. Parlons à présent de vos repas. Que vous donnaient-ils à manger ? Non, je suis parfaitement sérieux. La nourriture peut fournir une indication sur l'endroit où vous vous trouviez.

— Vous voulez dire, ce qu'ils nous ont apporté pour le dîner du mercredi ?

— Pour commencer, oui.

— Je ne pense pas que cela vous aidera beaucoup. Il y avait trois grandes pizzas, cuites mais froides, le même pain blanc que le matin, cinq tranches de crème de gruyère et cinq pommes. Les fruits étaient sérieusement talés. Oh, et puis encore du café instantané et ce truc non lacté. Si on avait envie de boire autre chose, on devait se contenter de l'eau du robinet. »

Dora but une gorgée du thé qu'Archbold leur avait apporté et savoura un biscuit au chocolat avec la reconnaissance d'une femme qui a eu récemment pour ordinaire un régime de pizza froide et de pain industriel.

« C'est le Tatoué et l'Hermaphrodite qui nous ont apporté le repas ce soir-là. Le Tatoué et Face de Caoutchouc étaient probablement les plus forts et les plus... enfin, les plus impitoyables. En tout cas, c'est l'impression que j'en ai eue, mais l'Hermaphrodite était certainement le plus faible et dès qu'ils sont entrés, j'ai compris ce qu'Owen avait en tête.

« Ce que Roxane a fait, ce n'était pas intentionnel. Elle n'avait rien prémédité, c'était tout à fait spontané. Elle s'est levée d'un bond et a déclaré au Tatoué qu'elle voulait lui parler. C'est exactement ce qu'elle a dit : "Je veux vous parler." Il l'a regardée, sans broncher. Ou du moins, je suppose qu'il la regardait — on ne peut pas savoir quand on s'adresse à un homme qui a une cagoule sur la tête.

« Puis elle a ajouté : "Nous sommes restés un jour entier sans nourriture", ou quelque chose comme ça. "Vous nous avez laissés toute la journée sans manger. Vous nous traitez de façon monstrueuse. Et pourquoi ? Nous sommes innocents. Nous n'avons fait de mal à personne. Vous ne nous donnez quasiment rien à boire et c'est le premier repas que nous prenons depuis dix heures. Mais qu'est-ce que vous faites ? Qu'est-ce que vous voulez ?" Il n'a pas dit un mot, il s'est contenté de rester là, tout près d'elle.

« C'était l'Hermaphrodite qui portait le plateau, un grand plateau lourd avec tous nos repas dessus. Je voyais Owen qui s'excitait derrière son dos et Ryan qui jouait les aventuriers. Alors, Roxane — oh, c'est une fille courageuse ! — a regardé le Tatoué droit dans les yeux à travers sa cagoule, il était à environ quinze centimètres de son visage, et elle lui a crié : "Réponds-moi. Mais réponds-moi, salaud !"

« Il l'a frappée aussitôt, sur la tête, aussi fort qu'il a pu. C'est à ce moment-là que sa manche s'est retroussée, il portait une chemise avec des manches assez larges et j'ai pu voir son tatouage, un papillon sur son avant-bras gauche. Roxane est tombée sur le lit et Ryan s'est rué sur l'Hermaphrodite. Du coup, l'Hermaphrodite a laissé tomber le plateau et la nourriture s'est répandue partout : les pizzas se sont renversées sur le lit le plus proche, les pommes ont roulé sur le sol et le plateau a atterri par terre dans un fracas épouvantable. Ryan tenait l'Hermaphrodite par les épaules. Alors, le Tatoué s'est retourné d'un bond et a sorti un pistolet. Owen avait déjà gagné la porte, mais il n'est pas allé plus loin.

« Ça s'est passé très vite et dans la confusion, je n'ai pas pu voir grand-chose, mais le coup est parti. Je ne peux toujours pas vous dire si le pistolet était chargé à blanc ou non. Il y a eu une forte détonation, et ce qui en est sorti est allé se ficher dans le bois de l'encadrement de la fenêtre. Est-ce qu'un pistolet chargé à blanc peut faire un bruit pareil ?

— C'est possible, répondit Burden. Toutes les armes à feu sont bruyantes.

— À vrai dire, je ne pense pas que quelqu'un ait été visé. Kitty hurlait comme une folle. Elle s'était effondrée sur son lit et criait en martelant le matelas de ses poings. Je ne sais pas si c'était à cause d'elle ou du pistolet, mais Owen a hésité, et vous savez ce qu'on dit sur les gens qui hésitent. Alors, l'Hermaphrodite a frappé violemment Ryan, il lui a donné un coup de poing à l'estomac, si fort qu'il l'a envoyé valser à travers la pièce, plié en deux par la douleur. Roxane gémissait et se tenait la tête. Moi, je n'ai rien fait, j'en ai peur, je suis restée assise sur mon lit. Le coup de feu m'avait pétrifiée.

« Le Tatoué devait avoir des menottes sur lui parce qu'il en a mis à Owen aussitôt. Pendant toute la bagarre, aucun de ces deux-là ne disait un seul mot et c'était très impressionnant. Owen, lui, criait et jurait, en les menaçant de toute sorte de châtiments : « On vous enfermera à perpétuité dans des quartiers de haute sécurité« , et autres choses du genre. Ryan roulait sur le sol avec des cris plaintifs, Roxane se plaignait d'avoir mal et Kitty hurlait, mais ces deux-là gardaient le silence. C'était sinistre, je vous assure, beaucoup plus efficace que tout ce qu'ils auraient pu dire.

« Ça les déshumanisait, vous comprenez. Les hommes sont des hommes parce qu'ils parlent, et ces deux-là étaient devenus des machines. Des créatures de science-fiction. Bon, je sais que ce n'est pas la philosophie qui vous intéresse. Je vais vous dire ce qui s'est passé après. Je suppose qu'ils avaient tous apporté des menottes, car ils en ont passé une paire à Ryan et une autre à Kitty qui s'est mise à sangloter sans s'arrêter. Le Tatoué a malmené Roxane pour la pousser dans la salle de bains et il a fermé la porte à clef.

« Cela m'a fait peur parce que je savais ce qu'elle éprouvait dans les espaces clos. Mais je pensais que si je le leur disais, cela ne ferait qu'empirer les choses. Alors, je me suis tue. Le Tatoué est resté avec nous en attendant que l'Hermaphrodite aille chercher des cagoules pour les Struther. Ils les leur ont passées, puis ils les ont fait sortir de la pièce et c'est la dernière fois que je les ai vus. Vers 19 h 30 le mercredi soir. »

Burden interrompit à nouveau son récit. « Vous ne les avez pas revus depuis ? »

Dora secoua la tête, se rendit compte que son geste ne serait pas enregistré et répondit : « Non, plus jamais. » Elle poursuivit : « Mais je n'ai pas de raison de penser qu'il leur soit arrivé quelque chose de grave. Je pense qu'on les a simplement transférés dans un endroit que le Tatoué jugeait plus sûr. Kitty sanglotait toujours quand elle est partie.

« Ryan n'était pas vraiment blessé, il était juste très ébranlé. Plus tard, il a eu un gros bleu sur le ventre. Il s'est levé et a dit quelque chose comme : "J'aurais mieux fait de ne pas tenter le coup", mais j'étais extrêmement inquiète pour Roxane. Il y avait un affreux silence derrière cette porte et je me suis dit qu'elle s'était peut-être évanouie. Un moment, j'ai pensé que je pourrais peut-être l'enfoncer. Vous avez déjà essayé d'enfoncer une porte ? »

Chacun avait fait l'expérience. Ils avaient tous réussi, mais cela n'avait pas été facile. Ce n'était pas comme à la télévision, où il suffit d'un coup de pied et d'une poussée pour que la porte s'ouvre.

Wexford lui demanda : « Tu as essayé ?

— Oui, parce que le silence n'a pas duré. Elle s'est mise à hurler et à donner des coups de poing sur la porte. Ce n'était pas comme les cris de Kitty, c'était une véritable terreur phobique. J'y serais peut-être arrivée, mais au bout d'un moment, le Tatoué et Face de Caoutchouc sont entrés. Ils m'ont écartée de force, Face de Caoutchouc m'a tout bonnement soulevée et jetée sur mon lit. Ne me regarde pas comme ça, Reg. Je n'ai pas vraiment eu mal.

« Ils ont laissé sortir Roxane, mais pas tout de suite. D'abord, il s'est passé une chose horrible. Ils se sont regardés — enfin, je les ai vus se tourner l'un vers l'autre — et j'ai eu l'impression qu'ils savaient ce qu'elle ressentait et qu'ils, tout du moins l'un d'entre eux, prenaient plaisir à sa souffrance. Ils avaient découvert sa claustrophobie et cela leur *plaisait*. Ils sont restés là, un moment, à l'écouter bourrer la porte de coups de poing et les supplier de l'ouvrir.

« Ils ont fini par la libérer. Elle est sortie de la salle de bains en chancelant et elle est tombée sur son lit, secouée par les sanglots. C'était terrible, c'était réellement épouvantable. Mais la vie devait continuer. Je l'ai prise dans mes bras et j'ai cherché à la réconforter.

« Puis, le Tatoué et Face de Caoutchouc ont pris mon sac à main et celui de Kitty — Roxane n'en avait pas, comme la plupart des filles de son âge —, ils les ont emportés avec eux et sont sortis en laissant ses menottes à Ryan, je ne sais pas pourquoi. On ne les lui a pas retirées avant le lendemain matin, il était très mal à l'aise et elles lui faisaient mal.

« Après ça, nous nous sommes calmés tous les trois et nous avons essayé de faire au mieux. J'ai ramassé la nourriture qui n'était pas sale ou abîmée ; les pizzas étaient mangeables et j'ai lavé les pommes. Je les ai obligés à s'asseoir avec moi et à manger aussi bien que possible, puis nous avons parlé. Nous avons inventé une sorte de jeu, chacun de nous devait raconter une histoire vraie de la vie d'un membre de sa famille. Il faisait noir, vous savez, nous étions toujours sans ampoules électriques.

« Bon, j'ai essayé de les dérider en attaquant mon histoire la première ; ensuite, Roxane a raconté une anecdote sur sa tante, qui avait rencontré Gershwin quand elle était petite. Et Ryan nous a parlé de son père, qui avait gagné le championnat d'athlétisme du comté. Enfin, cela ne sert à rien que je m'attarde là-dessus. Après, nous sommes tous allés nous coucher. Même Roxane a réussi à s'endormir, alors que son visage la faisait beaucoup souffrir. Il était très enflé, noir et couvert de bleus et elle avait une coupure qui saignait à la tempe. Ils allaient l'emmener le lendemain, mais je ne le savais pas encore.

« J'étais la seule à n'avoir pas été blessée et je me

sentais coupable. C'est ridicule, vraiment, mais je crois que tout le monde éprouverait une forte culpabilité dans une situation pareille... »

L'inspecteur Edward Hennessy sortit dans le parking juste avant 16 heures. Sa voiture était garée à côté de celle de l'inspecteur Wexford. Entre les deux véhicules, sur le macadam, étaient posés une valise en fibre brun-noir, avec les initiales D.M.W. sur le côté, et deux grands sacs en plastique vert et jaune remplis de cadeaux.

Hennessy se garda bien d'y toucher. Il rentra à l'intérieur du commissariat, frappa à la porte du bureau de Wexford et le mit au courant. Dora était encore là et faisait une pause entre deux enregistrements. Elle se leva d'un bond : « Ça doit être ma valise et mes paquets ! » s'exclama-t-elle.

Elle ne s'était pas trompée. Les sacs en plastique contenaient les cadeaux qu'elle avait emportés pour Sheila : des vêtements pour bébé, un châle, un kimono pour une mère qui allaite, une grande bouteille de parfum et une autre de lotion corporelle. Elle reconnut sa valise et regarda les policiers l'ouvrir et en sortir les vêtements pour bébé intacts, soigneusement pliés. Au-dessus de la pile reposait une feuille de papier, sur laquelle était imprimé le texte du dernier message du Globe sacré :

Ne différez pas davantage, s'il vous plaît. Les médias doivent être avertis immédiatement. Voici la première phase de nos négociations. Nous sommes le Globe sacré et nous sauvons le monde.

15

Le contenu de la valise était, pour autant qu'elle pût le dire, dans l'état où Dora l'avait laissé. « On dirait les questions qu'on vous pose à l'aéroport », plaisanta-t-elle. « Avez-vous fait votre valise vous-même ? L'avez-vous laissée un moment sans surveillance ? Je répondrai oui à la première et Dieu seul le sait à la seconde.

— Je crois que j'ai vu arriver la voiture, déclara Nicky Weaver à Wexford. Une Mercedes blanche. Pour une raison quelconque — mon ange gardien a dû m'inspirer —, j'ai noté son numéro d'immatriculation : L570 LOO.

— Ça doit être celle qui a ramené Dora à la maison. L'auto au numéro L-5-7-machin-truc.

— Ils ont un sacré toupet, dit Burden avec une pointe d'admiration. Rien à voir avec nos petits truands habituels.

— Espérons qu'à force de faire les malins ils finiront par se faire prendre.

— Je n'aime pas ça », dit Wexford et il ajouta, devant leurs regards surpris : « Leurs plaisanteries n'ont rien de drôle, et je regrette que nous décidions de laisser parler la presse juste au moment où ils l'exigent. On ne peut rien y changer maintenant, mais on a l'air de céder à leurs exigences. »

Dora était allée boire une tasse de thé avec Karen Malahyde. Au début, la réapparition de sa valise et de ses paquets l'avait laissée stupéfaite, comme si le Globe sacré faisait preuve en cela de pouvoirs quasi surnaturels. Son mari lui rappela l'impression que lui avaient faite ses ravisseurs : des êtres pas tout à fait humains, des personnages de science-fiction. Il s'assit en face d'elle et l'enregistrement commença.

« On peut passer au jeudi matin, Dora ?

— Euh... à vrai dire, j'en suis encore au mercredi soir. Il s'est passé quelque chose cette nuit-là. Deux des hommes se sont glissés dans la pièce pendant que nous dormions, ou du moins, ils nous croyaient endormis. C'était le cas pour Roxane et Ryan, mais moi, j'ai fait semblant de dormir ; j'ai pensé que c'était plus prudent.

« J'ai entendu la porte s'ouvrir et je les ai vus entrer. Je crois que c'était le Tatoué et Mains gantées, mais je n'en suis pas sûre. Ils portaient leurs cagoules habituelles. C'est à ce moment-là que j'ai fermé les yeux, je ne sais donc pas pourquoi ils sont venus ni ce qu'ils ont fait, mais ils sont restés quelques minutes à se balader dans la pièce. Avant de s'en aller, ils se sont penchés au-dessus de nous, pour vérifier que nous dormions, je suppose. Tu sais qu'on sent toujours instinctivement ces choses-là, même les yeux fermés.

« Le jeudi matin, poursuivit Dora, Roxane avait d'affreux bleus sur le visage et l'œil gauche presque fermé. Je sais que je ne devrais pas penser cela, mais d'une certaine façon, je trouvais que c'était encore pire d'avoir défiguré une fille aussi belle.

« Face de Caoutchouc et le Chauffeur nous ont apporté le petit déjeuner : encore du pain blanc, plutôt sec, et un genre de viande en conserve au rabais, du porc, peut-être, et trois paquets de chips. C'était sans doute destiné à nous faire tenir toute la journée, parce nous n'avons eu rien d'autre jusqu'au soir. Et pas de boissons non plus, à part l'eau du robinet.

« Mais ils n'ont pas oublié de venir chercher le plateau. Cette fois-ci, Roxane ne les a pas engueulés, elle leur a simplement demandé quand ils allaient nous libérer, ce qu'ils voulaient en échange et combien de temps ça allait durer. Vous comprenez, nous ne savions pas qu'ils s'étaient baptisés le Globe sacré. Nous ignorions qu'ils réclamaient l'arrêt de la construction de la déviation, et leurs menaces, et tout le reste. Roxane, elle, voulait désespérément savoir. Évidemment, elle n'a reçu aucune réponse. Je vous ai dit qu'ils ne parlaient jamais. Ils avaient même l'air de ne pas nous entendre, mais avec des types en cagoule, c'est difficile à savoir.

« Au milieu de l'après-midi, Roxane s'est mise à cogner sur la porte. Ryan, depuis qu'on l'avait jeté par terre la veille au soir, avait perdu son entrain et avait mal au ventre, mais dès qu'elle a commencé, il l'a aidée. Pendant une bonne demi-heure, ils ont bourré cette porte de coups de poing et de coups de pied.

« Finalement, la porte s'est ouverte et Face de Caoutchouc est entré avec le Tatoué. Là, j'ai eu une peur terrible, je n'ai pas honte de l'avouer, parce que j'ai cru qu'ils allaient tabasser Roxane et peut-être aussi Ryan. Mais non. Le Tatoué s'est borné à maîtriser Roxane et à lui serrer les bras par-derrière. Elle criait et hurlait tant qu'elle pouvait, mais visiblement, il s'en fichait et il l'a menottée comme ça, les mains derrière le dos. Face de Caoutchouc a contenu Ryan pour l'empêcher d'intervenir et quand il a fait mine d'opposer un début de résistance, il l'a empoigné et enfermé dans la salle de bains.

« Ils avaient apporté une cagoule, qu'ils ont mise sur la tête de Roxane. Puis, ils l'ont emmenée. Où et pourquoi, je n'en ai pas la moindre idée. Elle m'a parlé à ce moment-là, elle m'a lancé : “Au revoir, Dora”, à travers sa cagoule. Elle avait la voix un peu étouffée, mais j'ai bien entendu. Ensuite, je ne l'ai pas revue. » Dora s'interrompit. Elle eut un petit haussement d'épaules, puis secoua la tête. « Je ne l'ai pas revue ensuite, répéta-t-elle. Ils l'ont peut-être mise quelque part avec les Struther, je ne sais où. Tout ce que je peux dire, c'est qu'environ dix minutes plus tard j'ai entendu des pas pour la première fois au-dessus de ma tête, mais cela n'a peut-être pas de rapport avec l'endroit où ils ont transféré Roxane.

— Tu as entendu une personne, ou plusieurs personnes à l'étage ?

— Je ne sais pas. Plus d'une, je pense. Et au bout

d'une heure, ils ont fait sortir Ryan de la salle de bains. Le Tatoué et le Chauffeur sont venus le libérer et après, nous nous sommes retrouvés seuls, lui et moi. Nous sommes simplement restés là, assis, à faire des jeux de lettres. Je crois que jamais de ma vie je n'ai rien désiré tant qu'une feuille de papier et un crayon — ou un Scrabble, ou un Monopoly —, j'en mourais d'envie à ce moment-là. Au bout d'un certain temps, nous nous sommes contentés de discuter. Il m'a raconté des choses qu'à mon avis il n'avait jamais dites à personne.

« Son père a été tué dans la guerre des Falklands. Ses parents n'étaient mariés que depuis trois mois. Sa mère était enceinte quand elle a appris la nouvelle et il est né sept mois plus tard. Si elle a été à l'hôpital dernièrement, c'était pour qu'on lui fasse une biopsie du cône — une opération qui consiste à prélever une partie du col de l'utérus qui présente des symptômes précancéreux. C'est la deuxième fois qu'elle subit une opération de ce genre. Elle va se remarier et elle voudrait avoir d'autres enfants — elle a seulement trente-six ans —, mais il est peu probable qu'elle puisse en avoir après ça. Excusez-moi, sa santé n'a sans doute pas d'intérêt pour vous, c'est sans rapport avec l'enquête. Simplement, il m'a semblé que de se voir confier tout cela était un poids lourd à porter pour un garçon de quatorze ans.

« En tout cas, il m'en a parlé et la soirée s'est passée en confidences. Le lendemain matin, le vendredi, on nous a apporté notre petit déjeuner très tard. Je suppose que nos ravisseurs s'étaient occupés des autres en premier — Kitty, Owen et Roxane — dans l'endroit où ils étaient. C'est le Tatoué et Face de Caoutchouc qui sont venus ce jour-là. Ils nous ont apporté des petits pains complètement rassis, de la confiture dans ces petits pots individuels et une pomme chacun.

« Ryan et moi avions décidé de leur demander ce qui était arrivé à Roxane, quoique sans grand espoir d'obtenir une réponse. Nous leur avons posé la question, effectivement en vain. Je crois que ç'a été la journée la plus longue de ma vie. Il n'y avait rien à faire. Ryan n'a pas ouvert la bouche, il se disait peut-être qu'il avait trop parlé la veille au soir et il était probablement gêné. En tout cas, je n'ai pas pu lui arracher un mot. Il était couché sur le dos dans son lit, les yeux rivés au plafond. Là, pour la première fois, j'ai commencé à penser sérieusement qu'on ne nous relâcherait jamais, que nous resterions cloîtrés comme ça pendant des semaines et qu'à la fin ils nous tueraient.

« Mains gantées est apparu à l'heure du déjeuner. Nous ne l'avions pas revu depuis le mercredi matin. J'ai d'abord pensé qu'il s'agissait de Face de Caoutchouc, mais il était beaucoup plus mince que lui. Le Tatoué l'accompagnait. C'est à ce moment-là que j'ai vu les yeux de Mains gantées. J'ai dit que j'avais vu les yeux d'un seul d'entre eux, n'est-ce pas ? Eh bien, c'étaient les siens.

« Son capuchon devait avoir des trous plus grands que ceux des cagoules des autres. Suffisamment, en tout cas, pour que je puisse voir ses yeux. Ils étaient bruns, d'un brun clair et profond. Il est venu vers moi et il est resté là quelque temps à me regarder fixement comme s'il essayait de... enfin, de vérifier quelque chose à mon sujet, et c'est à ce moment-là que j'ai pu voir ses yeux. Mais cela ne vous aidera pas beaucoup, j'en ai peur. La moitié de la population, j'imagine, doit avoir les yeux marron.

« C'est ce soir-là qu'ils m'ont libérée. Je vous ai tout raconté là-dessus. Ah, j'oubliais. Ils nous ont d'abord donné à manger, si cela peut avoir un intérêt : des spaghettis en boîte à la sauce tomate, froids, bien sûr, du pain et encore de la confiture. C'est le Tatoué et l'Hermaphrodite qui nous ont apporté le plateau. Je m'attendais à passer une nouvelle nuit dans cet endroit quand ils sont venus me chercher. Ryan est resté seul là-bas. Je vous l'ai déjà dit, je n'ai aucune idée de ce que les autres sont devenus. »

Barry Vine passa la tête par l'entrebâillement de la porte et demanda à Wexford s'il pouvait lui dire un mot. « C'est au sujet de la nourriture, monsieur, expliqua Vine quand Wexford le rejoignit dans le couloir. Chou blanc sur toute la ligne. Vous vous rappelez le lait au soja non lacté du salon de thé de Framhurst ?

— Oui, bien sûr.

— Je ne sais pas pourquoi, mais je me suis dit que si c'était le seul endroit où l'on vendait ce truc dans le sud de l'Angleterre... Bon, eh bien, je me suis trompé, parce qu'on le trouve partout dans les supermarchés. Heureusement qu'ils sont ouverts le dimanche, j'ai ratissé tous les points de vente. Il y en a au *Crescent* de Kingsmarkham et aussi dans toutes leurs autres succursales. Dans tout le pays.

— Encore une piste qui tombe à l'eau », soupira Wexford.

Dans le salon du chef constable, un peu en dehors de Myfleet, Wexford mangeait des pistaches et buvait un pur malt. Donaldson, qui lui avait servi de chauffeur à l'aller et ferait de même au retour, l'attendait dans la voiture en compagnie d'un sandwich au jambon et d'une canette de Lilt. Personne n'avait plus le temps de prendre des repas corrects. Wexford était venu discuter de la diffusion de la nouvelle dans les médias. L'affaire allait être révélée le lendemain matin. Mais ils étaient tombés d'accord sur les modalités, les limites et l'heure de cette diffusion et sur les mesures qu'ils allaient prendre. Maintenant, Montague Ryder voulait lui parler de Dora. Il avait écouté toutes les cassettes et s'était repassé la dernière une deuxième fois.

« Son témoignage est très bon, Reg, une vraie mine de renseignements. C'est une femme observatrice. Pourtant... »

Je n'aime pas ce « pourtant », se dit Wexford, phrase qu'il empruntait à un personnage célèbre. À Cléopâtre, pensa-t-il. Il répondit aussitôt : « Je sais. Il y a beaucoup d'éléments là-dedans, et en même temps, rien de consistant. » Mais auriez-vous pu faire aussi bien ? Et moi ? Il eut une réflexion misogyne, ce qui ne lui ressemblait guère, songeant que la plupart des femmes qu'il connaissait auraient flanché si elles avaient subi la même épreuve que Dora. Elles se seraient effondrées, auraient sombré dans le mutisme. « C'étaient des types intelligents, monsieur, dit-il. Des petits malins un peu trop sûrs d'eux. Forcément, pour prendre le risque de la libérer.

— Oui. C'est bizarre, n'est-ce pas ? On en reste à l'idée que c'est parce qu'ils ont découvert son identité ? »

Wexford hocha la tête, mais d'un air de doute. La bouteille de Macallan suivit le même mouvement ascendant que les sourcils du chef constable et il fut tenté, mais il refusa. Il aurait pu continuer à boire toute la soirée, mais à quoi bon ? S'il voulait avoir l'esprit vif demain, il devait rester raisonnable ce soir.

« Vous savez à quoi je pense, Reg ?

— Je crois que oui, monsieur.

— L'hypnose. Elle accepterait ? »

C'était une méthode en vogue depuis peu qui permettait de tirer des informations et des observations enfouies dans l'inconscient et qui le resteraient probablement longtemps, si on ne les faisait pas remonter à la conscience en usant de moyens autres que le bon vouloir et la disposition du sujet. Wexford n'en avait guère fait l'expérience. Il savait, ou il avait entendu dire, que cette pratique donnait souvent des résultats. Il éprouva une répulsion violente à l'idée de faire subir une telle chose à Dora. Pourquoi devrait-elle supporter cette... cette agression ? Cette restriction de son libre arbitre, cette indignité.

« Je ne sais pas si elle sera d'accord », répondit-il. Chose curieuse, il ignorait quelle serait la réaction de Dora. Refus ou intérêt, répugnance ou bien attirance ? « Je dois vous prévenir — c'était très difficile à dire, à exprimer, devant un homme aussi puissant et haut gradé, mais il n'en dormirait pas s'il ne le faisait pas — je dois vous prévenir que je ne ferai rien pour la persuader. »

Montague Ryder se mit à rire, mais c'était un rire bon enfant. « Supposez que je le lui demande, suggéra-t-il. Que je lui pose la question ce soir et que, si elle accepte, nous cherchions à joindre le psychologue pour qu'il l'hypnotise demain ? Vous seriez contre ?

— Non, je ne serais pas contre », répondit Wexford.

16

La télévision éclipsa la presse. La nouvelle du kidnapping de Kingsmarkham fut annoncée à 8 h 45 aux actualités d'ITN et à 9 h 15 au journal de BBC 1, à chaque fois précédée de la phrase : « Nous venons d'apprendre... »

À l'heure du second bulletin d'informations, Dora était au lit avec un gin tonic. Son mari venait de lui faire comprendre qu'elle pourrait rencontrer un hypnothérapeute dès le lendemain. Wexford regrettait à présent que les médias aient donné les noms des otages, ou plutôt, celui de l'otage récemment libérée. Toutefois, même lui ne s'attendait pas à ce qu'on vînt sonner à sa porte à 7 heures du matin et à trouver trois reporters et quatre cameramen massés sur le seuil.

Il avait déjà reçu ses journaux du matin. Tous deux publiaient la nouvelle en gros titres à la une. D'une manière ou d'une autre, un journaliste avait déniché une photographie de Roxane Masood et elle dominait la page, avec des photos du chantier de la déviation, un fac-similé de la première lettre du Globe sacré et cette photo de lui — le portrait qu'il détestait et où on le voyait tout sourire, levant une chope de bière — qu'ils gardaient dans leurs archives. Il était en train de parcourir le texte quand le bruit de la sonnette explosa à son oreille dans un carillon retentissant.

Par chance, il était habillé. Il s'imaginait sans peine une autre photographie où il figurerait engoncé dans son peignoir de velours cramoisi. La chaîne barrait le loquet — pour une raison quelconque, il l'avait laissée en permanence depuis le retour de Dora — et la porte ne s'ouvrit que de quinze centimètres. Sa grand-mère, qui était née à Pomfret, avait trouvé un moyen de dissuader les importuns : elle entrebâillait sa porte de cinq à dix centimètres et lançait d'un ton brusque : « Pas aujourd'hui, merci ! » Il se le rappelait encore, même s'il était très jeune quand elle était morte, mais il se retint de répéter ses paroles. « Conférence de presse à 10 heures au commissariat », jeta-t-il aux journalistes.

Les flashs crépitèrent et il entendit le déclic des appareils photo. « D'abord, je voudrais une interview exclusive de Dora », dit une voix impertinente.

Et moi, je voudrais votre tête sur un plateau d'argent. « Bonne journée », répondit-il, et il ferma la porte. Le téléphone sonna. Il aboya dans le combiné la formule de sa grand-mère : « Pas aujourd'hui, merci », et débrancha la prise.

Un photographe avait contourné la maison et regardait par la fenêtre de la cuisine. Pour la première fois, il apprécia les stores vénitiens que Dora avait accrochés l'été précédent. Il les baissa, prépara une tasse de thé pour Dora et un bol pour lui, puis il les monta au premier. Elle était adossée à un oreiller et écoutait la radio. La nouvelle du kidnapping de Kingsmarkham — le titre, une fois trouvé, demeurerait tel quel — avait supplanté tout le reste : la Palestine, la Bosnie, les querelles des partis politiques et la princesse de Galles.

« Y a-t-il une échelle dans le garage ? lui demanda-t-il.

— Je crois que oui. Pourquoi ?

— À partir de maintenant, ne t'étonne pas si tu vois une tête apparaître à la fenêtre. Les médias attaquent.

— Oh, Reg ! »

La veille au soir, le chef constable était passé la voir. Très fatiguée, elle était allongée en robe de chambre sur le canapé, mais même si elle avait été avertie de sa visite, elle ne se serait pas habillée, ce qui avait plu à Wexford. Il approuvait son indépendance d'esprit et il s'attendait à en voir une nouvelle manifestation lorsque Montague Ryder lui présenterait sa requête. Elle allait dire non. Elle le ferait poliment, peut-être en s'excusant, mais elle n'admettrait pas qu'une espèce de psy la fasse entrer en transe.

Elle avait dit oui.

Maintenant, elle le répétait à nouveau, et même, apparemment, elle se réjouissait. « Il faut que je me lève. On va m'hypnotiser ce matin. »

Pour autant qu'il pût s'en souvenir, il n'y avait jamais eu un si grand nombre de journalistes à Kingsmarkham. Pas même pour un tueur en série. Ni pour le meurtre de Davina Flory et de sa famille. Ils avaient garé leurs voitures n'importe où et les contractuelles, qui étaient sorties en force, s'activaient à relever des numéros et à poser des P.-V. Les employés de la fourrière n'allaient pas tarder à entrer en action.

Il se représentait l'invasion de la petite maison de Pomfret, de la maisonnette de Mme Peabody à Stowerton, et l'irruption des journalistes à Savesbury House pour interviewer Andrew Struther. Il n'avait pas besoin d'y aller pour se l'imaginer. Ils devaient se défendre le mieux possible, et peut-être cette énorme publicité pourrait-elle servir à quelque chose.

À 9 heures déjà, les lignes téléphoniques du

commissariat de Kingsmarkham étaient saturées d'appels de prétendus témoins. Par-dessus l'épaule d'un standardiste débordé, il scruta l'écran de l'ordinateur dans lequel on rentrait toutes les informations qui arrivaient. Roxane Masood n'avait pas été enlevée, elle avait été vue à Ilfracombe ; Ryan Barker était mort et l'on demandait vingt mille livres pour restituer son corps. Les Struther avaient été vus à Florence, à Athènes, à Manchester, accoudés à une fenêtre en haut d'une usine de Leeds et à bord d'un navire dans le port de Poole. Dora Wexford n'avait pas été kidnappée mais introduite dans la place pour servir d'espionne, d'appât et de détective. Roxane Masood s'apprêtait à se marier à La Barbade, avec le fils d'une femme qui leur raconterait toute l'histoire en échange d'une somme qui restait à négocier...

Wexford soupira. Il faudrait vérifier chacun de ces appels, sachant qu'ils étaient probablement tous malveillants ou sans fondement. À moins, bien entendu, qu'il se trouve parmi eux un témoignage authentique, qu'un seul de ces coups de fil puisse fournir une piste sérieuse...

Il avait fait sortir Dora de la maison, presque entièrement cachée sous un grand chapeau et un imperméable, et elle s'était glissée dans une voiture conduite par Karen Malahyde. Après ce qu'elle venait de subir, elle avait catégoriquement refusé de se couvrir le visage, et il n'avait pas discuté. Les journalistes s'étaient précipités derrière la voiture pour prendre des photos. Quand il revint de l'ancien gymnase, où il l'avait laissée en train d'écouter ses cassettes et de vérifier sa déposition, il trouva Brian St George qui l'attendait.

Le rédacteur en chef du *Kingsmarkham Courier* était furieux. Toujours vêtu de son éternel costume gris rayé et du même sweat-shirt blanc sale, il fonça sur Wexford et colla presque son visage au sien. « Vous ne m'aimez pas, hein ?

— Qu'est-ce qui vous fait dire ça, monsieur St George ? » Wexford recula de quelques pas.

« Vous avez levé l'interdiction sur cette affaire au pire moment pour moi. Un dimanche, *cinq jours* avant la sortie du *Courier*. Quand il sera sous presse, on n'en entendra déjà plus parler.

— Je l'espère bien, répondit Wexford.

— Vous avez voulu vous venger. Vous auriez très bien pu donner le feu vert jeudi dernier, ou même attendre jusqu'à mercredi. Mais non. Il a fallu que vous le fassiez un dimanche. »

Wexford fit mine de réfléchir. « Le samedi aurait été encore pire. » Tandis que St George rougissait de colère, il ajouta imperturbablement : « Vous voudrez bien m'excuser, mais j'ai du travail. Vous allez sans doute recevoir un grand nombre d'appels du public, même si vous ne bénéficiez pas des avantages de la presse nationale, et vous veillerez, s'il vous plaît, à les passer directement ici. »

Craig Tarling, le frère aîné de Conrad Tarling, purgeait une peine de dix ans de prison pour avoir défendu à sa manière les droits des animaux.

« Tarling n'est pas un nom courant, expliqua Nicky Weaver. Je l'ai remarqué sur l'ordinateur et j'ai vérifié qu'il s'agissait bien de la même famille. »

Damon Slesar haussa les sourcils. Ils étaient en route pour Marrowgrave Hall et il tenait le volant. « Un homme n'est pas responsable des méfaits des membres de sa famille, déclara-t-il. Mon père fait pousser des fruits et des légumes près de l'ancienne déviation et ma mère fabrique du fil avec des poils d'animaux. Les gens lui envoient la fourrure de leurs toutous dans des valises.

— Il n'y a rien de mal à cela. C'est parfaitement respectable. » Nicky avait répondu d'une voix plutôt sèche. Sa mère travaillait à temps partiel chez un marchand de fruits et légumes — le reste du temps, elle l'aidait à s'occuper de ses enfants —, et Nicky n'aimait pas le ton sur lequel Slesar avait dit ça. « Pareil pour la culture des fruits. Vous ne devriez pas parler comme ça de vos parents.

— Ça va, ça va ! Je m'excuse. Vous savez bien que

j'ai tendance à débloquer. Qu'est-ce que son frère a fait ?

— Il a comploté — ou plutôt, il s'est organisé — pour faire exploser une cinquantaine de bombes. Il visait, entre autres, des fermes d'élevage de poulets et de lapins, des boucheries, une école d'agriculture et un bureau de vente de billets de cirque. On aurait pu s'attendre à ce qu'il veuille aussi faire sauter des élevages d'autruches, mais c'était il y a cinq ans et il n'y en avait pas encore à ce moment-là.

— Qu'est-ce qui a mal tourné ? Je veux dire, mal pour lui et bien pour l'ordre public ?

— Un vendeur, dans un magasin, a trouvé bizarre qu'un seul homme achète soixante minuteries, et il a alerté la police. »

À l'horizon, se détachant sur les lueurs froides de ce début de journée, s'élevaient les ruines de Saltram House où Burden, bien des années plus tôt, avait découvert le corps d'un enfant disparu dans le bassin d'une fontaine. Nicky demanda à Damon s'il avait jamais entendu parler de cette affaire, qui s'était passée à peu près à l'époque de la mort de la première femme de Burden, mais il secoua la tête d'un air penaud.

La voiture tourna pour entrer dans l'allée. Sous le pâle soleil du matin, Marrowgrave Hall n'avait pas l'air moins sévère et semblait plus que jamais obstinément fermé, protégé du monde extérieur. Nicky sortit de la voiture et resta un moment à regarder la façade, les fenêtres et les murs de brique avec leurs nuances de sang séché et d'argile cuite au four.

« Qu'y a-t-il ? demanda Damon.

— Rien. Simplement, je trouve que cette maison ne ressemble pas du tout aux Panick. Je les verrais plutôt à Rustington, dans un grand pavillon au bord de la mer. »

Bob et Patsy — tous deux endimanchés, l'un dans un costume noir brillant et l'autre dans une robe de soie à fleurs — étaient à table. Peut-être ne la quittaient-ils jamais, sauf pour la desservir et commencer la préparation du repas suivant. Patsy répondit à leur coup de sonnette avec une grande serviette de lin blanc à la main, et elle ouvrit la porte en s'essuyant la bouche. À nouveau, elle les précéda d'un pas pesant dans le couloir qui menait jusqu'à la cuisine. Il y régnait aujourd'hui une odeur de petit déjeuner, celui que les cafés de la côte appellent « petit déjeuner anglais complet ». Les Panick le prenaient à une heure où on aurait pu le qualifier de brunch, mais le couple édictait sans doute ses propres règles culinaires. Attablée en face de Bob Panick se trouvait Freya, l'elfe qui s'y entendait à construire des cabanes dans les arbres et s'était installée depuis peu au camp d'Elder Ditches.

Elle formait un étrange contraste avec ses hôtes, car elle était aussi mince qu'ils étaient gros, et ses habits excentriques détonnaient avec leurs tenues de cérémonie. Son visage et ses mains étaient d'un blanc cireux maladif, mais le reste de son corps était impossible à décrire. Elle était enveloppée de la tête aux pieds d'un vêtement qui ressemblait à un vieux sari aux tons passés, effrangé et dépenaillé et qui, même s'il l'empaquetait, ne donnait pourtant guère l'illusion d'ajouter du volume à sa silhouette émaciée. Néanmoins, elle mangeait d'aussi bon appétit que les Panick et faisait un sort à une assiette non moins copieuse que celles de ses hôtes, remplie de bacon, d'œufs brouillés, de pain grillé, de saucisses frites, de champignons, de tomates et de pommes chips.

Elle ne montra pas de signes d'inquiétude à leur vue, si ce n'est peut-être le long coup d'œil qu'elle darda à Damon Slesar et qui, Nicky le suggéra plus tard à ce dernier, était sans doute un regard appréciateur. Patsy déclara qu'elle était sûre que ça ne leur ferait rien qu'elle continue son repas. C'était drôle, n'est-ce pas, que la police semble toujours passer les voir juste au moment où ils étaient en train de manger ?

« Moi, je dirais qu'ils ont faim, renchérit Bob, la bouche pleine. Donne-leur quelque chose à manger, Patsy. Il nous reste un bon morceau de jambon du dîner d'hier, et si ça ne les ennuie pas de le découper eux-mêmes pour ne pas interrompre *encore une fois* ton repas, je crois qu'il passera très bien avec un morceau de cette miche de pain complet et les pickles de chez Branston.

— Non merci, rien pour nous », répondit Nicky.

Damon ajouta, avec une politesse excessive de l'avis de Nicky, que c'était très gentil à eux, puis il se racheta en demandant à Freya si elle était une amie des Panick.

Patsy, qui reprenait un peu de bacon dans la poêle, répondit à sa place. « Elle l'est *maintenant*. Je pense que les gens à qui nous offrons l'hospitalité peuvent se considérer comme tels. N'est-ce pas ton avis, Bob ?

— Parfaitement, Patsy. Y a-t-il une autre saucisse en route ?

— Bien sûr. Donnes-en encore une à Freya. À vrai dire, Freya est une amie de Brendan. Une amie intime, n'est-ce pas, Freya ? »

Les tout petits yeux de la femme pétillèrent au creux de sa masse de chair, comme des lampes au bout d'un tunnel. « Brendan l'a amenée ici hier soir, mais il a tout juste mangé un morceau en vitesse avant de reprendre la route. »

Nicky se rappela que Mme Panick avait promis de la prévenir au cas où Brendan Royall viendrait les voir. Elle avait été étonnée de cette promesse et n'était guère surprise qu'elle ne l'ait pas tenue.

« Où est-il allé ? » demanda-t-elle.

Freya réagit comme si sa patience, soumise à rude épreuve lors des dix minutes précédentes, était maintenant à bout. Elle laissa tomber son couteau et sa fourchette avec une telle force qu'un jet de graisse alla éclabousser la serviette rentrée dans le col de la chemise de Bob Panick. « Quand allez-vous lui foutre la paix ? Qu'est-ce qu'il a fait ? Rien.

Vous savez ce que penserait une extraterrestre si elle débarquait sur notre planète ? Que vous êtes tous complètement fous. Non seulement vous mettez le monde entier dans la merde, mais vous punissez les gens qui cherchent à empêcher qu'il se fasse baiser. »

Bob Panick secoua la tête d'un air presque attristé et prit un morceau de pain.

Sa femme déclara d'un ton égal, sans s'adresser à personne en particulier : « Voilà ce qu'ils veulent dire à la télé quand ils annoncent que l'émission suivante contient des propos grossiers. Vous avez remarqué ? » Elle sourit à Damon Slesar, une lueur de malice dans les yeux. « Pour moi, c'est toujours bon signe quand quelqu'un passe prendre le thé chez nous. Brendan, déclara-t-elle à Nicky, a juste fait un saut sur le chantier de la déviation.

— Pourquoi faut-il que vous leur disiez ça ? hurla Freya. Pour quelle raison, j'aimerais bien le savoir ? Vous n'êtes pas obligée de leur répondre. Vous n'avez rien fait de mal et Brendan non plus. Lui, il ne leur dit jamais rien, il ne parle pas, il se tait, un point c'est tout. Vous devriez faire pareil. Pourquoi est-ce que vous vous faites avoir ? À votre place, Brendan ne leur dirait pas un mot, il n'ouvrirait pas la bouche.

— Où est donc Brendan en ce moment ? » C'était Nicky qui répétait patiemment sa question.

« Je crois qu'il devait aller jeter un coup d'œil à... Tu te souviens, toi, Bob ? »

Bob Panick réfléchit, se frotta le front. « À des gens de l'Europe, du Marché commun, qui font un truc sur l'environnement. Il a pris le Winnebago. »

L'expertise écologique. Évidemment. Brendan Royall avait voulu être aux premières loges. Il avait probablement mitraillé les experts avec son appareil photo, après avoir garé son mobile home à la ferme de Goland.

Ici, les haies étaient étroites et vert foncé, les bois touffus, et les prairies, des coteaux escarpés où venaient paître les moutons. La vue soudaine d'un champ rempli de voitures, de caravanes et de remorques, rarement en parfait état et pour la plupart carrément minables, détonnait. La ferme, qui, supposaient-ils, devait être une maison pittoresque à colombages, se révéla être une ancienne chapelle convertie en locaux d'habitation.

Ce genre de transformations était devenu très courant dans le sud de l'Angleterre à mesure que les communautés religieuses s'étaient réduites. On obtenait ainsi des logements vastes et confortables, si l'on n'avait rien contre les vitraux et ce que Wexford appelait une « odeur de sainteté ». Celle-ci, qui avait été baptisée la ferme de Goland, était une bâtisse de brique rouge coiffée d'un toit d'ardoise grise et bizarrement flanquée d'une grande quantité de jardinières. On n'aurait su dire laquelle de ses dépendances miteuses, aujourd'hui coincées entre de hauts silos implacables, avait été la ferme originelle.

Damon se gara près de la barrière. Ils marchèrent parmi les voitures des occupants des arbres et là ils trouvèrent Barry Vine qui examinait un Winnebago désert.

Une inspectrice principale, du nom de Gwenlian Dean, avait envoyé un fax depuis la gendarmerie de Neath. Des groupes affluaient au grand rassemblement de Species, mais jusqu'à présent, tout se passait dans l'ordre et la discipline. Le meeting devait se dérouler en plein air et bon nombre de délégués étaient arrivés dans des caravanes ou avec des tentes, mais le comité directeur était descendu dans un hôtel où l'assemblée générale aurait lieu le matin suivant. Gary et Quilla n'étaient pas encore là, ou bien ils n'avaient pas encore été repérés. Gwenlian Dean reprendrait contact avec l'équipe de Kingsmarkham dès qu'elle aurait quelque chose à signaler.

Wexford pénétra dans l'ancien gymnase pour seconder le chef constable pendant la conférence de presse. On le photographia au moment où il entra dans la pièce et il n'en fut pas fâché. Tout plutôt que cette caricature d'inspecteur à la chope de bière qui revenait constamment le hanter.

Montague Ryder donna une explication raisonnable, mesurée et civilisée de ce qui s'était passé et de l'action menée par la police.

« Vous devez bien avoir une idée de l'endroit où ils se trouvent ? » La question venait d'une jeune femme aux longs cheveux blonds, chaussée de talons aiguilles. « Après tout, vous devez avoir des indices, cette fois-ci.

— Nous disposons d'un certain nombre d'hypothèses. » Wexford essayait de parler avec calme, à l'exemple du chef constable. « Mais pour des raisons évidentes, nous ne pouvons pas les divulguer pour l'instant.

— Sont-ils du côté de Londres ou dans le sud de l'Angleterre ?

— Je ne peux pas vous répondre. »

Puis vint l'inévitable question exaspérante, posée cette fois-ci par un reporter bedonnant en costume gris et aux cheveux hirsutes et grisonnants qui lui descendaient jusqu'aux épaules. « Comment se fait-il que ce soit votre femme qu'ils aient choisi de libérer ? »

Ryder répondit à sa place, simplement : « Nous n'en savons rien.

— Enfin... ils devaient bien avoir une raison. C'est parce qu'ils ont appris que c'était votre femme ? Vous croyez qu'ils ont eu peur de la garder ? Elle n'était pas malade, n'est-ce pas ? Je veux dire, elle n'est pas diabétique, elle ne doit pas suivre un traitement médicamenteux ?

— Oh, non, répondit Wexford, sans se départir de son calme. Pas du tout. Absolument pas. »

Burden avait fait venir Christine Colville dans son bureau, estimant à juste titre que si on la conduisait dans une salle d'interrogatoire, elle réclamerait tout de suite l'assistance d'un avocat.

Elle était moins agressive et hautaine envers lui qu'elle ne l'avait été à l'égard de Cook et semblait plus que disposée à lui raconter l'histoire de Conrad Tarling.

« Vous êtes anthropologue, n'est-ce pas, mademoiselle Colville ? »

Elle lui décocha un long regard méprisant. « Je suis comédienne. Cela ne veut pas dire que je dois ignorer tout ce qui ne touche pas à l'art dramatique. »

Il fit oui de la tête. « Je présume que vous n'avez pas d'engagement en ce moment.

— Vous présumez, en effet. Mais vous vous trompez. En dehors de la protestation que je mène *avec mes amis,* je joue dans la pièce de Jeffrey Godwin au Théâtre du Barrage. »

Ce nom rappela quelque chose à Burden. Wexford l'avait déjà mentionné. Une pièce sur la déviation, l'environnement, les activistes. Comment s'appelait-elle, déjà ? Il n'allait sûrement pas lui poser la question. Ah, oui, *Extinction.*

« Et vous avez un rôle important ?

— Le premier rôle féminin. »

La seule maîtresse qu'il avait eue dans sa vie — cela s'était passé entre la mort de sa première femme et son second mariage — avait été une actrice. Mais c'était une belle femme, aux cheveux roux et au corps de porcelaine, avec une bouche en forme de fraise et des yeux vert d'eau. Rien à voir avec cette petite créature compacte, robuste et courte sur pattes avec son visage rond au teint mat et ses cheveux noirs très drus, coupés à moins de trois centimètres du crâne.

« Vous étiez en train de parler du roi de la forêt.

— Et vous m'avez détournée de mon sujet, répliqua-t-elle, du tac au tac. Les parents de Conrad habitent dans le Wiltshire. Quelquefois, lorsqu'il va leur rendre visite, il fait le trajet à pied. C'est à cent trente kilomètres d'ici, mais il n'utilise aucun moyen de transport. Les gens voyageaient comme ça il y a cent ans, ils marchaient sur de très grandes distances, mais personne ne le fait plus aujourd'hui. Sauf Conrad.

— Il a pourtant une voiture, intervint Burden d'un ton sceptique.

— Il ne s'en sert pratiquement pas. La plupart du temps, il la prête aux autres. Conrad est une sorte de saint, vous savez. »

Roi, dieu, chef et saint maintenant. « Très bien. Poursuivez.

— Son frère Colum est dans une chaise roulante. Il ne marchera jamais plus. Il a donné sa force et sa *mobilité* à la cause des animaux. Et son autre frère Craig est en prison pour sa propre participation à ce combat.

— Dans un rôle glorieux, répliqua Burden. Faire sauter deux ou trois cents personnes innocentes.

— Les gens ne sont jamais innocents. » Dans ses paroles et son regard, il reconnut l'accent du fanatisme. « Seuls les animaux sont innocents. La culpabilité est l'attribut exclusif de l'humanité. » Elle frappa du poing sur son bureau. « Conrad n'a jamais travaillé », affirma-t-elle, comme si c'était là une réussite spectaculaire, puis elle ajouta, rectifiant quelque peu sa déclaration : « Il n'a jamais exercé un emploi lucratif. Mais il s'organise pour survivre.

— Comme Gary Wilson et Quilla Rice.

— Non, pas comme ces deux-là. Il vaut beaucoup mieux qu'*eux*. » Christine Colville utilisa alors une expression qu'il croyait depuis longtemps révolue. « Ils ne sont que du menu fretin. Conrad est au-dessus de leur genre de petits boulots. Ses parents sont très pauvres, ce sont des aristocrates désargentés, et il vit de l'aide de ses disciples.

— Quoi, les autres occupants des arbres ? Mais ils n'ont pas d'argent.

— Pas beaucoup, en effet, répondit-elle. Mais si tout le monde participe, ça finit par chiffrer.

— Je veux bien le croire. » Burden réprima ce

qu'il allait dire, que Tarling avait là une jolie petite source de revenus. « Il a des relations par ici ? »

Elle se méprit sur sa question, ou feignit de l'avoir mal comprise. « Tout le monde dans les bois connaît le roi.

— J'irai peut-être voir votre pièce », mentit Burden avant de la raccompagner jusqu'à la porte.

Une foule de reporters et de photographes se précipita sur elle. Burden regagna l'ancien gymnase, dans lequel Wexford avait fait venir le déjeuner. Cette fois-ci, il s'était adressé à la nouvelle boutique de plats thaïs à emporter. Il but une gorgée à la canette qui accompagnait la salade à la noix de coco et au curry et fit la grimace. Il la repoussa et dit : « Qu'est-ce que c'est que ce truc ?

— On dirait de la limonade alcoolisée.

— Mon Dieu. » Burden lut l'étiquette. « Qui a bien pu avoir une idée pareille ? Il y a sûrement une loi ou un règlement qui interdit l'alcool dans ces locaux.

— De toute façon, c'est écœurant. Moi, quand je prends de l'alcool, je veux que ça ait un goût d'alcool, et pas ingurgiter une sorte de limonade imbuvable. Ma parole, la prochaine fois, on inventera du lait alcoolisé ! »

Wexford jeta un coup d'œil par la fenêtre. Il n'aurait pas été étonné de voir un petit malin rôder derrière la vitre, dans l'espoir de le photographier une boisson à la main, *n'importe quelle* boisson. « Mike, dit-il en regardant sa montre, il est 14 heures passées. Nous n'avons pas de nouvelles du Globe sacré depuis 17 heures, hier. Je ne comprends pas, il y a quelque chose qui cloche. Ils doivent avoir l'impression que nous leur cédons, et je n'aime pas ça. D'abord, en arrêtant les travaux sur le chantier de la déviation, et ensuite en laissant les médias diffuser la nouvelle le jour même où ils le demandent. Ils ne savent pas que de toute façon, nous nous apprêtions à leur donner le feu vert. Par conséquent, pourquoi, si tout a l'air de se passer comme ils le désirent, ne profitent-ils pas de leur position apparemment forte pour nous imposer tout de suite leur dernière exigence ?

— Je ne sais pas. Moi non plus, je n'y comprends rien.

— Je vais voir comment Dora s'en est sortie sous hypnose. »

17

Dès qu'il l'aperçut, Burden reconnut Brendan Royall. Il ne savait pas qu'il le connaissait, mais quand on l'amena au commissariat de police, dans la salle d'interrogatoire n° 1, Burden se rappela l'avoir vu six ou sept ans plus tôt en allant chercher Jenny au collège de Kingsmarkham. Royall se tenait sur le perron de l'école, juste devant l'entrée, et pérorait devant un groupe de gamins de son âge. Il n'avait alors que seize ans, c'était un grand garçon malingre avec une chevelure blonde à la Harpo Marx. Mais c'étaient surtout ses yeux qui avaient frappé Burden. Ils étaient étonnamment noirs, au point que l'on aurait cru ses cheveux teints, et brûlaient d'un regard d'illuminé, un vrai regard de fanatique, sous des sourcils épais et drus comme des poils d'animaux. La voix avec laquelle il l'avait entendu haranguer ses camarades était elle aussi mémorable, une voix de fausset, laide et discordante, avec des voyelles creuses, qui escamotait les finales.

Il n'avait pas beaucoup changé depuis toutes ces années. Ses cheveux avaient un peu foncé et ils étaient plus longs que dans le souvenir de Burden, mais ses yeux étaient restés féroces et avaient conservé leur lueur de folie, et ses sourcils ressemblaient toujours à une bande de peau de lapin. La façon dont il s'habillait à l'époque, Burden l'avait oubliée, mais lorsqu'il le revit ce lundi après-midi, Royall était vêtu de la tête aux pieds d'une combinaison de camouflage vert et brun. Au milieu des bois, il se serait fondu dans le décor, ce qui était peut-être le but. Mais pour ce qui était de sa voix, Burden n'aurait guère pu dire si elle avait changé ou non, car Royall refusa d'ouvrir la bouche.

Il avait emmené son avocat avec lui. Ou du moins ce dernier, qui n'était pas de la région et que Royall avait appelé de son Winnebago par téléphone, était apparu, comme par hasard, sur le perron du commissariat à l'instant même de son arrivée. Il avait très peu de choses à faire et n'aurait pu donner à son client meilleure ligne de conduite que celle qu'adoptait Royall sans l'avoir consulté.

Ce dernier, qui avait l'air équipé pour une sorte de parcours du combattant au milieu de la jungle, demeurait gravement assis sans mot dire d'un côté de la table, son avocat à côté de lui. Alors même qu'il enclenchait le magnétophone, annonçant que la personne interrogée et son avocat étaient tous les deux présents, ainsi que les inspecteurs Burden et Fancourt, Burden savait que l'interrogatoire était une farce. L'avocat avait du mal à dissimuler son sourire.

À côté, dans la salle d'interrogatoire n° 2, Nicky Weaver et Ted Hennessy avaient convoqué Conrad Tarling, le roi de la forêt. Son avocate avait mis plus de temps à venir. Tarling avait attendu près d'une heure l'arrivée de la jeune femme, qui s'appelait India Walton.

Tarling était assis en tenue de cérémonie, les longues et larges manches de sa robe repliées de façon ostentatoire pour montrer ses bras nus et glabres, lourdement chargés de bracelets de cuivre et d'argent ornés de motifs celtiques ciselés. Au début, il n'ouvrit pas non plus la bouche, immobile comme une pierre, les yeux fixés sur la petite fenêtre haute, comme si elle donnait sur une scène fascinante et non sur le mur de brique du tribunal.

Wexford fut tenté de passer la tête par l'entrebâillement de la porte, mais les codes des usages de la police et la loi sur les témoignages judiciaires interdisent d'interrompre les interrogatoires, sauf circonstances exceptionnelles. La curiosité d'un inspecteur principal pouvait difficilement être classée dans cette catégorie et il dut se contenter de jeter un rapide coup d'œil par la minuscule fenêtre intérieure. Le spectacle offert par Tarling lui rappela une anecdote qu'il avait entendue en cours de latin durant ses années de lycée, l'histoire de ces vieux hommes d'État romains qui s'étaient retranchés au Sénat à l'annonce de l'arrivée des Goths et étaient restés immobiles sur leurs trônes, tels des blocs de marbre. Les prenant pour des statues, les Goths les avaient tâtés et leur avaient donné de petits coups, jusqu'au moment où l'un d'eux s'était levé pour riposter, ce sur quoi ils avaient tous été tués. Wexford, fatigué et frustré, aurait lui aussi aimé donner une pichenette à Tarling pour lui faire reprendre vie, l'inciter à manifester quelque réaction, mais il savait qu'il ne pouvait se le permettre.

L'inspecteur Lowry venait juste de lui dire que la Mercedes blanche dont Nicky Weaver avait relevé le numéro avait été retrouvée abandonnée dans la zone industrielle de Stowerton. Une voiture volée, bien sûr, délaissée loin des regards curieux devant une usine désaffectée, le pare-brise fracassé et les pneus dégonflés.

Lowry repassa le voir et lui demanda : « Je peux vous dire un mot, monsieur ? »

Cet homme ressemble à un Marlon Brando noir, se dit Wexford, mais au Brando de l'époque d'*Un tramway nommé désir*. « Oui, pourquoi ?

— Votre femme parle d'un homme qui porte toujours des gants. J'ai pensé qu'il avait pu faire ça parce qu'il avait des mains comme les miennes. » Lowry leva ses mains étroites aux doigts effilés. « Je veux dire, parce qu'il était noir.

— Bien raisonné », approuva Wexford et il revint

dans l'ancien gymnase, où il trouva Dora qui écoutait sa voix comme si elle ne l'avait jamais entendue auparavant.

Contrairement à Royall, Tarling se montra finalement très loquace. Malgré les interventions discrètes d'India Walton, lui suggérant qu'il n'était pas obligé de répondre à ceci ou cela et que la question qu'on venait de lui poser était, en la circonstance, injurieuse, il parla. Il disserta. Mais il ne répondit pas aux questions et ne parut même pas les entendre. Il parla simplement comme s'il faisait un discours politique incendiaire, comme s'il n'y avait aucun interrogateur dans la pièce, mais un public muet et réceptif.

Il loua longuement son frère Craig, ses grands principes et son amour des animaux, expliquant qu'il les mettait tous, du plus humble au plus magnifique, sur le même plan que les hommes. Par conséquent, si l'on pouvait soumettre les animaux à la vivisection, on pouvait aussi, de manière tout aussi légitime, faire sauter des êtres humains. La seule différence à ses yeux était que les hommes, en l'occurrence, mouraient plus vite. Il parla de l'injustice du sort de Craig Tarling, de son courage et de sa conduite inébranlable dans sa prison. Quand il en eut fini avec la biographie de son frère, il évoqua son frère cadet, gravement blessé dans un accident de la route : il était passé sous les roues d'un camion qui transportait des moutons vivants à Brightlingsea. Il s'interrompit avec une certaine courtoisie pour laisser Nicky l'interroger, mais, au lieu de lui répondre, il se lança dans sa propre hagiographie et loua son dévouement à la campagne anglaise et à ce qu'il appelait la « restauration de la nature ».

« Il est particulièrement intéressant de constater, commença-t-il, que mes deux frères et moi, tous trois issus de parents bourgeois conservateurs et purs produits d'écoles secondaires distinguées et des deux grandes universités, ayons chacun consacré notre vie à une branche différente de la protection de la création : mon frère Craig aux petits mammifères martyrisés, mon frère Colum aux animaux des champs, et moi-même au monde naturel tout entier. Vous vous demandez peut-être pourquoi tout cela est arrivé...

— Je pourrais *vous* demander si c'est vous qui avez inventé le nom de Globe sacré, monsieur Tarling, coupa Nicky. Il correspond tout à fait au genre de choses que vous nous avez racontées. Après tout, vous vous appelez bien le roi de la forêt.

— ... et ce qui a pu inciter chacun de nous à refuser ce que, dans notre société, on appelle une vie "normale" pour embrasser la cause méprisée des êtres vulnérables, fragiles et délicats sans lesquels, toutefois, la vie telle que nous la connaissons sur cette planète s'exposerait à une destruction abominable... »

Elle avait changé de visage. Plus tard, sans doute, elle allait retrouver son expression habituelle, mais à ce moment-là, non seulement elle avait l'air stupéfait, mais il avait l'impression, en la regardant, que l'image n'était pas tout à fait au point. Elle semblait légèrement brouillée, comme si Dora en avait perdu le contrôle, comme si ses traits s'étaient défaits. Elle était pareille à une dormeuse qui aurait gardé les yeux ouverts, une somnambule immobile.

Karen devait l'avoir laissée seule un moment, peut-être pour aller chercher un peu de thé. Elle n'avait pas vu son mari. La voix qui parlait, la propre voix de Dora, faiblit et s'éteignit, puis ce fut le silence. Il la vit tendre la main pour éteindre le magnétophone, mais elle ne savait pas comment s'y prendre. Elle haussa les épaules, puis se retourna et le vit.

« Dora », murmura-t-il.

Aussitôt, elle redevint elle-même. Elle lui sourit d'un air radieux et s'écria : « Je n'en reviens pas, Reg. Non seulement j'ignorais que je savais tout cela, mais je ne savais pas que je l'avais dit. Pas jusqu'au moment où j'ai écouté la cassette. Et pourtant, ma voix a le même timbre que d'habitude.

— J'avais peur que tu ne sois bouleversée.

— Oh, non, absolument pas. Le docteur Rowland a été parfait. Il m'a juste demandé de me mettre à l'aise et de me détendre le plus possible. Ensuite, il a dit tous ces trucs que prononcent, à ce que l'on raconte, les hypnotiseurs, sauf que c'était rassurant et pas du tout du charabia. Je pensais que ce serait comme chez le dentiste, quand on t'injecte ce médicament qui n'endort pas vraiment, mais te met dans un état de demi-sommeil. Si bien que le moment où on t'extrait la dent ou bien où on te traite le canal de la racine te paraît, après coup, ridiculement court. Mais non. C'était comme dans un rêve. Oui, tout à fait. Le genre de rêve où tu crois être dans la réalité. Après, on m'a fait écouter la cassette et c'est là que j'ai appris que j'avais dit tout cela sur le truc bleu...

— Le quoi ?

— Je me le rappelle maintenant, bien sûr. Mais je ne crois pas que je l'aurais fait si je n'avais pas été hypnotisée. Je peux t'en parler tout de suite, si tu veux, à moins que tu ne sois pressé d'écouter l'enregistrement. Qu'est-ce que tu préfères ?

— Les deux, répondit-il, mais pas pour l'instant. Je dois passer à la télévision. »

Les équipes de cameramen pénétraient déjà dans la pièce. On leur avait installé une table au fond, sur des tréteaux. Le chef constable était assis au centre avec Wexford à sa gauche, Audrey Barker à sa droite et Andrew Struther à côté d'elle. Clare Cox et Harry Masood se trouvaient à la gauche de Wexford.

On avait demandé aux familles des otages de ne pas lancer d'appel au Globe sacré et si possible de ne rien dire du tout. Simplement d'être là.

En fait, Andrew Struther répondit en leur nom à tous, et comme il était sans doute le plus à l'aise devant une caméra, c'était tout aussi bien. À la question inévitable, il déclara : « Nous laissons agir la police, nous ne pouvons rien faire de mieux étant donné les circonstances. Ce n'est ni le lieu ni l'heure de manifester la peine et l'anxiété que nous éprouvons tous. Nous ne pouvons qu'attendre et nous en remettre aux spécialistes. »

Audrey Barker fondit en larmes. Son émotion passait bien à la télévision, mais elle n'aidait pas à instaurer l'atmosphère sérieuse et résolue que Wexford avait espéré créer. Quelqu'un demanda s'il était vrai que l'épouse de l'inspecteur principal Wexford avait fait partie des otages et si c'était le cas, pourquoi elle avait été relâchée. La scène fut coupée avant même que l'on ait pu entendre une réponse.

Les téléphones qui s'étaient calmés les heures précédentes se remirent à sonner dès la diffusion du flash d'informations. Un particulier, à Liverpool, avait vu Roxane Masood entrer dans un cinéma avec un homme à la peau brune, vraisemblablement un Indien. Un M. et une Mme Struther venaient juste de sortir d'un restaurant Little Chef sur l'A12, à côté de Chelsford. La police savait-elle qu'un énorme meeting de défenseurs de l'environnement, organisé par le Globe sacré, allait bientôt commencer près de la forêt de Glencastle ?

Par coïncidence, Gwenlian Dean venait juste d'envoyer un autre fax du pays de Galles. Gary Wilson et Quilla Rice étaient arrivés au grand rassemblement de Species et ses agents avaient repéré l'endroit où ils campaient. Wexford désirait-il qu'elle les fasse interroger ? Il lui renvoya un message disant qu'il avait hâte de connaître leurs déplacements à partir du jour où il les avait rencontrés à Framhurst, c'est-à-dire depuis qu'ils étaient partis à Glencastle, ajoutant qu'il aimerait savoir quels rapports ils entretenaient avec Conrad Tarling.

Un rapport sur la Mercedes blanche, immatriculée L570 LOO, l'attendait. Elle appartenait à un certain William Pugh, de Swansea, et elle avait été volée trois semaines plus tôt devant une maison de Ventnor, dans l'île de Wight, où les Pugh passaient leurs vacances d'été. Les divers échantillons prélevés à l'intérieur de la voiture venaient d'être soumis au laboratoire médico-légal.

« Je vais écouter la cassette du récit de ma femme sous hypnose, déclara Wexford. Ensuite, je rentrerai chez moi pour l'entendre me raconter ça elle-même. »

Barry Vine, pâle et les traits tirés, murmura : « Je ne crois pas, monsieur. Je ne pense pas que vous le ferez quand vous aurez appris.

— Appris quoi ?

— On a découvert un corps. Sur le bout de terrain vague qui sert de parking à Voitures contemporaines. Dans un sac de couchage déposé près du grillage... »

18

Le coin abandonné du terrain vague où se trouvait jadis le *Railway Arms* était bordé par un grillage, le long duquel poussait le genre d'arbres et de buissons que l'on trouve toujours dans des endroits de ce genre, des sureaux, des mûriers sauvages et des surgeons de sycomores abattus. À cette époque de l'année, les orties qui y foisonnaient vous arrivaient jusqu'à la taille. Sur le mur droit de l'arrêt d'autobus, on avait peint un graffiti en face de l'inscription passée qui figurait sur le bâtiment opposé. Longtemps avant l'arrivée de l'aromathérapeute, du coiffeur et du bureau de photocopies, les mots « Cordonnier » et « Bottier » avaient été tracés en caractères d'imprimerie sur le pâle mur de brique. Le graffiti consistait en un seul mot, « Gazza », et la peinture utilisée par son auteur avait dégouliné en laissant de longues traînées rouges.

Autour de la caravane de Voitures contemporaines, le gazon avait laissé place à un champ de foin poussiéreux jonché de détritus. Les clients du pub et de la boutique de quincaillerie en gros jetaient leurs paquets de cigarettes et leurs sachets de chips par-dessus la clôture. Le sac de couchage au motif camouflage se trouvait tout au fond parmi les orties, à moitié recouvert de ronces. La fermeture Éclair qui courait sur toute la longueur du côté droit avait été ouverte d'environ cinquante centimètres pour laisser voir ce qui paraissait tout d'abord être une masse de cheveux soyeux.

« Je ne l'ai pas défaite, déclara Peter Samuel, s'attendant à un reproche qui ne vint pas. Je m'en suis bien gardé. J'ai compris tout de suite ce qu'il y avait dedans, j'ai bien vu les cheveux sans avoir besoin de les toucher.

— C'est moi qui l'ai ouverte, expliqua Burden. Ses genoux ont été pliés pour pouvoir faire rentrer tout le corps dans le sac. Quand l'avez-vous trouvée ?

— Il y a une demi-heure. Un peu après 18 heures. Je venais de vous voir passer à la télé et j'étais sorti pour prendre ma voiture quand j'ai regardé par là. Je ne sais pas ce qui a attiré mon attention, j'ai juste levé les yeux et j'ai vu ce sac de couchage vert et marron. J'ai cru que quelqu'un venait de s'en débarrasser. Vous n'imaginez pas la quantité d'ordures que les gens déchargent sur ce terrain. Et c'est là que j'ai remarqué les cheveux. Au début, j'ai pensé que c'était un animal...

— Très bien, monsieur Samuel, je vous remercie. Si vous voulez bien attendre dans la caravane, nous allons revenir vous parler dans un moment. »

Dès qu'il était arrivé sur les lieux, Wexford avait éprouvé une angoisse, une crainte et une appréhension qu'il aurait voulues sans fondement, qu'il aurait préféré fuir. Mais il n'y avait, bien sûr, ni recours ni échappatoire. Un coup d'œil à Burden lui avait suffi pour comprendre : il avait le visage froid, blême et les lèvres serrées. Vine et Karen ne dirent pas un mot. Avant de regarder Wexford, leurs yeux s'attardèrent sur Peter Samuel, qui regagnait sa caravane en marchant dans l'herbe couverte de broussailles. L'inspecteur principal traversa les orties d'un pas lourd pour passer de l'autre côté du sac de couchage. Il ferma les yeux, puis regarda.

Le visage, dont on ne voyait que le profil gauche, était gravement contusionné. Et avec la mort, les bleus avaient pris des tons livides, en virant au jaunâtre, au brun et au vert. Mais la physionomie ne laissait aucun doute sur l'identité de la victime et il se rappela un portrait, un beau visage doux et tranquille et des yeux noirs au regard clair. « C'est Roxane Masood », déclara-t-il.

Le docteur Mavrikiev, le médecin légiste, fut sur les lieux en moins d'un quart d'heure. Au même moment, le photographe arriva en compagnie d'Archbold, le policier de service. Mavrikiev ouvrit entièrement la fermeture Éclair et s'agenouilla devant le corps. On put alors constater que Burden avait deviné juste et que les jambes de la jeune fille avaient été repliées à un angle de quatre-vingt-dix degrés. Le corps était vêtu d'un pantalon noir à taille basse, d'un T-shirt rouge et d'une veste en velours de la même couleur. Une main, cireuse, mais d'une finesse d'ivoire, s'écarta en glissant le long de la hanche quand le médecin légiste la retourna avec douceur.

Wexford en était venu sinon à aimer, du moins à éprouver un certain respect pour le docteur Mavrikiev. C'était un homme jeune, d'origine balte ou ukrainienne, très blond avec des yeux pâles comme du cristal de quartz, un être imprévisible, brusque ou charmant selon son humeur. À la différence de ses aînés, et en particulier de sir Hilary Tremlett, il ne faisait jamais d'humour aux dépens du cadavre, ne le traitait pas de « viande morte » et ne faisait pas non plus d'hypothèses malveillantes sur l'apparence que le corps avait pu avoir dans la vie. Mais il était impossible de dire ce qu'il pensait ou de lire la moindre expression sur son visage froid et immobile, comme taillé dans du bois de bouleau.

« Elle est morte depuis deux jours au moins, déclara-t-il. Peut-être plus longtemps. Plus tard, bien sûr, je vous le dirai avec plus de précision. Mais on le voit nettement, d'après une méthode éprouvée qui permet d'évaluer l'heure de la mort : certains signes attestent l'installation de la rigidité cadavérique, qui est maintenant passée. Remarquez la mollesse de la main. Si cela peut déjà vous fournir une indication — il leva les yeux vers Wexford —, je ferais remonter la mort, très approximativement, à samedi en fin d'après-midi.

« Pour ce qui est de savoir quand elle a été amenée ici, je ne peux rien affirmer, mais on a dû la mettre dans le sac assez tôt après sa mort, car après l'installation de la rigidité cadavérique, il aurait été impossible de lui plier les jambes dans cette position sans lui briser les genoux. Soit dit en passant, elle a *effectivement* les jambes cassées, mais ce n'est pas parce qu'on les a fourrées dans ce sac. Vous pouvez donc supposer que le corps a été placé dans le sac samedi soir, ou en tout cas samedi avant minuit.

— Et la cause de la mort ? demanda Wexford.

— Vous n'êtes jamais content, vous ? Vous voulez tout, tout de suite. Je vous l'ai déjà dit, je ne suis pas un magicien. Elle a manifestement été victime d'une, ou de plusieurs agressions violentes. Quant à la *cause* de la mort, vous pouvez voir vous-même qu'elle n'a pas été poignardée ni tuée d'un coup de revolver et que son cou ne présente pas de traces de ligatures. » À ce stade, sir Hilary aurait plaisanté sur une possibilité d'empoisonnement, mais Mavrikiev se releva avec sobriété, sans même secouer la tête ni afficher un sourire triste. « Vous pouvez l'emmener et continuer votre travail. Je procéderai à l'autopsie demain matin, à 9 heures précises. »

On photographia le corps. En prenant les mesures de routine, Archbold récolta quelques cuisantes piqûres d'orties. Wexford, libre à présent de toucher l'intérieur du sac, le fouilla soigneusement. Il palpa le dessus matelassé et glissa sa main sous le cadavre.

« Vous cherchez quoi ? demanda Burden.

— Un mot. Un message. » Wexford se mit sur son séant. « Il n'y a rien. Je ne comprends pas, Mike. Pourquoi agir ainsi, pourquoi cette fille, pourquoi *maintenant* ?

— Je ne sais pas. »

Au moment où Wexford entra dans la caravane, Peter Samuel répétait son récit de la découverte du corps. « Comment savez-vous qu'il n'est pas resté là toute la journée ? lui demanda l'inspecteur principal.

— Quoi, toute la journée depuis ce matin ? Non, c'est impossible, je ne vois pas comment.

— Pourquoi pas ? Vous êtes allé dans ce coin ? Vous avez regardé par là ? Vous, ou un de vos employés ? Vous étiez probablement tous occupés à rentrer et à sortir vos voitures pour aller transporter vos clients. Y avez-vous même jeté un coup d'œil ?

— Si vous allez par là, eh bien, non. Je ne crois pas. En tout cas, pas *moi*. Je ne peux pas parler pour les autres.

— On aurait donc pu le déposer la nuit dernière ? Dans la nuit de samedi ?

— Mais non. Je ne vois pas comment. Enfin... si on y réfléchit, je suppose que c'est possible. Je veux dire, ça me paraît difficile, sacrément peu probable, mais ça n'est pas *impossible*. »

Wexford, en proie à une colère croissante, sentait la tête lui tourner. Samuel n'y était pour rien. Il ne comptait pas. Il n'avait pas d'importance. C'était le Globe sacré qui était cause de la rage qui l'envahissait. Mais par-dessus tout, il éprouvait un amer ressentiment. Quoi, alors qu'ils devaient avoir l'impression d'avoir gagné la partie, que les faits semblaient satisfaire leurs exigences...

Et maintenant plus d'exigences, plus de promesses de « négociations », pas même un remerciement insolent pour avoir cédé, en apparence, à leurs ultimatums. Mais il songea, avec un sentiment de révolte, à quel point ce genre de choses arrivait souvent dans les affaires d'enlèvement. Tout se passait bien, tout avait l'air de progresser, à la fois du point de vue des otages et de celui des ravisseurs — et soudain, on tuait une jeune fille, on rendait son corps, on le mettait sous le nez des enquêteurs.

Au moins, ils n'avaient pas ramené la pauvre enfant à sa mère. Ce doit être la vie que je mène, se dit-il, et les gens que je rencontre dans mon métier qui me poussent à imaginer une chose pareille. Mais cette pensée le ramena au devoir qui l'attendait. Il allait le remplir maintenant, en personne.

Le commissariat de police n'avait reçu aucun message du Globe sacré, même si ses lignes téléphoniques étaient saturées d'appels de faux témoins ou de gens qui se montaient la tête : certains prétendaient avoir vu les otages dans des grandes villes, d'autres que les ravisseurs étaient leurs voisins de palier. Sur les écrans qu'il regarda en passant défilaient des listes de noms, d'adresses, de descriptions ou de délits commis par tous ceux qui étaient liés, de près ou de loin, à la protection de la nature, des animaux familiers et des bêtes sauvages. Des analogies, des corrélations possibles, des saisies d'interviews. Il oublia, brièvement, la sympathie qu'il éprouvait pour un grand nombre de ces gens, pour leurs objectifs, leurs aspirations louables, leur monde idéal voué à la disparition — tout cela était balayé par une marée de colère. Il prit une inspiration profonde, se calma, et parvint à retrouver une voix assez neutre pour donner un coup de téléphone. À l'hôtel *Posthouse*. Aurait-on la gentillesse de lui passer M. Masood ?

« M. Masood est dans la salle à manger. Voulez-vous que je l'appelle ? »

Comme très souvent lorsqu'on entre en contact avec une personne polie et raisonnable qui semble appartenir à un autre monde, il sentit sa colère s'apaiser. Il se dit qu'il serait horrible d'enlever cet homme à son dîner et peut-être aussi, à sa femme et à ses fils...

« Non, merci. » Il irait là-bas lui-même. Il appela chez lui, tomba sur sa fille Sylvia.

« Papa, qu'est-ce qui t'est arrivé ? Maman t'attend depuis des heures. »

Il lui dit qu'il avait été retardé, sachant que c'était elle, et non Dora, qui en faisait toute une histoire, et reposa doucement le combiné pour couper court à ses protestations. Il faudrait penser aux médias. Ils pouvaient attendre jusqu'à demain, voire jusqu'à demain soir. Il roula jusqu'au *Posthouse*, pénétra dans le hall au décor de pin et de verre, au plancher recouvert de tapis feutrés et là, il vit tout de suite Clare Cox. Elle portait à nouveau sa robe qui lui descendait jusqu'aux pieds, un châle enveloppait ses épaules et ses cheveux fauves grisonnants dégringolaient sous leurs peignes. Elle et Masood lui tournaient le dos. Côte à côte au bureau de la réception, ils commandaient, comme il le sut plus tard, un taxi pour la ramener chez elle.

« J'ai été obligé de la conduire ici, dit Masood quand il le reconnut. Les reporters et les photographes avaient envahi le jardin et la maison. L'un d'eux nous a suivis, mais je l'ai enfermée dans ma chambre et l'hôtel les a refoulés. C'est un excellent hôtel, je le recommande. » Il baissa un visage rayonnant vers la réceptionniste, qui lui rendit son sourire en minaudant. « Je crois qu'à présent elle peut rentrer sans être inquiétée, vous ne trouvez pas ? »

Il ne semblait pas lui être venu à l'esprit que Wexford pût lui apparaître dans son rôle d'ange de la mort. Mais Clare Cox, qui ressemblait plutôt à une Parque ou à une Furie avec ses cheveux en désordre et sa robe qui traînait jusqu'à terre, pâlit aussitôt et courut vers lui, les bras tendus. « Qu'est-ce qu'il y a ? Pourquoi êtes-vous ici ? »

Non. Pas la mère, pas s'il pouvait l'éviter. Il s'en faisait une règle d'or. « J'aimerais que vous reveniez à Kingsmarkham avec moi, monsieur Masood, s'il vous plaît. » Les euphémismes, les circonlocutions ! Mais que dire d'autre en pareil moment ? « Il y a eu... un fait nouveau.

— Quelle sorte de fait nouveau ? » Elle empoigna sa manche. « Qu'est-ce qui s'est passé ?

— Je crois que je vois arriver votre taxi, mademoiselle Cox. Si vous voulez bien le prendre pour rentrer chez vous, je vous promets que M. Masood et moi vous rejoindrons tout de suite, si nécessaire. » Il avait l'air de lui offrir un espoir, un apaisement, et pourtant, sa voix était restée grave. « Je ne peux pas vous en dire plus pour l'instant, mademoiselle Cox. Je vous en prie, faites exactement ce que je vous demande. »

Le taxi n'appartenait pas à Voitures contemporaines, mais à Tous les Six. Il en éprouva un obscur soulagement. À peine était-il hors de vue que Masood commença à l'interroger sur ce « fait nouveau ». Il le fit monter dans sa voiture, essaya un moment d'atermoyer, mais lorsqu'ils furent presque arrivés, il lui raconta la vérité. Une version édulcorée. Il ne parla pas du sac de couchage, ni du terrain vague, ni des jambes repliées. Le père verrait les contusions lui-même et cela, rien ne pourrait l'éviter.

Personne n'avait vraiment douté de l'identité de la victime. Masood regarda le beau visage fané, laissa échapper un son étouffé, hocha la tête, puis se détourna.

Wexford se dit que si une de ses filles avait succombé à un meurtre aussi crapuleux, si on l'avait frappée au visage avant sa mort, il se serait jeté sur le policier qui lui aurait annoncé la nouvelle, aurait bramé devant lui son chagrin et sa douleur, l'aurait saisi par les épaules, lui aurait hurlé en pleine figure : pourquoi ? Pourquoi avez-vous laissé faire cela ?

Masood se tenait humblement devant lui, le front baissé. Barry Vine, qui les accompagnait, lui proposa du thé. Avait-il envie de s'asseoir ?

« Non, non, merci. » Il leva les yeux, tourna obliquement la tête de façon bizarre, comme s'il avait mal au cou. « Je n'y comprends rien.

— Moi non plus », répondit Wexford.

Il se rappela alors ce qu'il avait dit à Burden, qu'à son avis les membres du Globe sacré avaient peur, qu'ils étaient perplexes et ne savaient plus comment s'y prendre... Eh bien, ils étaient passés à l'action.

« J'ai renvoyé ma femme et mes fils à Londres, dit calmement Masood, presque sur le ton de la conversation. Je crois que j'ai eu raison. C'était tout aussi bien. Maintenant, c'est auprès de la mère de Roxane que je dois m'acquitter de mes devoirs. Vous venez avec moi ?

— Bien sûr. Si vous le souhaitez. »

Dans la voiture, sur la route de Pomfret, Masood déclara : « Si quelqu'un m'avait dit que ma fille mourrait jeune, je crois que j'aurais pu songer à des tas de choses, mais pas à ce que je *ressens* en ce moment. C'est ce gâchis qui me fait mal. Une telle beauté. De si grands talents. Quel dommage. »

Se rappelant le récit de Dora, Wexford voulut lui prodiguer les paroles que l'on dit parfois aux parents des soldats tombés au combat, que Roxane était sûrement morte avec courage. Mais le cœur lui manqua, il craignait de ne pas pouvoir trouver les mots.

Depuis qu'elle était rentrée chez elle, Clare Cox s'était mise à boire. Elle sentait le whisky. Si elle avait voulu s'enivrer pour se protéger, pour s'anesthésier contre la nouvelle qu'elle redoutait, c'était peine perdue. Debout à côté d'elle, en lui prenant la main, Masood lui annonça le drame. Elle ne prit pas le temps de réaliser, de laisser le choc passer, pour que le coup de massue cède la place au chagrin. Ses cris éclatèrent aussitôt, comme une réaction chimique, aussi aigus et insistants que ceux d'un bébé affamé qui hurle pour qu'on lui épargne la douleur de la faim.

« Il est temps de rentrer chez vous, Reg », conseilla le chef constable à l'autre bout du fil. Il avait eu lui-même une longue journée et était déjà couché. « Laissez tomber pour ce soir. Vous ne pouvez rien faire de plus. Il est 23 h 10.

— La presse sait déjà, monsieur.

— Déjà ? Comment cela ?

— Si seulement je savais », répondit Wexford.

Dora était endormie. Il en fut soulagé, parce qu'il n'aurait pas à lui expliquer. L'idée de lui faire part de la mort de Roxane le terrifiait presque autant que sa visite à Clare Cox. Les hurlements de la femme résonnaient encore à ses oreilles. Déjà, Hassy Masood avait transmis aux médias la nouvelle de la mort de sa fille. Wexford en était sûr, malgré ce qu'il avait dit au chef constable. Masood avait mis la mère de Roxane au courant — il avait fait de son mieux, sans doute, pour la calmer —, puis il avait annoncé à la presse que sa fille était morte. À vrai dire, Masood avait d'autres enfants, une deuxième famille, une nouvelle vie, et pour lui, Roxane n'avait été que la bénéficiaire reconnaissante de ses largesses, quelqu'un qu'il pouvait emmener de temps à autre dans des restaurants de luxe. Sa mort n'était guère plus que le gaspillage de sa beauté, une beauté qui dans le cas de la jeune fille avait une importance capitale. Rassuré par la présence de Dora, il dormit comme une souche. Seule la sonnerie du réveil le tira finalement du sommeil, mais Dora l'avait entendue avant lui.

« Je descends », dit-il rapidement, la voyant déjà debout en robe de chambre.

Il fallait qu'il prenne les journaux avant elle. La nouvelle s'étalait en gros titres en première page : LA JEUNE MANNEQUIN PRISE EN OTAGE A ÉTÉ TROUVÉE MORTE, ROXANE LA PREMIÈRE À MOURIR, LA DOULEUR D'UN PÈRE... Ainsi, il ne s'était pas trompé. Il remonta l'escalier et annonça à Dora la mort de la jeune fille.

D'abord, elle refusa d'y croire. Elle ne pouvait pas le supporter. Il n'y avait pas de *raison.* Les larmes roulant sur ses joues, elle demanda : « Que lui ont-ils fait ?

— On ne sait pas encore. Je dois y aller tout de suite. Je suis désolé, mais je n'y peux rien. Il faut que j'aille assister à l'autopsie.

— Elle était trop téméraire, murmura Dora.

— Très probablement.

— Elle m'avait dit au revoir. Elle m'avait lancé : "Au revoir, Dora." »

Elle enfonça son visage dans l'oreiller et sanglota amèrement. Il l'embrassa. Il ne voulait pas la quitter, mais il le fallait.

On était aujourd'hui mardi. Cela faisait une semaine que les otages avaient été enlevés. Les journalistes le lui rappelèrent lorsqu'ils l'assaillirent à l'entrée de la morgue.

« Deux de moins, reste trois, dit l'un deux.

— Comment votre femme a-t-elle fait pour s'échapper, inspecteur ? » demanda une jeune journaliste d'une émission d'actualités télévisées.

Mavrikiev était déjà là. « Bonjour, tout le monde. Comment allez-vous, aujourd'hui ? M. Vine est quelque part dans les parages. On y va ? »

Tous enfilèrent des blouses de caoutchouc vert et des masques de gaze. C'était la première fois que Barry Vine assistait à une autopsie et même si la vue d'un cadavre ne lui donnait pas particulièrement la nausée, Wexford se dit qu'il risquait de réagir autrement face à ce spectacle. L'odeur du cadavre et le bruit de la scie mettaient les nerfs à fleur de peau, plus que la vue des organes que l'on enlevait du corps.

Devant le cadavre dénudé, Wexford constata ce qu'il n'avait pas pu voir la veille au soir. Le côté droit de la tête était légèrement défoncé et les cheveux étaient emmêlés, collés par du sang noir coagulé. Il lui sembla toutefois que les contusions faciales étaient moins prononcées, moins fortement colorées, en voyant les marbrures et les traînées vert-jaune qui sillonnaient la peau cireuse.

Mavrikiev travaillait vite et toujours en silence. Contrairement aux autres médecins légistes à qui il arrivait, après l'extraction d'un organe, de commenter la singularité de sa structure ou son degré de détérioration en le levant à hauteur des yeux de l'assistance, il procédait calmement, en silence et sans expression. Si Barry Vine avait blêmi, Wexford ne s'en était pas rendu compte. Le masque et le bonnet vert dissimulaient beaucoup de choses. Mais après quelque temps et un « Excusez-moi » étouffé, il quitta la pièce, en plaquant une main gantée sur sa bouche.

Rompant avec ses habitudes, Mavrikiev laissa échapper un petit rire nerveux et murmura : « Encore quelqu'un qui a les yeux plus grands que le ventre. »

Il poursuivit son travail. À l'aide de pinces fines, il préleva quelque chose de la plaie qui barrait la tête. L'estomac, les poumons, une partie du cerveau et ce qu'il avait sorti de la blessure reposaient à présent dans des récipients en plastique. Il acheva l'autopsie, ôta ses gants et traversa la pièce pour gagner le coin où Wexford avait battu en retraite. « Je m'en tiens à ce que j'ai dit au sujet de l'heure de la mort. Samedi après-midi.

— Je peux poser mon autre question maintenant ?

— La cause de la mort ? Ce coup à la tête. On n'a pas besoin d'être médecin pour le voir. Le crâne est fracturé et le cerveau gravement endommagé. Je ne vais pas entrer dans une foule de détails techniques, ils seront tous dans le rapport.

— Vous voulez dire que quelqu'un lui a donné un violent coup sur le crâne ? Avec quoi ? Vous pouvez le dire ? »

Mavrikiev secoua lentement la tête et tendit un des récipients à Wexford. Il contenait près d'une douzaine de petites pierres, dont certaines étaient noires de sang. « Si quelqu'un l'a frappée, c'était avec une allée de gravier. J'ai trouvé ces gravillons dans la plaie. Je ne crois pas qu'elle ait été cognée, je pense plutôt qu'elle est *tombée*. Tombée d'une hauteur sur une allée de gravier. »

Barry Vine rentra dans la pièce, l'air penaud. Il détourna les yeux de la table de dissection sur laquelle reposait le corps, maintenant soigneusement recouvert d'une housse en plastique. Wexford fit semblant de ne pas remarquer sa gêne.

« Elle est tombée ? Ou bien on l'a poussée ?

— Pour l'amour du ciel, voilà que vous recommencez. Je ne suis pas un magicien, combien de fois faudra-t-il que je vous le dise ? Je n'en sais rien. Si vous vous attendez à trouver une grande empreinte digitale en plein milieu du dos, sachez que cela n'arrive jamais.

— Vous pouvez au moins savoir si elle s'est débattue, répliqua froidement Wexford.

— Des ongles pleins de chair et de sang, c'est ça ? Il n'y avait rien de ce genre. Si quelqu'un l'avait fait tomber, il aurait sans doute été gaucher, mais ce quelqu'un n'existait pas. Elle a le bras droit cassé, deux côtes brisées, la jambe gauche cassée en deux endroits et la droite en un seul. Le corps est contusionné sur tout le côté droit. Je pense qu'elle est tombée d'environ neuf mètres de haut et qu'elle a atterri sur le côté droit.

« C'est tout pour le moment, messieurs. Je vous remercie de votre attention. » Il lança un coup d'œil dédaigneux à Barry Vine. « Bon appétit quand même ».

Vine lui répondit par un hochement de tête.

« Alors, on se sent mieux ? demanda Wexford d'un ton dégagé. Je viens juste de réaliser que Brendan Royall, au moment où nous l'avons vu, portait une combinaison de camouflage. Vous croyez que c'est une coïncidence ? »

19

Stanley Trotter était encore couché, dans l'appartement de deux pièces qu'il occupait dans Peacock Street, à Stowerton, lorsque Burden passa chez lui, tôt ce mardi matin-là. Un des frères Sayem qui tenaient l'épicerie du rez-de-chaussée le fit entrer, le conduisit à l'étage et tambourina à la porte de Trotter. Peut-être en voulait-il au locataire du haut pour une raison ou pour une autre, car lorsque Trotter ouvrit la porte en pantalon de pyjama et en tricot de corps crasseux, Ghulam Sayem sourit d'un air suffisant. Il avait affiché la même expression au moment où Burden lui avait annoncé qu'il était policier.

La journée était lourde et étouffante, sans un souffle de vent, mais les fenêtres de Trotter étaient hermétiquement fermées. Une odeur désagréable imprégnait la pièce, exactement celle à laquelle Burden s'attendait, un mélange de sueur, d'urine, de plats à emporter et de moisissure, celle qui se forme sur les serviettes humides qu'on laisse traîner sans les laver. Un peu inquiet pour son costume, Burden répugnait à s'asseoir sur le fauteuil graisseux aux bras troués de brûlures de cigarettes, mais il n'avait pas le choix. Il l'épousseta avec un Kleenex qu'il sortit de sa poche.

Trotter le regarda. « Je ne vois vraiment pas ce que vous venez faire ici, lui dit-il.

— Vous avez lu un journal ce matin ? Vous avez regardé la télé ? Vous avez écouté la radio ?

— Mais non. Pourquoi l'aurais-je fait ? Je dormais.

— Ce que je dis ne vous intéresse pas, c'est ça ? Vous ne voulez pas savoir ce qui m'amène ? »

Trotter ne répondit rien. Il fouilla dans les poches d'un vêtement posé en travers du lit, trouva des cigarettes et en alluma une. La première bouffée déclencha un accès de toux liquide et crachotante.

« Vous devriez vous inscrire pour une greffe du poumon, Trotter, lança Burden. Il paraît que la liste est déjà longue comme le bras. » Il toussa à son tour. C'était contagieux. « Combien de temps alliez-vous laisser le corps là-bas ? aboya-t-il.

— Quel corps ?

— Combien de temps comptiez-vous laisser le sac de couchage parmi les orties, Trotter ? À moins que vous n'ayez prévu de le découvrir vous-même ? C'était quoi, votre plan ?

— Je ne vous parlerai qu'en présence de mon avocat », répondit Trotter. Il posa sa cigarette sur une soucoupe, puis, sans se donner la peine de l'écraser, se mit au lit et remonta les couvertures au-dessus de sa tête.

On avait envoyé le sac de couchage au labo de médecine légale de Myringham. La société qui l'avait fabriqué s'appelait Outdoors et d'après l'étiquette, son tissu était un mélange de polyester, de coton et de Lycra ; le sac était doublé de Nylon et légèrement rembourré de fibre de polyester.

Pendant ce temps, un examen de la voiture volée avait mis en évidence une grande quantité de poils de chats, des galets d'une plage de la côte sud et du sable qui, de l'avis du spécialiste de la terre et du sol, provenait de l'île de Wight. À l'intérieur comme à l'extérieur, il n'y avait pas trace d'empreintes digitales.

La voiture avait été volée à Ventnor, dans l'île de Wight. Mais il est impossible que les otages y soient, pensa Wexford. Si on l'avait transportée en mer, Dora s'en serait certainement rendu compte. Ses ravisseurs n'auraient jamais couru le risque de prendre le ferry et c'était le seul moyen d'aller sur l'île.

Le propriétaire de la voiture s'appelait William Pugh et il habitait Gwent Road, à Swansea. Wexford lui fit passer un coup de téléphone et, lorsqu'il prit la communication, lui demanda s'il possédait un chat. Deux chats, en fait, car les poils provenaient d'un chat noir et d'un siamois. Pugh répondit par la négative, en précisant toutefois qu'il avait un labrador et qu'il avait confié l'animal à un chenil en son absence, comme si Wexford procédait à une étude statistique sur les animaux domestiques.

« Vous avez dû aller sur la plage, monsieur Pugh ?

— Ma foi, non. J'ai soixante-seize ans, et ma femme soixante-quatorze.

— Donc, vous n'avez pas pu apporter de sable dans la voiture avec vos chaussures ?

— Elle nous a été volée trois heures après notre arrivée », répondit Pugh.

Gwenlian Dean leur avait adressé un autre fax de Neath. Un de ses policiers avait interrogé Gary et Quilla. Au début, ils avaient déclaré ne rien savoir de leur rencontre avec Wexford à Framhurst, mais lorsqu'on leur avait rafraîchi la mémoire, Quilla avait compris de qui il s'agissait, et tous deux avaient parlé de cette entrevue avec une apparente franchise. L'inspectrice principale Dean écrivait que son policier n'avait pas de raison de douter de la véracité de leur déposition. À supposer qu'ils aient bien entendu le nom de Wexford quand il le leur avait indiqué, ils l'avaient rapidement oublié.

Ils n'avaient pas l'intention de revenir à Kingsmarkham pour l'instant, car ils s'apprêtaient à participer, dans le nord du Yorkshire, à une manifestation contre un projet de lotissement. Une seule chose, dans tout cela, avait surpris l'inspecteur :

contrairement à ce qu'elle avait été amenée à supposer, Gary et Quilla possédaient un véhicule. Ils étaient arrivés par la route et s'apprêtaient à gagner le Yorkshire dans leur voiture, une Ford Escort respectable âgée de quatre ans. Wexford avait-il besoin d'autres renseignements ?

L'enquête judiciaire sur la mort de Roxane Masood aurait lieu le lendemain et le Globe sacré ne s'était toujours pas manifesté. On aurait dit que les ravisseurs étaient morts, ou bien qu'ils avaient disparu, en emportant leurs otages avec eux. Wexford s'aperçut qu'il n'arrêtait pas de consulter sa montre, de compter les heures depuis leur dernier contact : quarante, quarante et une... Il téléphona à Gwenlian Dean, la remercia de sa serviabilité et lui précisa qu'il verrait Gary et Quilla à leur retour. D'ailleurs, ajouta-t-il d'une voix résolue, il espérait qu'à ce moment-là il n'aurait pas *besoin* de les rencontrer.

Entre-temps, il avait confié à Karen Malahyde la surveillance de Brendan Royall et à Damon Slesar la filature du roi de la forêt.

Tanya Paine déclara à Vine qu'elle ne regardait jamais du côté où on avait découvert le sac de couchage. Elle n'avait aucune raison de le faire, précisa-t-elle. Ils étaient assis dans la caravane et ses téléphones n'arrêtaient pas de sonner. Entre deux appels, elle s'évertuait à tendre le cou, à se pencher en avant et à déplacer sa chaise, pour bien lui montrer qu'elle avait beau se contorsionner, elle ne pouvait pas apercevoir l'endroit où se trouvait le sac de couchage, un coin à présent interdit d'accès, barré par un cordon bleu et blanc.

Vine n'avait encore jamais vu d'ongles pareils à ceux de Tanya. Il n'arrivait pas à s'imaginer comment on pouvait réaliser ce genre d'effets. Le vernis présentait un dessin différent à chaque doigt, pareil à un motif cachemire imprimé sur du satin bleu, vert ou mauve. Avait-on imprimé le dessin, ou un artiste l'avait-il peint à l'aide d'un pinceau très fin ?

Ou bien était-ce une décalcomanie, que l'on pouvait coller sur l'ongle avant d'appliquer du vernis pardessus ? Ce fut seulement au moment où Tanya s'étira qu'il parvint à détacher les yeux de ses ongles. « Je ne vous parle pas du moment où vous étiez là, mademoiselle Paine, lui dit-il. Mais de ceux où vous êtes arrivée et où vous êtes partie. » Et, se rappelant ses goûts, il ajouta : « Et où vous êtes sortie prendre votre cappuccino et votre barre de chocolat.

— Là, j'aurais pu le voir, je suppose, mais je n'ai rien remarqué. » Elle lui coula un regard oblique, vexé et réticent. « En plus, j'ai arrêté de manger ce genre de trucs. J'essaye de perdre du poids. Ce jour-là, j'ai été acheter une pomme et un Coca-Cola light. »

Tanya n'avait pas l'air affligé par la mort affreuse de Roxane. Elle avait appris la nouvelle en prenant son petit déjeuner devant la télé et avait acheté un journal en venant à son travail. Le genre de journal — il était posé entre ses téléphones — qui comporte le minimum de texte et le maximum de gros titres. Sur la première page de celui-ci, on pouvait seulement lire : MA RAVISSANTE FILLE, au-dessus d'une photo d'agence qui montrait Roxane en Bikini.

« Vous étiez une amie de Roxane, vous avez été à l'école avec elle.

— J'ai été à l'école avec beaucoup de filles.

— D'accord, répondit Vine, mais Roxane, elle, a été enlevée et maintenant, elle est morte. C'est curieux, n'est-ce pas ? Disons les choses autrement. D'abord, les gens qui l'ont enlevée, le Globe sacré, ont choisi la société de taxis où vous travaillez, et après, quand l'un des otages est mort, ils ont rendu son corps à l'endroit où vous travaillez. Le corps de votre amie. Une sacrée coïncidence, non ? »

Un de ses téléphones sonna. Elle répondit, nota une heure et une adresse sur son bloc de papier. Une façon de procéder apparemment désuète et inefficace. Le motif de son stylo à bille était pareil à celui de ses ongles.

« Une sacrée coïncidence..., répéta Vine.
— Je ne vois pas ce que vous voulez dire. Vous n'arrêtez pas de répéter qu'elle était "mon amie". Nous n'étions pas très proches. Je la connaissais, c'est tout.
— Elle commandait toujours ses taxis à Voitures contemporaines parce que vous y travailliez. Elle aimait bavarder au téléphone avec vous.
— Écoutez, répondit Tanya. Je peux vous dire pourquoi elle aimait parler avec moi. C'était pour que je sache qu'elle avait un papa plein aux as, qu'elle était sur le point de devenir mannequin — comme si elle avait une chance d'y arriver ! — et qu'elle pouvait s'offrir des taxis, alors que d'autres sont obligés de prendre le bus. Moi, je pensais, je peux bien vous le dire, que ma mère et mon père, au moins, ils sont mariés et qu'en plus, ils sont toujours ensemble. »

Ainsi, c'était un avantage dans la méritocratie de la jeunesse d'aujourd'hui ? Voilà qui intéresserait Wexford. Personne ne se mariait plus de nos jours, mais si vos parents étaient mariés et, de surcroît, l'étaient *encore,* cela vous conférait du prestige.

« Vous ne l'aimiez pas ? »

Lentement, Tanya parut se rendre compte qu'elle avait pu commettre une imprudence en racontant à un policier qu'elle ne portait pas une victime de meurtre dans son cœur. « Je ne dis pas cela. Vous me faites dire ce que je n'ai pas dit.
— Pourquoi son corps a-t-il été placé là, selon vous ?
— Comment voulez-vous que je sache ? » À ses yeux, manifestement, le temps était venu de proclamer une vérité première. « Je ne suis pas une meurtrière.
— Avez-vous un petit ami, mademoiselle Paine ? »

Il l'avait stupéfiée. « Pourquoi donc voulez-vous savoir ça ?
— Si vous aimez mieux ne pas répondre... »

Elle le vit prendre des notes, s'enhardit : « Non, je n'en ai pas, puisque vous me le demandez. Pas en ce moment. » C'était un aveu qu'elle aurait infiniment préféré ne pas faire et elle gigotait avec embarras, tortillant son corps pour lui montrer qu'elle avait réellement besoin de perdre du poids. « Provisoirement, non, je n'en ai pas. »

Son téléphone sonna.

Ni Leslie Cousins, ni Robert Barrett ne purent donner à Lynn Fancourt la moindre idée de l'heure où l'on avait déposé le sac de couchage sur le parking. Mais tandis que Barrett se bornait à répéter qu'il n'avait pas vu de voitures bizarres dans les parages, Cousins fut en mesure de certifier que le sac de couchage n'était pas là à minuit, le samedi soir. À cette heure-là, justement, il rentrait de Forby où il avait emmené un client depuis la gare de Kingsmarkham.

« Comment pouvez-vous en être aussi sûr ?

— Je suis allé par là. Près du grillage du fond.

— Pourquoi ? Vous aviez vu quelque chose ? »

Lynn voyait bien qu'il répugnait à répondre. Il avait rougi. Elle se rappela certaines habitudes de son père et de ses frères et s'étonna des curieuses façons des hommes qui souvent, même lorsqu'ils ont des W.-C. ou des toilettes publiques à proximité...

« Vous êtes allé là-bas pour satisfaire un besoin naturel, n'est-ce pas, monsieur Cousins ? Pour vous soulager contre la haie ?

— Oui, enfin... Vous savez...

— C'était plus facile à l'époque où les policiers étaient toujours des hommes, non ? Moins embarrassant. » Lynn lui servit le sourire brillant, un peu sévère, qu'elle avait remarqué sur le visage de Karen Malahyde. « Donc, vous êtes allé jusqu'au grillage du fond et à cette heure-là, à minuit, il n'y avait rien de spécial sous les arbres, entre les orties — c'est bien ça ?

— Tout à fait », répondit Cousins, avec un soupir de soulagement.

De l'arrêt de bus, il était impossible de voir quoi que ce soit, puisque le haut mur de brique aveugle obstruait entièrement la vue. Ce samedi-là, de l'autre côté du terrain vague, le cordonnier avait fermé boutique à 17 heures, et le coiffeur et le patron du bureau de photocopies à 17 h 30. Seule l'aromathérapeute habitait dans l'immeuble.

Les fenêtres de son appartement, situé au premier étage, donnaient à l'avant sur le pub — elle les avait fait équiper de doubles vitrages — et, à l'arrière, sur le calme relatif du terrain vague. Elle invita Lynn à entrer dans un salon très parfumé où, manifestement, elle accueillait aussi ses clients. Les murs étaient couverts de photographies et de dessins très stylisés d'herbes et de fleurs. Une photo beaucoup plus grande figurait l'aromathérapeute en personne, apparemment transportée d'extase par l'odeur que dégageait le flacon qu'elle portait à son nez.

Elle déclara à Lynn qu'elle s'appelait Lucinda Lee, ce qui paraissait improbable, mais le fait est que les gens ont parfois des noms invraisemblables.

« La plupart du temps, je ne dors pas de la nuit, se plaignit-elle. Comment voulez-vous, avec ce pub juste devant et ces voitures derrière, qui n'arrêtent pas d'entrer et de sortir. On menace d'augmenter mon loyer et le jour où ce sera fait, je partirai. »

Avait-elle vu quelque chose d'anormal entre le samedi à minuit et le dimanche soir ? À la surprise de Lynn, elle répondit oui.

« D'habitude, les chauffeurs ne travaillent pas aussi tard, déclara-t-elle. Je devrais plutôt dire aussi tôt. Je venais juste de m'endormir, il était déjà 1 heure du matin, et une voiture est entrée en faisant un raffut de tous les diables.

— À quoi ressemblait ce bruit ?

— Moi, je ne suis pas pour les voitures. Ce sont elles qui créent le plus de pollution, non ? Je ne veux pas en avoir, je n'y connais pas grand-chose et je ne sais même pas conduire. Mais à entendre le ramdam que faisait celle-là, on aurait dit qu'elle était entrée facilement sur le terrain, mais qu'elle n'arrivait pas à redémarrer.

— D'après vous, le moteur aurait calé ?

— Vous croyez que c'est ça ? Si vous le dites. En tout cas, je me suis levée et j'ai regardé par la fenêtre. J'ai failli crier au conducteur de s'en aller. Non mais, il était sacrément tard ! Ils se servent de ce coin comme toilettes, ces types-là, c'est dégoûtant — est-ce qu'ils ont le droit de faire ça ? »

Lynn reprit gentiment : « Vous me disiez que vous regardiez par la fenêtre.

— Finalement, je n'ai pas crié après le conducteur. La voiture était arrêtée et le gars faisait quelque chose au fond du terrain, penché au-dessus de je ne sais quoi — enfin, c'est quand même gênant, non ? Ils sont pires que les chiens. Au moins, chez les chiens, c'est naturel. »

Il fallait arriver à la détourner de ses dadas : la pollution, Voitures contemporaines et les problèmes de vessie. Lynn l'interrompit à nouveau. « Pourriez-vous me le décrire, lui et sa voiture ? »

Il se révéla bientôt que la voiture en question était petite et rouge. Au début, Lucinda Lee avait cru que l'homme était Leslie Cousins, mais il était plus grand et plus mince que le chauffeur de Voitures contemporaines. Elle ajouta qu'il portait un jean et un blouson barré par une fermeture Éclair.

Plus tard, le dimanche matin, quand elle avait jeté un coup d'œil dehors en milieu de matinée, elle avait aperçu le sac de couchage en tissu camouflage, mais elle avait tellement l'habitude de voir des ordures jetées dans ce coin-là qu'elle n'y avait pas prêté plus attention.

Brendan Royall avait passé la nuit à Marrowgrave Hall. Karen laissa sa voiture à l'entrée de la propriété et entra dans le parc à pied, regrettant de ne pas pouvoir avancer plus à couvert entre les arbres fraîchement taillés, guère plus hauts que des arbustes, et les orties qui proliféraient en tous sens. Wexford lui avait dit un jour qu'ils avaient de la chance que la campagne anglaise soit relativement peu dangereuse : les orties et les vipères étaient ce qu'on pouvait y craindre de pire, et qui donc voyait encore des vipères de nos jours ? Par bonheur, elle n'était pas très sensible aux piqûres d'orties.

Il y avait des lapins partout, des centaines, estima-t-elle. Ils avaient tellement brouté le gazon qu'il avait l'air fraîchement tondu. Pourtant, ils continuaient à manger les petites touffes restantes. Karen était là depuis une quinzaine de minutes quand Royall sortit sur le seuil de la maison, un appareil photo à la main. Il resta là à photographier les lapins, bien qu'ils fussent beaucoup trop loin pour figurer distinctement sur la pellicule. Cela fait, il avança dans le parc, et Karen entendit nettement l'étrange sifflement aigu qu'il émettait tout en marchant. S'il avait agi ainsi dans le but d'apaiser les lapins, ou même de les attirer vers lui, sa démarche produisit l'effet contraire. Tous les animaux se figèrent, puis s'enfuirent à toute allure pour aller trouver refuge dans les buissons.

Freya sortit à son tour, drapée comme une statue sur une frise romaine. Elle dit quelques mots à son compagnon et lui tendit un objet. Après quoi Royall passa la sangle de l'appareil photo autour de son cou et monta dans le Winnebago. Karen fit demi-tour pour regagner sa voiture au pas de course. Au moment où le mobile home apparut, elle avait battu en retraite sous le rideau de branches qui surplombait le bord du fossé. Royall tourna à gauche en direction de Forby. Il était difficile de conduire un véhicule aussi encombrant sur ces routes étroites. Le jeune homme s'y engagea prudemment et Karen resta à bonne distance derrière lui.

Il n'y avait pas moyen de contourner Kingsmarkham de ce côté-là et Royall mena le Winnebago en plein milieu de la ville. Là, il créa un gros embouteillage dans York Street, où des voitures stationnaient déjà en double file. Il doit se diriger vers le chantier de la déviation, se dit Karen, ou du moins, pas très loin. Elle se demanda comment s'en sortait Damon Slesar — Damon qui, par pure coïncidence, avait été chargé de l'autre mission de surveillance, celle qui consistait à suivre Conrad Tarling. Si les membres de l'équipe pouvaient espérer avoir leur soirée libre, s'il y avait le moindre répit dans la chasse au Globe sacré, elle retrouverait Damon à 20 heures pour aller dîner à Kingsmarkham. Ce ne serait pas la première fois qu'ils sortiraient ensemble, mais ils ne l'avaient encore jamais fait par choix. Le hasard, ou la simple commodité, avaient toujours présidé jusqu'alors à leurs rencontres.

Royall, supposa-t-elle, prenait la route de Myfleet qui passait par Framhurst. S'il avait voulu se rendre dans un des campements, il aurait obliqué plus tôt sur une route latérale à Framhurst Cross. De loin, elle vit qu'il venait d'être bloqué par un feu rouge. Elle ralentit et faillit s'arrêter. Il remonta la route de Myfleet avant qu'elle n'arrive elle-même au carrefour, mais quand elle l'atteignit, le feu était déjà repassé au rouge. Karen se dit que la filature n'était peut-être pas son point fort et elle se demanda si Damon était plus doué qu'elle en la matière.

Plusieurs occupants des arbres étaient attablés à la terrasse du salon de thé de Framhurst. Le feu passa au vert et elle accéléra pour rattraper le Winnebago, mais il avait disparu derrière un de ces tournants entre lesquels la route serpentait, encadrée par des talus de près de trois mètres et demi de haut. En plus, c'était bien sa chance, une voiture arrivait en sens inverse. Elle dut opérer une marche arrière sur quelque cinquante mètres avant de trouver, pas vraiment une aire de stationnement, mais une petite extension sur le côté de la route. Elle s'y engagea et aperçut le Winnebago au loin à l'horizon, le grand véhicule blanc aisément reconnaissable qui poursuivait sa course de l'autre côté de la colline, avant de disparaître dans la vallée.

Il lui fallait, vaille que vaille, continuer dans la même direction. Elle gravit la colline sur une route sinueuse jalonnée de virages et, finalement, redescendit dans la vallée. Devant elle s'étendait un champ rempli de voitures : la ferme de Goland. Le parking des remorques et des vieilles guimbardes des occupants des arbres. Le Winnebago, au centre, faisait figure de cygne entouré de vilains petits canards. Elle l'observa et attendit, sans descendre de voiture. Il ne devait pas être là depuis plus de cinq minutes.

Des occupants des arbres se tenaient devant la maison qui avait été jadis une chapelle. Elle les observa à travers ses jumelles. Il y avait une femme et deux hommes, mais aucun d'eux n'était Brendan Royall. Il devait être encore assis au volant, ou bien à l'arrière, dans l'espace d'habitation. Un mobile home, après tout, était un lieu où l'on pouvait vivre et conduire, dormir, lire et manger et, à sa connaissance, regarder aussi la télévision. Elle déplaça sa voiture de façon à avoir davantage le Winnebago dans son champ de vision. À l'aide de ses jumelles, elle vit que le conducteur avait déserté la cabine.

Le mobile home possédait des rideaux, mais ils étaient grands ouverts. Ses excellentes jumelles n'eurent aucun mal à lui révéler tout l'intérieur du véhicule. À moins que Royall ne fût caché sous le lit, il n'était pas là ; il n'y avait personne. Le camping-car était vide. Soudain, elle sut exactement ce qui s'était passé. L'objet que Freya lui avait tendu dans le parc de Marrowgrave Hall était un jeu de clefs de voiture. Il était venu ici avec son mobile home et était reparti dans la voiture de Freya.

Le prochain message arriverait peut-être par la poste, comme le premier. Wexford passa mentalement en revue une bonne centaine d'adresses — des administrations, des sociétés, des compagnies, des organismes publics — susceptibles de recevoir une telle lettre. Il pouvait seulement espérer que si l'une de ces organisations la trouvait dans son courrier, elle le ferait savoir. Le message ne serait pas transmis par fax ou par courrier électronique — il avait déjà songé à tout cela. Ce serait une lettre, un coup de téléphone, ou rien.

Rien jusqu'à ce que le prochain cadavre...

Après tout, même s'ils avaient parlé de négociations, ils n'en avaient pas besoin. Leurs exigences — ou plutôt, leur seule et unique revendication — étaient connues. Ils réclamaient, non pas l'ajournement ou la suspension de la construction de la déviation, mais son annulation pure et simple, sans doute à perpétuité. C'était là une condition ridicule, car si un gouvernement était disposé à promettre une telle chose, son serment ne pouvait pas engager ses successeurs, mais était-ce bien sûr ? Supposons que le terrain soit protégé, préservé dans son état actuel à l'instar, comme il l'avait entendu dire, de certaines forêts royales, ou encore de la lande de Hampstead ? Et supposons qu'un organisme d'État, par exemple la Caisse nationale des sites et monuments historiques, en fasse l'acquisition ?

Il se rendit compte alors qu'il ignorait tout de la loi en vigueur à cet égard. Mais le Globe sacré s'était certainement renseigné. Il n'était pas impossible que ces gens aillent jusqu'à exiger des Monuments historiques une promesse perpétuelle de protection du site de la déviation.

Il demanda au chef constable la permission de s'adresser au Globe sacré par l'intermédiaire de la télévision. Il voulait lui lancer un appel, lui demander la restitution des trois otages restants, le prier de réexposer ses exigences. L'autorisation lui fut refusée.

« Ces gens-là ne correspondent peut-être pas à notre définition habituelle des terroristes, Reg, mais ce sont bel et bien des terroristes. Nous ne pouvons pas nous permettre de négocier avec eux. Ils peuvent s'adresser à nous, mais la réciproque est impossible.

— À ceci près qu'ils ne se manifestent pas, répondit Wexford.
— Cela fait combien de temps, maintenant, Reg ?
— Quarante-huit heures, monsieur.
— Et dans l'intervalle, ils ont apparemment commis le pire.
— Le pire jusqu'à présent. »

Damon Slesar le rattrapa au moment où il entrait dans l'ancien gymnase. Wexford se retourna et lui trouva l'air fatigué. Chez ce genre de maigres à la peau brune, au visage presque émacié, l'épuisement se lisait sur les cernes qui se creusaient autour des yeux, et Damon avait les yeux caves et cerclés de gris. Wexford se demanda ce qui, chez lui-même, pouvait trahir sa fatigue : un vieillissement général, sans doute.

« Tarling n'a pas quitté le camp d'Elder Ditches, déclara-t-il. Il y est revenu en milieu d'après-midi. Il a fait un saut sur le site de l'expertise écologique, il a rencontré Brendan Royall là-bas et ils sont rentrés ensemble au campement. Rien de plus.

— Peut-être aimeriez-vous en informer Karen, dit Wexford sur un ton un peu désagréable. Elle ne sera pas fâchée de savoir où était Royall, vu qu'elle a perdu sa trace. »

On pouvait discerner tant de choses dans les yeux des gens, songea-t-il, dans ces changements subtils qui transforment tout un visage. Slesar n'aurait pas été très affecté si Wexford avait critiqué Lynn Fancourt ou Barry Vine, mais quand il s'agissait de Karen, il se sentait blessé comme s'il avait été lui-même visé. Pourtant, il se contenta de répondre : « Je la mettrai au courant, monsieur. »

Une légère nuance dans sa voix indiqua à Wexford que Slesar trouverait sûrement une occasion de parler à Karen, mais que si Brendan Royall apparaissait dans la conversation, ce serait seulement en passant.

« Très bien. Faites-le après la réunion. »

Assis en face de lui, les membres de son équipe

lui firent part de leurs investigations, de leurs succès — peu nombreux — et de leurs idées — plus rares encore. Il surprit le regard échangé entre Karen et Damon et se dit que le moment était malvenu de s'intéresser à un amour naissant. Il remarquerait juste au passage, et avec plaisir, que l'exigeante Karen, la féministe, la perfectionniste, la jeune femme à la dent dure, avait peut-être finalement trouvé quelqu'un qui lui convienne.

La journée était terminée. Il disposait d'une heure de tranquillité et il allait l'employer à écouter la cassette du récit de Dora sous hypnose. Enfin.

20

Il s'attendait à entendre une voix de somnambule, perplexe, tâtonnant comme celle d'un médium en transe. Une voix qui, pensait-il, allait le dérouter. Mais non. Dora s'exprimait avec des intonations sensées, fermes et mesurées, presque sur le ton de la conversation. Elle avait l'air tout à fait à l'aise, et parfois emballée par un élément ressurgi de son inconscient et qui lui paraissait véridique.

« Je pense au garçon, disait-elle à présent. À Ryan. Il nourrissait une telle vénération pour son père, il n'arrêtait pas d'en parler. Il ne l'a pas connu, il est mort plusieurs mois avant sa naissance. Dans la guerre des Falklands. Je vous en ai déjà parlé ? »

Silence. Le docteur Rowland ne répondit pas.

« C'est assez étrange, vous ne trouvez pas, d'éprouver autant d'amour et d'admiration pour quelqu'un qu'on n'a jamais vu, qu'on n'a jamais pu connaître ? »

Cette fois-ci, l'hypnothérapeute intervint : « Les gens idéalisent souvent un parent perdu ou très éloigné. Après tout, c'est le membre de la famille qui ne donne pas de punitions, qui ne dit jamais non, qui n'est jamais fatigué, en colère ni exaspéré.

— Oui. »

Dora parut méditer la question. « Son père lui a laissé un carnet de croquis de sa main sur... disons, sur la faune et la flore. Enfin, il ne le lui a pas exactement offert, il l'a laissé en mourant, et sa mère le lui a donné quand il a eu douze ans. Ce carnet dépeint la vie des étangs, il contient des dessins de grenouilles, de tritons et de papillons, et de toutes les espèces que le père de Ryan avait vues quand il avait son âge et qui, aujourd'hui, ont disparu ou sont en voie d'extinction. Ryan adore ce carnet. C'est son bien le plus précieux. »

L'hypnotiseur demanda : « Parlez-moi de cette pièce.

— Elle était grande, elle devait faire environ vingt pieds sur trente [1]. Je n'arrive pas à compter en mètres. Les murs étaient blanchis à la chaux et il y avait cinq lits. Trois d'un côté, le mien et ceux de Ryan et de Roxane, et deux près de la fenêtre pour les Struther. C'est Owen Struther qui a déplacé leurs lits par là. Pour s'écarter de nous trois, je suppose. Quand Owen et Kitty sont partis, leurs lits sont restés dans la pièce.

« Le sol était en béton, on avait toujours froid quand on y posait les pieds. La porte était très lourde, elle devait être en chêne. Dans les moments où ils l'ouvraient, je voyais du vert et du gris au-dehors, et aussi quelques briques rouges. Le vert, c'était de l'herbe. Et le gris, de la pierre. »

Avec une grande gentillesse, l'autre voix demanda : « Que voyiez-vous par la fenêtre ?

— Du vert et du gris, une marche de pierre, je pense. Oh, et il y avait aussi du bleu. Des taches de bleu.

— Le ciel bleu ? »

Il y eut un silence. Puis Dora murmura : « Ce

1. 6 m sur 9. *(N.d.T.)*

n'était pas le ciel, mais quelque chose d'autre, du même bleu. En face de la fenêtre. Il y avait des moments où c'était assez haut, et d'autres où c'était plus bas. Je ne veux pas dire que ce machin bougeait pendant que je le regardais. Mais un jour, le mercredi, je crois, j'ai vu une petite tache de bleu à environ huit pieds [1] de haut, et le jeudi, il y en avait une plus petite qui devait être à trois pieds [2] du sol. »

À nouveau, le silence, un silence si long que Wexford comprit que c'était la fin de l'entretien. La déception succéda à son premier sentiment d'euphorie. C'était tout? Dora avait dû subir une modification involontaire — elle n'aurait pas pu refuser et demeurer une citoyenne responsable — d'un état de la conscience... uniquement pour ça?

Il eut envie de donner des coups de pied au magnétophone, mais il se retint, l'éteignit et rentra chez lui. Là, il ne fut pas surpris de trouver Dora endormie. Il y avait un message de Sheila sur le répondeur, disant qu'elle reviendrait à Kingsmarkham dès qu'ils le souhaiteraient, mais que si maman voulait passer quelques jours chez eux, elle en serait également ravie.

« Rappelle-toi ce qui s'est passé quand elle a essayé, la dernière fois », répliqua Wexford à voix haute.

Il monta se coucher et, dans son premier sommeil, il se prit à rêver. C'était le premier rêve qu'il faisait depuis le retour de Dora. Il se trouvait dans un endroit où s'élevaient d'énormes bâtiments, des entrepôts, des usines, des moulins et d'anciennes gares de chemin de fer. Certaines des gares étaient reconnaissables : le Mulino Stucky à Venise, le Musée d'Orsay à Paris. Il errait parmi ces bâtisses, impressionné par leur taille, par le *Pandemonium* de John Martin et les *Prisons* de Piranèse. C'était

1. 2,50 m. *(N.d.T.)*
2. 90 centimètres. *(N.d.T.)*

comme s'il s'était égaré par miracle dans un livre d'illustrations anciennes et dans le même temps, plus prosaïquement, dans la zone industrielle de Stowerton. Mais, chose étrange, il avait l'impression de connaître tous les détails du rêve depuis le début. Il s'engagea dans une avenue où se tenaient de part et d'autre les sombres moulins sataniques de Blake et, au coin d'une rue, il tomba sur l'abbaye de Westminster. C'est alors qu'il réalisa. Il cherchait l'endroit où étaient détenus les otages.

Sans les avoir trouvés, ni eux ni leur prison, il se réveilla et c'était le matin, le jour de l'enquête du coroner. Il lut dans son quotidien un article d'un chroniqueur célèbre disant qu'en l'état actuel des choses toutes les concessions qui seraient accordées au Globe sacré constitueraient une « charte de la politique de la terreur ».

Dora, qui préparait du café et prenait son petit déjeuner, lui avoua : « Je n'ai pas très bien dormi. Je n'ai pas cessé de penser à eux tous : à la pauvre Roxane, quand elle était enfermée dans la salle de bains. Je crois que je n'oublierai jamais ses cris et sa panique. Et aux Struther, ils faisaient tous les deux si peine à voir. Kitty s'était complètement effondrée, elle n'avait aucune force intérieure. Enfin, je n'étais pas moi-même très audacieuse, mais au moins je ne pleurais pas tout le temps.

— Ou plutôt, pas du tout.

— Il y a des moments, Reg, où j'ai bien failli le faire.

— J'ai écouté ta cassette, dit-il. Tu dois être unique.

— Que veux-tu dire ?

— Tu es peut-être la seule personne au monde qui n'ait pas d'inconscient. Tout est dans ta conscience. Tu ne nous as rien caché, n'est-ce pas ? Enfin, sauf ce truc bleu. »

Elle lui coula un regard en coin, réprimant un sourire.

« De quelle nuance était ce bleu ?

— Bleu ciel, répondit-elle. Un bleu très pur. Comme le bleu du ciel à midi, par un beau jour d'été.

— Alors, tu as dû voir le ciel.

— Non. » Elle était formelle.

Elle sortit deux toasts du grille-pain et, à l'aide d'une fourchette, les fit basculer dans une assiette. Puis elle ouvrit le placard pour en sortir le pot de confiture. « Non. Ce n'était pas le ciel. Tu veux du café ? Oh, assieds-toi, Reg. Tu peux bien prendre une demi-heure pour ton petit déjeuner.

— Dix minutes.

— Ce n'était pas le ciel, juste la couleur du ciel. De toute façon, y a-t-il eu un ciel bleu sans nuages pendant tout le temps où j'étais là-bas ?

— Je ne crois pas.

— Moi non plus. Cela ressemblait plutôt à un objet qui pendait d'une fenêtre ou à une toile peinte, mais le problème, c'est que le truc se déplaçait. Il avait l'air très haut le mercredi et très bas le jeudi. Tiens, le vendredi, à l'heure du déjeuner, Mains gantées a cloué d'autres planches en travers de la fenêtre. Je me demande s'il ne l'a pas fait pour m'empêcher de voir ce machin bleu...

— Tu n'as trouvé aucune raison qui puisse expliquer ta libération ?

— S'ils avaient su que j'avais vu quelque chose, ils m'auraient probablement gardée, non ? Ou bien ils m'auraient tuée. Oh, ne me regarde pas comme ça. Voyons... j'étais en train de te parler des Struther. Owen était trop jeune pour avoir fait la guerre et pourtant, il se conduisait comme un ancien combattant : tous ces trucs qu'il débitait sur le-courage-devant-l'ennemi, l'obligation de s'évader. C'était ridicule.

— Il a peut-être été soldat. L'armée existe aussi en temps de paix.

— Il ne l'était pas. Je le lui ai demandé. Ça ne lui a pas plu et il m'a jeté un regard offensé. Ryan l'admirait. Je pense qu'il l'aurait imité en tout. Le pauvre garçon doit passer son temps à se chercher une figure paternelle — mais c'est peut-être un peu trop psychologique ?

— Le problème avec la psychologie, déclara ironiquement Wexford, c'est qu'elle ne tient pas compte de la nature humaine. »

Mavrikiev fit sa déposition en tant que témoin expert au tribunal du coroner, une obscure analyse technique des blessures et des fractures. Quand on lui demanda si d'après lui Roxane Masood avait été poussée ou jetée d'une hauteur, il répondit qu'il n'avait pas d'opinion, qu'il ne pouvait se prononcer. L'enquête judiciaire fut ajournée, ainsi que l'avait prévu Wexford.

Le silence du Globe sacré planait sur Kingsmarkham comme une nappe de brouillard. Du moins, c'était l'impression qu'en avait Wexford. Le pays et le reste du monde ne la partageaient peut-être pas. L'enlèvement, lui avait dit quelqu'un, avait même été annoncé dans les journaux américains. Le *New York Times* lui avait consacré un entrefilet dans ses pages étrangères. Pour Wexford, c'était comme si les otages avaient été transportés de l'autre côté de l'Atlantique, à des milliers de kilomètres de là. La journée était belle et le soleil brillait, mais il sentait en permanence cette brume pénétrante.

« Soixante-huit heures, annonça-t-il à Burden. Cela fait près de trois jours que ça dure. »

Burden avait apporté les journaux du matin. LA POLICE N'Y COMPREND RIEN. LES DISPARUS : RYAN, OWEN ET KITTY. MA SI JOLIE FILLE, LE TÉMOIGNAGE D'UN PÈRE.

« S'il y a une chose que j'ai comprise, c'est la façon dont elle est morte, déclara Wexford. Je crois que je sais exactement comment ça s'est passé. Jeudi dernier, quand ils l'ont sortie de la pièce du sous-sol, ils l'ont enfermée ailleurs, mais pas avec Kitty et Owen Struther. Le couple avait peut-être même été séparé à ce moment-là. Ils ont mis Roxane toute seule quelque part, et c'était en hauteur.

— Dans un des étages, au-dessus de la pièce en sous-sol.

— Éventuellement. Le problème — un des problèmes — est que nous ne savons pas à quelle sorte de bâtiment nous avons affaire. Ou encore s'il y en avait un ou plusieurs. Cela pouvait être un complexe industriel, une énorme bâtisse, une grande maison avec un sous-sol, ou bien une ferme avec des chats. Sur la côte, quelque part au bord d'une plage. Quoi qu'il en soit, Roxane a été emmenée en hauteur, peut-être au troisième ou au quatrième étage, et elle a été enfermée dans une pièce. Je crois que c'était une petite pièce, Mike.

— Rien ne vous permet de l'affirmer.

— Oh, que si. Elle était claustrophobe et ils le savaient. Les membres du Globe sacré s'en étaient rendu compte. Dora les a vus se regarder, ces deux types qui étaient devant la porte de la salle de bains pendant que Roxane, à l'intérieur, hurlait et la bourrait de coups de poing. Ils le savaient et ils en ont joué. Pour la mater. Pour la punir.

« Je me disais l'autre jour que les membres du Globe sacré ne sont ni cruels ni stupides, mais j'ai dû réviser mon opinion. Beaucoup de gens deviennent cruels quand ils en ont l'occasion, vous ne trouvez pas ? »

Burden haussa les épaules. « Possible. Cela ne m'étonnerait pas.

— Donnez-leur du pouvoir et quelqu'un de plus faible qu'eux et apparemment, cela suffit pour qu'ils se mettent à le torturer. Est-ce que les psychiatres ont jamais étudié ce phénomène ? Est-ce qu'ils ont cherché à découvrir pourquoi la faiblesse et la vulnérabilité inspirent de la compassion à certains et de la cruauté à d'autres ? Je n'en sais rien. Vous non plus, je suppose. » Emporté par la colère et la tristesse, Wexford secoua la tête. « Ils l'ont mise dans une petite pièce, très haut au-dessus du sol. Sans doute dans la journée du jeudi. Elle a dû supporter ça pendant deux jours entiers... À quel prix, nous ne le saurons jamais... » Il se tut pendant un moment. Puis il dit brusquement : « Vous avez une phobie ?

— Moi ? répondit Burden. Je n'ai pas trop de sympathie pour les serpents. Je me sens un peu nerveux dans un vivarium.

— Ce n'est pas la même chose. Si c'était réellement une phobie, vous ne pourriez pas vous *approcher* d'un vivarium. Moi, j'en ai une. »

Burden parut intéressé. « Ah oui ? Laquelle ?

— C'est bien la dernière chose que je vous avouerais. Oh, pas seulement à vous, à personne. Il n'y a que ma femme qui le sache. Le truc, avec les phobies, c'est justement qu'on n'en parle à personne ; on n'ose pas. *Phobos* signifie peur. Supposez qu'un sinistre farceur vous envoie, par colis postal, l'objet même de votre phobie ? Voilà pourquoi Roxane n'aurait jamais dû laisser ses ravisseurs connaître la sienne, mais c'était plus fort qu'elle, la pauvre fille. Ils n'ont pas pu lui envoyer par la poste ce qui lui faisait peur, mais ils avaient tout loisir de l'enfermer dans une petite pièce.

« Samedi après-midi, au moment où elle était devenue presque folle de terreur, elle a tenté de s'échapper. Peut-être y avait-il une descente de gouttière, ou une plante grimpante sur laquelle elle pouvait prendre appui, ou bien encore un toit, un rebord qu'elle a dû espérer atteindre. Mais elle n'y est pas arrivée et elle est tombée. Elle a fait une chute mortelle de neuf mètres, Mike.

« En tombant, elle s'est cassé le bras, les côtes et les deux jambes, et sa tête a heurté violemment le sol. Peut-être n'aurait-elle pas perdu l'équilibre si elle avait eu — comment dirais-je ? — toute sa raison ? Mais les phobiques ne sont pas dans leur état normal, pas quand ils sont exposés à l'objet de leur angoisse pendant deux jours et une nuit. »

Après y avoir réfléchi quelques instants, Burden suggéra : « Les membres du Globe sacré n'ont pas pu le prévoir. Il se peut qu'ils aient été horrifiés par ce qui s'est passé.

— S'il s'agit d'une bande d'amateurs qui se croient plus malins qu'ils ne sont, ils ont sûrement dû être épouvantés. Ils espéraient sans doute obtenir ce qu'ils voulaient tout en libérant les otages sains et saufs. Cela n'est plus possible. Ils se sont retrouvés avec un cadavre sur les bras, une morte qu'ils n'avaient pas tuée.

— On peut dire qu'en la mettant dans cette pièce, ils l'ont assassinée, avança Burden.

— Vous et moi le pourrions, Mike. Mais ça ne tiendrait pas debout devant un tribunal.

— Pourquoi l'ont-ils ramenée ici ? »

Wexford réfléchit. « Peut-être parce qu'ils ne voulaient pas du corps. Pour eux, c'était un poids supplémentaire. Que pouvaient-ils en faire ? Quand on est encombré d'un cadavre, on n'a qu'une seule solution : l'enterrer. Écartons d'emblée l'hypothèse qu'ils auraient pu le lester et le jeter à l'eau, à moins qu'ils ne soient sur la côte. Ce qui paraît peu vraisemblable. Il leur aurait fallu avoir accès à un bateau et agir par nuit noire, dans le plus grand secret.

« Mais *ils ne l'ont pas tuée,* Mike, ils l'ont seulement amenée à se tuer par accident. S'ils avaient aggravé les choses en enterrant le corps au risque de le voir découvert plus tard, ce qui serait arrivé à coup sûr, qui auraient-ils pu convaincre qu'ils n'étaient pas directement responsables de sa mort ? Mais s'ils rendaient le cadavre, ils savaient qu'un médecin légiste conclurait à une mort accidentelle. Donc, ils se sont débarrassés du corps. Ils l'ont apporté à Kingsmarkham samedi soir, ou plus probablement dimanche matin aux petites heures de l'aube, après l'avoir placé dans un sac de couchage qu'ils avaient sous la main.

« S'ils l'ont déposé sur le terrain de Voitures contemporaines, c'est parce qu'ils en voulaient à la société de taxis, à mon avis. Comme ça, ils ont fait d'une pierre deux coups. Ils cherchaient peut-être à faire payer Samuel, Trotter et compagnie pour nous avoir contactés si vite après le hold-up. Je commence à penser que ce sont des gens rancuniers. »

Ils furent interrompus par l'arrivée de Pemberton, qui croyait avoir trouvé la provenance du sac de couchage.

« À Londres ? répéta Wexford. Où ça, à Londres ?

— Outdoors ne fournit pas beaucoup de détaillants, répondit Pemberton, et ils vendent uniquement aux boutiques de sport, pas aux grands magasins. La plupart de leurs articles sont dirigés vers le nord de l'Angleterre, mais ils alimentent aussi un magasin au nord de Londres, dans le NW1, et un autre à Brixton. »

Brixton... Pourquoi ce nom lui rappelait-il quelque chose ? Cela devait être quelque part sur les ordinateurs, il y avait forcément un fichier là-dessus. « Continuez.

— Celui du nord de Londres se trouve à Marylebone High Street. Je peux dire que j'ai eu de la chance, monsieur. Ils avaient acheté six sacs de couchage de ce genre — le modèle camouflage — et six autres vert et pourpre, mais alors qu'ils avaient vendu tous les exemplaires de couleur, ils n'avaient pas réussi à faire partir les camouflages.

— Vous n'avez pas plutôt joué de malchance ? intervint Burden.

— Après, j'ai fait le trajet jusqu'à Brixton, pour voir une boutique nommée Palm Springs, dans High Street. Les vendeurs m'ont dit qu'ils avaient seulement pris quatre sacs de couchage de ce modèle et qu'il leur en restait deux en stock. Le gérant lui-même en avait acheté un, il les avait reçus juste avant d'aller faire du camping, en août, l'année dernière. Il s'en est souvenu sans problème, mais je crois que n'importe qui en aurait fait autant. Mais ce qui est formidable, c'est qu'il se rappelait avoir vendu l'autre parce que c'était le même jour.

— Il ne se souvenait quand même pas du nom de l'acheteur ? dit Burden.

— Hum, ce serait trop beau, n'est-ce pas ? Il s'agissait d'une femme, ça, il le savait. Et il se rappelait qu'elle partait au Zaïre. Enfin, il a commencé par dire Zimbabwe et après, il s'est repris.

— Parfait, approuva Wexford. Beau travail. Maintenant, prenez l'ordinateur de Mary et passez-moi au crible des millions de kilo-octets pour trouver le joint.

— Parce qu'il y a un... ?

— Oh oui, j'en suis certain. »

Soixante-dix heures, et ils n'avaient toujours pas de nouvelles du Globe sacré.

Après avoir échangé son véhicule contre celui de Damon Slesar, Karen, assise devant le portail de Marrowgrave Hall, attendait la suite des événements. Il lui avait semblé plus prudent de prendre la voiture grise ce jour-là et de laisser la bleue à Slesar, même si elle ne pensait pas que, la veille, Royall s'était rendu compte qu'elle l'avait suivi.

Elle avait commencé sa filature à la ferme de Goland, où elle s'était garée parmi les véhicules des occupants des arbres. Le Winnebago était là, mais elle n'avait pas réussi à savoir si Brendan Royall était à l'intérieur. Les rideaux du mobile home avaient été tirés depuis hier et ses jumelles lui avaient seulement permis de constater que la cabine était vide.

Il n'y avait personne aujourd'hui dans les environs et toutes les fenêtres de Marrowgrave Hall étaient fermées, comme si ses occupants étaient partis pour la journée.

Elle était fatiguée. Damon et elle avaient dîné la veille dans un endroit beaucoup plus chic qu'elle ne l'avait prévu : *La Méditerranée,* le nouveau restaurant d'Olive et Dove. Ils avaient mangé, discuté, découvert qu'ils avaient des tas de choses à se dire et qu'ils avaient exactement les mêmes centres d'intérêt : l'état du monde, le millénaire, les problèmes de l'environnement, l'égalité des sexes, le crime et le châtiment. Comparées à cette conversation, les discussions qu'ils avaient eues lors de leurs précédentes rencontres leur avaient semblé insignifiantes. Et lorsque le maître d'hôtel leur avait indiqué que le restaurant allait fermer, ils étaient allés finir la soirée dans un pub de la rue principale qui restait ouvert tard dans la nuit.

À cette heure-ci, ils ne buvaient plus que du Coca-Cola, mais elle aurait déjà dû être au lit. Il avait voulu monter chez elle, mais elle avait dit non, à regret, et ils s'étaient dit bonsoir en s'embrassant. Ils avaient échangé un baiser passionné, mais comme les vedettes des vieux films de Hollywood, ils avaient coupé court à leur élan, en se promettant mutuellement de se revoir bientôt. Elle était donc fatiguée dans un moment qui requérait toute sa vigilance, et avec la chaleur qui régnait dans sa voiture et le doux soleil qui brillait audehors, elle avait peur de s'endormir.

Pour lutter contre le sommeil, elle sortit se dégourdir les jambes. Elle ne ressemblait pas vraiment à un occupant des arbres, mais elle aurait pu aisément faire illusion avec son blue-jean, son T-shirt noir et sa veste de coton. Personne, en tout cas, ne ferait beaucoup attention à elle avec ses chaussures plates, ses vêtements neutres, ses longs cheveux tirés en arrière et son visage net et sans maquillage.

Quelque part, un chien aboya, ou peut-être même plusieurs. Le bruit provenait du Winnebago. Tiens, tiens, Royall était connu pour aimer les animaux. Sans doute possédait-il lui-même des chiens, mais leur présence dans cet endroit signifiait qu'il allait revenir, et bientôt.

À côté de la ferme, un bouquet d'arbres et des hautes haies offraient de multiples cachettes. Elle s'en approcha discrètement, pour observer sans être vue tout en jetant un coup d'œil à l'arrière de la maison et à ses fenêtres gothiques. Cette maison, qui avait été jadis une église ou une chapelle, possédait-elle une crypte ? On n'en voyait pas trace et aucune arche ne venait masquer ni dissimuler les fenêtres. À peine avait-elle regagné sa voiture, et baissé la vitre pour laisser entrer un peu d'air frais, qu'une 2 CV jaune entra dans le champ en trombe et fila entre les rangées d'arbres comme un bolide du Grand Prix de Monaco.

Royall sortit de la voiture, suivi de Freya. Celle-ci ouvrit une des portières arrière et quatre petits beagles [1] bondirent hors du véhicule. Il fallut plusieurs minutes à Royall et à la jeune femme pour les rattraper et les pousser dans le Winnebago. Freya, vêtue comme à son habitude d'un vêtement enveloppant qui lui donnait l'air d'une momie, trébucha sur l'ourlet de sa jupe et tomba en s'étalant de tout son long. Brendan tenta de l'aider à nettoyer la boue qui maculait sa robe, puis elle entra dans sa voiture et il monta dans la cabine du Winnebago.

Karen s'attendait à ce qu'ils retournent à Marrowgrave Hall. Elle ne s'était pas trompée. Au bruit de leurs véhicules, Patsy Panick sortit sur le seuil de sa porte et elle rit et battit des mains quand ils relâchèrent tous les chiens. Karen avait déjà entendu parler de quelqu'un qui tremblait comme de la gelée, mais elle n'avait encore jamais assisté à ce phénomène. Le rire secouait la graisse de Patsy comme si elle avait des ballons cousus dans ses vêtements.

Les beagles couraient dans le parc en cercles, en remuant la queue. Karen en compta onze. Brendan et Freya réussirent à les attraper, puis ils les portèrent, ou les poussèrent tant bien que mal, jusque dans la maison. Après quoi, Patsy, qui exhortait sans doute chacun, y compris les chiens, à venir manger quelque chose, referma la porte sur eux.

Karen éprouva à nouveau une sensation de torpeur. La chaleur était de plus en plus lourde et elle

1. Chien courant d'origine anglaise, basset à jambes droites. *(N.d.T.)*

finit par s'assoupir. Une fraction de seconde plus tard, des aboiements la réveillèrent. Les deux suspects qu'elle surveillait étaient ressortis de la maison, leur meute gambadant autour d'eux. Tandis qu'ils faisaient monter les chiens dans le Winnebago, où Brendan rangea également une valise, un sac à dos et un grand sac en bandoulière, Karen appela le commissariat de Kingsmarkham.

« Ils s'en vont, annonça-t-elle. Je vais continuer à les suivre pour voir où ils se rendent, mais je crois qu'ils partent assez loin.

— L'inspecteur principal veut vous parler. Je vous le passe.

— Quand vous en aurez fini avec ça, lui dit Wexford, j'aimerais que vous reveniez ici. Vous vous rappelez une femme malade, qui était allée en Afrique ?

— Oui, bien sûr.

— À vous de vous en occuper, dès que vous aurez repéré la destination de Royall et de sa petite amie. »

Le Winnebago était rempli de bagages et de chiens. Freya, semblait-il, n'était pas du voyage. Pendant un moment, Karen pensa qu'elle s'en allait de son côté, mais elle gara simplement sa voiture dans le garage vide. Bob et Patsy étaient tous les deux ressortis de la maison, Bob avec un en-cas à la main, une tranche de pizza, de tourte, ou même un sandwich. Brendan prit sobrement congé de Freya, en lui prenant les mains et en lui adressant un long regard, mais il étreignit Patsy et l'embrassa peut-être aussi, bien qu'à cette distance Karen ne fût pas à même de l'affirmer. Brendan donna à Bob une tape dans le dos, puis il fit un grand signe d'adieu, apparemment en direction de la maison, et sauta dans la cabine. Karen battit en retraite sous le couvert des arbres.

Il conduisait beaucoup plus prudemment qu'il ne l'avait fait au volant de la 2 CV. Les beagles ne cessaient de japper et d'aboyer. Karen suivit le Winnebago dans l'agglomération de Forby et le long de la route de Stowerton. Elle avait vu juste, il ne se rendait pas à Kingsmarkham ni sur le chantier de la déviation. Il se dirigeait vers la M23 et prendrait peut-être ensuite l'embranchement qui conduisait à la M25. Elle resta derrière lui jusqu'à ce qu'il ait atteint la bretelle de l'autoroute, le regarda s'y engager, puis fit demi-tour en direction de Kingsmarkham.

Lorsqu'elle arriva au commissariat de police, son premier réflexe fut de demander si le Globe sacré s'était manifesté. Toujours rien, lui répondit Damon, qui lui raconta qu'il avait suivi Conrad Tarling toute la journée à pied. L'homme n'avait pas menti en disant qu'il ne se servait jamais d'une voiture. Plus de soixante-douze heures — ou trois jours, ce qui semblait encore plus long — s'étaient écoulées depuis que l'on avait trouvé le message dans la valise de Dora. Damon avait quitté Conrad Tarling au bas d'un châtaignier, où il était monté se réfugier dans sa cabane de planches. Il avait abandonné la partie quand il l'avait vu baisser le rideau de toile, sans doute pour se recroqueviller à l'intérieur comme un écureuil.

« J'espère qu'on pourra se voir ce soir. »

Karen, qui s'était installée devant son ordinateur, lui répondit que d'une certaine façon, bien sûr, c'était possible.

« Que veux-tu dire par "d'une certaine façon" ?

— Si ça te dit de monter à Londres avec moi pour aller parler à une femme qui s'appelle Frenchie Collins. Elle a peut-être acheté un sac de couchage de modèle camouflage. Tu prendras le volant ?

— Bien sûr, répondit-il. Avec plaisir. »

« Les os que ces gamins ont découverts sur le monticule de terre, dans la vallée de Stowerton... », commença Wexford, qui feuilletait les rapports du laboratoire médico-légal arrivés un instant plus tôt. Il s'assit pour les lire et poursuivit : « D'après le labo, ce sont bien des restes de jarret de bœuf et de jambonneau. Maintenant, les vêtements que portait Dora : un tailleur en lin marron, un chemisier en voile à pois blanc et ambre — vous savez ce que c'est que le voile, vous, Mike ? —, des escarpins en veau, de couleur fauve, des collants d'une teinte dénommée "taupe", un soutien-gorge et un slip en soie blanche et Lycra, une combinaison de soie blanche avec une dentelle café. Je crois que ça concorde.

« Après analyse, une petite tache de nourriture décelée sur le chemisier se révèle être un mélange de soja liquide et de café instantané. Ça doit être le lait au soja non lacté. Je dois dire que Dora ne s'est presque pas salie. À sa place, je me serais couvert de confiture et de spaghettis. Ah, voilà quelque chose de plus encourageant. On a trouvé un grand nombre de substances intéressantes sur sa jupe : ses cheveux et ceux de quelqu'un d'autre, une jeune fille ; des cheveux longs et noirs — donc, très probablement ceux de Roxane Masood ; un fatras de grains de craie, de miettes de pain, de toiles d'araignée, de calcaire en poudre, de sable et de poils de chat. Beaucoup de poils, qui provenaient d'un chat noir et d'un chat siamois.

— Il y a sept millions de chats en Grande-Bretagne, dit Burden d'un ton neutre.

— Vraiment ? Mais il n'y a pas sept millions de cas où l'on trouve un chat noir et un siamois au même endroit. » Wexford se replongea dans le rapport. « De la limaille de fer, ce qui ferait plutôt penser à une sorte d'atelier, ou d'usine. Oh, écoutez-moi ça. Les gens du labo ont aussi décelé le genre de poussière qui, d'après eux, pourrait être celle qui adhère aux ailes des papillons et des phalènes.

— *Quoi ?*

— Apparemment — ici, on a une explication —, les couleurs des ailes des papillons et des phalènes ne sont pas de nature solide ou, pour ainsi dire, peintes. Elles ne sont pas comme les teintes des plumes d'oiseaux ou des fourrures d'animaux, et leurs motifs sont formés par une combinaison de poussière colorée. Si cette poussière s'efface, l'insecte ne peut pas voler. L'hypothèse qu'on peut avancer est que la jupe longue de Dora aurait effleuré une phalène ou un papillon mort pris dans une toile d'araignée...

— Qu'y a-t-il ? Que se passe-t-il ? »

Wexford s'était tu. Il relut le haut de la page, puis il reposa les rapports du labo et leva les yeux. « Mike, la poussière était rose et marron.

— Et alors ? Il y a beaucoup de papillons de cette teinte.

— Vous croyez ? Moi, je n'en vois aucun. Noir et rouge, orange et jaune, oui. Mais rose ? Le seul insecte dont je me souvienne qui soit principalement marron clair avec des ailes roses, qui ait *le dessous des ailes* rose, est un papillon d'une espèce rare, la noctuelle choisie. On en trouve en Europe et au Japon, mais, dans notre pays, elle vit uniquement dans certaines parties du Hampshire et de l'est du Wiltshire.

— Comment diable le savez-vous ?

— Je me suis intéressé dernièrement à ce genre de choses. Sans doute à cause de cette fichue déviation. En tout cas, je me suis plongé dans les publications sur ce papillon rare, l'*Araschnia levana,* et en les potassant, je suis tombé sur un tas d'autres trucs. »

Burden le regarda, avec un demi-sourire. L'inspecteur principal l'étonnerait toujours.

« Je ne sais pas pourquoi je me rappelle cette noctuelle choisie, mais j'en ai gardé un souvenir précis. On vérifiera tout ça, bien sûr. Peut-être sur Internet ? Mais je me rappelle très bien le chapitre sur les quelques spécimens originaires du Wiltshire. Dites-moi, Mike... Qui, à notre connaissance, habite le Wiltshire ? »

Burden ne mit que quelques secondes à trouver. « La famille de Conrad Tarling.

— Exactement. Nous avons son adresse ?

— Sur l'ordinateur. »

Vingt minutes plus tard, ils avaient tout sous les yeux : la liste des papillons d'Europe et des îles Britanniques et le tirage papier de tous les renseignements portant sur Conrad Tarling, avec sa biographie et l'histoire de sa famille. Ses parents habitaient un domaine nommé Queringham House, à Queringham, dans le Wiltshire. Wexford avait déjà étudié le guide routier de la Grande-Bretagne, pour évaluer les distances. D'avance, il eut un frisson à l'idée qu'ils touchaient peut-être au but.

« Queringham se trouve juste à la frontière du Hampshire, Mike, à mi-chemin entre Winchester et Salisbury.

— Mais pas au bord de la mer, n'est-ce pas ? En plus, c'est beaucoup trop loin. Rappelez-vous, nous avions établi un rayon de quatre-vingt-seize kilomètres.

— C'est à quatre-vingt-seize kilomètres. Ou plutôt, à cent un, ou cent trois kilomètres d'ici. Votre amie comédienne avait tort lorsqu'elle disait que Tarling faisait cent trente kilomètres à pied pour aller là-bas. Elle a dû exagérer pour le flatter. Apparemment, c'est une grande maison de campagne, Mike, sans doute avec beaucoup de dépendances, en plein milieu de l'habitat de la noctuelle choisie — le papillon dont on a trouvé la poussière sur la jupe de Dora.

— La maison de deux activistes notoires, et d'un terroriste, dit Burden. D'un homme qui a failli se tuer en manifestant contre un transfert d'animaux à l'abattoir.

— Nous allons passer un coup de fil de politesse à la gendarmerie du Wiltshire et, avec son accord, nous mettrons le cap sur Queringham Hall. Il n'y a pas une minute à perdre. »

21

Leur fallait-il des renforts ?

La gendarmerie du Wiltshire disposait, comme celle du Mid-Sussex, de véhicules armés pour patrouiller sur les routes. Si Wexford avait besoin d'une aide de ce genre... La poursuite des ravisseurs de Kingsmarkham avait mis tout le pays en état d'alerte.

Wexford répondit que ce n'était pas nécessaire. Il allait juste examiner les lieux. Il ne songeait même pas à fouiller la maison, à moins que la famille Tarling n'y consentît. Le moment n'était pas encore venu de demander un mandat de perquisition. Mais ils iraient à quatre : il emmènerait Burden, Vine et Lynn Fancourt. Il éprouvait même un certain soulagement à l'idée de s'éloigner du commissariat de police et de la salle d'opérations de l'ancien gymnase. Si le Globe sacré leur faisait parvenir un message, on l'avertirait aussitôt, mais au moins, il ne resterait pas là à attendre.

Cela faisait exactement soixante-douze heures qu'ils avaient reçu le dernier message.

Le trajet ne fut pas désagréable, il n'y avait pas autant de circulation qu'il l'avait craint. Ils traversèrent la frontière du Wiltshire à 18 h 30, et le pont de l'Avon quelques minutes plus tard. Queringham se trouvait entre Mownton et Blick, un doux paysage champêtre de collines et de prairies, entouré de zones classées par la Commission nationale des sites et monuments historiques.

Wexford avait remarqué que les anciens propriétaires fonciers avaient l'art de dissimuler leurs propriétés aux regards des curieux. On ne pouvait jamais les voir de la route. Les gentilshommes campagnards du XVIIIe siècle faisaient d'abord construire leur maison, puis ordonnaient la plantation des arbres. Si bien que de nos jours, à l'approche du domaine, on croyait se trouver devant une simple forêt. Et lorsque les policiers s'engagèrent dans l'allée de Queringham House, ils eurent le sentiment qu'ils n'arriveraient pas jusqu'au bout, que le sentier pouvait s'arrêter brusquement devant un mur de feuillage.

Soudain, tous les arbres disparurent. Ils roulèrent dans un terrain dégagé, au fond duquel s'élevait la maison. Mais ici il n'y avait pas de vue, pas de jardins de plantes rares. À vrai dire, le parc était devenu une clairière et de son ancienne végétation, flétrie ou arrachée, il ne restait que de rares buissons rabougris et deux grandes urnes de pierre, d'où pointaient des cyprès desséchés. Wexford avait eu raison au sujet des dépendances. Une aile, coiffée d'un petit clocher central, semblait abriter des écuries, tandis que sur la gauche, derrière la maison, se trouvaient une énorme grange et un silo encore plus vaste, très laid, de forme cylindrique.

La première chose qui le frappa fut que leur visite — la visite surprise de quatre fonctionnaires de police, dont deux policiers très haut gradés — n'étonnait guère Charles et Pamela Tarling. Tout comme les Royall, ils étaient habitués à ce genre de choses, car leurs enfants attiraient constamment l'attention de la police. À maintes reprises sans doute, d'autres forces de police, peut-être même de toutes les régions de l'Angleterre, avaient déjà remonté cette allée, appuyé sur cette sonnette et posé les mêmes questions.

Non, pas tout à fait les mêmes questions.

Le couple les invita à entrer et les introduisit dans un grand salon de maison de campagne anglaise. La pièce était miteuse, fatiguée et défraîchie comme seul peut l'être ce genre d'endroit ; le grand tapis bleu et jaune, décoloré, usé jusqu'à la corde, avait viré au gris et au jaune paille ; la tapisserie s'effilochait et l'âge avait rendu transparents les longs rideaux jaunes, qui enfermaient des centaines de mètres de tissu dans leurs plis. Une immense coupe ébréchée, remplie de fleurs fanées, reposait au centre d'une table. Des fleurs fanées, et non des fleurs séchées, d'où tombaient des grains de pollen grisâtre sur le plateau d'acajou cerclé de blanc.

La maison était à l'image de ses propriétaires. Tous deux avaient l'air d'être entrés pimpants dans la vie, pleins de vitalité, de couleurs et avec un certain raffinement, mais le temps, les frais entraînés par cette maison, les épreuves que leur avaient causées leurs enfants et la cohabitation avec leur progéniture avaient peu à peu terni, blanchi et effacé tout cela. Ils offraient même une certaine ressemblance : grands, minces, le dos voûté, ils avaient le visage ridé et une petite tête encadrée de cheveux gris en désordre.

« Nous nous intéressons surtout à votre fils, monsieur Conrad Tarling », déclara Wexford.

Le père hocha la tête avec lassitude. C'était comme s'il avait déjà entendu tout cela. Les questions que lui posa Burden lui étaient peut-être aussi familières : où se trouvait Conrad en ce moment, quand l'avait-il vu pour la dernière fois, revenait-il fréquemment à Queringham Hall. Puis Burden mentionna le nom de Craig, l'un des autres fils, le poseur de bombes.

Pamela Tarling devint cramoisie. Une rougeur sombre empourpra douloureusement ce visage fané. Elle porta ses mains à ses joues comme pour les rafraîchir. Pour une raison ou pour une autre, il semblait évident qu'elle avait les mains glacées.

« Ce sont *nos* enfants, commença-t-elle d'une voix douce — une phrase qu'elle avait sans doute prononcée à maintes reprises —, nous avons toujours essayé d'être loyaux envers eux. Et... et ce sont des garçons courageux, dévoués, avec des principes et des buts honorables, c'est seulement... seulement qu'ils...

— Allons, allons, Pam, intervint son mari. Même si je suis d'accord avec toi, calme-toi. Puis-je vous demander ce que vous voulez faire maintenant ?

— Jeter un coup d'œil au-dehors, monsieur Tarling, avec votre permission. J'aimerais regarder certaines de vos dépendances. Mais vous êtes libre de refuser si vous le souhaitez.

— Oh, je ne dis jamais non aux policiers, répondit Charles Tarling. Cela ne sert à rien. Ils reviennent toujours avec un mandat de perquisition. »

Bien entendu, il pouvait jouer la comédie. Simplement, Wexford n'arrivait pas à le savoir. Il sortit avec son équipe, mais les Tarling ne bougèrent pas. Assis face à face sur des canapés râpés, de part et d'autre d'une table cabossée de la fin de l'époque victorienne, ils se regardaient dans les yeux avec désespoir.

Pourquoi avait-on construit ce silo ? Cet endroit avait-il jamais servi de ferme ? La moitié des tuiles manquaient sur les toits des écuries et les portes des stalles pendaient hors de leurs gonds. La pendule du clocher marchait, mais personne n'avait modifié la position des aiguilles quand on avait avancé les horloges d'une heure, en mars. Et bientôt, il allait être temps de les retarder à nouveau. Wexford, suivi de Burden, alla jeter un coup d'œil à l'intérieur. Vine poussa la porte d'un bâtiment qui, jadis, avait peut-être été un bûcher, une laiterie ou même un silo à grains. Un grand papillon de nuit en jaillit en se cognant au chambranle et Wexford l'examina avec attention. Mais ce n'était pas une noctuelle choisie, plutôt un sphingidé géant.

La bâtisse était inutilisée depuis cinquante ans ou plus, c'était évident. Elle avait un sol dallé de pierres, un mur tapissé d'étagères, une fenêtre en hauteur et pour tout mobilier, un énorme évier. Mais pas de salle de bains ajoutée, pas d'étages supérieurs. Wexford se pencha à la fenêtre, mais au lieu de donner sur du gris et de la verdure — et sur une tache de bleu apparaissant de temps en temps —, elle faisait face à un mur de brique où s'entrecroisaient des colombages.

« C'est une laiterie, déclara-t-il. La pièce où ils sont enfermés, en sous-sol, c'est une laiterie.
— Mais pas celle-ci, dit Vine.
— Non, visiblement. »
Un bruit de roues poussées à vive allure fit se retourner Wexford. L'homme avait traversé la cour encombrée en propulsant sa chaise roulante aussi vite qu'une bicyclette. Il aurait pu être Conrad Tarling, la ressemblance était étonnante. Étaient-ils jumeaux ? Si on arrivait à l'imaginer privé de la distinction que lui conférait sa haute taille, dénué de sa cape couleur sable et réduit à ce qui était assis dans la chaise devant eux, un homme à la force ravagée, oui, il aurait pu être le roi de la forêt.
À l'instar de Conrad, il avait le crâne rasé. Il aurait pu être aussi grand que lui, mais son corps était courbé et diminué, et ses genoux surélevés sous la couverture qui les masquait. Des mains grandes, mais aux doigts courts et boudinés, reposaient sur ses genoux. Le visage était celui de Conrad, mais plus encore celui du dernier des Mohicans, un visage anguleux, à la peau brune, comme taillé dans le bronze, et rempli de souffrance.
« Que cherchez-vous ? » La voix était belle, grave, méprisante.
La réponse de Burden déclencha un rire chez Colum Tarling. « C'est juste un contrôle de routine, monsieur Tarling. »
Colum riait sans amusement, avec amertume. Ce n'était même pas un rire authentique, mais un rire fabriqué, simulé. Se forcer à rire est plus facile que d'arriver à verser de vraies larmes. « Ici, on a l'habitude, dit-il. Je ne vais pas vous en empêcher. D'ailleurs, je n'en ai pas la force, n'est-ce pas ? Je ne suis plus capable de rien. On ne peut pas faire grand-chose quand on a la moelle épinière détruite. »
Si les gens tels que lui ont une compensation, se dit Wexford, ce doit être de jouir du pouvoir d'embarrasser les autres. À condition de le vouloir et d'y prendre plaisir.

C'était manifestement le cas de Colum Tarling, car il poursuivit : « On aime tout ce qui en vaut la peine et on se bat pour sa défense, sa préservation et sa survie — la civilisation, les créatures vivantes, les conduites décentes et l'humanité — et les autres vous punissent en vous brisant la colonne vertébrale sous les roues d'un camion. Qu'est-ce que vous dites de ça ? »

Wexford avait un avis sur la question. Il aurait pu en parler pendant une demi-heure sans s'interrompre et sans hésiter. « Vous avez eu l'obligeance de nous dire que nous pouvions continuer notre travail, monsieur Tarling. Donc, si voulez bien nous excuser, c'est ce que nous allons faire. »

Colum ne s'était pas attendu à une telle courtoisie. « Merde, s'exclama-t-il, un gentleman, un vrai gentleman. Ma parole, vous vous êtes trompé de métier ? »

Son père était sorti de la maison et se tenait derrière lui. Wexford avait vu naître un spasme de souffrance sur le visage de Charles Tarling quand son fils avait parlé si brutalement de sa colonne vertébrale détruite. Il posa une main sur l'épaule du jeune homme et murmura quelques mots. Puis il dit, d'une voix plus forte : « Rentre à la maison, Colum, va maintenant.

— Ils ne font que leur travail, répéta Colum. C'est ça que tu m'as chuchoté ? Je n'ai pas très bien compris. »

Mais il fit demi-tour sur sa chaise roulante et revint vers la maison, plus lentement que lorsqu'il en était sorti. Ce père devait en supporter quotidiennement bien davantage, songea Wexford, et plus encore quand le roi de la forêt venait rendre visite à sa famille — après un voyage de quatre-vingt-seize kilomètres à pied à travers la campagne, et des nuits passées à la belle étoile, sous les haies —, un chagrin qui devait toucher à son comble lorsqu'il allait voir son fils en prison. Et la mère devait entendre matin et soir les détails de l'horreur que Colum avait subie sous les roues du camion, ses conséquences physiologiques précises, les détails cliniques, la douleur. Voilà le genre de conversations qui devaient régner dans cette maison, sur fond de pauvreté distinguée. Il ne pouvait supporter cette pensée. Et pourtant...

Tarling, le père, était toujours là. À voix basse, il souffla à Wexford : « Son esprit est assez gravement dérangé. Il ne faut pas que vous pensiez...

— Je ne pense rien de particulier, monsieur Tarling.

— Je veux dire, pour sa colonne vertébrale, "détruite" n'est pas le mot juste. Pas du tout. Il a eu le dos brisé, mais on peut réparer cela, de nos jours, et bien sûr, il a perdu une grande partie de sa taille. Mais ce qui a été atteint, surtout, c'est son pauvre esprit... »

Wexford hocha la tête. « J'aimerais jeter un coup d'œil à ces hangars, déclara-t-il, et ensuite, si vous le permettez, nous irons dans les étages. »

Rabroué, Tarling répondit avec indifférence : « Oh, certainement. »

Son fils Colum avait l'air de croire, ou feignait de penser, qu'ils recherchaient des explosifs. Assis sur sa chaise roulante au pied des escaliers, il haranguait tout le monde, ses parents et les quatre policiers, sur la vivisection, les espèces en voie de disparition, la chasse au gibier et, bizarrement, l'extermination du dodo.

Charles et Pamela Tarling n'y ayant pas opposé d'objection, ils inspectèrent les deux étages supérieurs. Là encore, d'une façon quasi surnaturelle, Wexford eut l'impression que certains aspects de Queringham Hall rappelaient des caractéristiques de l'endroit où, d'après le témoignage de Dora, pouvaient se trouver les otages. Non, « rappelaient » ne rendait pas bien l'idée. Reflétaient ? Produisaient une image inversée ? Ou plutôt, c'était comme si Queringham Hall se trouvait dans une dimension et la maison des otages dans une autre, un univers presque semblable, mais avec des différences subtiles, où les structures et le cours des choses avaient évolué diversement avec le temps.

Tout comme la pièce en sous-sol prenait ici la forme d'une laiterie désaffectée, ils trouvèrent, dans le grenier, ce qui aurait pu être la prison de Roxane Masood : une petite pièce carrée, basse de plafond. Mais la fenêtre était trop étroite pour laisser passer même une très mince jeune femme, et à deux mètres en contrebas, le toit plat d'une salle de bains formait une saillie assez avancée pour arrêter une chute.

Il faut dire que les maisons de campagne anglaises se ressemblent souvent beaucoup, conclut Wexford. Toutefois, la visite au domicile des Tarling lui avait appris une chose : il cherchait bien une maison de campagne, et non pas une usine, un atelier ou une grange.

Si elle avait laissé voir, lors de sa visite précédente, qu'elle trouvait à redire à cette pièce et, peut-être, à son occupante, Karen Malahyde l'avait fait inconsciemment. Elle essayait toujours de conserver une expression et une attitude de neutralité, sans tenir compte de la saleté, de la pauvreté, ou inversement de l'aspect luxueux ou ostentatoire de l'endroit où elle enquêtait. Mais elle avait dû, sans en avoir conscience, trahir légèrement ses sentiments, laissé percevoir une pointe de désapprobation dans son ton ou de dégoût dans son œil froid, car Frenchie Collins refusa catégoriquement de lui parler.

« Je ne vous dirai pas un mot, espèce de petite nana coincée. » Elle prit Damon à partie. « Non, mais regardez-moi cette gueule, cette aigreur dans les yeux, comme si elle avait reniflé une mauvaise odeur avec son nez plissé.

— Je suis désolée, mademoiselle Collins, répondit assez sèchement Karen, mais je n'ai absolument pas ce genre d'impression. »

C'était, bien entendu, un mensonge éhonté, car

elle était encore plus horrifiée que la première fois par le caractère sordide de cette pièce minuscule, par sa vue qui donnait sur un mur de brique grisâtre et, de fait, par la puanteur qui lui rappelait quelque chose qu'elle n'avait pas senti depuis le labo de chimie du lycée : l'odeur de chou pourri du carbure de calcium.

« Nous voulions simplement vous poser quelques questions.

— Vous avez dit la même chose la dernière fois, rétorqua Frenchie Collins. Et vous vous êtes comportée comme si j'étais quelque chose que le chien aurait rapporté — non, pardon — que le chien aurait fait sur le tapis. »

On voyait bien qu'elle était jeune, même s'il était difficile de lui donner un âge, et pourtant, elle avait toutes les caractéristiques de la vieillesse : des cheveux secs, grisonnants, une peau épaisse et marquée, des mains ridées et tremblantes et une dentition à laquelle il manquait deux dents sur le devant. Son corps squelettique était enveloppé dans ce qui avait été autrefois un peignoir en éponge, et ses pieds nageaient dans des chaussettes de laine grise.

« Mademoiselle Collins...

— J'ai dit que je ne voulais pas discuter avec vous. Ça m'est égal de lui parler, à lui. Il a l'air d'un jeune type assez sympa. »

Karen et Damon échangèrent un regard.

« Très bien, répondit Karen, je me tairai, si vous y tenez.

— Je ne veux pas de vous *ici,* insista Frenchie Collins. Compris ? Je lui parlerai à lui seul, même si je me demande bien ce que je vais lui dire, vu que je ne sais rien sur ces types du Globe sacré. Et vous, assena-t-elle à Karen, allez donc vous rasseoir dans la voiture. Vous êtes sûrement venus en voiture ? »

Karen obéit et redescendit l'escalier. Elle avait l'impression que Frenchie Collins savait quelque chose qu'elle aurait pu tirer d'elle, mais que Damon ne pourrait pas l'amener à révéler. Mais non, c'était absurde, puisque cette femme refusait de lui parler. Comme Karen était une femme intelligente et ambitieuse, qui visait à gravir les échelons de la police, elle consacra le temps qu'elle passa à attendre Damon à s'analyser le plus honnêtement possible, en considérant les attitudes qu'elle avait eues récemment envers les gens que Wexford appelait « nos clients ». Quand on avait des critères d'hygiène, d'ordre et de méthode particulièrement exigeants, il était difficile de ne pas les appliquer à autrui, mais elle essaierait. L'important était de prendre conscience de ses défauts, car c'était la première chose à faire pour avoir une vision objective de la situation.

Suis-je quelqu'un de fier, se demandait-elle, et de suffisant ? Elle se forçait à donner une réponse sincère — oui, c'est vrai, je suis même intolérante et presque bigote — lorsque Damon la rejoignit.

Ils s'étaient déplacés pour rien. Frenchie Collins avait bien acheté le sac de couchage, comme ils l'avaient pensé, et l'avait emporté au Zaïre, mais elle l'avait abandonné là-bas avec presque tous ses bagages. Elle était alors très malade et n'avait rapporté que le strict nécessaire.

« C'est ce qu'elle prétend, avança Karen.

— Elle m'a déclaré, mot pour mot : "L'Afrique m'a tuée." Et on doit reconnaître qu'elle a l'air mal en point. Elle a peut-être le sida.

— Non, sûrement pas. Et je ne crois pas qu'elle ait jeté ce sac de couchage, qu'elle l'ait laissé sur place ou je ne sais quoi encore. Les gens comme elle sont toujours fauchés et ils ne se défont pas si facilement de leurs affaires. Elle aurait été plutôt du genre à s'enrouler dedans à l'aéroport pour se faire transporter dans l'avion.

— Il se peut qu'elle l'ait acheté au nord de l'Angleterre, dans un des points de vente d'Outdoors. » Karen se rappela qu'elle était censée être tolérante et sympathique, et combattre sa suffisance et ses préjugés. Et surtout, elle voulait être particulièrement gentille avec cet homme-là. Cela faisait longtemps qu'elle n'avait pas rencontré d'homme à qui elle désirait autant plaire. « Le reste de la soirée est à nous, dit-elle dans un sourire. On pourrait la passer ici, mais ce serait plus agréable de rentrer à la maison, non ? »

Il était 21 heures lorsque Wexford rentra au commissariat. Toujours aucun message du Globe sacré. Il savait qu'il n'y en aurait pas, sinon on l'aurait appelé, mais il était quand même déçu. Plus que déçu. Un sentiment qu'il éprouvait rarement ces derniers temps, qu'il avait peu ressenti depuis sa jeunesse, l'envahissait : une sensation de panique. Il serra les poings et respira profondément pour la refouler.

Il était dans son bureau depuis une dizaine de minutes, sans trop savoir pourquoi il y était monté. Ce soir, aucune urgence n'exigeait sa présence. Il allait rentrer à la maison, et faire part à Dora de toutes ces choses dont il commençait à douter. Oh, non, ils n'allaient pas les tuer, bien sûr que non. On les retrouverait. On découvrirait le repaire du Globe sacré. On mettrait la main sur l'homme à l'avant-bras gauche tatoué et sur celui qui sentait l'acétone. Quel genre de maladie pouvait donc vous donner cette odeur de dissolvant ? Un dysfonctionnement des reins ? Du pancréas ? Un excès de cétones dans le corps ?

Mais on les trouverait. L'homme qui devait porter des gants parce que ses mains étaient marquées. Par de l'eczéma, peut-être, ou bien des cicatrices. La femme qui chaussait des bottines lourdes pour se donner l'air d'un homme. La maison au chat noir et au chat siamois, avec une laiterie dont la fenêtre donnait sur une tache mouvante, bleue comme le ciel, mais qui n'était pas un morceau de ciel.

Il descendit par l'ascenseur, et il traversait le foyer quand, soudain, Audrey Barker surgit entre les portes battantes.

Le brigadier de service la héla. « S'il vous plaît ! »

Jamais, remarqua-t-il, il ne l'avait vue ainsi auparavant. Elle avait l'air heureuse. Non, plus que ça : transportée de joie, presque folle d'allégresse. On dit qu'un choc ou une vision d'horreur peut vous faire dresser les cheveux sur la tête, mais c'était de joie que les siens flottaient en tous sens autour de son visage. Elle souriait, riait, comme si elle ne pouvait pas s'arrêter. « Il m'a appelée ! s'écria-t-elle. Mon fils m'a téléphoné ! »

Wexford l'interrompit : « Un moment, madame Barker... Qu'est-ce que vous dites ?

— Je ne voulais pas vous prévenir par téléphone, on ne sait pas très bien qui vous répond quand on appelle ici, mais mon fils, Ryan, m'a passé un coup de fil il y a une demi-heure. Je pensais que vous seriez là, que vous n'étiez pas encore parti. Je ne pouvais pas rester en place dans un moment pareil... Il fallait que je bouge, que je coure... alors je suis venue vous le dire directement. »

Wexford hocha la tête. Il articula d'un ton ferme, pour tenter de la calmer : « Oui, vous allez me le dire. Vous allez tout me raconter. Venez donc en haut, dans mon bureau.

— Sa voix, je n'arrivais pas à y croire, je pensais que je rêvais, mais je savais que c'était vrai... Et il va bien, parfaitement bien...

— Montons au premier, madame Barker. L'ascenseur est de ce côté. »

Ils entrèrent dans l'ascenseur. Elle le précéda d'un bond, lui agrippant le bras d'une main tremblante.

« Il est sain et sauf, en pleine forme. Il les aime et ils l'aiment aussi. Il est *entré* dans leur groupe, et maintenant, ils ne lui feront pas de mal ! »

22

Audrey Barker était assise en face de lui de l'autre côté de son bureau, une tasse de thé devant elle. Elle était plus calme à présent et son visage avait un peu perdu de sa joie débridée. Il voyait revenir ce regard anxieux, cette moue d'inquiétude qui plissait prématurément sa lèvre supérieure. Il la laissait siroter le thé fort et sucré, remarquant le tremblement de la main qui tenait la tasse, le claquement des dents contre la porcelaine. Il la laissait prendre son temps. De toute façon, maintenant, il était beaucoup trop tard pour chercher à localiser l'appel.

Une goutte de sueur se forma sur sa lèvre. « J'aurais dû vous appeler avant, n'est-ce pas ?

— Je ne suis pas certain que cela aurait changé grand'chose, madame Barker. Voulez-vous me répéter ce que vous a dit Ryan ?

— J'ai failli m'évanouir quand j'ai entendu sa voix. Je n'y croyais pas. J'étais stupéfaite. J'ai pensé que je rêvais ou que j'étais en train de devenir folle. Il a dit : "Maman, c'est moi." Bien sûr, je savais que c'était lui, mais j'ai demandé quand même : "Qui est à l'appareil ? Qui êtes-vous ?" Il a répondu : "Maman, c'est Ryan, calme-toi", et puis : "Écoute, je dois te transmettre notre message." Là, j'ai crié : "Qui ça, *notre* ? Qu'est-ce que tu veux dire ?" Alors, il a ajouté : "Le Globe sacré. J'en fais partie maintenant." Ou du moins, il a dit quelque chose comme ça, je ne suis pas sûre que ce soient exactement ses paroles.

— Mais vous êtes certaine qu'il a bien dit ça : "J'en fais partie maintenant" ?

— Oui, absolument. Je n'ai pas compris tout de suite et je lui ai reposé la question. » Elle avait gardé les yeux baissés, les mains serrées sur ses genoux, comme pour essayer de se souvenir avec précision, mais à cet instant, elle releva la tête et regarda Wexford dans les yeux. « Il a expliqué qu'il pensait simplement ce qu'il disait, qu'il était entré dans ce groupe. Les autres le lui ont demandé. Il s'est senti flatté, bien sûr, il était fier. C'est seulement un enfant. Il n'est pas capable de faire ce genre de choix. Moi, j'étais folle de joie, mais je ne le suis plus. C'était stupide de ma part, n'est-ce pas ? J'étais heureuse qu'il aille bien, qu'il soit vivant, mais depuis que je me rends compte qu'il a rejoint *ces gens*, je...

— Et qu'a-t-il dit ensuite ?

— Il a dit — j'avais l'impression qu'il parlait comme un perroquet — il a dit : "Notre cause est juste. Avant, je l'ignorais, mais maintenant, je le sais. Nous voulons ce qu'il y a de mieux pour le monde. Je parle pour *nous*, maman, tu comprends ?"

— Vous lui avez demandé où il était ? »

Elle porta une main à son front. « Oh, mon Dieu, je n'y ai pas pensé. De toute façon, il n'aurait pas répondu, vous ne croyez pas ? Il a dit quelque chose comme — je n'arrive pas à me rappeler exactement — "Nous voulons que la déviation soit déroutée", ou "dé-autre chose", je ne sais plus. Mais c'était bien le sens. Ensuite, il a ajouté : "Je te reparlerai demain." Là, je n'ai pas saisi, je ne comprends toujours pas, ce qu'il a voulu dire. Vous pensez qu'il va rentrer à la maison ?

— J'ai plutôt l'impression qu'il faisait allusion à un autre message. Madame Barker, je voudrais que vous me répétiez tout ce que vous m'avez dit devant un magnétophone. Vous êtes d'accord ? »

Au début, Wexford avait été étonné que Ryan se soit allié au Globe sacré. Mais bien sûr, cela n'avait rien de nouveau, on avait déjà vu des otages passer dans le camp de leurs ravisseurs et épouser leur cause. Cette cause-là, notamment, exerçait un attrait particulier sur la jeunesse. C'étaient les jeunes qui se révoltaient contre la destruction de l'environnement — *leur* futur environnement — et qui, pleins d'une ferveur ardente, rêvaient de renverser la marche du « progrès » pour rétablir un paradis naturel assez vague.

Il demanda à Audrey Barker, quand elle eut fini d'enregistrer sa conversation avec Ryan : « Il idéalise son père, n'est-ce pas ? Je me demande s'il ne va pas jusqu'à s'imaginer qu'il aurait pu approuver le Globe sacré. J'ai cru comprendre que son père était passionné d'histoire naturelle. »

Elle le regarda comme s'il avait soudain, inexplicablement, commencé à s'adresser à elle dans une langue étrangère. Elle semblait prise d'une lassitude immense, ses traits s'affaissèrent et ses épaules tombèrent. Il reformula ce qu'il venait de dire, en l'embellissant quelque peu.

« Je sais que votre mari a été tué dans les Falklands. Je suis au courant pour le carnet de croquis. J'ai l'impression que Ryan agit comme certains enfants qui ont perdu un parent et qui s'en font un modèle, l'idolâtrent et cherchent à l'imiter. À tort, bien entendu, Ryan tient le Globe sacré pour une organisation que son père aurait admirée et qu'il aurait voulu aider. Alors, il l'aide à sa place. »

Elle haussa exagérément les épaules, comme pour donner plus de vigueur à sa dénégation. Elle répondit d'une voix amère : « Ce n'était pas mon mari. Je n'ai jamais été mariée. J'ai dit à Ryan que son père avait été tué dans les Falklands — enfin, il est mort à la même époque, ça c'est vrai. »

Wexford la regarda d'un air interrogateur.

« Dennis Barker a été tué dans un combat au couteau. À Deptford. On n'a jamais arrêté le coupable. La police ne s'en est pas donné la peine, elle savait quel genre de type c'était. Il fallait bien que je dise quelque chose à Ryan, alors j'ai inventé tout ça et ma mère s'en est tenue à la même version que moi.

— Et l'histoire naturelle ? dit Wexford. Les dessins ? Le carnet ?

— C'est mon père qui les a faits. John Peabody.

D'accord, je n'ai jamais dit la vérité à Ryan, mais les gamins, vous savez... ils se racontent eux-mêmes des histoires pour enjoliver les choses. »

Les adultes aussi, songea Wexford. « L'important là-dedans, déclara-t-il, ce n'est pas la réalité, mais ce qu'il pense être la réalité. En rejoignant le Globe sacré, il se met à la place de son père, il est son père.

— Son père, mon Dieu ! Un petit voyou minable ! Eh bien, il a l'air de suivre ses traces, vous ne trouvez pas, en s'engageant dans une bande de terroristes ?

— Je vais demander à quelqu'un de vous raccompagner chez vous, madame Barker. Et aux Telecom de mettre le téléphone de votre mère sur écoute. Je ferai enregistrer toutes vos conversations téléphoniques et avec votre permission, je prendrai aussi la précaution d'envoyer un policier chez vous demain, pour qu'il soit là quand Ryan rappellera. »

À condition qu'il le fasse. Que ces types n'envoient pas une lettre ou un autre cadavre... Il devait en parler à Dora.

Il fut surpris de ne pas la trouver autrement étonnée. « Il attendait quelque chose comme ça, murmura-t-elle. J'avais cette impression lorsque nous discutions. Au début, je pensais qu'il avait trouvé cet idéal chez Owen Struther, le père-héros. Mais Owen l'a déçu, ou du moins, il a dû lui donner le sentiment qu'il l'avait laissé tomber quand on les a menottés, lui et Kitty, et qu'on les a emmenés. Je vois bien maintenant que Ryan aspirait à trouver un but, une cause, une raison de vivre. Bien sûr, c'est seulement un enfant...

— Sa mère a dit la même chose.

— La pauvre. »

Il lui parla du vrai père et du père imaginaire, s'attendant à ce qu'elle soit au moins un peu choquée. Aucun de nous n'aime à être trompé, même si celui qui vous ment n'a guère conscience de le faire et qu'on est soi-même par trop crédule. Mais elle se borna à secouer la tête et à tendre les mains, comme pour montrer qu'elle se rendait à l'inévitable.

« Que va-t-il devenir ?

— Tu veux dire, quand nous les aurons arrêtés ? Rien, à mon avis. C'est encore un enfant, tout le monde ne cesse de le répéter.

— Je me demande ce qui est arrivé, songea-t-elle.

— Que veux-tu dire par "ce qui est arrivé" ?

— Je t'ai dit qu'ils ne nous adressaient jamais la parole. Il n'y avait pas moyen de communiquer. Comment en sont-ils venus à changer d'attitude, et à lui parler quand il s'est retrouvé seul après mon départ ? Est-ce que ce sont eux qui l'ont approché, ou bien lui qui a essayé de les aborder ? Je croirais plutôt que c'est lui, pas toi ? Il devait se sentir très seul, avoir désespérément besoin d'entendre une voix humaine. Alors, il leur a parlé, peut-être pour leur demander pourquoi ils nous avaient enlevés et ce qu'ils voulaient. Eux, ils ont sauté sur l'occasion. C'était dans leur intérêt, non, d'avoir un auxiliaire consentant plutôt qu'un otage ? Tous les preneurs d'otages qui défendent une vraie cause doivent espérer cela.

— Seulement jusqu'à un certain point, rectifia Wexford. Si tous les otages choisissent de passer dans leur camp, ils perdent leur position de force.

— Les Struther ne l'auraient jamais fait. Jamais. Et maintenant, il ne reste plus qu'eux. Owen et Kitty, seulement eux deux.

— C'est presque mieux, pour le Globe sacré, d'avoir deux otages au lieu de cinq », suggéra Wexford.

Ils se réveillèrent tôt, le lendemain matin, et elle lui parla des deux personnes sur lesquelles, jusqu'alors, elle lui en avait dit le moins. C'était comme si elle avait songé à eux durant les longues heures de la nuit, ou comme si ses pensées et ses déductions s'étaient cristallisées pendant son sommeil. Elle lui apporta du thé et s'assit sur le lit. Il n'était pas encore 7 heures.

« Kitty a à peine dépassé la cinquantaine et pourtant je dirais qu'elle fait partie d'une espèce en voie de disparition. Toute leur vie, ces femmes-là sont protégées par les hommes, elles ne font rien par elles-mêmes, ne prennent aucune décision et pas la moindre initiative. Oh, je sais bien que je suis une femme au foyer moi aussi, mais pas comme ces femmes si désarmées devant la vie, dont la seule activité se réduit à faire un peu de cuisine, de jardinage et à donner des instructions à la femme de ménage. Elles ont toujours un enfant unique, c'est curieux, mais on dirait que c'est toujours un garçon, et qu'elles l'envoient en pension dès qu'elles le peuvent.

« Kitty Struther en est un exemple type. Elle ne disait quasiment rien mais, d'une certaine façon, j'avais compris comment elle fonctionnait. Confrontée à un milieu différent, à un univers menaçant, elle craque complètement. Elle ne savait dire que : “Owen, tu dois faire quelque chose”, ou bien, “Owen, fais quelque chose”. Et il réagissait en se comportant comme un prisonnier de guerre qui veut à tout prix s'échapper de Colditz [1]. On voyait très bien à quoi ressemblait leur mariage, elle complètement dépendante de lui pour tout, et lui maintenant l'illusion d'être un homme courageux et admirable. Il se croyait obligé de l'impressionner tout le temps.

— La “petite femme” ? C'est ce que disaient les bâtisseurs d'empires.

— Le grand homme et la petite femme... Ça me donne froid dans le dos. Tu te souviens, quand Sheila était mariée à Andrew et que sa mère l'appelait sa “petite femme” ?

— Je ferais mieux de me lever, ironisa Wexford, sinon, je ne vois pas qui je pourrais impressionner.

1. Ville d'Allemagne, à quarante kilomètres au sud-est de Leipzig, où le Troisième Reich avait installé un camp de représailles pour prisonniers de guerre. *(N.d.T.)*

— Dis, Reg, ils ne vont pas les tuer ? »

De toutes les questions qu'il avait imaginées, c'était la seule qu'elle avait réellement posée. « J'espère que non, répondit-il, puis il ajouta : pas si je peux les en empêcher. »

À Savesbury House, on avait mis le téléphone d'Andrew Struther sur écoute. La ligne de Clare Cox était également surveillée, même si Wexford doutait que Ryan Barker prenne contact avec elle. Sa fille était morte et, du point de vue du Globe sacré, son rôle dans cette affaire était terminé. Plus probablement, ce serait Audrey Barker qui recevrait un nouveau coup de fil. Au moins, les messages avaient repris. Tout, plutôt que ce long silence.

Burden et Karen Malahyde s'étaient rendus à Rhombus Road. Là, assis dans le salon de Mme Peabody, ils attendaient le coup de téléphone de Ryan. À condition qu'il rappelle. Dans l'ancien gymnase, par centaines de milliers d'octets, les ordinateurs continuaient à mémoriser des informations, auxquelles venaient maintenant s'ajouter les commentaires de Dora sur les Struther, l'enregistrement de la déposition d'Audrey Barker, et l'issue négative de l'entretien de Karen Malahyde et de Damon Slesar avec Frenchie Collins. Wexford, installé devant l'écran de Mary Jefferies, lisait le document qui, il l'espérait, allait enfin le conduire au Globe sacré.

Une pièce en sous-sol, rectangulaire, de vingt pieds sur trente, avec une lourde porte d'entrée et une seconde porte plus légère donnant sur une salle de bains. Une fenêtre en hauteur au-dessus d'un évier. Une structure en bois grillagée clouée à l'extérieur de la fenêtre. Quelque chose de vert et une marche de pierre grise assez visible. Le sol dallé de pierres, les murs blanchis à la chaux. C'était bien une laiterie — il le savait maintenant — mais cela le rassurait-il pour autant ?

Le lait au soja non lacté, l'indice qui avait paru au

début si prometteur, était en vente dans tous les supermarchés du pays. Et cette fichue noctuelle choisie les avait fait courir pour rien à travers la moitié du sud de l'Angleterre.

Il restait ce truc bleu qui allait et venait devant la fenêtre. Du linge qu'on aurait mis à sécher ? Ou bien une voiture ? Peut-être une voiture bleue. Voilà une chose qui pouvait être déplacée et de plus, les carrosseries bleues étaient indémodables. Oui, mais à huit pieds de haut ? Ou même une fenêtre qui, lorsqu'on l'ouvrait, laissait voir un abat-jour ou un rideau bleu ? Rien de tout cela ne le convainquait. C'était la façon dont cette chose bleue bougeait qui le déroutait.

On venait juste de signaler le vol de vingt beagles dans un laboratoire de recherche, près de Tunbridge Wells. Les malfaiteurs avaient emporté les chiens et mis le feu au labo. Mais cela s'était passé dans le Kent, un comté qui ne relevait pas de sa responsabilité ni de celle de Montague Ryder.

Quelqu'un, remarqua-t-il, avait déjà établi le lien avec le Mid-Sussex. Karen Malahyde détenait toutes les preuves contre Brendan Royall. Cela signifiait-il, après tout, que Royall n'avait rien à voir avec le Globe sacré ? Probablement. De son côté, Damon Slesar n'avait pas eu de succès avec Conrad Tarling. En effet, même si Tarling avait quelquefois longuement arpenté la région pour aller inspecter diverses parties du chantier, la plupart du temps, il était resté caché dans sa cabane en haut d'un arbre.

Arrivé sur la route de Savesbury, Wexford passa à côté du campement. Le silence planait sur toute la zone de la déviation. Par ici, à peu près au centre du futur chantier, les travaux n'avaient pas encore commencé. Aucun arbre n'avait été abattu. La campagne, encore intacte, offrait toujours le même paysage de chemins profonds, de prairies fertiles, de terrains vallonnés et, dans le lointain, de hautes collines. Le fermier qui avait rentré ses moutons les avait reconduits à nouveau dans les champs. Savesbury Hill n'avait pas encore été dévasté. Il pointait sa butte majestueuse couronnée d'un cercle d'arbres, et plongeait ses racines dans la terre nourricière de la vanesse à ailes fauves. Wexford n'avait guère de temps à perdre, mais il fit un détour assez grand pour voir s'il pouvait trouver des traces de l'expertise écologique. Mais il n'y avait rien, à moins qu'il n'ait regardé du mauvais côté.

La dernière fois qu'il était passé par là, le soleil jouait à cache-cache avec les nuages. Le vent était suffisamment fort pour les pousser sans cesse devant la face du soleil, de sorte que sa lumière allait et venait, et que les ombres des nuages balayaient les coteaux verdoyants comme des volées de grands oiseaux noirs. Mais aujourd'hui le temps était maussade et le ciel, épais et gris, lourd de pluie. Les bois devaient être remplis d'occupants des arbres qui attendaient leur heure et guettaient la prochaine manœuvre, mais il n'en vit pas. Quelqu'un lui avait dit qu'en haut du chantier, près de Stowerton, à l'endroit où les enfants avaient découvert les ossements, le gazon et les mauvaises herbes repoussaient déjà sur les monticules de terre retournée.

À la terrasse du salon de thé de Framhurst, des occupants des arbres étaient assis autour des tables, ou peut-être n'étaient-ce que de simples randonneurs. Pas de Conrad Tarling, de Gary ni de Quilla, et encore moins de Freya. Peut-être étaient-ils tous quelque part à surveiller les Struther, mais il ne le croyait pas. Pour une raison inconnue, il comprit qu'il avait fait fausse route, qu'il devait s'y prendre autrement, qu'il avait considéré toute cette affaire sous un mauvais angle. Mais à quoi bon le savoir s'il ignorait où et comment il s'était trompé ?

Bibi lui ouvrit la porte. Elle avait été avertie de son arrivée et lui dit qu'Andrew était quelque part, dans le jardin : Wexford pourrait le trouver « à l'arrière ». Il passa sous un porche de brique qui donnait sur une cour au sol pareil à un damier, où des carrés de pierre alternaient avec des carrés de gazon. Des bacs de pétunias rayés et de marguerites de la Jamaïque étaient disposés çà et là, témoins des talents horticoles de Kitty Struther. Wexford aperçut Manfred qui levait la patte contre un mur sur une plante grimpante luxuriante. Il se retourna au moment où Andrew Struther apparut derrière le bâtiment géorgien et il rentra avec lui dans la maison.

L'intérieur avait l'air plus soigné, mieux rangé, plus conforme à ce que Kitty Struther aimerait trouver lorsqu'elle reviendrait chez elle. Assis dans l'élégant salon avec ses rideaux de chintz et ses tapis aux tons pastel, Wexford examina à nouveau la photographie encadrée des deux otages restants, dont Andrew lui avait apporté une reproduction. À les voir, on ne devinerait pas, songeait-il, que Kitty Struther plierait et se briserait sous la pression et que son mari se transformerait en vieille baderne prétentieuse. Sur le cliché, elle semblait bien plus audacieuse que lui, une skieuse chevronnée, presque athlétique. Owen Struther lui rappela les photographies de feu sir Edmond Hillary [1] dans sa jeunesse. Il semblait capable de gravir les plus hautes cimes.

« Vous avez des nouvelles ? demanda Andrew Struther.

— Rien de très rassurant pour vous, j'en ai peur. Je suis venu vous dire que vos parents sont désormais les seuls otages du Globe sacré.

— Et le garçon ? »

Wexford lui expliqua ce qui s'était passé. Struther serra les poings, puis il courba la tête et porta ses mains à son front. Il semblait faire un immense effort pour se maîtriser, en respirant profondément et en bandant les muscles de ses épaules. Il avait

1. Alpiniste néo-zélandais qui conquit, avec le sherpa Tenzing Norgay, le sommet de l'Everest en 1953. *(N.d.T.)*

l'air très différent de l'homme hautain et arrogant qui, une semaine plus tôt, avait mis Burden et Karen à la porte. La tension nerveuse l'avait abattu.

« Il se peut que vous receviez un appel. Nous avons fait mettre votre téléphone sur écoute, mais si c'est vous qui avez Ryan au bout du fil, j'aurai quand même besoin de votre aide.

— Si vous voulez que je dise à ce petit salaud ce que je pense de lui, je vous aiderai sans problème.

— J'attends de vous exactement le contraire, monsieur Struther. J'aimerais que vous le fassiez parler aussi longtemps que possible. Ne le contrariez pas. Demandez-lui des nouvelles de vos parents, si vous en avez envie. Il est normal que vous vous inquiétiez de leur santé. Plus vous parlerez et plus vous le questionnerez, plus nous aurons de chances de le voir donner une indication sur l'endroit où il se trouve.

— Vous pensez qu'il appellera ici ?

— Non, je ne crois pas. Je tiens seulement à ce que vous y soyez préparé. »

Si la famille royale était venue lui rendre visite, Mme Peabody n'aurait pas briqué sa maison avec plus de soin. Elle avait appris l'arrivée des deux policiers la veille à 20 heures et cela lui avait suffi. Le nettoyage de printemps devait avoir eu lieu entre ce moment-là et 9 heures le lendemain matin, lorsque Burden et Karen vinrent sonner à sa porte. Mme Peabody s'était sans doute levée à 5 heures. L'un des appuis-tête, sur le dos d'un fauteuil, conservait encore un peu l'humidité du lavage, même si elle l'avait minutieusement repassé et amidonné. Karen le toucha du bout du doigt et sourit. Dans trente-cinq ans environ, elle pourrait être elle-même une Mme Peabody qui ferait bouffer les coussins du salon avant l'arrivée des invités et obligerait même un homme — peut-être Damon Slesar ? — à ôter ses chaussures à la porte d'entrée.

« À quoi pensez-vous, mademoiselle Malahyde ? demanda Burden, qui la voyait rougir.

— Je songeais simplement que je pourrais devenir une vieille *Hausfrau*[1] tatillonne comme Mme Peabody, si je n'y prenais pas garde.

— Et moi aussi, avoua Burden, ou son homologue masculin. »

Audrey Barker devait répondre elle-même au téléphone. Elle allait et venait sans but dans la maison, aidait Mme Peabody à mettre la dernière main à ses préparatifs, puis elle revenait, les traits tirés et le regard anxieux. Restée seule un moment avec Karen dans la cuisine, elle lui révéla spontanément qu'elle avait été opérée d'un calcul biliaire. Autant pour la version plus sensationnelle de Ryan sur cette intervention. Karen s'étonna de l'intelligence, sans parler de l'imagination, d'un garçon de quatorze ans qui avait inventé à sa mère une biopsie du cône.

La première fois que le téléphone sonna, il était 10 h 20. Mme Peabody venait juste d'apporter des tasses de café au lait mousseux, le cappuccino façon Rhombus Road. Le plateau était garni d'un set bordé de dentelle, et l'assiette à gâteaux d'un napperon de papier ; une pince à sucre trônait dans le sucrier et une petite cuiller ornée d'une figure d'apôtre reposait sur chaque soucoupe. Audrey Barker regardait tout cela avec la répugnance d'une femme qui se soucie peu de l'apparence des accessoires domestiques, mais qui a subi toute sa vie les reproches d'une mère fière de son intérieur. À la sonnerie du téléphone, elle bondit et porta ses mains à son front. Burden lui fit un signe de tête et elle décrocha le combiné.

Il apparut aussitôt que ce n'était pas Ryan. Burden et Wexford s'étaient interrogés sur l'homme qui, d'après les confidences recueillies par Dora, était fiancé avec sa mère. Était-ce encore un produit de son imagination fertile ? Apparemment non, pourtant, car au bout d'une ou deux minutes,

1. *Hausfrau :* maîtresse de maison. *(N.d.T.)*

Audrey Barker expliqua, en reposant le combiné : « C'est mon ami. Il m'appelle tous les jours. Enfin, deux ou trois fois par jour. »

Le temps passa. Très lentement, aux yeux de Burden. Mme Peabody débarrassa les tasses à café. Sur le tapis, entre les pieds du policier, elle ramassa deux miettes de gâteau microscopiques. Pour tuer le temps, il interrogea Audrey Barker sur son fils, sur ses goûts, ses centres d'intérêt, ses progrès scolaires, et elle lui répondit, en se détendant peu à peu. Ryan brillait, semblait-il, en biologie et en géographie, un exploit qui ne surprit personne. Il possédait une quantité considérable de livres d'histoire naturelle. Elle lui avait offert pour Noël un manuel éducatif sur les oiseaux des îles Britanniques et avait déjà acheté, pour son prochain anniversaire, une série de cassettes vidéo sur la faune et la flore...

Le téléphone sonna à nouveau. Comme il était midi pile, une heure qui, bizarrement, semblait se prêter à l'appel du Globe sacré, Karen se leva juste au moment où Audrey décrocha le combiné et s'approcha pour entendre la voix de son correspondant. Cela aurait pu être une heure propice, mais ce n'était pas la bonne. La personne, à l'autre bout du fil, était Hassy Masood.

« Lui aussi me téléphone tous les jours, dit Audrey quand la brève conversation s'acheva. C'est ce qu'il appelle participer à mon groupe d'entraide. C'est très gentil de sa part, mais franchement, je pourrais m'en passer. Clare n'a pas la force de parler et cela ne m'étonne pas. Il me dit toujours qu'elle est trop bouleversée. »

Lorsque le téléphone sonna la fois suivante, c'était une erreur. À voir la réaction d'Audrey, Karen se dit qu'elle n'avait encore jamais vraiment vu jusque-là ce que voulait dire l'expression « sauter au plafond ».

Bien entendu, le laboratoire médico-légal ne fournit aucune indication à Wexford sur la provenance du sac de couchage. Nicky Weaver se fit un devoir de la retrouver, sachant maintenant qu'il fallait écarter l'hypothèse que ce sac puisse être le modèle acheté à Brixton et vendu à Frenchie Collins. Elle élimina également la piste du nord de Londres et, avec l'aide d'Hennessy, elle étendit le champ de ses investigations aux Midlands pendant que Damon Slesar maintenait sa surveillance sur Conrad Tarling.

Mais s'il n'y avait rien dans le rapport du labo sur l'origine du sac de couchage, on avait recueilli un grand nombre d'indices sur l'endroit où il s'était trouvé après être tombé en la possession du Globe sacré.

Il était en tissu lavable et avait été nettoyé au moins une fois dans sa vie. Par Frenchie Collins à son retour d'Afrique, pensa Wexford. Mais non. Elle ne l'avait pas fait, il ne lui appartenait pas. Elle avait affirmé à Slesar qu'il n'était pas à elle, et pourquoi aurait-elle menti ?

Les substances mises en évidence sur les vêtements de Dora ne correspondaient généralement pas à celles qui avaient été trouvées à l'extérieur ou à l'intérieur du sac de couchage, sauf les poils de chat, que l'on y avait découverts en abondance. Deux petites taches, sur l'extérieur du sac, avaient été respectivement causées par du café — du café noir sans lait — et par du vin rouge. L'intérieur du sac présentait aussi trois petites pierres irrégulières, à l'évidence des constituants de gravier, qui étaient toutes de petits fragments de silex, mais la trouvaille la plus intéressante fut peut-être celle d'une feuille fanée, collée au fond du sac. De l'avis du médecin légiste, elle avait très probablement adhéré à l'une des chaussures de Roxane. La feuille ne provenait pas d'une espèce sauvage, mais d'une plante grimpante cultivée, l'*Ipomoea rubrocaerulea,* ou belle-de-jour.

Wexford relut ce point du rapport. Il avait essayé une fois de faire pousser des belles-de-jour dans son jardin, mais le temps avait été si mauvais cet été-là que la plante s'était étiolée. Les premières fleurs n'étaient pas apparues avant le mois d'octobre, pour se faire aussitôt brûler par le gel. Sheila lui avait dit que certaines parties de la plante — les graines ? la racine ? les feuilles ? — donnaient des hallucinations, elle connaissait des gens qui en mâchaient. Mais quand il avait cherché le mot « ipomée » dans un herbier, il avait seulement trouvé que l'une de ses variétés, le jalap, possédait une racine aux vertus purgatives.

On avait décelé, sur les vêtements de Roxane, des taches de son propre sang, de lotion corporelle — sans doute appliquée avant son enlèvement —, de lait au soja non lacté et de sauce tomate. Il ferma le rapport du labo et resta un moment devant sa fenêtre, les yeux dans le vague.

Ryan Barker appela sa mère au moment précis où Burden commençait à perdre espoir, convaincu qu'ils allaient, une fois de plus, subir une attente interminable. Il pria en lui-même pour qu'elle ne dure pas plusieurs jours.

Mme Peabody leur avait confectionné des sandwichs raffinés, des petits triangles de pain de mie auquel elle avait ôté la croûte, fourrés au cresson ou avec du jambon mince comme du papier à cigarette. Assise dans un coin du salon, elle les regardait manger. Une heure plus tard, elle prépara du thé. Elle le servit avec un gâteau, le genre de pâtisserie qui aurait suscité l'admiration de Patsy Panick, un gâteau glacé au chocolat recouvert de fins copeaux de chocolat. À la stupéfaction de Burden, la vue et l'odeur de la pâtisserie lui donnèrent la nausée, mais la mince et nerveuse Karen en prit une petite part.

L'œil attiré par une tache minuscule qui était sournoisement restée sur le manteau de la cheminée, Mme Peabody alla chercher un chiffon et se mit au travail. Elle frottait fébrilement, astiquant quelques bibelots au passage. Elle rappela à Karen les chats qui, percevant soudain une odeur ou une poussière infime sur leur patte apparemment sans tache, entreprennent aussitôt de la lécher avec une ardeur maniaque.

Le téléphone fit entendre un déclic préliminaire. Il ne l'avait pas fait auparavant ou, si c'était le cas, ils ne l'avaient pas remarqué. La sonnerie parut démesurément forte, rendant un son strident, bouleversant. Comme convenu avec les policiers, Audrey commença par donner le numéro de sa mère, sur un ton mécanique, monotone.

Le fiancé, encore une fois. Burden, regrettant de ne pas l'avoir fait plus tôt, demanda à Audrey de lui dire de ne pas rappeler ce jour-là. Elle hocha la tête, mais n'en fit rien. Elle reposa le téléphone et il resonna aussitôt.

Karen bondit auprès d'Audrey Barker lorsqu'elle saisit le combiné. À nouveau, elle prononça le numéro de cette voix monocorde.

Une voix d'adolescent, tremblante et entrecoupée, rendue aiguë par la nervosité.

« Maman ? C'est moi. »

23

« Tu as transmis le message, maman ?

— Bien entendu, Ryan. J'ai fait exactement ce que tu m'as dit. »

Audrey Barker n'était pas une actrice. Sa voix manquait de naturel, comme si elle avait appris ses répliques pour la pièce d'un club théâtral.

« Il faut changer l'itinéraire de la déviation, tu as bien compris ?

— Oui, oui, Ryan, et je l'ai fait savoir aux autorités. Ne t'inquiète pas. »

Cette voix empruntée le rendait soupçonneux. « Il y a quelqu'un avec toi ? »

Elle répondit, presque dans un cri : « Bien sûr que non !

— Nous exigeons un communiqué officiel. Du gouvernement. Sinon, Mme Struther mourra. Tu as saisi ? Demain, avant la tombée de la nuit, ou bien Mme Struther sera exécutée.

— Oh, Ryan...

— Je pense que tu n'es pas seule. Je vais raccrocher et je ne rappellerai pas. Dis-toi bien que notre cause est juste. C'est la seule façon, maman, c'est le seul moyen de sauver le monde. Et quand il s'agit de sauver la planète, la vie d'une femme ne compte pas. Je te laisse maintenant. Au revoir. »

Voilà la conversation que Karen Malahyde entendit directement. Plus tard, Wexford devait en écouter une cassette, mais avant même qu'il ait pu le faire, l'origine de l'appel avait été identifiée.

Ryan avait téléphoné du *Brigadier*, sur l'ancienne déviation de Kingsmarkham.

Il avait commencé à pleuvoir. Les nuages noirs, qui s'étaient massés rapidement, déversaient la pluie tristement prévisible que l'on attendait depuis des jours. Une pluie diluvienne qui, redoublant de violence, se répandait en torrents sur la terre. Ils furent retardés par la brutalité de l'averse. Ils auraient pu être sur place en un quart d'heure, c'était la durée minimale du trajet pour atteindre le pub, mais la pluie était du genre non seulement à ralentir la circulation, mais à déporter les voitures hors de la route.

Pemberton, qui emmenait Karen et Burden, fut contraint de s'arrêter sur une aire de repos. C'était comme s'il conduisait sous une grande cascade, leur dit-il, peut-être aussi énorme que les chutes du Niagara. Barry Vine et Lynn Fancourt, qui occupaient la voiture suivante, les rattrapèrent et vinrent se garer derrière eux. Lorsque la pluie commença à diminuer, réduite à un gros orage ordinaire, vingt minutes s'étaient écoulées. Ils mirent une demi-heure de plus à atteindre le *Briga-*

dier, et freinèrent sur le gravier de l'entrée dans un crissement de pneus digne des courses-poursuites des flics de Los Angeles.

Il était 17 h 35. William Dickson avait ouvert trente-cinq minutes plus tôt pour le service du soir. Il était en train de servir une pinte de Guinness et un gin cassis à un couple assis au salon quand les cinq policiers firent leur entrée — une entrée fracassante comme la pluie — et Vine, suivi de Pemberton, fonça à travers la pièce pour se précipiter dans la salle du bar.

Burden aboya : « Il y a quelqu'un d'autre dans la maison ?

— Ma femme. Moi, répondit Dickson. Qu'est-ce qu'il y a ? Qu'est-ce qui se passe ? »

Vine revint aussitôt. « Il n'y a personne au bar.

— Évidemment. Je viens de vous le dire. Il y a la dame, le monsieur et moi, et ma femme est en haut. Qu'est-ce que c'est que cette histoire ?

— Nous allons vérifier, dit Burden.

— Comme vous voudrez. Vous pourriez me demander la permission. La politesse n'a jamais fait de mal à personne. Vous avez de la chance que je n'exige pas de voir votre mandat. »

Le couple qui se trouvait au salon — la femme assise à une table et son compagnon debout au comptoir, prêt à régler leurs consommations — se délectait discrètement du spectacle. L'homme garda les yeux sur Burden tout en poussant vers Dickson un billet de cinq livres.

Vine gagna alors le couloir du fond, où était installé le téléphone public. C'était l'appareil qu'Ulrike Ranke avait utilisé au mois d'avril, quand elle avait passé le dernier coup de fil de sa vie. Il jeta un coup d'œil dans les autres pièces, un bureau pourvu d'un autre téléphone et une petite arrière-salle. Elles étaient toutes les deux vides. Karen lui emboîta le pas, et Pemberton et Lynn Fancourt montèrent à l'étage.

La pluie avait repris de plus belle. L'averse, qui

s'abattait sur le parking désert, voilait presque entièrement les contours du bâtiment lugubre que Dickson appelait une salle de danse. Burden déclara à l'homme et à la femme qu'il était policier, leur montra sa carte et leur demanda depuis quand ils étaient dans le pub.

« Attendez une minute », protesta Dickson.

Burden lui répliqua sèchement : « On est allé chercher votre femme pour qu'elle tienne le bar à votre place. Allez vous asseoir dans votre arrière-salle et attendez-moi. J'ai à vous parler.

— Mais de quoi, bon sang ?

— Je regrette d'avoir à vous dire ça en présence de vos clients, monsieur Dickson, mais je vous ordonne d'aller dans cette arrière-salle maintenant, ou je vous arrête pour entrave à la police dans l'exercice de ses fonctions. »

Dickson obtempéra. Il donna un coup de pied rageur dans le butoir de la porte, comme un gamin hargneux, mais il s'exécuta. Pemberton revint avec la femme de Dickson, une blonde d'une quarantaine d'années à la poitrine plantureuse, qui portait un caleçon noir et des sandales à hauts talons. Burden la salua d'un signe de tête et demanda aux deux clients la permission de venir s'asseoir à leur table. L'homme acquiesça en silence, passablement stupéfait. Puis il déclara qu'il s'appelait Roger Gardiner et son amie Sandra Cole.

Barry Vine prit la parole : « J'aimerais vous poser quelques questions », et il répéta celle qu'avait déjà exprimée Burden.

« Nous sommes arrivés à l'ouverture, répondit Gardiner. On était en avance et on a un peu attendu au-dehors, dans la voiture.

— Il y avait d'autres gens ici à ce moment-là. Un garçon d'à peu près quinze ans ? Avec plusieurs adultes ?

— Il était plus vieux que ça, intervint Sandra Cole. Il était plus grand que Rodge.

— Nous étions déjà là quand ils sont venus, dit

Gardiner à son tour. Depuis quelques minutes. C'était un homme et une femme — enfin, une fille. Ils sont entrés en courant dans le bar avec le garçon, et la fille a demandé au gérant, ou au propriétaire, je ne sais pas, s'ils pouvaient se servir du téléphone.

— Elle a dit que le garçon était en état de choc, de choc ana-quelque chose, et qu'ils devaient appeler une ambulance.

— De choc anaphylactique ?

— Voilà. Elle criait que c'était urgent, et le propriétaire leur a indiqué le téléphone...

— Je leur ai montré l'appareil, renchérit Dickson à l'intention de Burden. Pas le téléphone public, mais celui qu'il y a dans mon bureau. Ils étaient pressés, vous comprenez, elle disait que le gosse risquait de mourir si on ne l'emmenait pas à l'hôpital. Alors, j'ai pensé qu'ils n'allaient pas perdre de temps à chercher des pièces pour la cabine...

— Vous avez développé une conscience depuis l'affaire Ulrike Ranke, on dirait ?

— Je ne vois pas ce que vous voulez dire. Ils sont allés dans mon bureau et après, je ne les ai pas revus.

— Allez, Dickson, ne nous racontez pas d'histoires. Vous les avez laissés utiliser votre téléphone, vous étiez inquiet à l'idée que le gamin puisse mourir, mais dès qu'ils ont tourné les talons, cela vous est complètement sorti de l'esprit ?

— Je suis retourné dans mon bureau, reconnut Dickson, mais ils étaient partis. J'ai demandé à ma femme si elle avait vu l'ambulance parce que moi, je n'avais pas entendu la sirène, mais elle m'a regardé comme si j'étais tombé de la lune.

— Montrez-moi l'appareil. »

Il reposait sur son bureau, au milieu d'un fatras de papiers et de magazines, un modèle brun satiné.

« Quelqu'un l'a utilisé depuis ? »

Dickson fit non de la tête. Un tic commençait à agiter le coin de sa bouche.

« N'y touchez pas. Et fermez cet établissement. Vous pourrez sans doute rouvrir demain.

— Mais enfin, qu'est-ce que ça veut dire ? Je ne peux pas fermer comme ça !

— Vous n'avez pas le choix », rétorqua Burden.

Il avait entendu une voiture arriver. On distinguait le moindre bruit sur ce gravier, même le pas d'un moineau. Il avait perçu un crissement de pneus et cru qu'il s'agissait de clients du *Brigadier,* mais c'était Wexford, venu dans un véhicule de police conduit par Donaldson. Il était entré dans le salon et parlait à Linda Dickson, qui tenait dans ses bras un yorkshire-terrier minuscule et pressait la tête du chien contre sa joue lourdement maquillée. Gardiner et sa petite amie faisaient de leur mieux pour décrire à Karen Malahyde l'homme et la femme qui accompagnaient Ryan Barker.

« Je ne les ai absolument pas vus », affirma Linda Dickson. Elle jeta un coup d'œil à la ronde pour chercher son mari, mais il était en train de fermer et de verrouiller la porte d'entrée. « J'ai bien cru entendre une voiture, mais ce devait être cette dame et ce monsieur.

— Pourquoi "devait être" ?

— On entend tout sur ce gravier. Si on était propriétaires du pub, je ferais bétonner l'allée, mais la brasserie n'acceptera jamais de payer les travaux.

— On n'a pas besoin de rouler sur le gravier pour aller se garer dans le parking à l'arrière, n'est-ce pas ?

— C'est ce qu'ils ont dû faire.

— Je ne suis pas très physionomiste, avoua son mari. Peut-être parce que je vois trop de gens. Le garçon était grand, oui, très grand, à peu près de ma taille...

— Nous savons à quoi il ressemble, monsieur Dickson », coupa Wexford, l'œil fixé sur le tatouage que l'homme arborait sur son avant-bras gauche. Un papillon ? Un oiseau ? Un dessin abstrait ? « Il s'appelle Ryan Barker, et il fait partie des otages.

Vous n'arrêtez pas de nous demander ce qui se passe — eh bien, je vais vous le dire : ces gens-là appartiennent au Globe sacré. Vous croyez que cela va vous rafraîchir la mémoire et vous aider à nous les décrire ? »

Dickson en resta bouche bée. « C'est une blague.

— Pas du tout. Si j'étais d'humeur à plaisanter, je trouverais mieux, je vous assure.

— Le Globe sacré. Merde alors... Vous voulez dire les cinglés qui ont enlevé ces gens et tué la fille ?

— Essayez de décrire ces cinglés, voulez-vous ? »

Sa description, quand il arriva enfin à la donner, correspondait à celles fournies par Roger Gardiner et Sandra Cole. Aucun des trois n'était particulièrement observateur et apparemment ils ne s'intéressaient pas beaucoup à leurs semblables. De l'histoire plausible du choc anaphylactique — qui se révéla avoir été seulement racontée par la femme et aurait raisonnablement pu éveiller leur attention —, ils n'avaient gardé que le souvenir d'un mot étrange et imprononçable. Ils réfléchirent. Roger Gardiner se gratta la tête. Et, après avoir gravement haussé ses lourdes épaules, Dickson donna le signalement de ses visiteurs avec toute la précision dont il était capable.

La femme était petite et maigre et elle avait l'air convenable. Elle n'était pas maquillée et cachait ses cheveux sous une casquette de base-ball. Elle était jeune, on lui donnait entre vingt et trente ans, mais personne ne put indiquer plus précisément son âge. Son compagnon était grand et mince, il était lui aussi coiffé d'une casquette de base-ball et il avait des lunettes noires. Ils portaient des vêtements si banals qu'ils n'avaient pas laissé d'impression notable. Des jeans, peut-être, des blousons noirs ou de couleurs neutres. Personne n'avait remarqué la couleur de leurs yeux ni le moindre signe particulier. L'homme n'avait pas parlé. La voix de la femme était... juste une voix ordinaire.

« Comme celle des gens de l'East End », observa Roger Gardiner.

Wexford savait à quoi il faisait allusion, ou du moins, il le pensait : à la classe ouvrière de Londres — mais il n'était pas politiquement correct d'employer de telles expressions de nos jours —, au cockney. Quelqu'un utilisait-il encore ce mot ? Ou bien Gardiner voulait-il parler d'une voix d'acteur de feuilleton télévisé ? Interrogé, le client du *Brigadier* dit qu'il ne savait pas, qu'il ne pouvait pas répondre. Il ne put que répéter : « Comme des gens de l'East End.

— J'aimerais jeter un coup d'œil dehors, dit Wexford à Dickson.

— Je vous en prie, chef. Je suis un homme compréhensif, vous savez. Et coopératif, quand il faut. Mais il y a des gens, dans cette pièce, qui ne connaissent rien au savoir-vivre. »

Le parking était inondé. Les flaques ressemblaient à de petits lacs, et la pluie dégoulinait des avant-toits de la bâtisse aux allures de caserne que l'on distinguait au-dessus des nappes d'eau. La pluie avait cessé pour l'instant, mais le ciel gris-noir annonçait déjà la prochaine averse. Le vent s'était levé et dans le pré, derrière la barrière, il cinglait les branches des marronniers.

Wexford n'avait pas beaucoup d'espoir. À vrai dire, il s'attendait à ne rien trouver, mais il voulait quand même aller inspecter le bâtiment. Dire que Dickson appelait ça une salle de danse... hum, enfin, à condition d'installer des néons à l'extérieur, d'ouvrir toutes grandes ces doubles portes en amiante, de confier la billetterie à des employés enjoués... Mais non, ce serait toujours une bâtisse minable, une baraque disproportionnée, et le meilleur service qu'on pouvait lui rendre était de la raser.

« Disproportionnée » était le mot. La salle devait bien mesurer dix-huit mètres sur douze et le plafond — ou plutôt le toit de poutres et de Placoplâtre

— était à neuf mètres de haut. De part et d'autre, sur toute sa longueur, le dancing était percé de fenêtres encadrées de métal, et au fond se tenait une espèce de scène. Vine ouvrit la porte qui semblait donner derrière la scène, et ils la franchirent d'un seul élan. Mais ils ne virent rien, excepté deux W.-C., avec sur une porte une image de paon à la queue déployée en éventail, et sur l'autre celle d'une paonne aux couleurs ternes — la chose la plus sexiste que j'aie vue depuis des années, déclara Karen avec colère —, un couloir et une grande pièce non meublée, qui avait dû servir à préparer du thé et peut-être aussi des repas. L'endroit était sale et non entretenu, et quand Dickson précisa qu'il n'avait pas été utilisé depuis longtemps, tout le monde le crut sans peine.

Mais pourquoi ces deux-là avaient-ils emmené Ryan au *Brigadier* ? Dans quel but ? Une fois rentré dans la salle du bar, Wexford se demanda si ce n'était pas par crainte de retourner à la cabine téléphonique qu'ils avaient déjà utilisée trois fois, puisqu'ils ne pouvaient manifestement pas téléphoner de là où se trouvaient les otages. Savaient-ils que le pub était généralement peu fréquenté à cette heure de la journée ? Et que Dickson et sa femme n'étaient pas des gens perspicaces ?

« Maintenant que le pub est fermé, commença-t-il, vous allez être un peu désœuvré dans les heures qui viennent, monsieur Dickson. Alors, avec votre permission, nous pourrions employer la soirée à parler un peu de vos clients. Des gens qui viennent ici, des habitués, ce genre de choses. »

Toujours cramponnée à son yorkshire-terrier, Linda Dickson s'écria d'une voix perçante : « Vous allez l'emmener au commissariat ? »

Wexford la regarda avec calme. « Cela poserait un problème, madame Dickson ? Mais non, je n'en ai pas besoin. Je pensais qu'on pourrait discuter ici. Dans votre bureau. »

Hennessy, qui avait enfilé des gants pour débrancher le téléphone, était en train de glisser l'appareil dans un sac en plastique.

« Il n'a pas le droit de prendre mon téléphone !

— Propriété de British Telecom, à vrai dire, monsieur Dickson. Nous mettrons cela au clair avec eux, et on vous le rendra bientôt. » Wexford s'assit d'autorité. Il était presque sûr que Dickson ne l'y aurait pas invité. « Donc, si j'ai bien compris, vous n'aviez jamais vu ces gens auparavant.

— Jamais. Aucun d'entre eux.

— Les clients du *Brigadier,* ce sont surtout des personnes du coin ou plutôt des gens de passage, qui s'arrêtent ici en allant sur la côte ? »

Dès que Dickson eut compris que les questions de Wexford ne le concernaient pas directement, qu'elles ne visaient pas à lui faire perdre la gérance du pub ou à décourager sa clientèle, il commença à s'amuser. C'était souvent le cas, avait constaté Wexford. Tout le monde aime à donner des renseignements, et les gens qui ne savent rien ou ne sont pas observateurs y trouvent encore plus de plaisir que les autres.

« Oh, ici, on a de tout, vous savez, répondit Dickson. En général, pas mal de jeunes. Mais pas beaucoup de vieux, parce qu'il faut une voiture pour venir et que souvent ils n'en ont pas. M. Canning, de Framhurst, c'est un habitué.

— Il veut parler de Ron Canning, de la Ferme de Goland », précisa Linda Dickson en posant le yorkshire-terrier sur le sol, où il resta un moment à frissonner. « Vous savez, le type qui laisse ces occupants des arbres utiliser son champ pour garer leurs voitures. Si, ajouta-t-elle, on peut appeler ça des voitures. »

Le chien renifla les chaussures de Wexford, explorant le soulier gauche d'un coup de langue timide. Mal à l'aise dans cet espace confiné, l'inspecteur principal déplaça ses pieds. « Qu'est-ce que c'est que ce tatouage sur votre bras, monsieur Dickson ? Un insecte, un oiseau ou quoi ?

— Il paraît que c'est une hirondelle. » Dickson rougit, à la surprise de Wexford. « Ma femme n'y tient pas trop, je vais le faire enlever. Je n'ai pas encore réussi à me décider, c'est tout. » Il prit le chien dans ses bras, appuya la tête de l'animal contre sa joue, et ramena aussitôt la conversation à l'endroit où Wexford l'avait interrompue. « Les gens du Théâtre du Barrage, à Pomfret, ils viennent assez souvent ici. Ils se sont baptisés les Amis du Théâtre du Barrage et l'acteur principal de leur pièce s'appelle Jeffrey Godwin. C'est une vraie vedette.

— Il a joué dans *Bramwell*, intervint Linda. Non, je me trompe, c'était dans *Casualty*.

— Je n'ai rien contre, ça, je vous le garantis », déclara Dickson, en tenant le chien contre son épaule et en lui frottant le dos avec énergie. « Je veux dire, contre le fait d'avoir des gars comme ça ici. Moi, je suis ravi, il attire la clientèle. Il y a des tas de gens qui viennent juste pour le voir. Je le leur montre toujours, c'est le moins que je puisse faire et à chaque fois, je leur dis : c'est Jeffrey Godwin, l'acteur. Il est très aimable, en plus. »

Dickson s'exprimait comme s'il était le propriétaire d'un restaurant de Manhattan dans lequel Paul Newman avait ses habitudes. Il eut un sourire de contentement et posa le chien sur ses genoux, où il s'endormit aussitôt.

« Regardez-le, dit Linda avec tendresse. Voyez comme il adore son papa. Je peux vous servir un verre, monsieur Wexford ? Avec tout ce remue-ménage, j'en oublie le sens de la politesse. »

Wexford refusa.

« Tu veux un petit quelque chose, Bill ? »

Pendant que Dickson méditait la proposition, Wexford lui demanda s'il avait remarqué des nouveaux venus dans sa clientèle, ces temps-ci. Les protestataires, par exemple, fréquentaient-ils le *Brigadier* ?

Dickson ne lui cacha pas son mépris pour les

manifestants de tout poil, pour les contestataires de l'ordre établi. Wexford comprit aussitôt, à l'expression de son visage, à sa moue dédaigneuse, sans qu'il ait eu besoin de dire un mot, ce qu'il pensait exactement des gens qui tentent de sauver les baleines, d'interdire la chasse au renard ou les engrais chimiques, de consommer des aliments naturels et de ne pas gaspiller l'eau, d'utiliser de l'essence sans plomb ou de recycler quoi que ce soit.

« Inutile de dire, commença Dickson, que je n'ai pas de temps à perdre avec ces gens-là. N'allez pas vous faire des idées, ça n'a rien à voir avec le fait qu'ils ne picolent pas. Ce qui ne veut pas dire qu'ils ne boivent pas — avec toutes les eaux minérales qu'ils se tapent, je me fais pas mal de bénéfices — non, ce n'est pas ça. Ni parce qu'ils sont toujours fauchés pour payer leurs Perrier, leurs Coca-Cola, et tous ces trucs-là. Je vais vous dire ce que je n'aime pas : c'est cette façon de s'ingérer dans la vie des autres, la vôtre comme la mienne, chef. La vie doit continuer, si vous voyez ce que je veux dire. Tout ça doit continuer. D'accord ? »

Il reprit son souffle, tendit la main vers la chope que sa femme lui avait apportée. « Merci, ma chérie, c'est très gentil de ta part. Bon. De qui d'autre je pourrais vous parler ? Ah oui, il y a cette dame que Stan amène ici de temps en temps. Je ne connais pas son nom — tu le sais, toi, Lin ?

— Non, Bill. C'est une dame assez âgée, de Kingsmarkham, elle a l'habitude de venir le mardi et le jeudi pour voir un monsieur. "C'est très mignon", j'ai dit à Bill, "vraiment touchant", parce qu'ils n'ont pas moins de soixante-dix ans. Mais je ne sais pas comment elle s'appelle, ni lui non plus. Stan, lui, doit le savoir. »

Wexford se demanda ce qu'aux yeux des Dickson un couple d'amoureux retraités, qui choisissaient précisément de se rencontrer au *Brigadier* — l'un d'eux était-il marié ? ou même les deux ? — pouvait avoir à faire avec le Globe sacré. « Stan ? » demanda-t-il.

« Stan Trotter, répondit Linda. Enfin, c'est le diminutif de Stanley. Il l'emmène en taxi parce qu'elle ne conduit pas, je crois qu'elle n'a pas son permis. Quand je dis "il l'emmène", à vrai dire, elle n'est pas venue depuis... — à ton avis, Bill ? Bien plus d'un mois. La première fois, c'était un mardi, Stan est entré dans la salle de bar avec elle. D'ailleurs, Stan, je ne l'avais pas revu depuis avril, en fait, depuis le soir où cette fille allemande s'est fait tuer. »

Wexford la regarda, et vit le rouge lui monter aux joues.

24

Pour la deuxième fois en six mois, Stanley Trotter était arrêté, mais cette fois-ci, il comparaîtrait le matin suivant devant le tribunal de Kingsmarkham, pour le meurtre d'Ulrike Ranke.

« Je vous dois des excuses, Mike, reconnut Wexford. Vous aviez raison depuis le début. Je crois que j'ai été assez dur envers vous — je ne me rappelle pas ce que j'ai dit, mais ça devait être assez désagréable.

— Je n'avais pas de preuves, vous savez. Je me suis fié, comme vous, à mon intuition. C'était juste une conviction intime. J'ignorais que la seconde femme de Trotter était la sœur de Linda Dickson. Je n'avais pas fouillé son arbre généalogique, mais j'aurais peut-être dû.

— Leur mariage n'a duré que cinq minutes, dit Wexford. Mais bizarrement, Linda Dickson estime qu'elle lui doit une sorte de loyauté. Elle a sorti ça un peu involontairement : "Enfin, c'est mon beau-frère, non ?", mot pour mot. Elle a l'air de souscrire à l'idée curieuse qu'un homme qui a été son beau-frère le sera toujours, quels que soient les divorces et les remariages qui peuvent se produire entre-temps. Avec ce raisonnement, de nos jours, il doit y avoir des familles étendues très importantes.

— Dickson, lui, n'en avait pas parlé ?

— Il ne savait pas que sa femme avait vu Trotter. Ou peut-être ne voulait-il simplement pas le savoir. Au moment où on l'avait interrogée, elle avait dit qu'elle était allée se coucher et s'était endormie. Mais en fait, elle regardait par la fenêtre. Ce n'est pas vraiment la compassion qui les étouffe, ces deux-là, vous ne trouvez pas ? On ne peut pas dire qu'ils débordent d'empathie. Je me demande si elle aurait été capable de s'inquiéter pour Ulrike ? »

Burden secoua la tête d'un air dubitatif. « Linda Dickson est une femme et Ulrike était une jeune fille. Il y a toujours beaucoup de choses qu'on ignore dans une situation de ce genre, des tas de choses qu'on ne saura jamais.

— Vous voulez dire qu'en fin de compte elle s'est quand même souciée du bien-être d'Ulrike ?

— Je n'en sais rien. Et vous ?

— J'ai peut-être une idée. Pour l'instant, je dirai simplement qu'elle a bien regardé par la fenêtre, qu'elle a attendu, assise devant la vitre, et a vu venir Trotter autour de 23 heures. Il n'a pas sonné ni frappé à la porte parce que ce n'était pas nécessaire. Ulrike l'attendait dehors et il n'a même pas eu besoin de rouler sur le gravier et d'annoncer ainsi son arrivée à Dickson, qui était en train de ranger le bar.

— Et quand Dickson a fini par monter au premier, Linda ne lui a pas dit qu'elle avait vu Trotter passer prendre la fille ? Elle ne lui a rien dit ce soir-là, ni quand la fille a été portée disparue, ni même quand on a retrouvé son corps ?

— Essayez de comprendre, Mike. Linda était soulagée quand Trotter est arrivé, elle était déchargée d'un poids. Alors, elle s'est mise au lit et elle s'est endormie. Rappelez-vous qu'elle avait eu une dure journée. Le lendemain matin, elle n'avait aucune raison de s'inquiéter pour Ulrike. Trotter était passé la prendre et l'avait emmenée où elle voulait aller. Mais quand on a annoncé la disparition d'Ulrike, quand les journaux ne parlaient plus que de ça, que croyez-vous qu'elle ait pensé ?

« Nous n'avons jamais vraiment essayé d'éclaircir la raison pour laquelle Dickson a agi de façon aussi inhumaine en envoyant Ulrike attendre le taxi dehors. Il ne nous a pas donné d'explications, il a simplement dit que le pub était fermé et qu'il ne faisait pas froid cette nuit-là. Mais supposons que ce soit Linda qui lui ait demandé de la mettre dehors ? Linda qui l'aurait elle-même mise à la porte, avant de fermer le bar à double tour. La pauvre Ulrike n'est plus là pour le dire.

« À mon avis, Linda est une femme jalouse, son mari a dû lui donner de bonnes raisons de l'être. Elle n'allait pas le laisser seul avec une jeune femme au beau milieu de la nuit. Mais elle était épuisée, elle mourait d'envie de se mettre au lit...

— D'accord, Reg, mais Ulrike avait dix-neuf ans, c'était une jolie fille, alors que Dickson — enfin, il n'a vraiment rien d'un prince charmant.

— C'est ce que nous pensons vous et moi, et Ulrike était peut-être du même avis, mais c'est peut-être un Adonis aux yeux de Linda. »

Wexford eut un sourire. « Quand quelqu'un a demandé à James Thurber pourquoi les femmes de ses dessins humoristiques n'étaient pas séduisantes, il a répondu : "Elles le sont pour mes lecteurs." Linda trouve du charme à Dickson et par conséquent, elle s'imagine qu'il doit plaire à toutes les femmes. Donc, elle a mis Ulrike dehors et s'est postée à la fenêtre de sa chambre, à l'étage, pour voir arriver le taxi. Car s'il n'était pas venu, Ulrike aurait pu revenir à l'intérieur, Dickson aurait pu *la laisser rentrer*.

— Et plus tard ?

— Après que le corps a été découvert, vous voulez dire ? À ce moment-là, elle savait que Dickson n'avait rien à voir avec le meurtre. Mais elle éprouvait ce sentiment de loyauté à l'égard de son ex-beau-frère. Il faut lui rendre cette justice qu'elle ne peut probablement pas supporter l'idée qu'un membre de sa famille — même s'il l'a été brièvement et de manière insignifiante — puisse être un meurtrier. Peu de gens en sont capables. Pour elle, il a fait monter Ulrike dans son taxi, il était effectivement au volant, mais c'est quelqu'un d'autre qui l'a tuée.

— Je ne comprendrai jamais rien aux êtres humains.

— Moi non plus, renchérit Wexford. Trotter a conduit Ulrike à Framhurst Copses, où il l'a violée et étranglée. Peut-être lui a-t-elle offert pas mal d'argent pour qu'il l'emmène jusqu'à Aylesbury. À ce moment-là, il a pu voir combien elle avait sur elle et il a pris les billets avec le collier. Elle l'a peut-être supplié de lui laisser la vie sauve en échange de son argent et de ses perles, donc il a dû être déçu qu'on lui propose trois fois rien pour un bijou dont il espérait tirer plus de mille livres. » Il secoua la tête. « Quant aux membres du Globe sacré, ils nous ont envoyés là-bas pour rire. Pour s'amuser. »

Le dernier message de Ryan Barker, son ultimatum, n'avait pas été transmis aux médias. Wexford avait jeté un voile de silence — et, plus encore, de déni — sur le Globe sacré et sur l'enquête, comme s'il avait tiré sur un cordon pour libérer une lourde tenture. Les journaux parlaient abondamment de l'échec, de l'incompétence de la police, du danger d'exposer la vie des otages à des risques croissants, mais ils n'avaient aucune *nouvelle*, pas un seul fait nouveau à se mettre sous la dent. On ne leur avait pas dit un mot du ralliement de Ryan Barker à la cause des kidnappeurs.

C'était comme si les membres du Globe sacré,

avec leurs trois — ou deux ? — prisonniers, étaient des terroristes preneurs d'otages qui sévissaient dans un pays du Moyen-Orient. Les ravisseurs s'emparaient des otages, déclenchant un tollé général dans le monde entier ; ils formulaient des exigences, puis coupaient court à toute négociation pour, au bout d'un moment, se manifester de plus belle par une surenchère de revendications et de menaces ; et puis, progressivement, la situation perdait de sa nouveauté et se voyait bientôt supplantée par d'autres affaires à sensation. Et pendant ce temps-là, les otages demeuraient prisonniers et se morfondaient, à demi oubliés, tandis que s'écoulaient les jours, les semaines, les mois et les années.

L'événement qui fit sensation ce jour-là à Kingsmarkham fut la comparution de Trotter devant le tribunal. Elle ne devait pas durer longtemps, car l'accusé allait être aussitôt renvoyé à une instance supérieure, mais la presse arriva sur les lieux en temps et en heure — et l'on vit les mêmes visages, les mêmes caméras que le matin du jour où avait éclaté l'affaire du Globe sacré.

L'affaire de la disparition d'Ulrike Ranke avait fait beaucoup de bruit. C'était une femme jeune, blonde et belle. Et, comme si cela ne suffisait pas, elle se promenait seule, la nuit, dans ce qui était pour elle un pays étranger, avec de la drogue, de l'argent et des bijoux, le cocktail explosif de la sensation.

Le but était d'établir un lien entre sa mort et le Globe sacré, ou entre sa mort et celle de Roxane Masood. Malheureusement pour la meute des journalistes, les conjectures sur les rapports entre Trotter et le Globe sacré ne sortiraient pas de la salle du tribunal ce jour-là. La presse n'y aurait pas accès avant plusieurs mois, quand on aurait prononcé le verdict de culpabilité. Et, comble de malchance, la cellule du commissariat de Kingsmarkham où Trotter avait passé la nuit se trouvait à moins de cinquante mètres de l'entrée du tribunal.

On lui jeta un manteau sur la tête et on le poussa sans ménagement sur le pavé, tandis que les cameramen de la télévision prenaient les images qu'ils allaient bombarder aux actualités du soir et au bulletin d'informations du Sud-Est. Une petite foule de gens, dont nul ne connaissait Ulrike ou Trotter ou n'était lié personnellement au meurtre de la jeune fille, attendait à l'heure dite à la sortie du commissariat, pour pousser des huées et hurler des imprécations, tandis que l'assassin, le visage caché sous une cagoule, effectuait son court trajet. Eux aussi allaient passer à la télévision, et c'était peut-être ce qu'ils voulaient le plus.

Nicky Weaver disait que c'était à n'y rien comprendre. Jamais plus, de sa vie, elle ne voulait entendre les mots « sac » et « couchage » accolés l'un à l'autre. Mais elle savait, pour autant que l'on puisse être convaincu de ce genre de choses, que l'on avait retrouvé tous les sacs de couchage camouflage vendus par Outdoors dans les îles Britanniques. Il n'y en avait que trente-six. Le modèle vert et pourpre plaisait davantage.

« Heureusement que nous n'avons pas cherché à localiser les modèles de couleur, dit-elle à Wexford. Il y en avait quatre-vingt-seize. Mais pour ce qui est des sacs camouflage, nous les avons tous, que ce soit Ted ou moi, vus de nos propres yeux. La plupart n'ont pas été vendus, ils n'ont pas eu de succès, je vous l'ai déjà dit : les gens trouvent qu'ils ressemblent à de vieux accessoires de l'armée. Mais nous en avons aussi repéré deux chez des particuliers, un à Leicester et un autre dans un village du Shropshire.

— Et vous en déduisez ?

— J'en conclus qu'il doit s'agir du sac que Frenchie Collins a acheté à Brixton et qu'elle affirme avoir abandonné à l'aéroport au Zaïre.

— Pourquoi mentirait-elle, Nicky ?

— Parce qu'elle a donné ou vendu ce sac à un ami qui est mêlé au Globe sacré et qu'elle le sait très bien. Elle est probablement une sympathisante elle-même, peut-être plus encore. »

Contrairement à Burden, Wexford n'était pas cité à comparaître devant le tribunal. Il avait demandé à Dora de venir compléter sa déposition. Assise dans l'ancien gymnase, elle disait en plaisantant qu'elle ne sortait de chez elle que pour aller au commissariat. Est-ce qu'il se rendait compte qu'elle n'avait pas mis les pieds dehors depuis sa libération, sauf pour venir ici et rendre une seule visite à Sylvia ?

— Donne-moi la permission de sortir demain soir, s'il te plaît », le pria-t-elle.

Il demanda, comme le mari inquisiteur qu'il n'avait jamais été, et ne serait jamais : « Où veux-tu aller ?

— Oh, Reg, sois raisonnable. Ils ne vont quand même pas m'enlever une deuxième fois. J'ai envie d'aller voir la pièce de Jeffrey Godwin au Théâtre du Barrage. Jenny m'a dit qu'elle viendrait avec moi.

— Au cas où je ne voudrais pas que tu sortes sans surveillance ? »

Il savait qu'il ne pouvait pas l'enfermer à la maison comme une femme voilée, ou une des sept femmes de Barbe-Bleue. Elle lui était devenue plus précieuse qu'elle ne l'avait jamais été depuis la première année de leur mariage. Maintenant, il savait qu'il l'avait sous-estimée et il voulait qu'ils aient devant eux des années de vie commune pour pouvoir lui manifester constamment sa gratitude.

« Je ne t'empêcherai jamais de faire quoi que ce soit », promit-il.

Nicky Weaver entra dans la pièce et il enclencha le magnétophone.

« C'est la distance qui nous intéresse, Dora, commença-t-il. La durée précise du trajet que tu as fait dans cette voiture. Donc, d'après ce que tu nous as dit, à l'aller, tu n'y es restée qu'une heure environ.

— C'est bien ça.

— Mais quand ils t'ont ramenée chez nous, tu dis qu'on t'a sortie de la pièce du sous-sol vers 22 heures et pourtant, tu n'es pas revenue à Kingsmarkham, c'est-à-dire à quatre cents mètres de la maison, avant minuit et demi. Un peu plus tard, en fait : tu es rentrée par la porte de devant juste avant 1 heure du matin.

— Oui. Au retour, j'ai dû rester près de trois heures dans la voiture. Je suppose que le chauffeur a simplement tourné en rond. J'ai une théorie là-dessus. » Elle les regarda l'un après l'autre d'un air presque timide. « Pardon, je ne devrais pas, n'est-ce pas ? Mais... cela vous intéresse que je vous en parle ?

— Bien sûr. Allez-y, répondit Nicky.

— Eh bien... — Dora prit une profonde inspiration — ... à l'aller, ça n'avait pas tellement d'importance pour eux — la distance, je veux dire. Ils pensaient peut-être qu'ils allaient me tuer, je ne sais pas. Mais en me ramenant à Kingsmarkham, ils savaient que la première chose que je ferais serait de parler à Reg, que je serais obligée de témoigner et que tout serait encore très frais dans mon esprit. Ils étaient donc forcés de me donner une fausse idée du trajet. Voilà pourquoi ils l'ont rallongé le plus possible.

— Ça paraît plausible, dit Wexford. Mais ont-ils fait de même à l'aller ? Rappelle-toi, tu as dit qu'ils ont pu te conduire n'importe où dans un rayon de cent kilomètres environ, mais crois-tu que cela puisse être beaucoup moins loin ?

— Je suppose.

— Disons, dans un rayon de cinquante kilomètres ? Trente ? Ou même quinze ? »

Elle posa une main sur sa bouche. Cette idée avait l'air de l'effrayer. « Tu veux dire, est-ce qu'ils auraient tourné en rond sur la route ? Par exemple, en roulant sur l'ancienne déviation pour aller tourner au rond-point et revenir vers Kingsmarkham, avant de repartir à Myringham pour faire à nouveau demi-tour et reprendre l'ancienne déviation? »

Il lui sourit. « Par exemple, oui.

— Cela ne m'était jamais venu à l'idée, dit-elle. Mais pourquoi pas? Oui, vraiment, c'est possible. Je ne pouvais pas le savoir, puisque je n'y voyais rien. C'est vrai, nous avons pris des tournants et nous sommes aussi passés par des ronds-points. Maintenant que tu en parles, il me semble que ce devait être à chaque fois le même rond-point. Je n'y avais pas attaché d'importance la première fois, mais en y repensant, je crois que nous n'avons pas cessé de tourner en rond. »

Le visage éclairé par une expression de satisfaction, Burden revint du tribunal au bout d'une heure à peine. La procédure avait été rapide. Stanley Trotter avait été mis en accusation et placé en détention préventive. Il trouva Wexford dans l'ancien gymnase, en train de discuter avec Nicky Weaver.

« Qu'est-ce qu'on fait, maintenant? On la convoque ici? Brixton relève de la juridiction de Londres, mais cela m'étonnerait qu'ils émettent des objections. Je me demande si elle a jamais vécu dans le coin, si elle a des relations dans la région. »

Burden demanda : « De qui parlez-vous?

— De cette femme qui s'appelle Frenchie Collins. Il se peut qu'elle connaisse certains des occupants des arbres. Et qu'elle ait, par exemple, des rapports avec le roi de la forêt.

— Pourquoi vous posez-vous la question? »

Wexford répondit lentement : « Parce que nous croyions, au début, que les otages se trouvaient dans un rayon de cent kilomètres autour de Kingsmarkham. Mais c'était bien trop loin. Ils ne sont pas à Londres, ni dans le Kent, ni même sur la côte sud. Ils sont ici, tout près, dans un rayon qui serait plutôt de l'ordre de huit kilomètres.

— Ce n'est qu'une hypothèse.

— Vous trouvez, Mike ? Le lait au soja non lacté ne prouve rien, mais c'est un indice. Il ne venait peut-être pas du salon de thé de Framhurst, mais c'est fort probable. Ryan Barker a passé son deuxième coup de téléphone au *Brigadier* et même si, à nouveau, cela ne prouve rien, on a là une indication de taille. »

Wexford s'assit. Il hésita, puis reprit : « Qui serait le plus susceptible de vouloir empêcher la construction de la déviation ? Des militants écologistes, oui ; des protestataires professionnels, peut-être. N'importe quel groupe de verts opposé à la destruction de l'Angleterre, c'est certain. Mais plus encore une personne, ou même plusieurs, qui seraient personnellement affectées par l'existence de cette déviation.

— Vous voulez dire des gens qui risqueraient d'y perdre leur boulot ?

— Oui, bien sûr. Mais je pense à quelque chose d'encore plus simple. À des gens dont elle gâcherait la vue sur la campagne. À ceux qui verraient la déviation de leurs fenêtres ou qui l'entendraient en marchant dans leur jardin. Les riverains n'ont-ils pas plus de raisons de s'émouvoir de sa construction que ces manifestants professionnels qui se moquent de l'endroit menacé par le projet qu'ils contestent, que ce soit une centrale électrique dans le Cumbria ou un autopont dans le Dorset ?

« Imaginons un groupe de gens — pour la plupart, des *amateurs* — qui se réunissent par... eh bien, par désespoir, qui estiment que les situations désespérées appellent des mesures désespérées. Ils sont tous, ou pour une bonne part, des propriétaires dont la vue, la paix domestique et la tranquillité seront réellement anéanties par la déviation. Par hasard, l'un d'eux rencontre un type qui sait y faire, un garçon qui a l'habitude de ce genre de choses, qui n'est pas un amateur, et alors ils commencent à s'organiser.

— Comment entre-t-il en contact avec eux ?

— Peut-être par l'intermédiaire de Kabal, ou bien en allant au Théâtre du Barrage, le théâtre de ce comédien-administrateur — dont nos femmes, à propos, iront voir la pièce ensemble demain soir —, ou encore pendant une manifestation. La grande marche de protestation de juillet, par exemple.

« Un membre du groupe est déjà en possession d'une vaste maison qui se prête bien à leur projet, sans doute une belle maison de campagne. Après tout, c'est le point essentiel, n'est-ce pas ? Une fois la déviation construite, la maison — ou son cadre — aura perdu sa beauté. Elle compte dans ses dépendances une ancienne laiterie, pas exactement souterraine, mais à moitié sous terre, pour répondre à un impératif de fraîcheur à l'époque où on y conservait des produits laitiers. Les membres du groupe y font bâtir une salle de bains et recouvrent la fenêtre d'un système de protection. Disons qu'ils sont une demi-douzaine en tout, ce qui fait un bon nombre de gardiens pour les otages. Il ne leur reste plus grand-chose à faire, non ? Si ce n'est passer à l'action ? »

Trouver des ouvriers discrets n'est pas chose facile. Les sociétés normales, fiables, ça, c'est une autre affaire. Elles font de la publicité, elles sont dans l'annuaire. Quant aux autres, les adeptes du travail au noir ou les fumistes qui disparaissent du jour au lendemain, leurs qualités professionnelles et surtout, leurs bas prix, se transmettent de bouche à oreille. Ou bien ils vous les communiquent en personne, en venant frapper chez vous à l'improviste.

C'étaient des ouvriers de ce genre qui avaient construit la salle de bains dans la pièce en sous-sol, dans le but précis de répondre aux besoins d'un groupe d'otages ; sans doute des gens pas très sérieux, du style Bâclage & Compagnie, plutôt qu'une société patentée, ayant pignon sur rue au milieu de la ville. À un moment donné, quelqu'un leur avait passé un coup de téléphone pour leur demander un devis. Ou plutôt, pas de devis. Juste, pour passer commande. Commencez les travaux le plus tôt possible, peu importe le prix.

En un sens, se dit Wexford, la construction de cette salle de bains n'est pas sans intérêt. Elle laisse supposer bien des choses...

« Ce sont des terroristes, Mike, affirma-t-il à Burden. Même si le mot nous fait peur, on ne peut pas le nier. Mon dictionnaire définit le terrorisme comme un système de violence et d'intimidation organisé à des fins politiques. Mais réfléchissez au comportement de ces exemples du genre. Dans la plupart des régions du monde, les terroristes ne se soucieraient absolument pas des conditions d'hygiène de leurs otages. Ils mettraient un seau dans un coin, et c'est tout. Mais ces gens-là se sont donné la peine de faire construire, dans leur prison, une salle de bains avec lavabo et eau courante, et des toilettes avec chasse d'eau. C'est moins un geste civilisé qu'une habitude bourgeoise, vous ne trouvez pas ? »

Burden n'était guère inspiré par ce raisonnement. Il n'aimait pas écouter Wexford disserter sur les bizarreries sociales ou les symptômes psychologiques. À quoi cela servait-il, sinon à vous détourner de l'essentiel ? Il avait déjà envoyé Fancourt, Hennessy et Lowry chez les entrepreneurs de Kingsmarkham, Stowerton et Pomfret. Ceux qui figuraient dans l'annuaire ne posaient pas de problèmes, mais les autres, ceux qui faisaient ce boulot après leur travail officiel, étaient plus difficiles à trouver. En quittant l'école, les gosses qui ont repeint une fois le salon de leur mère se voient déjà ouvriers du bâtiment, avait dit un jour Wexford, de la même manière que celui qui sait taper à la machine croit qu'il écrira un jour l'œuvre de sa vie.

« Je vais vous dire ce que je pense. Pour moi, ces types du Globe sacré ont fait les travaux eux-mêmes. L'un d'entre eux est un plombier amateur — des gens comme ça, il y en a partout — et il va très souvent à la boutique de bricolage, sur l'ancienne déviation. »

Le visage de Wexford s'éclaira. « Alors, on devrait aussi envoyer quelqu'un là-bas. Pour voir s'ils ont, ou ont eu, un client régulier qui leur a acheté une cuvette de W.-C., un lavabo, la tuyauterie, etc., disons... au mois de juin.

— Reg », soupira Burden.

Wexford se tut et le regarda avec attention.

« La construction de cette salle de bains remonte peut-être à dix ans. On a pu l'ajouter à ce sous-sol...

— Dora a dit qu'elle était neuve, coupa Wexford. Et ce n'est pas un sous-sol, mais une laiterie.

— Si vous voulez. J'allais dire, en vue d'aménager un appartement qui n'a jamais été fini. Elle n'a pas forcément été installée ces dernières semaines, tout comme le lait au soja non lacté ne vient pas nécessairement de Framhurst, ou ce fichu papillon de nuit du Wiltshire. Sherlock Holmes travaillait comme ça, à coups d'hypothèses hâtives et décisives, mais nous, nous ne pouvons pas faire comme lui.

— Il y a une maison près d'ici, répéta obstinément Wexford. Une maison qui donne sur la déviation ou qui est gravement menacée par elle. »

« Je t'emmènerai au théâtre, dit-il. Je sais que je suis ridicule, mais je ne veux pas que tu sortes seule. Pas encore. Jenny peut y aller de son côté, mais je t'y conduirai. »

Au lieu de refuser, Dora répondit : « Tu n'as pas le temps, Reg.

— Si, je le prendrai. »

Vers le milieu de l'après-midi du samedi, alors qu'on avait déjà éliminé la plupart des entrepreneurs de Kingsmarkham et de Stowerton, Nicky Weaver tomba sur une piste sérieuse. A. and J. Murray Sisters, une société dirigée par deux femmes, basée à Pomfret et spécialisée dans les petits travaux de construction, informa spontanément le commissariat qu'elle avait installé, à Pomfret Monachorum, une salle de douches dans un bâtiment de ferme transformé en appartement. Le travail avait été réalisé au mois de juin précédent.

Ann Murray, qui était électricienne et l'aînée des deux sœurs, avoua à Nicky qu'elles avaient été ravies de décrocher ce contrat. À vrai dire, elles avaient sauté sur l'occasion. Même si la récession était terminée, elles n'arrivaient pas facilement à convaincre les gens du coin que les femmes pouvaient être des entrepreneurs en bâtiment aussi efficaces que les hommes, qu'elles avaient un certificat d'aptitude professionnelle en bonne et due forme et pratiquaient des tarifs raisonnables. Les Holgate, qui vivaient à Paddocks, une ancienne maison de ferme située sur la Cambery Ashes Road, près de Tancred, s'étaient, pensait-elle, adressés à elles parce que Gillian Holgate exerçait elle aussi un métier généralement masculin. Elle était garagiste.

Le travail consistait à aménager en salle de douches l'ancien garde-manger d'une chaumière qui jouxtait la maison principale. La chaumière, composée d'une pièce à l'étage et d'une autre pièce avec coin cuisine au rez-de-chaussée, devait servir de logement à la fille des Holgate. Les sœurs A. et J. Murray avaient commencé le travail le 10 juin et l'avaient fini le 15, la plomberie ayant été réalisée par Maureen Sheridan et l'électricité et la décoration par Ann Murray elle-même. La date et le lieu concordaient. Du moins, en apparence.

Wexford s'y rendit aussitôt, accompagné par Nicky et Damon Slesar. Arrivé devant la grille, il descendit de voiture et baissa les yeux sur la vallée. Il était difficile de dire si la déviation serait ou non visible de cet endroit. Les bois de Tancred, qui s'étendaient entre la ferme et la rivière au loin, étoufferaient sûrement le bruit de la circulation. Peut-être, une fois la déviation construite, serait-il possible d'en voir une partie, un tronçon d'autoroute à deux voies dont le triangle blanc trancherait sur le brun des arbres et le vert des coteaux.

Slesar ouvrit le portail et ils roulèrent sur une longue allée droite, revêtue de macadam et non pas de gravier. La maison de ferme, coiffée d'un toit bas de tuiles rouges, avait une façade de bardeaux. Sur le sol dur, gris-noir, dans une large flaque de soleil, se prélassaient deux chats. L'un était endormi et l'autre, allongé sur le dos et les yeux verts grands ouverts, agitait gracieusement ses pattes blanches. Le premier était siamois et le second, tigré.

À côté, sur le mur extérieur du bâtiment qui était à l'évidence la chaumière, une femme, debout sur une volée de marches, appliquait de la peinture acrylique au rouleau. Elle devait avoir une quarantaine d'années et portait une salopette tachée de peinture sur son corps grand et mince.

Wexford et Nicky sortirent de la voiture et la femme vint à leur rencontre d'un air mal assuré.

« Madame Holgate ? »

Elle acquiesça d'un signe de tête.

Slesar lui dit : « Nous sommes de la police. »

Elle demanda, stupéfaite : « Qu'est-ce qu'il y a ? Qu'est-ce qui s'est passé ?

— Rien du tout, madame Holgate. Rien qui doive vous inquiéter. »

Déjà, Wexford en était presque sûr, malgré la présence des chats. La chaumière était trop petite pour contenir la pièce qu'ils recherchaient. Même à cette distance, on voyait bien que la surface au sol ne mesurait pas six mètres sur quatre. Mais il devait quand même vérifier. Pouvaient-ils jeter un coup d'œil à l'intérieur ?

Se remettant un peu de sa frayeur, Gillian Holgate s'enquit à nouveau de la raison de leur visite. Ils venaient d'apprendre, répondit Nicky, qu'on avait aménagé une pièce de la chaumière en salle de bains trois mois plus tôt.

« J'avais un permis de construire, répliqua Mme Holgate. C'était parfaitement légal. »

Wexford trouva assez comique qu'on le prenne

pour un employé du service d'urbanisme du comté. Mme Holgate parut se contenter de leur explication sommaire et elle les fit entrer par la porte du bâtiment qu'elle repeignait. La maison était visiblement habitée, même si son occupante n'était pas là pour l'instant. La pièce du bas était meublée et plongée dans un agréable désordre. On pouvait lui donner, en comptant large, trois mètres cinquante sur trois.

Wexford était resté un peu perplexe quand il avait appris que cette annexe avait été convertie en salle de douches. En effet, Dora lui avait formellement déclaré que la pièce qu'elle avait utilisée ne contenait qu'un lavabo et des toilettes. Bien sûr, il était possible que la douche ait été enlevée ou murée avant l'arrivée des otages — possible, mais peu probable.

De toute évidence, ils étaient à nouveau tombés dans une impasse. La pièce aménagée par les sœurs Murray était grande, dotée de murs carrelés et d'un cabinet de douche de bonnes dimensions. Un rideau courait le long de la fenêtre, dont la vitre était en verre dépoli. Dans la pièce centrale, une grande baie vitrée donnait sur les bois de Tancred.

« Ça doit être à cause de ces otages, dit pensivement Mme Holgate. Les gens qu'on a enlevés à Kingsmarkham. »

Ils ne nièrent pas, et ne confirmèrent pas non plus. Wexford fit un signe de tête énigmatique, avant de ressortir dans le soleil de l'après-midi. Soudain, une jeune femme, qui venait de la maison principale en courant, faillit le heurter de plein fouet.

Elle dit précipitamment : « Vous êtes l'inspecteur principal Wexford ?

— Oui.

— On vous demande au téléphone.

— Moi ? Vous êtes sûre ? »

Il avait son portable. Personne n'était au courant de sa présence ici.

Il la suivit dans la maison. Le combiné reposait à côté du téléphone sur une petite table dans l'entrée. Il le souleva et dit : « Wexford.

— Le Globe sacré à l'appareil.

— Ryan Barker, reconnut Wexford.

— Nous n'avons pas de nouvelles de vous. Vous n'avez pas respecté nos exigences. Si les bulletins d'actualités du soir n'annoncent pas la révision complète du projet de la déviation de Kingsmarkham, Mme Struther mourra. »

Quelqu'un avait écrit le texte pour lui. Il le lisait, manifestement. Il prononçait les mots avec nervosité, sur un ton de plus en plus aigu.

À voix basse, Wexford maudit ces gens qui pouvaient exploiter un enfant de la sorte. Il demanda : « Que veux-tu dire par les bulletins du soir, Ryan ?

— Attendez une minute, s'il vous plaît. »

Wexford l'entendit discuter avec quelqu'un d'autre. Puis il reprit. « À 19 heures. Sinon, Mme Struther mourra et nous livrerons son corps à Kingsmarkham ce soir.

— Ryan, attends. Reste où tu es. Tu appelles du *Brigadier,* sur l'ancienne déviation ? »

Pas de réponse, seulement une respiration contenue.

« Ce que tu demandes, continua Wexford, tu sais bien que c'est impossible.

— À vous de le rendre possible », répliqua la voix de Ryan Barker, qui devenait de plus en plus froide, de plus en plus lointaine. « Vous devez prévenir la presse et le gouvernement. Dites-leur qu'elle va mourir. Nous sommes prêts à la tuer. »

Il ajouta avec raideur, de toute évidence à l'instigation de son compagnon : « Nous sommes le Globe sacré et nous sauvons le monde. »

25

Après avoir téléphoné au chef constable pour lui faire part du dernier message du Globe sacré, il sortit de la maison des Holgate et conduisit la voiture au bas de l'allée. Il s'arrêta un moment sur la route, pour balayer la vallée du regard à travers ses jumelles.

Quelque part, dans une grande maison, une de celles qui se cachaient là-bas parmi les collines et les bois... Mais il y en avait des centaines... Et s'il n'arrivait pas à trouver la bonne dans les quatre heures suivantes, une femme allait mourir. La deuxième victime. Seulement, dans ce cas, il s'agirait d'un meurtre délibéré. Et il aurait lieu parce que le gouvernement n'accepterait jamais, en aucun cas, d'annoncer l'annulation du projet de la déviation. Rien ne pouvait empêcher cet assassinat à moins que, dans un laps de temps très court, il ne repère la maison qui renfermait les deux otages.

« Aucune information aux médias, décréta Montague Ryder quand Wexford entra dans sa suite, au siège de la gendarmerie. Il faut tout leur cacher aussi longtemps que possible. »

La fin de la phrase avait une résonance sinistre. Elle laissait entendre : jusqu'à ce que le corps de Kitty Struther soit découvert.

Il jeta un coup d'œil à la carte d'état-major, sur le mur, qui figurait un agrandissement de la partie centrale du Mid-Sussex. Ryder lui fit un signe d'assentiment et il traça avec son index un ovale qui englobait Kingsmarkham, Stowerton, Pomfret et Sewingbury, les villages de Framhurst, Savesbury, Stringfield, Cambery Ashes et Pomfret Monachorum. Le tracé laissait de côté les localités au sud de la ville. Aucune n'était menacée par la déviation. Les maisons qui bordaient ces agglomérations n'auraient pas vue sur la nouvelle route.

« C'est là votre critère ?

— Seulement un parmi d'autres, répondit Wexford. Mais il est peut-être capital. »

Savait-elle qu'ils avaient l'intention de la tuer ? Il ne posa pas la question au chef constable, car Ryder ne pouvait que formuler des hypothèses. Elle avait été, et était sans doute toujours, la plus craintive des otages, la moins autonome, la plus vulnérable, la plus démunie. Son mari était-il avec elle ou avaient-ils aussi été séparés ?

Et maintenant, il se trouvait dans la situation épouvantable d'un homme réduit à l'inaction. Pendant dix jours, ils avaient tous travaillé d'arrache-pied, au mieux de leurs possibilités — seulement pour arriver à circonscrire la prison des otages dans un cercle de quatre-vingts kilomètres carrés. Il ne leur restait plus qu'à repérer l'aiguille dans la botte de foin, ou à attendre que l'on découvre un nouveau sac de couchage contenant le corps d'une deuxième victime.

« On garde le terrain de Voitures contemporaines sous surveillance, annonça-t-il à Burden. Je doute qu'ils viennent deux fois au même endroit, mais je n'ose pas prendre le risque.

— Il ne faut pas négliger le commissariat. Et le domicile de Mlle Cox et de Mme Peabody. L'immeuble de Concreation. *Le Brigadier.*

— Votre maison. Et la mienne. »

Ils étaient précisément chez Burden, et tenaient conseil sur le canapé du salon. Ou plutôt, seul Burden était assis. Wexford arpentait nerveusement la pièce.

« Les bureaux du *Courier,* ajouta-t-il. La partie de Stowerton réservée à la déviation. De même pour Pomfret.

— Vous disiez que ce gamin avait parlé de Kingsmarkham.

— C'est vrai. Mais de toute façon, nous ne pouvons pas avoir l'œil partout. Nous n'avons pas assez d'effectifs.

— Quelqu'un a-t-il pensé à utiliser un hélicoptère ? Je veux dire, pour localiser la maison. Puisque nous sommes sûrs qu'ils se trouvent dans ces quatre-vingts kilomètres carrés.

— Que verrait-on d'un hélicoptère, Mike ? Une maison avec des dépendances ? Il y en a des centaines. Les otages ne seront pas là, sur le toit, à agiter des pavillons de détresse. »

Burden haussa les épaules. « Les membres du Globe sacré regarderont les actualités du soir, qui commencent à 17 heures ou à 17 h 15 à la BBC le samedi, et celles d'ITN une demi-heure plus tard. S'il n'y a pas de communiqué, et bien sûr, il ne pourra pas y en avoir, ils assassineront Kitty Struther. C'est bien ce qui va se passer ?

— Je ne sais pas si "va" a encore un sens, Mike, rectifia amèrement Wexford. Il est déjà 17 h 40. Peut-être sont-ils maintenant en train de la tuer, et nous ne pouvons rien faire pour les en empêcher. »

En amont de Watersmeet, là où le ruisseau souterrain qui coule sous la rue principale de Kingsmarkham se jette dans la Brede, celle-ci promène son ruban argenté dans de vastes prairies et serpente entre des bouquets d'aulnes et de saules. En un point du lit de la rivière où les pierres sont assez larges et régulières pour former une digue, les eaux jaillissent au-dessus de cette barrière naturelle pour aller se déverser dans l'étang en contrebas. C'est le barrage de Stringfield, que domine le moulin du même nom, construit à l'époque déjà ancienne où des exploitations agricoles aujourd'hui disparues avaient besoin de meules pour moudre leur grain.

Il y avait beau temps que le moulin avait perdu sa roue à eau, et il n'avait jamais eu d'ailes. Le bâtiment, coiffé de tuiles rouges et recouvert de planches de couleur blanche, un gracieux édifice de belles proportions, avait été transformé en théâtre dix ans plus tôt pour accueillir régulièrement des troupes de province. On y accédait, depuis Pomfret Monachorum, par un large chemin carrossable. Arrivé au théâtre, le spectateur disposait de tout ce que les civilisés épris de culture peuvent souhaiter : un grand parking masqué par des arbres de haute taille, un restaurant avec accès direct sur la rivière, une vue splendide, au-delà du pont de Stringfield, sur les bois, les prés et les collines disséminés sur l'autre rive et bien sûr, une salle de spectacle assez vaste pour accueillir quatre cents personnes.

Le charme de ce théâtre était un peu altéré par les insectes volants attirés par la lumière — des papillons de nuit, des chrysopes et autres tipules — qui venaient tourmenter les acteurs sur la scène. Le bruit courait qu'une chauve-souris se serait empêtrée dans les cheveux d'une comédienne pendant qu'elle jouait Juliette. Wexford, qui n'était jamais venu là auparavant, supposa qu'il y avait peut-être aussi des moustiques. Il conseilla à Jenny et à Dora d'éviter la terrasse qui bordait la rivière et de rester prudemment à l'intérieur si elles désiraient boire un verre avant le spectacle.

« Je reviendrai vous chercher, dit-il. Vingt-deux heures quarante-cinq, ça vous va ?

— On peut appeler un taxi, Reg, répondit Jenny. J'aurais dû prendre ma voiture, je ne sais pas pourquoi je ne l'ai pas fait. Nous n'avions pourtant pas l'intention de nous soûler.

— Eh bien, vous le pouvez, maintenant, si vous voulez. Avec modération... Vous n'avez pas à vous inquiéter puisque je repasse vous prendre. »

Extinction, avec Christine Colville et Richard Paton dans les rôles principaux, devait durer trois heures, sans compter les entractes. Wexford l'apprit en parcourant le programme affiché sur le mur du foyer. La pièce, écrite par Jeffrey Godwin lui-même, se jouait en alternance avec *La Sonate des spectres,* de Strindberg, et une mise en scène de *La Nuit des rois* en costumes modernes. Visiblement, la compagnie était ambitieuse et visait haut.

Une voix s'éleva derrière lui : « Comment va Sheila ? »

Il se retourna et vit, juste derrière son dos, un

grand barbu aux cheveux bruns bouclés, qui lui souriait avec cordialité.

« Vous devez être Jeffrey Godwin, dit-il. Moi, c'est Wexford — mais vous le savez déjà. Sheila va très bien, elle vient d'avoir une petite fille.

— Je l'ai lu dans le journal, dit Godwin. Je suis ravi pour elle. J'espère avoir bientôt le temps d'aller voir la mère et l'enfant. Vous venez à la représentation ? »

Wexford répondit par la négative, expliquant qu'il était très occupé en ce moment. Mais sa femme était là avec une amie. Il prit congé de Godwin et regagna le parking en contournant les jardins du moulin caressés par les derniers rayons du soleil, d'où montait un lourd parfum de roses tardives.

De retour à Kingsmarkham, il alla au commissariat et gagna aussitôt l'ancien gymnase. Il y trouva Damon Slesar, Karen Malahyde et trois autres policiers assis devant les ordinateurs. Wexford rappela aux deux inspecteurs que l'heure fatale était passée. Il était plus de 19 h 30. On pouvait donner deux ou trois heures au Globe sacré pour qu'il rende le corps de Kitty Struther.

« C'est peut-être une menace en l'air », avança Damon.

Karen le regarda, et secoua la tête. « Je ne pense pas. Pourquoi seraient-ils cléments et civilisés tout à coup ? Je crois plutôt qu'ils feront acte de cruauté par désespoir. »

C'est curieux qu'elle utilise le mot « cléments », se dit Wexford. Il lui demanda quelles instructions Slesar et elle avaient reçues pour la soirée.

« Je surveille Voitures contemporaines, et Damon ira stationner devant chez Mme Peabody. »

Dommage qu'ils ne puissent pas être ensemble, songea-t-il. C'était à l'évidence ce qu'ils auraient voulu. Mais il n'avait pas demandé de renforts et il manquait de personnel. Tout le monde, même lui, avait été réquisitionné pour monter la garde. En faisant le guet, ils avaient de bonnes chances d'attraper les membres du Globe sacré, se dit-il avec espoir, avant de se rappeler que ce serait au prix de la mort de Kitty Struther... Le lendemain était un lundi. Il voyait déjà les titres des journaux du matin. Pis encore, les actualités télévisées. Il coupa court à son imagination vagabonde, écartant ces pensées négatives qui ne l'aidaient en rien, et vit Slesar fermer un instant sa main sur celle de Karen avant de quitter l'ancien gymnase.

Après que Karen fut partie à son tour, il s'assit devant la fenêtre pour observer les abords du commissariat et les parkings qui s'étendaient à l'arrière et à l'avant du bâtiment. De l'endroit où il se trouvait, il avait leurs deux entrées dans son champ de vision. S'ils repéraient quelqu'un ce soir et le suivaient à l'endroit d'où il était venu, de combien de renforts auraient-ils besoin ?

Il songea à l'arme que Face de Caoutchouc avait dans la voiture lors de l'enlèvement de Dora. Au pistolet qu'il avait également sur lui quand il avait apporté à manger aux otages dans la pièce en sous-sol. Il s'en était servi ce jour-là, sans doute uniquement pour leur faire peur, mais était-ce bien sûr ?

Ils devaient n'avoir qu'une seule arme, puisque c'était Face de Caoutchouc qui tenait le pistolet à chaque fois. Peut-être était-il le seul tireur du groupe. D'ailleurs, il était possible, très possible même, que l'arme soit une imitation ou un jouet pour enfants. De toute façon, ils le sauraient bien s'ils retrouvaient Kitty Struther avec une balle dans le corps, pensa-t-il avec amertume. À ce moment-là, ils seraient définitivement fixés.

Et quand le doute ne serait plus permis, quand ils auraient suivi le chauffeur de la voiture venue livrer le corps de Kitty Struther, aurait-il lui-même besoin d'armes ?

Des véhicules armés patrouillaient sur les routes seize heures par jour. Deux voitures de ce genre, transportant des policiers en armes, quadrillaient alors le Mid-Sussex. À moins d'un cas exceptionnel, seul un commissaire, ou un policier plus haut gradé, pouvait délivrer l'autorisation d'utiliser et de déployer des policiers munis d'armes à feu. Le mot exceptionnel s'appliquait dans la situation actuelle, mais dans tous les cas de figure, il était interdit de mêler des policiers sans armes à des policiers armés. En cas de risque particulièrement grave, tous les policiers envoyés à l'attaque devaient être armés jusqu'aux dents et partir au minimum à quatre ou, plus probablement, à huit.

Wexford et son équipe iraient se placer à une centaine de mètres du repaire du Globe sacré, et ils l'observeraient avec des jumelles. Mais le prix de ce coup de filet serait la mort de Kitty Struther.

À 20 h 30, il laissa Lynn Fancourt le remplacer à son poste de garde et partit pour Pomfret, rendre visite à Clare Cox. Ted Hennessy se tenait devant sa voiture, de l'autre côté de la route, mais Wexford fit comme s'il ne l'avait pas vu, s'approcha de la maison et frappa à la porte.

Après un long moment, où il dut frapper à nouveau et appuyer longuement sur la sonnette, elle vint enfin lui ouvrir. Hassy Masood était rentré à Londres avec sa deuxième famille — quel intérêt avait-il à rester là, à présent que sa fille était morte ? Elle était seule. Le chagrin l'avait vieillie de vingt ans et elle avait l'air d'une folle. Son visage était gris et décharné et ses cheveux, qui avaient pris la couleur et la texture des herbes séchées, n'étaient plus qu'une toison hirsute. Ses yeux, du fond de leurs orbites noires, levèrent vers lui un regard égaré. Impossible de lui dire maintenant qu'il voulait lui parler des deux otages restants, et qu'il était persuadé — pourquoi, il ne le savait guère — que le corps d'une femme serait livré ici dans les prochaines heures.

« Je suis venu voir comment vous alliez. »

Elle s'écarta pour le laisser entrer. « Comme vous

pouvez le voir », commença-t-elle avant d'achever : « Mal. »

Il y a des situations dans lesquelles on ne peut rien dire. Il s'assit et elle fit de même.

« Je ne fais rien de la journée, murmura-t-elle. Je reste seule et je ne bouge pas. Les voisins m'achètent ce dont j'ai besoin.

— Et votre peinture ? hasarda-t-il, pensant à ce que tout le monde disait, que le travail était un remède à la peine.

— Je suis incapable de peindre. » Elle esquissa un pâle sourire. « Je ne peindrai plus jamais. » Ses yeux se remplirent de larmes, qui coulèrent lentement le long de son visage. « Quand je pense à tout cela, je la vois, elle, dans cette pièce, avec sa peur. Une peur si insupportable qu'elle est morte en cherchant à s'enfuir de là-bas. » Elle leva la main pour s'essuyer les yeux. Un frisson le parcourut quand il s'aperçut qu'elle devinait ses pensées. « Cette autre femme qu'ils ont enlevée, ils vont la tuer, n'est-ce pas ? Vous croyez qu'ils me prendraient, à sa place, si je le proposais ? Si je le faisais savoir, dans les journaux ou je ne sais quoi, vous pensez qu'ils accepteraient ? Je voudrais qu'ils me tuent. »

Le désespoir, il l'avait vu auparavant, sous toutes ses formes. Ce n'était là qu'un exemple de plus. Suggérer à cette femme une aide psychologique, une sorte de soutien dans son chagrin, serait à l'évidence insultant. Il ne put que la regarder et lui dire, conscient du caractère dérisoire de ses paroles : « Je suis vraiment, vraiment navré. Vous avez toute ma sympathie. »

À peine était-il parti qu'il entendit le bip de son téléphone. Il s'assit dans sa voiture et écouta le rapport de Burden. L'inspecteur avait vu une auto, avec deux hommes à l'intérieur, entrer dans le parking du siège de Concreation. Ils étaient sortis du véhicule et avaient ouvert le coffre pour en extraire un sac en plastique noir, hermétiquement fermé et d'une longueur à peu près équivalente à celle d'un corps humain.

« Sur le moment, j'ai bien cru que c'était Kitty Struther. La seule chose qui m'a fait douter, c'était de voir l'un d'eux soulever le sac sans l'aide de l'autre. Mais il le faisait exactement comme on porterait un corps — ou même une personne vivante, d'ailleurs.

— Et c'était quoi ?

— Ils avaient vidé un grenier, répondit Burden. Dans le sac, j'ai trouvé le genre de bric-à-brac qu'il y a habituellement dans ce genre d'endroits : des vieux journaux, des vieux vêtements, recyclables pour la plupart.

— Alors, pourquoi ne l'ont-ils pas apporté à la décharge pour les faire recycler ?

— Ils m'ont expliqué tout ça. À vrai dire, ils avaient la trouille. Au début, ils avaient pensé fourrer tous ces trucs dans des poubelles — ce sont des beaux-frères, à propos —, mais ils ont des voisins assez chatouilleux sur les questions de l'environnement et ils ne voulaient pas qu'ils les voient jeter du papier et du tissu comme ça. Et la décharge où on traite les déchets est à cinq kilomètres de chez eux, alors que la cour de Concreation, avec sa benne à ordures que les éboueurs ont juste vidée hier, n'est qu'à deux minutes de leur maison. »

Wexford resta assis encore un petit moment dans sa voiture, mais il était trop près de Hennessy, il allait attirer l'attention. Il rentra alors à Kingsmarkham et traversa la grande rue déserte, éclairée par des lumières froides. Toutes ces boutiques, songeat-il, avec leurs vitrines inondées de lumière et pas un chat pour les regarder. Il y avait pourtant des voitures partout, garées le long des trottoirs. Leurs occupants étaient à *La Méditerranée,* au *Dragon vert,* au *Bar à Vin York* et ils finiraient la soirée dans l'unique boîte de nuit de Kingsmarkham, *L'Ange écarlate,* qui ouvrait à 22 heures.

Le ciel était noir, parsemé d'étoiles étincelantes. Il n'y avait pas de lune, ou bien elle ne s'était pas encore levée. Il tenta de se rappeler s'il y avait eu une lune la nuit précédente et si oui, s'il s'agissait de la pleine lune ou d'un simple croissant. Le bip de son téléphone sonna une nouvelle fois alors qu'il se trouvait à l'arrêt dans Queen Street.

L'appel venait de Barry Vine, en faction à la gare. Un taxi de Voitures contemporaines venait juste de déposer un passager à l'entrée des guichets. Le client portait une grande valise et un long paquet, si lourd que le chauffeur n'avait pas réussi à l'extraire de sa malle. Ils s'étaient mis en quête d'un porteur, mais bien sûr, il y avait vingt ans qu'il n'y avait plus de porteurs à la gare de Kingsmarkham.

« Puis, le type s'est évaporé, continua Vine. Je veux dire, j'ai bien cru un moment qu'il avait disparu. Il y avait ce ballot posé là sur le trottoir, le taxi était parti et le gars s'était volatilisé dans la gare. J'étais en train de regarder ce qu'il y avait à l'intérieur quand il est revenu.

— Et c'était quoi ? demanda Wexford pour la deuxième fois de la soirée.

— Des clubs de golf.

— J'imagine qu'il est reparti.

— Quelqu'un lui a trouvé un chariot dans la remise de l'ancienne consigne. »

Il consulta sa montre. Il était 21 heures. En retournant au Théâtre du Barrage, il allait faire un crochet par Rhombus Road, Stowerton, et Savesbury House. Il ne s'arrêterait peut-être pas à chaque fois, il y jetterait juste un coup d'œil, pour vérifier Dieu sait quoi. Le Globe sacré, après tout, avait parlé de Kingsmarkham, pas de Stowerton ou de Framhurst.

Nicky Weaver devait avoir eu la même idée, car elle avait garé sa voiture devant une grille, à quelques portes de la maison de Mme Peabody. Cette fois-ci, Wexford interrompit la surveillance. Il s'approcha du véhicule de la jeune femme, cogna au carreau et vint s'asseoir à côté d'elle. Dans la brève lumière provoquée par l'ouverture de la portière, il vit son joli visage, ses yeux attentifs, son regard d'une vive intelligence. En regardant sa coiffure géométrique, avec les pointes de ses cheveux noirs incurvées vers l'intérieur, il se rappela que, dans sa jeunesse, on appelait cela une coupe à la Jeanne d'Arc. Il remarqua aussi sa fatigue, la pâleur et la tension permanente d'une femme qui a un métier à hautes responsabilités et est aussi une épouse et une mère.

« Il s'est passé quelque chose ? lui demanda-t-il.

— Un homme est venu vers 19 heures. Je pense que c'est le fiancé d'Audrey Barker. Il l'a prise dans ses bras sur le seuil de la porte et depuis il est resté à l'intérieur. Mme Peabody est sortie. J'ai cru que c'était par délicatesse, pour les laisser seuls tous les deux, mais elle est juste allée acheter un demi-litre de lait à l'épicerie du coin.

— Ce truc indien au-dessus duquel vivait Trotter ?

— Le monde est petit, hein ? dit Nicky.

— Ils ne rapporteront pas le corps de Kitty Struther ici. Ils feront quelque chose d'entièrement inattendu. »

En prenant la direction de Framhurst, il passa devant l'entrée du chantier de la déviation. Si elle n'était jamais construite et si on n'enlevait pas ces monticules de terre déjà couverts de gazon, les savants des siècles futurs les décriraient comme des tumulus, des tertres funéraires de héros saxons. Mais rien n'empêcherait la reprise des travaux. Ni les protestations ni les expertises écologiques. Ce serait simplement une question de temps.

Framhurst était aussi désert que la ville, à l'exception de trois garçons qui fumaient devant leurs motos près de l'abribus. Dans la vitrine du boucher, des tubes au néon n'éclairaient que des plateaux vides et des brins de persil en plastique. Le salon de thé était fermé et son store remonté. Sur le chemin qui menait au moulin, la nuit cachait la vue de la vallée, une étendue sombre percée de points de lumière, un reflet du ciel étoilé. La rivière sinueuse avait disparu, mais le Théâtre du Barrage brillait d'un vif éclat, une torche embrasée sur la rive plongée dans la pénombre.

L'inspecteur Pemberton faisait le guet dans sa voiture, devant le portail de Savesbury House.

« C'est la seule entrée de la propriété, monsieur. J'ai vérifié. Mais le parc est grand, et il n'y a que des haies et des clôtures autour. En passant par les champs, on pourrait s'y glisser à peu près n'importe où.

— Ne bougez pas d'ici. Mais ils ne viendront pas à Savesbury House. C'est trop excentré. Trop loin de Kingsmarkham. »

Vingt-deux heures quinze. La pièce n'était probablement pas encore finie, mais il allait descendre au moulin de Stringfield, en lézardant sur le chemin. Comme il serait agréable et sécurisant d'être privé d'imagination ! La sienne, il en avait assez, il l'offrait à qui voulait la prendre. Mais on ne pouvait pas s'en débarrasser comme ça, pas plus qu'on ne pouvait chasser l'amour, ou la peur, de son cœur.

Le pire, c'était de penser à sa peur à elle. Toute sa vie, elle avait eu quelqu'un d'autre pour supporter la pression à sa place — quels étaient donc les termes de la cérémonie nuptiale ? —, lui prodiguer amour, secours et assistance. Littéralement, semblait-il, Kitty Struther avait reçu tout cela. De ses parents, d'abord, de son mari, bien sûr, et aussi de son fils. Elle n'avait jamais vécu seule, jamais gagné sa vie, ne s'était jamais trouvée dans le besoin ou même dans la gêne, et n'avait sans doute jamais voyagé seule. Mais à présent, elle était confrontée à la solitude. Pendant dix jours, elle avait été soumise à un régime auquel elle n'avait encore jamais été astreinte, elle avait dormi — si elle avait réussi à fermer l'œil — dans le genre de lits qu'elle n'avait jamais vus auparavant, elle avait eu froid et faim, avait été privée de toutes les petites commodités de la vie — un bon bain ou du linge de rechange. Et voilà qu'aujourd'hui ils lui avaient enlevé son mari et se préparaient à la tuer, l'avaient peut-être déjà fait.

L'imagination, le fléau du policier rationnel. Il rit en lui-même avec une ironie désabusée. Les lumières du Théâtre du Barrage étincelaient devant lui, éclipsant la lueur des étoiles. Il gara sa voiture dans le parking, remonta lentement le chemin en direction de la rivière. Il restait dix minutes avant le tomber de rideau. On trouvait toujours à se consoler dans cette vie et s'il y avait une chose qui le réjouissait, c'était de n'avoir pas subi pendant trois heures la représentation d'*Extinction*.

Une porte, dans le mur de pierre, donnait sur les jardins du moulin. Ils lui fourniraient un raccourci agréable. Il souleva le loquet de la porte et la poussa. Les éclairages étaient tous dirigés dans la direction opposée et les jardins étaient masqués par une nappe d'ombres pâles. Mais lorsqu'il leva les yeux vers le sud, il vit la lune monter dans le ciel, un quartier d'un orange parfait. La lune était décroissante. Alors, un souvenir lui revint. Elle avait été pleine huit jours plus tôt, la nuit du retour de Dora.

La plupart des fleurs se referment la nuit. Il se trouva entouré de boutons, des fleurs qui s'étaient closes au crépuscule, mais exhalaient toujours leurs différents parfums. Mais les roses, dont il avait humé la senteur lorsqu'il était venu en début de soirée, étaient restées ouvertes, des grappes roses et dorées perchées sur de longues tiges, des corolles jaunes et plates appuyées sur le mur gris moussu.

Était-ce un jardin privé ? Le jardin particulier de Godwin ? Rien n'indiquait que les spectateurs du théâtre soient jamais venus ici. À un tournant du sentier, il aperçut justement Godwin, assis sur la plus haute marche d'un perron en arc de cercle qui s'évasait devant des portes-fenêtres. Le mur, derrière lui, était tapissé de roses blanches et rouges et de plantes grimpantes dont les fleurs s'étaient repliées pour la nuit.

« Excusez-moi, dit-il. Je me sers de vos jardins privés comme raccourci. Je ne m'étais pas rendu compte que certaines parties du moulin étaient fermées au public. »

Godwin sourit dans un geste désabusé. « Le public n'en voudra plus quand la déviation sera construite.

— Elle passera près du moulin ?

— À cent mètres environ du fond de ce jardin. Je suis né ici — en fait, pas vraiment ici, à Framhurst — et j'ai vécu jusqu'à l'âge de dix-huit ans dans le coin. Je suis parti quelques années, et je suis revenu il y a douze ans. Il y a eu plus de changements durant cette période que pendant tout le reste — je ne vous les citerai pas. Il y en a beaucoup trop.

— Ils ont tous abîmé la région ?

— À mon avis, oui. Il y a eu des pillages et des destructions, mais aussi pas mal de choses nouvelles. Il y a plus de stations d'essence, de bandes jaunes et blanches sur les routes, plus de panneaux de signalisation et d'affiches publicitaires, plus d'informations stupides et inutiles imprimées partout. Qui vous disent, par exemple, que Framhurst a été jumelée avec une ville française et une ville allemande. Que Sewingbury est la capitale florale du Sussex. Que Savesbury Deeps a été aménagée en aire de pique-nique. Et tous ces changements de propriétaires. Le pub du *Dragon,* à Kingsmarkham, rebaptisé *Le Picoleur,* et le bar à vin de Grove, transformé en boîte de nuit, qui s'appelle aujourd'hui *L'Ange écarlate...* »

Wexford hocha la tête. Il faillit dire des banalités qu'il ne pensait pas sur le progrès et la fatalité du changement, mais il se tut pendant un moment, car il regardait la plante grimpante qui ornait le mur près de trois mètres au-dessus du sol, entre la rose rouge et la blanche.

C'était une plante délicate, dotée de jolies feuilles fines et pointues et de vrilles frisottantes. Ses fleurs devaient avoir dans la journée un éclat magnifique.

Mais à cette heure-ci elles étaient toutes fermées, les unes enroulées sur elles-mêmes comme des parapluies, les autres déjà flétries.

Il prit alors la parole et demanda à Godwin : « Qu'est-ce que c'est ? Cette plante, comment s'appelle-t-elle ?

— Écoutez. » Godwin se leva. Sa voix, si douce et méditative un moment plus tôt, prit brusquement un ton revêche. « Si vous cherchez des drogues hallucinogènes ou je ne sais quoi encore dans les plantes cultivées, vous n'êtes pas sorti de l'auberge, il y en a au bas mot des centaines. Les fleurs de pavot, par exemple. Mais celles-là n'ont rien à voir avec le cannabis, ce sont des belles-de-jour. Elles sont assez difficiles à faire pousser, elles ne donnent pas beaucoup de graines, pas même de quoi remplir un coquetier, vous...

— Monsieur Godwin, je vous en prie. Je ne suis pas de la brigade des "stup". Je recherche deux otages, détenus en ce moment même par les gens qui les ont enlevés il y a dix jours. Cette plante — Wexford préféra différer une explication plus détaillée — cette plante, ou une autre qui lui ressemble, est peut-être visible de leur prison.

— Mais pour l'amour du ciel, ils ne sont pas ici. »

Wexford regarda autour de lui : les jardins, la lune montante, le dos du moulin envahi par les fleurs. Le clair de lune, qui diffusait une lumière étrangement blanche pour un croissant aussi doré, éclairait à présent toutes choses, découvrant chaque détail du jardin. « Je le sais bien, répondit-il. S'il vous plaît, ne soyez pas si méfiant, monsieur Godwin. Je ne vous accuse de rien. Je vous demande simplement votre aide. »

Il récolta un regard plus chaleureux. Toute personne versée dans ce genre de matières n'aurait pas douté un seul instant que si Godwin avait l'air coupable et soupçonneux, c'était parce qu'il avait lui-même goûté un bon nombre de ces drogues de jardin, qu'il avait sans doute planté du cannabis quelque part, fumé des graines de catalpa, mâché des champignons hallucinogènes. La liste, comme il l'avait lui-même laissé entendre, était infinie. Mais Wexford avait d'autres chats à fouetter.

« Parlez-moi de cette plante, voulez-vous ? Elle est toujours bleue ?

— Regardez. » Godwin cueillit une fleur fermée, puis déroula les pétales pour révéler à la vue le bleu ciel le plus riche et le plus éclatant. « Jolie couleur, n'est-ce pas ? La variété sauvage qui pousse à partir de cette graine est blanche, bien entendu, et son petit cousin est le liseron rose.

— Elle fleurit tous les ans ? » Wexford chercha quelques secondes le mot peu usité. « C'est une plante vivace ?

— Je l'ai semée moi-même. » Godwin avait retrouvé sa cordialité. « Venez donc au théâtre. Je vous offrirai un verre pendant que vous attendrez vos deux dames. Remarquez, ajouta-t-il d'un ton provocateur, j'aurais bien enlevé quelques personnes moi-même si je croyais que cela arrêterait cette fichue déviation. »

Wexford le suivit en haut des marches. Ils contournèrent le moulin, quittant les ombres éclairées par la lune pour retrouver l'éclat de la lumière artificielle. Il tenait dans sa main la feuille et le bouton de fleur que Godwin lui avait donnés. Où donc avait-il déjà vu des feuilles et des boutons semblables ? Il était sûr de les avoir vus récemment.

« Cette fleur, elle bouge ? »

Ils se tenaient alors dans le bar désert, où Wexford s'en tenait à l'eau pétillante, tandis que Godwin buvait une bière blonde. Il répondit : « Que voulez-vous dire par "bouge" ?

— Les boutons s'ouvrent-ils un jour dans un endroit et le lendemain dans un autre ?

— De manière générale, oui, chaque fleur ne dure pas plus d'un jour. Vous avez des chances de voir un groupe de fleurs s'ouvrir en même temps dans un coin, et ensuite un autre, qui va fleurir un peu plus haut. Vous comprenez ? Sauf qu'elles ne s'ouvrent jamais par temps gris. »

Par temps gris, comme celui qu'ils avaient eu dernièrement... Mais où diable avait-il vu cette plante ?

26

Son portable restait silencieux. Il n'y avait pas de messages sur son répondeur. Après avoir raccompagné Jenny chez elle et sa femme à la maison, après que Dora fut allée se coucher pour s'endormir aussitôt, il avait appelé tous les inspecteurs qui montaient la garde. Il ne s'était rien passé. La ville était calme, moins animée que d'habitude à cette heure de la nuit. Il y avait, semblait-il, moins de circulation. On n'avait signalé que deux incidents : une tentative d'effraction dans une boutique de Queen Street, et un excès de vitesse.

Il était 23 h 50. Près de cinq heures s'étaient écoulées depuis l'heure limite imposée par le Globe sacré. Il se rendit compte alors qu'il n'avait pas cessé de compter cette affaire en minutes. Le temps, le temps, tout était une question de temps. L'avaient-ils tuée ? Le feraient-ils ? En ce moment même, son corps était peut-être à huit cents mètres de l'endroit où il se trouvait, assis en silence dans sa maison plongée dans le noir.

Il se remémora d'autres ténèbres, celles de la nuit où Dora était rentrée à la maison. Il avait été réveillé par un rayon de lune tombant sur son visage, ou peut-être par le son de ses pas sur le gravier. Le gravier. On en avait aussi trouvé dans le sac de couchage qui contenait le corps de Roxane Masood. Il ne fallait pas négliger cet élément. Et on avait mis en évidence, sur les vêtements de Dora, la poussière des ailes d'un papillon de nuit qui ne vit que dans le Wiltshire. Des poils de chat et une odeur d'acétone. Un tatouage en forme de papillon. Il ouvrit les portes-fenêtres et sortit dans le jardin. Une idée affreuse venait de lui traverser l'esprit.

La dernière fois, quand Dora était revenue à la maison, il l'avait prise pour une messagère du Globe sacré. Il avait cru qu'ils le viseraient personnellement. Et s'ils apportaient le cadavre ici ? Ils auraient pu le faire pendant que Dora et lui étaient sortis.

La lune était maintenant au-dessus de sa tête, sa faucille gris-argent prise en tenaille entre deux nuages, pas assez ronde ni assez claire pour jeter une vive lumière. Il alla chercher une torche électrique, et fouilla le jardin. Le cœur battant, il ouvrit les portes du garage, leva la lampe devant lui. Rien. Dieu merci. Restait la cabane du jardin. Pendant quinze secondes, il sut ce qu'il allait découvrir derrière cette porte... mais il retint son souffle et souleva le loquet, pour trouver ce qui avait toujours été là, une tondeuse à gazon, des outils, des sacs en plastique poussiéreux et autres vieilleries.

Cela ne prouvait rien, bien sûr, et pourtant, son esprit ne l'entendait pas ainsi. Il se laissa aller à échafauder toutes sortes d'hypothèses irréalistes, puis il revint s'asseoir dans son fauteuil et réfléchit dans la pénombre.

La chose bleue. Il savait à présent ce que c'était et... et soudain, il sut où elle se trouvait. La vision lui vint très nettement, comme une révélation, une photo en vert et gris. Mais ce n'était pas possible, cela ne pouvait pas... Un instant plus tard, il ouvrait l'annuaire de Londres, à la section S-Z. Le numéro y figurait. Il le composa, mais personne ne répondit. Alors, il appela Burden.

Il était minuit passé, mais Burden ne dormait pas. Il ne s'était même pas couché. Quand il entendit la voix de Wexford, il s'écria : « On l'a trouvée ? »

« Non. » Wexford pouvait l'affirmer catégoriquement et en toute certitude. Il poursuivit : « Et on ne la trouvera pas.

— Que voulez-vous dire ? »

Au lieu de répondre, il demanda : « Quand voulez-vous aller à Londres ? Maintenant, ou à 6 heures du matin ? »

Il y eut un bref silence, puis Burden soupira : « Ai-je vraiment le choix ?

— Bien sûr que oui.

— Je ne pourrai pas dormir. J'ai les nerfs en pelote. On y va. »

Autrefois, la conduite avait dû être toujours comme ça. Des chemins déserts, des routes vides, et dans l'air, un parfum de champs tapissés de camomille, au lieu de ces odeurs d'essence et de diesel. Durant les dix premières minutes, ils ne virent pas une seule voiture sur l'autoroute. Puis une Jaguar les doubla, vrombissant sur la voie rapide au mépris de la limitation de vitesse. Les lumières froides, étincelantes, noyaient la lune de leur halo blanc. Dans la banlieue de Londres, ils virent une chouette perchée sur un câble téléphonique et à Norbury, un renard traversa la route devant eux.

« En plus, on est dimanche, pesta Wexford. Mais j'ai réussi à joindre Vine. Je lui ai dit de dégotter quelqu'un à la première heure pour obtenir un mandat d'arrêt. »

Burden, qui était au volant, demanda : « Je prends la prochaine pour aller à Balham, et je passe sur le pont de Battersea ?

— Tournez à gauche ou bien continuez tout droit, comme vous voudrez, mais il faut traverser le fleuve à peu près dans le centre. »

Aucun des deux ne connaissait bien Londres. Mais il était plus facile de chercher son chemin en pleine nuit — il était 2 heures du matin —, même si la circulation se densifiait et commençait à les ralentir. Après avoir franchi la Tamise, la traversée de Kensington et de Notting Hill leur sembla interminable. Burden, qui avait espéré passer par le parc, trouva les grilles fermées et obliqua dans Kensington Church Street. Après quoi, il confondit Bayswater Road et Edgware Road.

« On voit que vous n'avez jamais été chauffeur de taxi, marmonna Wexford.

— Quoi ?

— Les futurs chauffeurs de taxi sillonnent la ville à bicyclette avec des plans à la main, pour apprendre à repérer les sens uniques.

— Je suis policier, dit Burden d'un ton sévère. On ne peut pas tout faire. »

Mais cinq minutes plus tard, il dut lui demander si on avait le droit de se garer sur une seule ligne jaune.

« Après six heures et demie, sans problème », répondit Wexford, un peu moins sûr de lui qu'il ne voulait le laisser paraître.

Ils étaient dans Fitzhardinge Street, à la sortie de Manchester Square. Il n'y avait pas un chat et, comme partout dans le centre de Londres, l'endroit était quasi silencieux. Non loin de là, dans Baker Street, un mince flot de circulation continuait à se faire entendre, créant un bruit de fond rythmé et continu. Ils sortirent de la voiture, traversèrent la rue et s'arrêtèrent à l'entrée de la ruelle.

On y accédait par un passage voûté qui donnait dans la partie sud de Fitzhardinge Street. La rue était bien éclairée et il y faisait presque aussi clair qu'en plein jour, mais un seul lampadaire, qui projetait sa lueur jaune sur les pavés, brûlait dans la ruelle, de l'autre côté de la voûte de grès brun. Parmi les bâtiments qui bordaient les trottoirs, certains consistaient en un étage au-dessus d'un garage, et d'autres en d'étroites maisons victoriennes, au toit plat ou à un seul pignon, qui avaient jadis été construites pour les cochers employés par les habitants de Manchester Square ou de Seymour Street. C'étaient toutes des maisons de petits artisans pauvres, mais enjolivées par des jardinières, des vérandas, des jardins aménagés sur les toits et des portes d'entrée modernes, au point qu'elles avaient atteint de nos jours des prix prohibitifs.

« Si vous habitiez là, dit Wexford à voix basse, à Londres, je veux dire, vous n'auriez pas à vous soucier des marécages, des *Psychoglypha* jaunes ou de l'habitat des papillons. Comme il n'y en a pas, vous n'auriez pas peur de les perdre. »

Burden le regarda, stupéfait. « Je ne me préoccupe pas de ces choses-là et pourtant, j'aime vivre à la campagne.

— Oui, soupira Wexford, je sais. » Puis il ajouta, honteux d'avoir fait preuve de condescendance et de mesquinerie : « Je ne sais pas comment vous avez fait pour vous rappeler cette adresse. Je ne crois pas que j'en aurais été capable.

— Fitzharding était le nom de jeune fille de ma mère, dit simplement Burden ; mais sans le *e*, bien entendu. »

Ils s'engagèrent sous la voûte et pénétrèrent dans la ruelle. Devant la maison qui les intéressait, au numéro 4, se trouvaient deux bacs de couleur verte contenant des lauriers à hautes tiges, couronnés par des boules de feuilles sombres. La porte d'entrée était située sur le côté et le mur, à la droite du porche, était percé de deux fenêtres à guillotine au rez-de-chaussée et à l'étage. La maison était plongée dans le noir. La seule lumière qui, en dehors du lampadaire, éclairait la ruelle, provenait d'une fenêtre allumée tout au fond, près du mur de Seymour Street.

Wexford sonna à la porte du numéro 4. Bien que la maison ne fût pas divisée en appartements, elle était protégée par un interphone et une grille de cuivre. Il n'attendait pas de réponse à son coup de sonnette et il n'en eut pas, même quand il réitéra sa tentative. Il frappa à la porte, soulevant le couvercle de la boîte aux lettres qui retomba à grand bruit.

Tout était sombre et silencieux, toutes les

fenêtres étaient closes. Mais il savait que la maison n'était pas vide. Il sentait la présence de ses occupants — comment, il n'aurait su le dire, peut-être par une sorte d'instinct que les êtres humains méprisent depuis longtemps, mais que les animaux comprennent. Une tension, si forte qu'elle lui devenait peu à peu intolérable, émanait des murs pâles de la maison, filtrait à travers les fenêtres hermétiquement closes. Une tension presque vibrante comme si, au lieu des hommes qui se trouvaient là, un monstre à la poitrine frémissante était tapi à l'intérieur, prêt à sortir ses griffes.

La sensation alla jusqu'à gagner Burden, qui chuchota : « Il y a quelqu'un dedans. Ils sont là.

— En haut, murmura Wexford. Derrière ces rideaux, dans le noir. »

Il appuya à nouveau sur la sonnette, approchant son oreille de la grille. Cette fois-ci, il se produisit une chose étrange. À l'autre bout de la ligne, quelqu'un décrocha un combiné et il entendit un son pareil à un soupir, ou à une porte ouverte par une rafale de vent.

Wexford annonça dans l'interphone : « Inspecteur principal Wexford et inspecteur Burden, de la PJ de Kingsmarkham. » Il se rappela, mais trop tard, qu'il aurait dû dire de la police criminelle. « Ouvrez la porte et laissez-nous entrer, s'il vous plaît. »

Le combiné retomba avant qu'il ait eu le temps de prononcer cette dernière phrase.

« Vous vous rappelez la question de Dora ? dit-il à Burden. Quand elle parlait d'enfoncer la porte de cette salle de bains et nous avait demandé si nous avions jamais fait ça ? Nous avions tous tenté l'expérience. »

Avec un large sourire, Burden sonna encore une fois. À nouveau, quelqu'un souleva le combiné. Il ordonna d'un ton rude. « Ouvrez, ou nous enfonçons la porte. »

Il avait déjà reculé de quelques pas, et s'élançait

déjà pour ébranler la porte d'un coup puissant, lorsqu'elle s'ouvrit avec douceur. Un homme se tenait sur le seuil, vêtu d'une robe de chambre bleu foncé, d'où dépassait un pantalon de pyjama couleur crème. Il était grand et maigre, et le V de sa robe de chambre laissait apercevoir les poils blonds et blanchâtres qui frisottaient sur sa poitrine. Il avait les cheveux poivre et sel, et s'il n'était pas vraiment reconnaissable d'après sa photographie, son teint et les traits de son visage accusaient une ressemblance très nette avec son fils.

Il ne dit rien. Il resta là sans bouger. Derrière lui, une femme descendait avec lenteur les degrés d'un étroit escalier. Ses pieds apparurent en premier, chaussés de pantoufles rouges, puis ses jambes nues sous les deux pans d'un peignoir grenat matelassé qui lui tombait jusqu'aux mollets; enfin, le reste de son corps et son visage blanc, grave et figé, prêt à affronter l'inévitable.

« Owen Kinglake Struther? » demanda Wexford.

L'homme acquiesça de la tête.

« Vous n'êtes pas obligé de parler. Mais cela peut nuire à votre défense si vous ne mentionnez pas, en réponse aux questions qui vous seront posées, un élément que vous pourriez être amené à invoquer au tribunal. À partir de maintenant, tout ce que vous direz... »

27

La journée avait commencé dans la fraîcheur et la brume, un brouillard de matin d'automne percé par de pâles rayons de soleil. Mais il avait fini par se lever et le temps était resplendissant. Wexford leva les yeux vers le soleil qui tranchait sur le bleu du ciel et le remercia de briller en ce jour où il en avait particulièrement besoin. Il lui montrerait, à lui et à tous les autres, ce qu'il voulait voir.

Vine avait le mandat d'arrêt sur lui. Ils partiraient à deux voitures et Wexford demanderait des renforts au cas où. Il aurait dû se sentir fatigué — cette nuit-là, Burden et lui n'avaient guère dormi plus de deux heures — mais il exultait, dopé par l'adrénaline, tous les nerfs de son corps tendus dans l'attente.

Tout s'était bien passé la nuit dernière, après leur entrée dans la maison de Fitzhardinge Mews. Les Struther avaient capitulé, jouant le jeu avec courage, tout en ne mâchant pas leurs mots. Chose curieuse, ni l'un ni l'autre ne semblaient réaliser la gravité de leurs actes.

« C'est mon mari qui a tout organisé, disait Kitty Struther avec fierté. L'idée venait de lui, il avait tout prévu dans les moindres détails. Pour le reste — eh bien, on a dû faire appel aux autres. Seulement parce qu'on avait besoin de bras, vous comprenez.

— Kitty..., intervint Owen Struther.

— De toute façon, tout ça, c'est terminé. Tout ce qu'on peut dire maintenant n'a vraiment plus d'importance. » Elle avait levé les yeux vers Wexford. « C'était votre femme, n'est-ce pas ? Il y avait le garçon et... enfin, la fille de couleur. Elle a sauté par la fenêtre, on ne l'a pas poussée. Je me demande ce que votre femme vous a raconté sur nous. On a drôlement bien joué la comédie, vous savez. On était aussi bons que des professionnels. Owen en vieux réactionnaire et moi en petite femme terrifiée.

— Kitty... »

Elle éclata de rire. Mais son rire se brisa dans un sanglot et elle se balança d'avant en arrière, sans chercher à retenir ses larmes. Wexford se rappela ce qu'avait dit Dora, qu'elle pleurait abondamment. Quelle avait été, dans leur mise en scène, la part du jeu et de la réalité ?

« Vous ne nous avez pas demandé pourquoi nous avions fait cela, dit Struther. Personnellement, je pense que nous en avions le droit. Toute ma vie, j'ai rêvé de posséder cette maison et il y a dix ans, j'ai enfin réussi à l'acheter. Tout ce que nous avions patiemment réussi à construire allait être anéanti par cette horrible route, qui conviendrait plus à Los Angeles ou à Birmingham. » Il toucha le bras de sa femme. « Kitty...

— Je ne peux pas m'en empêcher, sanglota-t-elle. Tout cela est si triste.

— Essaye un peu de te retenir.

— À quoi bon ? Rien n'a plus d'importance si on construit la déviation. Ils peuvent m'exécuter s'ils en ont envie.

— Maintenant, habillez-vous, dit Wexford. Il est temps de partir. »

Ils étaient revenus à Kingsmarkham peu après 4 heures du matin. Il avait eu le temps de faire un petit somme, puis il s'était rapidement préparé pour aller jeter un coup d'œil au mandat d'arrêt. À présent, dans la première voiture, il indiquait à Pemberton le chemin à suivre.

Pemberton ne posa pas de questions. Il connaissait le secteur et il avait sa carte. S'il fut surpris par le nom de la maison, il ne le montra pas. Tout serait terminé dans une heure, lui avait dit Wexford. James Pemberton était pressé. Cet après-midi-là, il devait aller jouer au golf avec son beau-frère. L'inspecteur principal était à l'arrière, encadré par les inspecteurs Malahyde et Burden.

Wexford déclara : « Je ne pense pas que l'arme du Globe sacré soit une vraie. Pas s'il s'agit d'un revolver.

— Dora a bien parlé de pistolet, dit Burden.

— Je sais, et c'est pour cela que je n'y crois pas. Si elle avait parlé d'un fusil ou même d'une carabine, j'aurais pu admettre que ce n'était pas un jouet. Il y a des douzaines de gens, par ici, qui ont des permis pour des armes de ce genre. »

Ils passèrent par Pomfret. Le trajet était plus court par là, déclara Pemberton. Mais il deviendrait plus long après la construction de la déviation. À moins que l'on ne bâtisse encore des ponts, ou des passages souterrains. Burden dit que, d'après sa femme, le bruit courait que pour sauver la *Psychoglypha* jaune, on envisageait de percer un tunnel à Watersmeet, sous la Brede.

Framhurst était encore plus calme que la veille au soir, mais lorsqu'ils franchirent le carrefour, les cloches de l'église se mirent à sonner pour un des offices du matin. Pour la première fois, Wexford remarqua la voiture derrière eux. Il jeta un coup d'œil par-dessus son épaule. Vine était à côté de lui et son cœur fit une légère embardée lorsqu'il reconnut la personne assise à l'arrière à côté de Nicky Weaver.

Non, il devait se tromper. Ce n'était pas possible. Lui et sa méfiance excessive, ses antennes toujours prêtes à détecter les dangers, les horreurs qui ne viendraient pas à l'esprit des autres gens... Mais si Brendan Royall n'avait pas fourni le nom et le numéro de téléphone de Burden au Globe sacré, qui d'autre l'avait fait ? Il avait sûrement tort, il s'égarait complètement, et comme il ne le dirait jamais à personne, nul ne saurait jamais rien du doute qui s'était glissé dans son cœur, de la traîtrise qu'il avait soupçonnée injustement.

Et pourtant... Frenchie Collins avait refusé de parler à Karen Malahyde, mais elle avait accepté de discuter avec son compagnon. Et avant d'aller chez les Holgate, il avait dit seulement aux membres de son équipe qu'il allait là-bas voir un bâtiment aménagé récemment. Pourtant, Ryan Barker lui avait téléphoné au moment précis où il se trouvait dans cette ferme. Et quant aux faits et gestes de Tarling...

Parmi toutes ses pensées, une seule franchit le seuil de ses lèvres : « Je pense que tout pourra se passer dans le calme. »

Ils gravissaient la pente de Markinch Hill. Un

soleil radieux illuminait toute la vallée, les verts pâles et les verts sombres, les épais bois noirs, la rivière scintillante aux reflets d'argent, les maisons blanches et les maisons rouges, les éboulis de craie et de silex sur les versants des collines dénudées.

« La maison juste en haut, monsieur ? demanda Pemberton.

— Prenez à gauche », répondit Wexford.

Une minute plus tard, Pemberton sortait de la voiture pour écarter les battants du portail.

« Laissez-le ouvert, dit Wexford. Et restez garé là. Nous irons à pied. Calmement. »

La deuxième voiture les avait suivis de près. Il s'approcha de la portière, répéta à Vine ce qu'il venait de dire, puis s'adressa à Nicky et à Damon Slesar. « Ne bougez pas d'ici jusqu'à ce qu'on vous appelle. Les renforts ne vont pas tarder. »

Suivi des cinq autres policiers, il commença à s'approcher de la maison. Ils ne s'engagèrent pas dans l'allée, pour éviter de faire crisser le gravier, mais s'enfoncèrent entre les bosquets et les arbres. À travers les branches, la vallée offrait à la vue son panorama de verdure, comme une vaste tapisserie déployée. Le soleil tachetait de lumière la terre, et les feuilles rousses du dernier automne. Sur un îlot perdu dans un océan d'arbres s'élevait, avec ses dépendances, la maison aux deux styles différents, jacobéen d'un côté, et géorgien de l'autre. Les arbres se raréfièrent et la maison apparut, les étages inférieurs de la partie géorgienne cachés par un édifice à deux étages aux murs de silex et au toit d'ardoise.

« Les membres du Globe sacré dorment sans doute encore, dit Wexford. Pourquoi pas ? Ils n'ont pas de raison de s'inquiéter. Du moins, c'est ce qu'ils croient. »

Il marchait à côté de Karen, et Burden leur emboîtait le pas. Ils longèrent un mur percé d'une porte, poussèrent le battant et se retrouvèrent dans une cour presque close, au sol pareil à un échiquier, où des dalles de pierre alternaient avec des carrés de gazon. Des bacs étaient disposés tout autour, garnis de pétunias rayés roses et blancs et de marguerites jaunes de la Jamaïque. Devant eux, entre la partie jacobéenne de la maison et le mur qui l'encerclait, s'ouvrait un passage voûté, un porche sous lequel il était déjà passé pour voir un homme et un chien, du gris et de la verdure...

Il désigna en silence la bâtisse aux murs de silex, dont la seule fenêtre donnait sur l'arrière du corps de bâtiment géorgien. Son mur était orné d'une plante grimpante qui s'étendait sur environ un mètre de large et deux mètres cinquante de haut. Comme il l'avait espéré, le soleil qui était déjà haut dans le ciel avait favorisé l'éclosion de ses fleurs. En haut sur la gauche et à droite à mi-hauteur, s'ouvraient respectivement une vingtaine de trompettes bleues.

Fermant à demi les yeux, il ne vit plus que deux carrés de bleu. Les fleurs isolées s'étaient fondues en une tache de couleur, mais elles réapparurent quand il ouvrit les yeux. Bleues comme le ciel à midi par un beau jour d'été.

« Je me demande si la porte est fermée à clef », murmura-t-il. Une porte lourde, épaisse, sans doute en bois de chêne, bardée de serrures en haut et en bas. Il tourna la poignée et la porte s'ouvrit. Il éprouva un sentiment étrange en pénétrant enfin dans cet endroit. C'était la pièce en sous-sol. La prison. Elle ressemblait beaucoup à la description de Dora, une pièce d'environ six mètres sur neuf, avec l'évier de pierre au-dessous de la fenêtre, les étagères, la porte donnant sur le cabinet de toilettes. Les cinq lits de camp étaient toujours là et les couvertures repliées avec soin sur les matelas.

Deux marches conduisaient au sol dallé de pierres. L'endroit était frais, assez froid pour avoir jadis servi d'entrepôt à des produits laitiers — voilà donc à quoi servaient les rayonnages courant le long du mur —, mais aujourd'hui, il était envahi par les toiles d'araignée. Il gagna la fenêtre, et distingua une tache bleue d'environ un mètre quatre-vingts de haut. Il la vit clairement, bien plus nettement que Dora aurait pu le faire, car le clapier à lapins n'était plus là. Le bois, dans l'encadrement de la fenêtre, s'était fendu, et il y avait un trou à l'endroit de l'impact de la balle.

En sortant du bâtiment, il s'attendit presque à voir un chat siamois émerger de l'une des dépendances d'un pas nonchalant ou bien, en levant les yeux, à trouver un chat noir lézardant au soleil sur un mur. Mais non. Il était presque sûr qu'il ne les verrait pas, tout comme il ne trouverait pas le moindre grain de sable de l'île de Wight.

Il avait estimé qu'il y avait probablement quatre personnes dans cette maison, six, s'il avait de la chance. Qui allait répondre à leur coup de sonnette ?

Andrew Struther. C'était habituellement lui, et l'exemple confirma la règle. Ils avaient sans doute décidé que ce serait toujours lui qui ouvrirait la porte. Par précaution. Mais la précaution n'avait pas suffi. Visiblement, Andrew n'était pas debout depuis longtemps, il venait peut-être juste de se lever. Il portait un short kaki, un T-shirt blanc sale et des baskets, mais pas de chaussettes.

« Vous pensiez sans doute que les policiers ne travaillaient pas le dimanche, n'est-ce pas, monsieur Struther ? dit Wexford.

— Qu'est-ce que ça signifie ?

— Nous allons nous expliquer à l'intérieur. »

Ils le poussèrent dans le vestibule. Bibi était là, en jean et chaussée des lourdes bottines décrites par Dora, et elle tenait le chien Manfred par son collier.

Wexford lui ordonna : « Enfermez ce chien en haut quelque part. N'importe où. Tout de suite.

— Quoi ?

— S'il a le malheur de toucher à l'un de nous, il

sera abattu immédiatement. Alors, si vous tenez à lui, obéissez.

— L'Hermaphrodite, murmura Karen.

— Exactement. Où sont les autres, Andrew? »

Burden se rappela l'insistance avec laquelle il avait tenu à ce qu'on l'appelle par son nom de famille, son refus des familiarités intempestives, et Struther s'en souvint également. Burden le lut dans son regard, mais le jeune homme n'y fit aucune allusion et se contenta de répéter, sur un ton plus âpre cette fois : « Qu'est-ce que ça signifie?

— Nous avons mis vos parents en détention préventive. Ils ont été arrêtés tôt ce matin, expliqua Burden. Où est Ryan Barker?

— Vous commettez une erreur. »

La fille revint sans son chien, s'approcha d'Andrew Struther et le regarda droit dans les yeux. « Andy?

— Ce n'est pas le moment. » Struther se tourna vers Wexford. « Il n'est pas ici. Il a été enlevé, vous vous souvenez?

— Fouillez la maison.

— Vous n'avez pas le droit de faire ça!

— Montrez-lui le mandat de perquisition, Mike, dit Wexford, puis, s'adressant à Vine : Si vous contournez la maison par l'arrière en tournant sur la gauche, vous arriverez dans la partie la plus haute du bâtiment. Là, au dernier étage, vous trouverez la pièce où a été enfermée Roxane Masood. La fenêtre est sur le mur où la plante grimpante est en fleur. » Il demanda à Andrew Struther : « Où est Tarling? »

Andrew ne répondit rien. Il empoigna Bibi et la bâillonna d'une main. Elle recula un peu, se tassant sur elle-même.

« Laissez-la! » cria Wexford, puis il lança à Burden : « On les a prévenus?

— Oui, j'ai téléphoné pour demander des renforts. »

La porte s'ouvrit et Vine apparut avec un grand

échalas vêtu d'un jean et d'un sweat-shirt. Il semblait frappé de stupeur. Quand il vit Andrew et Bibi, il laissa échapper un petit cri.

« Asseyez-vous, dit Wexford. Là-bas. Tous les deux. » Il fit un signe de tête en direction du couple. Bibi, qui s'était mise à trembler, se frottait le bras à l'endroit où Andrew l'avait agrippée. « Mettez-vous sur ce canapé et attendez. » Il répéta : « Où est Tarling ?

— Il s'est enfermé dans la chambre à côté de celle où j'ai trouvé le gamin », répondit Vine.

Andrew se mit à rire. « Il est armé, vous savez. »

Wexford secoua la tête et le fixa d'un regard dur. « J'ai du mal à vous croire, cela vous étonne ?

— Pemberton est parti chercher Nicky et Slesar », murmura Burden à l'oreille de Wexford. « À nous trois, nous arriverons à le faire sortir avant l'arrivée des renforts. »

Andrew bondit de sa chaise. Il serra les poings, et gronda : « Qu'est-ce que vous avez dit ? »

Personne ne lui répondit. Bibi s'approcha de lui et pleurnicha, en lui prenant le bras : « Je veux mon chien. Dis-leur de le libérer. »

Il l'ignora, répéta : « Vous avez dit Slesar ? Qui d'autre encore ? »

Wexford entendit les sirènes des voitures de police. Elles remontaient la côte de Markinch Hill. Il quitta la pièce, traversa le vestibule, sortit sur le seuil de la maison. Émergeant de l'ombre du chemin apparurent Slesar et Pemberton, qui foulaient la large allée de gravier, Slesar précédant de peu son collègue. Wexford vit Tarling trop tard, mais il entendit le cri, en haut, à la fenêtre, un hurlement de rage et de désespoir : « Tu nous as trahis ! »

La balle avait dû passer très près de la tête de Wexford. Au bruit du coup de feu, de la détonation assourdissante, il s'était baissé sans réfléchir. Damon Slesar se figea, leva les mains avec lenteur, mais même à cette distance, Wexford vit nettement le trou percé par la balle sur sa chemise blanche, près du cœur.

Slesar dit quelque chose. Peut-être « non », mais Wexford ne l'entendit pas, sa voix était trop faible. Slesar pivota et tomba en avant, un filet de sang au coin de la bouche.

Les deux voitures et la fourgonnette débouchaient de l'allée. La première, dont la sirène hurlait toujours, dut faire une embardée pour éviter le mort gisant sur le gravier et les deux hommes penchés sur lui. Les portes de la voiture s'ouvrirent brusquement et des policiers en jaillirent. Wexford se retourna vers la maison au moment où Karen Malahyde s'encadrait sur le seuil, calme, froide, le regard fixe, mais laissant échapper le même petit cri de protestation que Ryan Barker quelques instants plus tôt.

Elle resta là à regarder le corps de Slesar mais, contrairement aux autres, résista à l'envie de s'agenouiller près de lui.

28

« Kitty Struther clamait que c'était l'"idée de génie" de son mari, commença Wexford, mais il semble que le plan initial soit venu de Tarling. Il avait été à l'école avec Andrew Struther et même si apparemment ils n'avaient pas grand-chose en commun, ils partageaient en fait avec le père d'Andrew la même haine de l'autorité. Ils ne supportaient pas qu'elle puisse leur imposer sa volonté. »

En compagnie de Burden, dans la suite du chef constable, à Myringam, il expliquait à Montague Ryder les détails de l'affaire. On était lundi, aujourd'hui. Ce matin-là, cinq personnes avaient été déférées au tribunal de Kingsmarkham. Les prévenus avaient été inculpés d'enlèvement et d'emprisonnement illégal, et l'un d'eux avait été accusé du meurtre de l'inspecteur Damon John Slesar. Et ils avaient tous, contrairement à ce qu'avait pensé Wexford, été inculpés du meurtre de Roxane Masood.

« Tarling, poursuivit Wexford, s'intéressait bien sûr de très près aux questions écologiques et à la protection des animaux. Il a rencontré Andrew Struther par hasard à Kingsmarkham, au printemps dernier, lorsque la déviation semblait sur le point de devenir une réalité et que les militants ont commencé à affluer dans la région. Je ne sais pas encore comment la rencontre s'est produite. Il suffit de dire qu'ils se sont vus — Struther était venu rendre visite à ses parents —, qu'ils se sont reconnus et ont commencé à parler de la déviation.

« Comparativement, les occupants de Savesbury House allaient être beaucoup moins affectés par cette nouvelle route que les habitants des maisons mitoyennes de l'entrée de Stowerton ou des villas des abords de Pomfret, mais la menace leur a paru effroyable. Ils voyaient déjà leur domaine dévasté. Je n'aime pas ce mot, tout le monde l'utilise aujourd'hui à tort et à travers, mais ici, il est de circonstance. La vallée sur laquelle donnaient leurs fenêtres, qu'ils pouvaient voir de leur jardin, allait être effectivement dévastée. Ils entendraient la circulation. Ils perdraient leur tranquillité. Leur silence, qui jusqu'alors était seulement troublé par le chant des oiseaux, disparaîtrait pour faire place au grondement assourdi, mais continu, des usagers de la déviation. »

Burden l'interrompit. « Mais pourquoi Andrew Struther s'est-il, lui aussi, embarqué dans cette histoire ? Il ne vit pas à Savesbury House. De plus, les jeunes gens comme lui ne s'inquiètent généralement pas beaucoup du calme et du chant des oiseaux. Et pourtant, il était prêt à risquer sa liberté...

— L'argent, Mike. L'héritage et l'argent. Savesbury House sera à lui un jour. Il n'avait peut-être pas l'intention d'y résider, il a déjà une maison à Londres, mais il avait sûrement envisagé de vendre le domaine. Les agents immobiliers de Kingsmarkham disent que la déviation va faire chuter les prix de toutes les propriétés des environs. Certaines perdront jusqu'à la moitié de leur valeur. Savesbury House, dont le prix est estimé aujourd'hui à sept cent cinquante mille livres, n'en vaudra plus que trois cent mille, ou bien deviendra carrément invendable. »

Le chef constable jeta un coup d'œil à Burden. « Le mobile d'Andrew Struther était sans doute très différent des préoccupations écologiques, Mike. Mais on ne peut pourtant pas le nier.

— Vous avez sans doute raison, monsieur.

— Les Struther étaient des gens aisés, poursuivit Wexford. Ils n'ont eu aucun mal, par exemple, à engager un ouvrier pour construire le cabinet de toilette et installer la plomberie. Je suis presque certain qu'ils ont fait appel à Gary Wilson. Il travaille dans le bâtiment. Il me l'a dit lui-même, mais sur le moment, je n'ai pas réalisé. Oh, il ignorait sûrement à qui était destinée cette salle de bains. Mais il était content qu'on lui ait confié un boulot bien payé. Et il a dû être vraiment ravi, même s'il n'y a rien compris, quand les Struther lui ont offert une voiture pour aller dans le pays de Galles et dans le nord du Yorkshire, à condition qu'il quitte la région pendant deux ou trois mois avec Quilla.

« C'est grâce à l'argent qu'ils ont pu exécuter leur plan. Owen et Kitty Struther étaient riches, et ils tenaient autant à ce projet que Tarling et leur fils. Et c'est Owen Struther qui a eu l'idée de monter le coup en se servant de Voitures contemporaines. Il leur avait commandé des taxis plusieurs fois pour aller à la gare de Kingsmarkham et il savait que la société était tout, sauf contemporaine, il connaissait son organisation incohérente. Mais pour mettre leur opération sur pied, il leur fallait un endroit où cacher les otages et, pour ainsi dire, du personnel pour les surveiller.

« Trois des gardiens allaient être, bien sûr, Tarling, Andrew et sa petite amie, Bettina Martin, Bibi pour les intimes. Mais ce n'était pas assez — à vrai dire, c'était amplement suffisant quand on sait qu'Owen et Kitty allaient seulement jouer la comédie de la séquestration —, mais pour enlever des gens avec une voiture, il allait falloir recruter d'autres comparses. Donc, Tarling a fait appel à un homme que Dora a appelé le Chauffeur, tout comme elle avait surnommé Tarling Face de Caoutchouc — c'était le bas qu'il portait sur le visage qui modifiait ses traits anguleux pour leur donner cet aspect-là —, Andrew Strutter le Tatoué, et Bibi Martin l'Hermaphrodite. Et il y avait un dernier complice. »

Wexford hésita. Il se leva et marcha jusqu'à la fenêtre, où il se tint pendant un moment, les yeux perdus dans le souvenir d'un autre jardin, d'une autre vue. En pensée, il revit à nouveau la scène, il entendit le coup de feu, il vit le visage bouleversé virer au blanc et le sang sur la chemise sous laquelle le cœur battait encore. Puis s'arrêta de battre.

Il se retourna et dit : « Je ne l'ai pas soupçonné avant la veille du jour où nous sommes allés à Savesbury House. Même alors, je n'ai pas tout à fait... Franchement, je pensais que c'était moi qui voyais des méchants partout, qui ne croyais rien ni personne. J'aurais dû l'empêcher de venir avec nous. C'est seulement lorsque je me suis retourné et que je l'ai aperçu dans la voiture que j'ai su qu'il participait à l'opération. Ensuite, je n'ai pas voulu admettre que Tarling était armé, ou même, à supposer qu'il ait une arme, qu'il pouvait aller jusqu'à le tuer.

— Vous ne devez pas vous en vouloir, Reg », avança Montague Ryder.

Wexford secoua la tête, en colère contre lui-même. Il jeta un coup d'œil à Burden, sachant ce qu'il pensait à ce moment précis, une sorte de variation scandaleuse sur le thème : de toute façon, cela vaut mieux. Quel genre d'avenir, d'existence, aurait été possible pour Damon Slesar ?

« Il n'allait pas à l'école avec eux, n'est-ce pas ? demanda le chef constable.

— Non, pas que je sache. Il devait fréquenter le collège de Myringham. Mais il était membre de Kabal, qui est une association parfaitement respectable, et aussi de Species, qui ne l'est peut-être pas tant que ça. Il aurait mieux valu qu'il s'abstienne d'y adhérer, mais si l'on va par là, la vie qu'il a menée dans les six derniers mois est truffée de choses qu'il n'aurait pas dû faire.

« Il faut croire que tous ces gens-là étaient convaincus de l'efficacité de leur plan. Ils pensaient réellement que le gouvernement céderait. On était en Angleterre, pas en Thaïlande ni au Moyen-Orient. C'étaient des Anglais qui enlevaient leurs compatriotes, un acte monstrueux qui aurait à coup sûr le résultat escompté. Ils en étaient vraiment persuadés. Slesar comme les autres.

— Il avait une raison particulière de s'opposer à la déviation ?

— On peut dire les choses comme ça, répondit pensivement Wexford. Tout comme Struther, il s'inquiétait pour ses parents, mais dans son cas, il craignait pour leur source de revenus et non pour ses perspectives d'héritage. La seule chose que ses parents pouvaient lui léguer, c'était une petite ferme sur l'ancienne déviation, non loin du *Brigadier*.

— Cet endroit où on vend des légumes et des fraises que l'on peut cueillir soi-même ? demanda Burden. Je ne savais pas.

— La plupart des exploitations implantées sur l'ancienne déviation seront menacées par la nouvelle route, expliqua Wexford. On n'utilisera plus beaucoup l'ancienne bretelle — du moins, c'est ce qu'on peut penser en théorie —, car il n'y aura plus beaucoup de gens qui s'arrêteront pour aller cueillir des fraises à la ferme. Slesar était contre la déviation parce qu'elle allait ruiner ses parents. Son père cultivait des fruits et sa mère fabriquait des vêtements tissés avec des poils d'animaux.

— Mais comment en est-il venu à se mêler à tout cela ?

— Par l'intermédiaire de Species, à mon avis. Sans doute à l'occasion d'un de leurs rassemblements. Avant celui qui vient de s'achever au pays de Galles, ils en avaient organisé un autre au printemps, dans le Kent. Il est très probable qu'il y ait rencontré Tarling, et le reste a suivi. Ils ont dû faire pression sur lui pour le convaincre, surtout les Struther, parce qu'ils avaient vraiment besoin d'un homme comme lui, qui connaissait les choses de l'intérieur.

— Pourquoi dites-vous : "surtout les Struther" ? »

Wexford répondit en soupirant : « Struther est un homme extrêmement aisé. Presque un millionnaire. » Il haussa les épaules. « Heureusement pour nous tous dans ce pays — il y a encore des choses dont on peut se féliciter —, il n'y a personne qu'un homme riche puisse soudoyer pour empêcher la construction d'une déviation. C'est impossible. Mais les Damon Slesar de ce monde sont corruptibles. Je n'ai pas encore vérifié, mais j'ai idée que Struther a dû offrir une forte somme à Slesar, en lui proposant des montants de plus en plus élevés jusqu'à ce qu'il cède. Il a probablement obtenu assez d'argent pour pouvoir installer ses parents ailleurs, au cas où leur exploitation ferait faillite.

« À partir du moment où il a accepté de jouer les taupes, poursuivit Wexford, Slesar a révélé sans difficulté l'adresse et le numéro de téléphone de Mike Burden à Tarling pour qu'il adresse le second message chez lui — c'étaient généralement Tarling et Andrew Struther qui téléphonaient —, et il savait aussi qu'on pourrait me joindre chez les Holgate le samedi après-midi. Bien entendu, le sac de couchage que Frenchie Collins a acheté à Brixton était bel et bien celui dans lequel on a retrouvé le corps de Roxane Masood, comme elle l'a dit à Slesar lorsqu'elle s'est retrouvée seule avec lui.

— Elle savait ? demanda Burden.

— Je l'ignore. Ce n'est pas certain. Elle a peut-être simplement pris Karen en grippe. En tout cas, Slesar n'allait sûrement pas me communiquer les renseignements qu'elle a pu lui donner.

— Pauvre Karen, soupira Burden.

— C'est vrai. Mais je ne pense pas que leur histoire ait beaucoup compté pour elle. Et ce qu'elle a appris sur lui finira par atténuer sa peine. Pendant qu'elle suivait Brendan Royall, Slesar aurait dû être en train de filer Conrad Tarling. Inutile de dire qu'il ne l'a pas fait. Tarling a pu aller et venir à sa guise entre Savesbury House et le campement. Sans doute est-il aussi descendu dans le Wiltshire autant de fois qu'il le voulait. À un moment donné, sur ses vêtements, il a rapporté quelques grains de poussière de papillon de Queringham Hall et il les a déposés par hasard dans la pièce où étaient détenus les otages. »

Wexford se tut pendant un moment. Ils devaient tous, supposa-t-il, songer à la même chose : à ce qu'avait d'horrible l'idée qu'un policier puisse succomber de la sorte, en ajoutant la corruption à la traîtrise. Puis il se demanda quelle pensée avait bien pu traverser l'esprit de Slesar quand il avait vu Tarling apparaître à cette fenêtre avec son visage de fanatique, et pointer son arme sur lui. Il l'avait fixé d'un regard incrédule, pendant que le sang quittait son visage, et avait levé les mains en l'air dans une vaine tentative pour éviter la mort.

« Vous disiez quelque chose au sujet de l'endroit où étaient enfermés les otages », dit le chef constable, offrant à Wexford un changement de sujet bienvenu.

L'inspecteur principal acquiesça. « Beaucoup de

ces anciennes fermes aujourd'hui aménagées en maisons de campagne possèdent une laiterie. La plupart du temps, on s'en sert uniquement pour entreposer des vieilleries, et c'était probablement le cas de celle-ci. Ma femme a cru que sa prison se trouvait dans un sous-sol, mais en réalité, c'était juste une pièce un peu sombre avec une petite fenêtre en hauteur. J'imagine qu'ils ont dû changer la porte, ajouter de nouvelles serrures et faire quelques autres modifications. Bien entendu, ils n'ont pas osé faire appel à un entrepreneur en bâtiment pour transformer un placard en cabinet de toilette, mais Tarling connaissait quelqu'un qui ferait le travail discrètement, un homme qui n'habitait nulle part et serait susceptible de disparaître au bout de quelques semaines.

« Donc, ils ont enlevé les otages, et je pense que nous savons déjà exactement comment ils ont procédé. Évidemment, dans le cas des Struther, Owen et Kitty se sont contentés de traverser la maison principale et de mettre leurs cagoules devant la porte de la laiterie. Ils ont dû bien s'amuser, elle à jouer les hystériques et lui, les vaillants soldats. Je suppose que ça les a aidés à passer le temps jusqu'à ce qu'Owen mette en scène son évasion simulée et qu'on les emmène, d'abord retrouver le confort ouaté de Savesbury House, et ensuite à Londres, pour qu'ils puissent se cacher dans la maison d'Andrew. Soit dit en passant, je me demande ce que Tarling a pu penser quand Kitty a forcé son rôle au point de lui cracher au visage. Mais on ne gifle pas la patronne.

« Ils ont dû avoir un choc quand ils ont réalisé qu'ils avaient enlevé ma femme. À vrai dire, ils s'en sont rendu compte beaucoup plus tôt que je ne l'avais cru au début. Ils n'avaient pas besoin de connaître mon nom ni qu'on leur dise qui j'étais. Slesar l'a appris le jour où il est venu du RCS avec les deux autres. Et il a dû téléphoner immédiatement au Globe sacré.

— Vous avez fait du beau travail, Reg, déclara le chef constable.

— Non, répondit Wexford. J'aurais pu sauver la vie d'un homme et je ne l'ai pas fait. »

Dora s'exclama qu'elle aurait dû le savoir. Elle aurait dû deviner que les Struther jouaient la comédie. Après tout, ce n'étaient pas des acteurs professionnels.

« Tout le monde peut jouer un rôle de nos jours, dit Wexford. On apprend très vite en regardant la télé. Regarde tous ces gens que l'on interviewe après les catastrophes. Ils ne montrent aucune timidité, se conduisent comme s'ils avaient appris leur texte par cœur ou comme s'il défilait devant eux sur un écran de contrôle.

— Pourquoi m'ont-ils laissée partir, Reg ?

— Au début, je pensais que c'était parce qu'ils avaient découvert ton identité, par le biais de Gary et Quilla. Mais je me trompais. Ils savaient déjà qui tu étais. Slesar les avait mis au courant. À propos, s'il portait des gants, ce n'était pas parce que ses mains présentaient une particularité quelconque, mais précisément pour t'amener à le penser. Ils n'ont oublié que le détail des belles-de-jour... »

Dora l'interrompit. « Je ne comprends pas pourquoi ils n'ont pas pris la précaution d'arracher d'abord cette plante.

— Sans doute parce que Kitty Struther s'y était opposée. Elle l'avait plantée elle-même, rappelle-toi. Il est probable qu'elle l'adorait. Elle a dû leur dire : "Vous ne couperez mon *Ipomoea* sous aucun prétexte." On ne discute pas avec la patronne. Non, ils t'ont libérée parce qu'ils ont placé de faux indices sur toi.

— Ils ont... quoi ?

— Tu es ma femme. Ils savaient donc que lorsque tu rentrerais à la maison, la première chose que je ferais serait de t'interroger à fond et de soumettre tes vêtements à des expertises médico-légales. Si, disons... Roxane, ou bien Ryan avaient été relâchés, qui sait ce qui serait arrivé à leurs vêtements avant que nous puissions les examiner ? Ils auraient vraisemblablement transité par une machine à laver ou bien leur mère les aurait soigneusement brossés. » Wexford se tut un moment, en songeant à Clare Cox, qui ne s'occuperait plus jamais des habits de sa fille. Il soupira.

« Ils savaient que chez nous cela ne se passerait pas comme ça, et que je jetterais tes vêtements dans un sac stérile dès que tu les aurais enlevés. Ils ont donc semé des indices sur ta jupe. De la limaille de fer. Des poils de chats, que Slesar pouvait obtenir facilement de sa mère qui fabrique du fil à partir de poils d'animaux domestiques. Tout comme ils ont soigneusement veillé à ce que tu emportes avec toi l'image d'un homme au bras tatoué et l'odeur d'un homme affligé d'une sorte de maladie des reins : le tatouage avait été facilement réalisé à l'aide d'une décalcomanie et l'odeur venait d'un mouchoir en papier imbibé de dissolvant que l'homme portait en permanence dans sa poche.

« Un grand nombre de ces idées géniales sont nées de l'imagination de Slesar. Il en a peut-être même conçu certaines — j'espère que je ne suis pas paranoïaque — dans l'idée de se venger de moi. Tu sais, je crois qu'il m'en voulait parce que dans son esprit, je l'avais un jour humilié en public.

— C'était vrai ?

— Disons qu'il voyait les choses comme ça. »

Elle secoua la tête d'un air pensif. « Reg, tu les as tous arrêtés, à l'exception du Chauffeur. Tu ne sais toujours pas qui c'était.

— Si. Il sera appréhendé demain. Il s'agissait de Colum, le frère de Conrad.

— Mais... il ne se déplace pas en chaise roulante ?

— N'importe qui peut s'asseoir sur une chaise roulante, Dora. L'essentiel de sa maladie, comme m'avait dit son père, était dans "son pauvre esprit". Tu disais qu'il marchait bizarrement, avec raideur, mais aucun d'entre nous n'y avait vraiment prêté attention.

— Donc, maintenant, tout est fini.

— Oui. Et ces enlèvements n'auront servi à rien. Une jeune fille qui avait la vie devant elle et un jeune homme inconséquent ont trouvé la mort dans cette affaire, un garçon qui ne sait pas distinguer l'imagination de la réalité va poser pendant des années un problème aux psychiatres et aux assistantes sociales, et six personnes vont aller en prison. Et on construira quand même la déviation.

— Là, permets-moi d'en douter, déclara Dora d'un ton résolu. Il y a une réunion de Kabal ce soir pour préparer la manif de samedi prochain. Si l'on peut tirer une leçon de cette histoire, c'est que la vallée de la Brede et la colline de Savesbury valent la peine qu'on se batte pour elles. On attend vingt mille manifestants à Kingsmarkham samedi après-midi. »

Il soupira et hocha la tête. Ce n'était sans doute pas la première fois qu'un policier partageait les aspirations d'un groupe de preneurs d'otages, tout en haïssant la façon dont ils avaient tenté d'obtenir leur rançon. Il sourit à sa femme.

« Au fait, Reg, après ça, j'aimerais monter à Londres pour passer quelques jours avec Sheila et le bébé. » Elle lui décocha un sourire en coin. « Si tu veux bien m'accompagner en voiture à la gare. »

Composition réalisée par EURONUMÉRIQUE

IMPRIMÉ EN FRANCE PAR BRODARD ET TAUPIN
La Flèche (Sarthe).
N° d'imprimeur : 4621D – Dépôt légal Édit. 20-01/2000
LIBRAIRIE GÉNÉRALE FRANÇAISE - 43, quai de Grenelle - 75015 Paris.
ISBN : 2 - 253 - 14789 - 3

31/4789/9